新视界

始于未知　去往浩瀚

思浓情淡

中国现代新诗叙事传统研究

中国诗歌叙事传统研究

姜玉琴 著

上海远东出版社

图书在版编目（CIP）数据

思浓情淡：中国现代新诗叙事传统研究／姜玉琴著．—上海：上海远东出版社，2023
（中国诗歌叙事传统研究丛书）
ISBN 978－7－5476－1941－4

Ⅰ.①思… Ⅱ.①姜… Ⅲ.①诗歌研究—中国—当代 Ⅳ.①I207.22

中国国家版本馆 CIP 数据核字（2023）第 161450 号

出 品 人　曹　建
责任编辑　陈占宏
封面设计　观止堂_未氓

本书为国家社科基金重大项目"中国诗歌叙事传统研究"课题
（15ZDB067）研究成果

本书获 2022 年度国家出版基金资助

中国诗歌叙事传统研究丛书
思浓情淡：中国现代新诗叙事传统研究

姜玉琴　著

出　　版	上海远东出版社
	（201101　上海市闵行区号景路 159 弄 C 座）
发　　行	上海人民出版社发行中心
印　　刷	上海颛辉印刷厂有限公司
开　　本	890×1240　1/32
印　　张	12.75
插　　页	4
字　　数	286,000
版　　次	2024 年 6 月第 1 版
印　　次	2024 年 9 月第 2 次印刷
ISBN	978－7－5476－1941－4/I・380
定　　价	88.00 元

丛 书 说 明

"中国诗歌叙事传统研究"丛书一套7册，是国家社科基金重大项目"中国诗歌叙事传统研究"最终成果的结集。这七种书，由该课题6个子课题的成果（6册）和首席专家执笔的《诗心缘事：中国诗歌叙事传统研究引论》（1册，以下简称《引论》）组成。

感谢国家社科基金领导小组批准我们课题组以丛书形式结项。

感谢结项评审专家组不辞辛劳、认真负责地审阅本课题200万字左右的成果文本，特别感谢他们给予本成果的好评和提出的许多宝贵批评意见。这对我们增强信心继续修改以提高书稿质量，是巨大的鼓舞和帮助。

我们的课题偏于理论探讨的性质，特别应该充分发扬学术民主，百花齐放、百家争鸣，集思广益，乃至求同存异，所谓"旧学商量加邃密，新知培养转深沉"。课题的进行是科学研究的过程，即使课题结项、研究成果进入社会，也只是新的更大范围探讨商榷的开始。在将近6年的研究和写作过程中，我们一直抱持着这样的理念，也是这样实践的。我们的研究成果，从《引论》到所有子课题的文稿，均经个人钻研撰写到传阅互读再到反复讨论斟酌修改甚至重写，终于形成几部（而不是一部）学术专著。这些著作有一个共同的论题，有一致的理论基调和旨趣追求；而研究对象，除《引论》外，则各为中国诗史的某一段落。各子课题参与撰写的人数不等，学术水平也有参差，但各子课题负责人均认真组织、认真统稿，各自完成为一部独立的著作。毋庸讳言，各书在论述的结构安排、材料的选取运用，特别是文字风格上，是各具特色、各有短长，但都达到了一定的学术要求。鉴于这个情况，我们决定，各书保持自己的特色，不再进一步统一，而以丛书形式出版。丛书不设主编，各册相对独立，按撰写的实际情况署名，以体现对执笔人劳动和著作权的尊重，体现学术自由争鸣、文责自负的原则。

文史异同与关系问题，正在成为学界关注的热点，而叙事和叙事传统正是沟通文史的根本关键。深入研究叙事，绝不仅仅是对西方学界的呼应，而且是我国文史学术自身发展的需要。希望这套丛书对此有所贡献。

感谢上海远东出版社的大力支持，感谢诸位编辑的辛勤劳动。感谢国家出版基金的有力资助。

感谢一切关心本书的学界同行和阅读本书、批评本书的所有读者。

中国诗歌叙事传统研究课题组
2022 年 10 月

目 录

绪论 1
  一　"叙事"视角的引入 1
  二　去抒情化、重叙事性 9
  三　"事"与"叙事传统"模式的建立 18
  四　叙事：中国诗学的一条隐性传统 27

第一章　"无传统"时代的现代新诗传统 36
  第一节　有无"传统"的论争 36
  第二节　现代新诗的叙事性与现代性 41
  第三节　指向"科学"与"民主"的叙事性 49

第二章　现代新诗中的三大叙事传统 55
  第一节　"为人生"的叙事传统模式 55
  第二节　以"理"为上的叙事传统模式 63
  第三节　西方宗教哲学框架下的叙事传统模式 76

第三章 从《尝试集》到《女神》：叙事与抒情的新诗传统 91
第一节 新诗奠基时期：郭沫若新诗的缺席 91
第二节 两种不同的艺术范式：抒情与叙情 99
第三节 非抒情、非个性：一种更具时代性的话语 109
第四节 一种反个人主义的诗学：以写景叙情为主导 116

第四章 胡适的现代新诗叙事观念 122
第一节 "说理的诗"与"具体的做法" 123
第二节 "诗的具体性"与"美文"的含混性 133
第三节 叙"观念"与叙"主义" 146
第四节 从言"无物"到言"有物" 159
第五节 从"诗缘情"到"诗说理" 167
第六节 "事"与"叙事" 177

第五章 胡适新诗理论的跨界叙事与叙事说理 191
第一节 "作诗须得如作文"的理论辨析 191
第二节 引"文"入"诗" 201
第三节 用"文"之长，补"诗"之短 210
第四节 "新的诗的观念"与"新的作诗的方向" 221
第五节 "平常经验"与"是人生"的诗学观念 228
第六节 叙事方式与实际问题 234

第六章 叙"颓废之美"与"悲观主义"哲学的李金发 ... 245
第一节 "笨谜"之"谜"与误读之读 ... 246
第二节 师承想象、美与颓废 ... 250
第三节 叙同一首"死亡"之诗 ... 259
第四节 从古诗的"愁绪"到李金发的"死亡" ... 273
第五节 "虚无之梦"和叔本华"悲观的人生观" ... 281
第六节 一种不同于古诗的死亡叙事 ... 294

第七章 作者、隐含作者与角色设置：穆旦的《诗八首》 ... 305
第一节 谁构筑了诗歌文本：有关"隐含作者" ... 306
第二节 抒情的间接性：从隐含作者到人物角色 ... 312
第三节 "我"与"你"：不符合传统爱情的爱情角色 ... 317
第四节 不可永恒性：一种现代爱情观念的演绎 ... 325
第五节 "我们"：攀登在宗教哲学峭壁上的人物角色 ... 332

第八章 袁可嘉与现代新诗的叙事传统 ... 341
第一节 命名：现代新诗的"综合性"传统 ... 341
第二节 "戏剧化"对"现实性"的取代 ... 349
第三节 戏剧化与客观性、间接性 ... 356
第四节 走向"叙事性"的现代新诗 ... 361

结语 ... 370

绪　论

一　"叙事"视角的引入

顾名思义，《现代新诗叙事传统研究》是一部从"叙事"的视角来观察、解读和总结现代新诗的创建、发展及其流变规律的专著。这样一来，必定要牵涉何谓"叙事"的问题。

在西方叙事学盛行已久的情况下，谈论"叙事"，极易引起歧义，即人们常常会把其与西方叙事学中的那个"故事性"相混淆，以至于几乎形成这样一种态势：一在诗歌中强调叙事性，就是在强调诗歌的故事性。而诗歌原本就不是凭仗讲述故事实现其文本价值与意义的，如此一来便轻而易举地否定了诗歌与叙事的关系。

事实上，所谓诗歌中的叙事并不能完全等同于小说的叙事。换句话说，当西方传统叙事学研究由对小说这种叙述文体的研究，扩展到对抒情诗叙事领域的研究时，其研究主体已不再是那个众所周知的"故事"，而变成了与诗歌这种文体更和谐、匹配的"情节"。这种转向从《抒情诗叙事学分析》一书的作者彼得·霍恩等人的论述中，可以明显地体悟出来。他们说：

"在将叙事学的构建运用到抒情诗时，我们首先开始的是，将发生之事层次与呈现（presentation）层次之间——在我们认为作为主要的、基本材料的各种事，与这些事在文本中被媒介调节的方式之间进行区分。我们设想，情节（或如我们将要称呼的故事）并不客观地呈现于（实际或虚构的）事实中，也不存在于（人）这一行动者（agent）在各种事的基础上将它们构建起来之前。这样，发生之事层次就被解释为按时间顺序、且仅仅按时间顺序组织的与文本相关的存在物（existents）和各种事的有序的序集。它们之间有意义的连接建立在呈现层次上，通过媒介调节和发送实体（抽象的作者，抒情人/叙述者，抒情人物）的作用，并透过聚焦［……］而产生影响。发生之事层次与呈现层次之间的关系是一种相互依存的关系。诗歌文本要求表现发生之事，但这些发生之事仅仅通过文本的词语而来。"①

上述的这段引文非常重要，它向人们讲述清楚了何谓诗歌，当然主要是指何谓抒情诗的叙事学研究。假如用一句简单的话概括，似乎可以这样表述：围绕抒情诗构建起来的西方叙事学理论，主要处理的是"发生之事"（指构成基本材料或素材的各种事）与"呈现之事"（指如何按照时间的顺序，把构成诗歌文本的各种材料或素材的"事"有序地呈现出来）间的一种关系——对一个具体的诗歌文本研究而言，研究者主要是从两个

---

① 彼得·霍恩、詹斯·基弗：《抒情诗叙事学分析：16—20世纪英诗研究》译者序言，谭君强译，北京师范大学出版社2020年版，第4页。

"层次",即"发生之事层次"与"呈现之事层次"予以展开。

总之,所谓的诗歌叙事学研究,研究的就是这两大"层次"间的关联与转化关系。在这两大关系范畴中,"呈现之事层次"显然更为重要,因为只有通过此环节才能把"发生之事"转化为"文本的词语"化。无疑,诗歌叙事学有着自己独特而明确的研究指向,它指向的主要问题之一,就是按照"事件顺序"来探讨一个诗人或者一首诗歌是如何把材料之事呈现成文本之事的过程及技巧。用彼得·霍恩等人的话来说,解释"发生之事层次"的过程,就是把"各种事的有序地序集"的过程。从这个意义上说,所谓的诗歌叙事学研究,最终也就变成了对诗歌的一些情节、片段、事件等序列结构、交流状况以及聚焦手段等方面的研究。

由以上拆解可以看出,西方诗歌叙事学中的"叙事",主要是指对构成一首诗歌的各式各样的事件予以有效的处理与安置,即研究的是如何让生活中的那些初级事件,演变成艺术文本中的词语事件问题。其注重点主要集中于两个方面:诗歌文本的叙述结构问题与如何对这种结构进行技术分析的问题。

西方这种有关抒情诗的叙事理论给本书的研究带来了诸多启发,特别是在对构成诗歌文本要素的认识方面以及具体文本结构的分析方面,提供了不少有用的理论工具。然而仍需指出的是,本书中所说的"叙事"并非完全是这种意义上的叙事,它有着特殊的语境:首先,它不单纯地研究一首诗歌或某一类诗歌的"叙事"结构与叙述技巧,而是与整个"叙事传统"联系在一起的;其次,这个所谓的"叙事传统"也并非是指艺术诠释上的那种承继与发展的关系,而主要针对的是中国古代诗歌中那个著名的"抒情传统"说。即本书试图通过"叙事"这一视角，证明用单一的"抒情传统"线索，难以把以诗歌为核心的中国文学传统全面而准确地呈现出来。这也就意味着本书中所说的"叙事"或者"叙事性"并非是对西方叙事学的一种直接引用，而是其在中国特定文化语境下的一个事实存在。

以上两方面都决定了本书所说的"叙事"，有着其自身所固有的特定内涵：第一，它并不集中于对单篇诗歌或某一类诗歌文本结构的分析与诠释，而主要通过对不同时期和不同种类的诗歌以及诗论来归纳、总结出中国诗歌的"叙事传统"之形态；第二，本书语境中的"叙事"，与西方叙事学理论也有着某种程度上的交叉，或者说与其达成一致性的地方在于，它延续了西方叙事学把诗歌的构成内容分解成各种事和事件的做法。尽管如此，本书里所说的"叙事"还是一种中国化的叙事观。正如一直倡导从叙事学角度来研究中国文学传统的董乃斌先生就曾一再呼吁："我们需要十分清醒：必须充分注意中国文学的独特性。叙事学理论是操作的工具，我们研究的对象则是中国文学。既然那工具有用、好用，我们当然要拿来，但又需时时不忘对象的独特性。"① 确实如此，中国传统诗学中虽然也有"叙事"之说，如明末清初的王夫之就曾说："诗有叙事叙语者，较史尤不易。"② 但终归还是不能与西方叙事学中的"叙事"完全等同起来。如果说西方叙事学理论中的"叙事"，主要指的是文本的叙事结构研究，那么王夫之语境中的"叙事"，则主要是指向一种不同于"抒情"的特殊书写笔法。这一点并不难理解：王夫之

---

① 董乃斌：《中国文学叙事传统论稿》，东方出版中心2017年版，第9页。
② 王夫之：《古诗评选》，见陈良运主编：《中国历代诗学论著选》，百花洲文艺出版社1995年版，第889页。

语境中的"叙事叙语"是有参照物的,即它是针对"史"而言的。如他所说:"史才故以骒栝生色,而从实着笔,自易;诗则即事生情,即语绘状,一用史法,则相感不在永言和声之中,诗道废矣。"① 王夫之在此显然反对用"史法"来写"即事生情"的诗,从其反对中可以明显看出,他所说的"叙事叙语"就是指一种"即语绘状"的描写手段,正如他接下来对杜甫的那首有"诗史"之称的《石壕吏》的评价:"杜子美仿之作《石壕吏》,亦将酷肖,而每于刻画处,犹以逼写见真,终觉于史有余,于诗不足。"② 尽管他认为《石壕吏》从艺术上说有"于史有余,于诗不足"的欠缺,但是由此可以肯定的是,他所说的"叙事叙语"就是指一种与写"史"相类似的,即"每于刻画处,犹以逼写见真"的艺术创作手法。

这也是董乃斌在面对中国的叙事问题,说出如下一番话的原因:"除了西方叙事学非常强调的虚构以外,中国文学叙事还有直录、纪实、白描等,甚至有用典、隐喻乃至抽象概括等非西方叙事学所关心和稔熟的方面。"② 他在研究中把"直录""纪实""白描"等艺术手法,也列入中国的有关文学叙事中来,这种做法无疑是继承了中国传统诗学中的"叙事"观念。加之,本书所说的"叙事"研究原本针对的就是中国诗歌中的那个"抒情传统",所以与"抒情"相反的艺术手段自然也可以构成叙事研究的一个方面。从这个层面上说,所谓的"叙事"在中国诗歌中具有双重的意义,它既是指一种思想——美学观念上

---

①② 王夫之:《古诗评选》,见陈良运主编《中国历代诗学论著选》,百花洲文艺出版社1995年版,第889页。

② 董乃斌:《中国文学叙事传统论稿》,东方出版中心2017年版,第29页。

的转变,也是指一种表现手段的运用。

此外,还需要注意的是,董乃斌把"隐喻""抽象概括"等也列入中国化的诗歌叙事范畴中来。这可能是与西方诗歌叙事学的最大差别之所在,同时也是符合中国诗歌的发展现状的。在中国古代的诗学理论中,与"情"相对立的"理"也是一个极为重要的概念,王夫之就曾说:"诗源情,理源性,斯二者岂分辕反驾者哉?"① 在王夫之看来,"情"与"理"是诗歌密不可分的两大要素。清代的叶燮则直接继承和发扬光大了这一观点,他在《原诗》中把诗歌的构成分解成了三大要素,他说:"曰理、曰事、曰情,此三言者足以穷尽万有之变态。"② 显然,"理"在此不但与"事"和"情"相并列,且还排在了三大要素之首位,这足以说明"理"自身也有着独特的精神内涵与价值指向。古代的诗论家一般不会特意地解释"理"所包蕴的内涵,尽管如此,人们还是知道,这个"理"不能被"事"和"情"所涵盖,它带有某种抽象的隐喻特征,这也是古代诗学家在谈到这个"理"时,常常会把其与"神"字结合到一起,构成"神理"之说的原因。如刘勰在《文心雕龙·情采》中说:"五色杂而成黼黻,五音比而成韶夏,五〔情〕性发而为辞章,神理之数也。"③ 可见在中国的传统诗学中,"理"常常带有某种神秘、不可言说性。

---

① 王夫之:《古诗评选》,见陈良运主编《中国历代诗学论著选》,百花洲文艺出版社1995年版,889页。
② 叶燮:《原诗》,见陈良运主编《中国历代诗学论著选》,百花洲文艺出版社1995年版,第918页。
③ 刘勰著,周振甫注《文心雕龙注释》,人民文学出版社1981年版,第346页。

存在于古代诗学中的这个抽象、隐喻之"理",在现代新诗中也没有销声匿迹,只不过是换了一种方式存在于诗歌中。如果说古代诗歌中的"理"是一种只能意会、难以言传的"理",那么现代新诗中的"理",大致有两种表现形式:一种是从中国传统哲学中寻找神秘莫测的"理趣",另一种就是直接在新诗中叙西方哲学之"理"。随着西方现代主义诗歌的传入与影响,后一种形式的"理"渐渐地压倒了前一种形式的"理",而且越往后表现得越为强烈。

这一现状说明现代新诗看似一直强调的是白话语言,即现代新诗的胜利好像是一场语言的胜利,其实并非那么简单,现代新诗的胜利首先是思想内容方面的胜利。闻一多曾说过这样一番话:"新诗所用的语言更是向小说戏剧跨进了一大步,这是新诗之所以为'新'的第一个也是最主要的理由。"[①] 新诗的"新",就在于它所使用的语言朝着"小说戏剧跨进了一大步"。小说、戏剧的语言都是有利于叙述故事、讲述内容的语言,闻一多在该处强调新诗语言的小说、戏剧化,其实就是在强调新诗的叙事特性。

如此一来,就有这样一个问题——现代新诗要叙什么事?这个问题比较复杂,化复杂为简单的说法是:现代新诗所叙之事主要是与西方的某些"道理"勾连在一起的。在其创建之初始,现代新诗叙的主要是西方的民主、自由、人性解放的那些事。经过早期的这样一个简单过渡,即随着诗歌往艺术道路上的回归,这种"事"渐渐地开始由一些表层的价值理念往思想的深

---

① 闻一多:《文学的历史动向》,见朱自清等编:《闻一多全集》第1册,上海人民出版社、上海书店出版社2020年版,第215页。

层转化。其具体表现为，一些诗人开始有意识地把其创作与西方的某些哲学、宗教思想联系在一起，从而形成了一种通过文本叙哲学的诗歌态势。

如果不了解现代新诗中的这一特点，就不容易读懂诗人们的诗。譬如李金发的诗，长久以来人们都说读不懂，甚至还有人从他的汉语语言不过关的角度来寻找读不懂的原因。其实，之所以读不懂，主要原因还应该从读者的身上来寻找——没有揣摩到李金发写诗的"诀窍"。在整个的阅读过程中，假如把叔本华的死亡哲学作为一条入门的线索，所有不可解的部分都变得可解了。李金发就是用死亡之声来与叔本华的死亡哲学对话。还有穆旦的《诗八首》，也被公认为难解——知道是一组爱情诗，但从情诗的角度似乎又难以自圆其说。假如把这组诗歌中所表现出的那种复杂、缠绵而又互为对立、冲突的情愫，与西方的现代主义哲学做一对照，一切不合理的就都会变得合情合理、符合逻辑了。

现代诗人们的这种写诗倾向，即先有一个思想或哲学底本，后有诗歌的框架逻辑，显然与以往那种情感至上的写作方式有着明显的区别。因此本书基于现代诗人喜欢在文本中借用西方的一些现代价值理念和哲学思想来予以说理的考虑，把这种写作，即先有一个潜在的思想底本，也就是以叙事说理为主要目的的写作，也称之为"叙事"，取"叙哲学之事"的意思。

总之，本书中所说的"叙事"或叙事视角并非是西方叙事学中的那个"叙事"的翻版，它是在吸收了西方叙事学的一些合理成分的基础上，结合中国现代诗歌，包括当代诗歌的实际发展，所形成的一套特殊的诠释模式。这种诠释模式既与诗歌的某些理念相关，又与传统抒情手法相反的那些艺术表现手段有关。

二　去抒情化、重叙事性

从理论上推演，不难得出这样一个结论：现代新诗从一开始注重的就是内容，而且还是有着某种特定价值追求的理性内容的书写，这其实意味着现代新诗从一开始就走向了一条偏离抒情而重视客观叙事的道路。

事实也确实如此。本书在对现代新诗诞生以来的相关资料以及诗人们的创作文本进行梳理与分析的基础上，认为以胡适、刘半农、沈尹默等人为肇始的现代新诗，自20世纪初期萌芽、创立以来，就呈现出一种鲜明的特色。这种特色可以简单地概括为，现代新诗在其发展过程中，有着明显的去抒情化、重叙事性的要求。换句话说，现代新诗在抒情与叙事这两大要素之间，其天平是明显地偏向于后者的。对此，现代新诗史上另一位"元老"级别的诗人周作人，在1926年借给刘半农的诗集《扬鞭集》作序之际，忍不住批评说："新诗手法，我不很佩服白描，也不喜欢唠叨的叙事。不必说唠叨的说理，我只认抒情是诗的本分，而写法则觉得所谓'兴'最有意思，用新名词来讲或可以说是象征。"[①] 周作人的这番对现代新诗创作手法的评论，针对的就是当时诗坛流行的与抒情性渐行渐远的创作风气。

诗歌之所以被称为诗歌，就是因为它天然地拥有抒情性。假若缺少了抒情，它也就由诗歌变成小说、散文、戏剧或者议论文了。周作人强调新诗的抒情性，其实就是在强调和坚持诗

---

① 周作人：《扬鞭集》序，见宝祥编选：《周作人经典》，南海出版公司2001年版，第180页。

歌的那种抒情本性。现代新诗既然还是以"诗"来命名，且在形式上也是以分行文字出现的，自然也不可能全然背离了诗所天然拥有的那种抒情性；只不过与之前人们所熟悉的那些诗歌相比，此时的诗歌呈现出两个明显的新特征：抒情的退让与叙事、说理的高涨。

事实上，二者间的消长也是一种必然。现代新诗原本就是在对叙事性的发现而不是抒情性的坚持上发展和壮大起来的，而且从现当代诗歌的整个发展情况来看，诗歌中的叙事性还有越来越强之趋势。如果说在新诗的整个现代时期（1917—1949），新诗研究者们对新诗叙事性的架构还多半处于摸索中，尽管像胡适、朱自清等早期新诗创建者、研究者们也会用叙事、说理等词来诠释新诗的特殊性，但更多时候他们还是通过对抒情的放逐，对诗歌的客观性、写实性、间接性的强调，甚至要求把戏剧中的戏剧化理念引入新诗中等更为间接之方式，来表达其对叙事观念的追求与构建；那么进入20世纪80年代以后，特别是90年代后，叙事问题便成为一个显性的理论话题，此时的诗歌批评家们开始大面积地直接使用这一术语，来指称和概观这一历史时期诗歌的一些根本性特征，如孙基林对1978年以后的新时期诗歌曾做出过如下总结："作为一种维度和面相，由此观照新时期的诗歌书写，可以显见的是，当代诗歌'叙述的转向'不仅仅是具有革命性意义的'文学事件'，而且更具标志性和文本价值的是，'事件'已然越过意象的樊篱成为诗歌书写的基本要素或单元。"[①] 该处所说的"叙述的转向"，其实就是

---

① 孙基林：《有关事件与事件的诗学——当代诗歌的一种面相与属性》，《文艺评论》，2016年第6期。

"叙事的转向"的意思。① 显然，在孙基林看来，以反传统而著称的朦胧诗、第三代诗歌为代表的新时期诗歌书写，就是一种以现代"事件"替代传统"意象"的书写，即新时期的诗歌就是一种由传统的抒情性转向现代叙事性的书写。重要的是，这种转向还一直处于蔓延的态势，正如吴思敬对朦胧诗、第三代诗歌以后的20世纪90年代诗歌进行总结时所说："进入90年代以后，诗人们开始加强了诗中的叙事性话语。"② 与之前的朦胧诗、第三代诗歌相比，20世纪90年代诗歌的"叙事性话语"成分被进一步强化了。海子自杀于1989年，除了其他非文学性因素之外，也与当时圈内有人说他写的诗是抒情诗有关。在诗歌的众多范畴与术语中，"抒情诗"原本并不是个贬义词，但是在当时的历史文化语境下，这其实就是在含蓄地批评海子的诗落后于那个时代，即暗示他的创作还滞留于浪漫主义阶段，尚未进入现代主义创作范畴中。这也是海子后来拼命书写那些他原本并不擅长的长篇巨著——史诗，且后来喜爱海子的批评家们在论述到海子时，一方面承认他写下了不少出色的抒情诗，但另一方面却又把海子的诗歌抱负与抒情诗分离开来，即强调说海子的"理想却不是成为感性的、由天赋支持的抒情诗人。……他期望、并经历了'从抒情出发，经过叙事，到达史诗'的'转变'"③ 的原因。

---

① 孙基林关于诗歌文体的认识，一直主张要用"叙述"代替"叙事"。所以该处所说的"叙述的转向"就是"叙事的转向"的意思。
② 吴思敬：《九十年代中国新诗走向摭谈》，《文学评论》1997年第4期。
③ 洪子诚、刘登翰：《中国当代新诗史》（修订版）北京大学出版社2005年版，第225页。

由上不难看出,从20世纪80年代开始,虽然甚少有人把抨击的矛头直接对准"抒情"和"抒情诗",但显而易见的一个事实是,它们并非是"一对"那么受人欢迎的词语——这对词语背后隐约地指向艺术观念、美学思想的某种滞后性。说得更直接一点就是,此时更具有现代性、先锋性的美学词语并非是抒情和抒情性,而是叙事或叙事性。

关于这一点也可以从罗振亚对20世纪90年代先锋诗歌的美学梳理中看出一些端倪。他说先锋诗歌"不再以情感作推动诗思发展的动因……在90年代的先锋诗歌中,叙事成了诗人们介入诗歌与生活的'平台',叙事因素成了许多诗境的关键架构,叙事性上升为核心标志和有建设性意义的审美倾向。"[①] 这足以说明中国20世纪90年代的先锋诗歌,就是一种把"叙事"和"叙事性"作为创作轴线的写作。无疑,在这个逻辑框架中,"抒情"要素已由原本占据该诗体的中心位置,即由原本贯穿"推动诗思发展的动因"的主线,退居成一条臣服于"叙事"和"叙事性"的辅线。

这种抒情与叙事位置的调换,至少可以说明这样一个事实:在新时期以后的诗歌中,叙事、叙事性并不单纯是一种以"叙事"为特征的艺术手法,它更是一种代表着思想艺术观念的超前性探索,即其本身就是现代主义美学话语的一个构成部分。

这也并非是新时期以后的诗歌所展现出的一个特点,现代新诗的发展模式也大致如此。具体说,从现代新诗的整个发展历程来看,经过以胡适为代表的写实主义诗歌的短暂过渡,叙

[①] 罗振亚:《九十年代先锋诗歌的"叙事诗学"》,《文学评论》2003年第2期。

事与叙事性理念很快就与现代主义诗歌潮流挟裹在了一起：20世纪20年代以闻一多、梁实秋为理论代表的新月诗派，以李金发等为代表的早期象征主义，30年代以戴望舒、施蛰存等为代表的后期象征主义以及40年代以穆旦、杜运燮等人为代表的"九叶诗派"等，都能看出这些流派的构建或多或少地与叙事、叙事性有些关联。

  这当然不是说现代新诗的研究者，包括新诗创作者们自始至终都是很有意识地这样倡导、这样命名；相反，除了在20世纪初期的草创阶段，以胡适等为代表的新诗启蒙者曾明确地倡导过新诗的叙事性之外，更多时候他们是以另外的一种方式回应和实践着这一潮流。譬如新月诗派的诗人兼理论家闻一多，在1926年的《诗的格律》一文中，针对创造社提倡的那种浪漫主义式的情感喷发理论，提出了著名的"格律"说，即认为诗歌必须要在一定的"规矩"，也就是格律下来抒发情感。用其话说："游戏的趣味是要在一种规定的格律之内出奇制胜。做诗的趣味也是一样的。"① 在此基础上他提出了众所周知的音乐美、建筑美和绘画美的"三美"主张。尽管闻一多在该文中并未直接地提到与叙事相关的问题，但是"三美"主张本身就是遏制情感的无序泛滥的，正如他所说："新诗的格式是根据内容的精神制造成的"。② 显然，在情感与理性之间，新月诗派的"三美"主张是站在理性的立场上来讨伐"五四"时期的浪漫主义的。

---

① 闻一多：《诗的格律》，见朱自清等编《闻一多全集》第4卷，上海人民出版社、上海书店出版社2020年版，第273页。
② 闻一多：《诗的格律》，见朱自清等编《闻一多全集》第4卷，上海人民出版社、上海书店出版社2020年版，第278页。

闻一多强调用理性来遏制感性,并不是说他反对诗歌的抒情性,而是他认为那些直抒胸臆的诗人,"只认识了文艺的原料,没有认识那将原料变成文艺所必需的工具。"① 该句话中的关键词有两个:一个是"原料",一个是"工具"。结合《诗的格律》整篇文章的逻辑语境看,该处所言的"原料"就是指诗人面对"文艺"时的那种不加修饰的情感。而闻一多认为,一个好的诗人在面对与"文艺"相关的情感时,不能手无寸铁地去应对,而应该让处理情感的"工具"介入进来,这样才能更有助于把"文艺的原料",也就是承载于情感的"原料"更好地表达出来。显然,闻一多的这个"工具"说针对的就是诗歌到底该如何抒情的问题。

既然需要借用"工具"来抒情,那么这个"工具"又是什么?是叙事之"工具"吗?要回答这个问题,可能需要借助于闻一多自身的创作来予以说明与印证。收录在《死水》中的《闻一多先生的书桌》一诗,是颇有代表性的一首诗歌。为了能更好地说明问题,兹录该诗于下:

忽然一切的静物都讲话了,
忽然间书桌上怨声腾沸:
墨盒呻吟道"我渴得要死!"
字典喊雨水渍湿了他的背;

信笺忙叫道弯痛了他的腰;
钢笔说烟灰闭塞了他的嘴,

---

① 闻一多:《诗的格律》,见朱自清等编《闻一多全集》第4卷,上海人民出版社2020年版,第275页。

绪 论

> 毛笔讲火柴烧秃了他的须,
> 铅笔抱怨牙刷压了他的腿;
>
> 香炉咕喽着"这些野蛮的书
> 早晚定规要把你挤倒了!"
> 大钢表叹息快睡锈了骨头;
> "风来了!风来了!"稿纸都叫了;
>
> 笔洗说他分明是盛水的,
> 怎么吃得惯臭辣的雪茄灰;
> 桌子怨一年洗不上两回澡,
> 墨水壶说"我两天给你洗一回。"
>
> "什么主人?谁是我们的主人?"
> 一切的静物都同声骂道,
> "生活若果是这般的狼狈,
> 倒还不如没有生活的好!"
>
> 主人咬着烟斗迷迷的笑,
> "一切的众生应该各安其位。
> 我何曾有意的糟蹋你们,
> 秩序不在我的能力之内。"①

　　这首诗自然还是属于抒情诗,但其抒情方式与传统的抒情诗无疑有了质的分野:首先,这首诗并非直接抒发诗人的内心情

---

① 见朱自清等编《闻一多全集》第4卷,上海人民出版社2020年版,第41—42页。

感,而是绕了一个大弯,通过对堆放在书桌上的"墨盒""字典""信笺""钢笔""毛笔""铅笔""大钢表""笔洗""墨水壶"和"香炉"等物件的描述,即让这些不能发声的"物件"像人一样自言自语、彼此抱怨以及对"主人"破口大骂等拟人化的手段来予以展现。

其次,这首诗歌的题目——《闻一多先生的书桌》颇为耐人寻味。在传统的诗歌观念中,诗歌所表达和抒发的主要是主体者"我"的情感,所以一般不会用"第三人称"来命名。这首诗在题目上一反常态,即把"闻一多先生"这样一个人物推向前台,意味着诗歌不可能是直接抒情,而会是以客观描写、具体刻画为主。事实也确实如此,前文中所说的拟人化描写手法,就是这种创作理念的具体化。

再次,与其说这首诗是一个抒情文本,不如说是一个戏剧化文本更为合适。该诗中的戏剧性主要表现为,真实生活中的闻一多与文本中的闻一多处于悖论之中。具体来说,诗歌既然让"闻一多"这个人物直接登场,就说明了诗歌中的闻一多与生活中的闻一多有着一种真实的互文性关系。而且,也确实能从诗歌文本中看出作为真实作者闻一多的真实影子,如那个"咬着烟斗迷迷的笑"的"主人",就是在日常生活中喜欢叼着"烟斗"的闻一多,关于此种习惯可以从他的大量照片与画像中得到印证。再如,诗中所展现的那个"书桌",也能与生活中闻一多的真实身份对应起来——身为大学教授、著名诗人的闻一多,自然是离不开"书桌"的,这既是他谋生的工具,也是他的信仰、希望之所在。换句话说,离开了这张"书桌","闻一多先生"也就不是"闻一多先生"了。然而悖论的是,文本中的那个"闻一多"偏偏一连多日冷落了他的"书桌",以至于那些摆放在"书桌"上、落满了灰尘的各种物件都已忍无可忍，纷纷跳出来向"主人"抗议了。

为何诗歌中会出现这种不符合逻辑的悖逆性？这里面显然埋有一个故事，然而该诗并没有把这个"故事"直接地抒发出来，而是用悖论的方式予以展现，即让读者从这种悖论中感受那种具有冲击性的戏剧化效果。

最后，除了戏剧化之外，该诗还具有强烈的反讽性。身为读书人，却不能正常地坐到自己心爱的书桌前认真地读书、从事创作与研究，原本就是一种无法言说的悲哀。这种悲哀既是时代的，也是自我的，但是诗中的"闻一多先生"却丝毫没有展示出这种悲哀，面对桌子上的"物件"对其"生活若果是这般的狼狈，/倒还不如没有生活的好！"的埋怨，他没有悲观、难过，相反"咬着烟斗迷迷的笑"了，并若无其事地安抚他的这些"物件"说："一切的众生应该各安其位。/我何曾有意的糟蹋你们，/秩序不在我的能力之内。"这当然不是说"闻一多先生"真的是心安理得地让大家都"各安其位"，他不过是借用这种反讽的方式对时代与生活进行抗议而已。

无疑，这首诗歌已经不能用单一的抒情手法予以概括与分析了，必须要结合一些现代性的美学理念与叙述手法才能予以解读与理解。毫无疑问，闻一多先生语境中的诗，已经不是传统意义上的那种以"纯"为特征的诗了，而是有意识地让诗朝着叙事性的方向发展。有关这一点从他的另一首名为《飞毛腿》的诗中也能明显地看出来，试看该诗的开篇几句：

我说飞毛腿那小子也真够瘪扭，
管包是拉了半天车得半天歇着，

> 一天少了说也得二三两白干儿，
> 醉醺醺的一死儿拉着人谈天儿。
> 他妈的谁能陪着那个小子混呢？①

这种诗歌叙事性的写法，对闻一多先生而言并非是偶尔为之，他的许多诗歌都有着这种明显的刻意性。其实，这就是闻一多先生当时赋予新诗的一种努力方向，诚如他说："太多'诗'的诗，和所谓'纯诗'者，将来恐怕只能以一种类似解嘲与抱歉的姿态，为极少数人存在着。在一个小说戏剧的时代，诗得尽量采取小说戏剧的态度，利用小说戏剧的技巧，才能获得广大的读者。"② 使诗歌尽可能地小说化、戏剧化，或者说把小说、戏剧中的一些叙事技巧成功地引入新诗中，以其增加文本的厚度与张力，这就是闻一多先生改良传统抒情诗的目的。中国的现代新诗就是这样，尽管没有哪个诗学家或哪个诗歌流派直接以"叙事""叙事性"为题公开构建其理论，但它就是这样在一条去抒情、尚叙事的道路上越走越远。

三 "事"与"叙事传统"模式的建立

通过以上的论述与总结不难看出，在现代新诗这个特殊的

---

① 见朱自清等编《闻一多全集》第 4 卷，上海人民出版社、上海书店出版社 2020 年版，第 37—38 页。
② 闻一多：《文学的历史动向》，见朱自清等编：《闻一多全集》第 1 册，上海人民出版社、上海书店出版社 2020 年版，第 215 页。

历史语境中,叙事性不但比抒情性更具有现代性特质,同时也比抒情性更能概括出现代新诗的独特审美旨趣。这似乎足以证明本书从叙事性的角度勘测现代新诗传统是有其合理性和理论依据的,但问题的复杂性在于,尽管现代新诗的萌芽和创始与西方诗歌有着密切的关系,即可以从西方诗歌的视角对现代新诗尚叙事问题予以解释,可是不管现代新诗与西方诗歌有着怎样密切的关系,它归根结底首先还是中国本土文化的产物,这就要求它与中国传统诗歌之间应该有一条可以互为诠释的线索。换句话说,现代新诗中的叙事性根源,应该也必须能从古代诗歌中追溯出来。唯有如此,才能使现代新诗在叙事的轴线上,坐稳承上启下这把椅子。

如果说当代诗歌中的叙事或叙事性是继承了现代新诗的叙事传统,那么是否也可以说,现代新诗中的叙事、叙事性就是对传统诗歌的一种承继与发展?

这个问题有些复杂,需要对相关的文学历史予以简要回顾。早在20世纪60年代时,从台湾到美国的华裔学者陈世骧就曾以西方文学为参照,给包括诗歌在内的整个中国文学传统下了一个断语。他说:"中国文学传统从总体而言就是一个抒情传统"。[①] 中国文学传统归根结底是一个诗文传统,况且陈世骧对这一传统的分析、论证也主要是建立在《诗经》《楚辞》以及汉代的乐府和赋的基础上,故而有理由判定,他所说的这个"抒情传统"主要就是指诗歌传统;亦即中国的诗歌传统,整体上就是一个抒情传统。

---

① 陈世骧:《中国文学的抒情传统》,生活・读书・新知三联书店2015年版,第6页。

陈世骧的这一观点影响甚大,其后绝大多数研究者的相关研究没有离开这一轴线,仿佛抒情——纯粹的抒情就是中国诗歌的一个永久性规律。如果陈世骧的这一观点是正确无误的,本文所论述的现代新诗的叙事问题,自然就难以在传统诗歌中找到相应的支撑。近些年来,著名文学史学家董乃斌,对陈世骧的这一"抒情传统"观点予以多方面研究,最后在对传统文学史的全面整合与系统分析的基础上,提出了不同的看法。他认为,单维度的"抒情传统"并不能把中国文学传统很好地概括出来;除了这条线索之外,还应该再加上一条"叙事传统"线索。对此,他是这样表述的:陈世骧所提出的这个"抒情传统说"本身,"存在较大的片面性和弊病,偏偏其影响大而深远,故十分需要修正和改变。这种修改的着手处和途径当然可以不止一个、不止一途。我以为,若从把中国文学叙事传统的重要性提到与抒情传统平等的地位入手,然后逐步深入,逐步拓展,在眼下是比较切实可行的。"[1] 这段话的意思非常明显,即目前这个影响甚广的"抒情传统"说,已严重制约了包括诗歌在内的中国文学和中国文学史的研究。于是他呼吁用一个新的研究范式,来取代陈世骧的这个"旧范式"。诚如他所说,我们应该"努力突破'中国文学抒情传统唯一说',创建'中国文学抒叙传统贯穿说',以'抒叙传统贯穿'的新范式取代'抒情传统唯一、独尊'的旧范式。"[2] 显然,在董乃斌所提出的这个新的研究范式中,"抒情传统"与"叙事传统"的关系并不是哪个取代

---

[1] 《自序:重新认识和描绘中国文学史的传统》,见董乃斌:《中国文学叙事传统论稿》,东方出版中心2017年版,第1页。
[2] 董乃斌:《中国文学叙事传统论稿》,东方出版中心2017年版,第31页。

哪个，而是两者并行不悖、共同促进诗歌发展的一种关系。

至此，中国文学史的研究框架与研究路径都得到了改变，即由原来的抒情唯一说，变成了抒情与叙事双线并贯的新表达范式。① 这样一来，中国文学传统就由原本的"抒情传统"说，转变成了"抒情传统"说与"叙事传统"说的统一。

任何一种理论的调整都是有其内在依据的。董乃斌之所以要对陈世骧的理论架构作出调整，可能主要是基于如下考虑：

第一，陈世骧所提出的这个"抒情传统"说，没有充分顾及诗歌这种文体的复杂性。换言之，就"抒情"来解释"抒情"，是不可能把诗歌这种文体的创作过程解释清楚的。钟嵘在《诗品》中曾触及诗歌是如何来的问题。他说："气之动物，物之感人，故摇荡性情，行诸舞咏。"② "气"通过"物"而感染了人的"性情"，由此便诞生了诗歌。可见，在钟嵘的论述框架中，"物"是非常重要的一个要素，即它是"情"的媒介。也就是说，只有通过"物"这一要素才能完成抒情的目的——诗歌的创作就是一个由"物"到"情"的过程。

假如钟嵘对诗歌由来的这一诠释是有道理的话，那么陈世骧所说的这个"抒情传统"，即"中国文学注定要以抒情为主导。抒情精神（lyricism）成就了中国文学的荣耀，也造成了它的局限"③ 之说法，就是有问题的：它只顾及诗歌的抒情表象，而没有顾及抒情表象下面的那个"物"之要素。缺少了对这一

---

① 李翰：《文学史家的治学情怀与学术视野——董乃斌教授访谈录》，参见董乃斌《中国文学叙事传统论稿》，东方出版中心2017年版，第514页。
② 钟嵘：《诗品》，见何文焕辑《历代诗话》上，中华书局1981年版，第2页。
③ 王世骧：《中国文学的抒情传统》，三联书店2015年版，第5页。

环节的考虑与研究，就没有办法解决"抒情精神"到底是源于何处的问题；与此相应，"抒情传统"说也就成了一个不能深究的空架子。

针对陈世骧从抒情到抒情的研究漏洞，董乃斌一方面继承了钟嵘所提出的"物"之概念，另一方面吸收与借鉴了西方叙事学中有关"事件"的合理成分，最终决定用"事"这一概念来填补"抒情传统"说背后的理论欠缺，正如他所说："所谓'事'其实是包含了人类一切生活内容在内的社会现象，乃至与人的生活发生联系的一切自然现象等。简言之，世上凡有人参与的一切活动，都可以成为文学所表现的'事'，也就成为我们研究要关注的'事'。"① 当把抒情后面的这个"事"当作一个必不可少的要素提出来的时候，"抒情传统"说中的"情"才算是有了"根"。这说明诗歌看起来是表现"性情"的，但这个"性情"并非是浮泛而空洞的，它其实是一种有来历的性情。古人所说的"饥者歌其食，劳者歌其事"，就是这个意思。尽管这种"食"和"事"有时可能会被强烈的情感要素给稀释或掩盖了，但催生诗人"性情"的背后那个"事"（包括"食"这件事）却是始终存在的。而且，正是这种有意味的"事"，决定了诗歌的抒情方式与抒情向度。

董乃斌把"事"作为"情"之媒介引入诗歌中来，主要目的还并非是想为陈世骧的"抒情传统"说修补漏洞，他更是想借此时机把中国的诗歌文本，从理论上分解、确立成两层结构：文本内的"情"与文本外的"事"，二者构成一个互相牵连、密不可分的系统。这就是接下来要谈的第二个原因。

---

① 董乃斌：《中国文学叙事传统论稿》，东方出版中心2017年版，第29页。

董乃斌所提出的这种诗歌结构上的"二分法"非常重要。因为不但陈世骧，中国绝大多数诗学家都习惯于从单维度的角度，即与"心"相连的情感要素来言说诗歌——仿佛诗就是迸发于心灵世界，与外界并无必然的关系。《说文解字》中，对"诗"的界定就是如此，认为诗是"志也"。"志也"翻译成白话文，意思就是，"诗，用言语表达心志的一种文学体裁。"[①] 该处的"志"显然不是来自外部，而是强调来自"心"，即把"志"与"心"紧密相扣在一起，这意味着"志"是源于"心"的。中国的第一部诗学纲领《诗大序》，也是沿着"心"之路径来释说"志"的："诗者，志之所之也，在心为志，发言为诗。"[②] 诗藏在心里就是"志"，表达出来就是诗。无疑，"心"决定着"志"。

　　这也从另一侧面说明陈世骧把中国诗歌传统归纳、总结成"抒情传统"有其必然性的一面，是对中国传统诗学主流声音的一种承继与回应。只不过，随着人们对古代诗学更全面、更深入的理解，加之对诗歌创作自身的深刻体悟与认识，人们已经渐渐地开始不满足于从"心"到"志"的释说模式。在这方面，董乃斌所作的工作就是，他在肯定"心"，也就是"情感"的基础上，把与情感既互为对立又密不可分的"叙事"要素直接引入诗歌中来，并且改变了中国诗歌长期以来以"心"或"情感"为中心的构成模式，而把其直截了当地定义为，诗歌"多是叙事和抒情相结合的状态，是一种综合性的文本"。[③] 董乃斌把诗

---

① 许慎：《说文解字》上册，李翰文译注，九州出版社2006年版，第188页。
② 《诗大序》，见陈良运主编《中国历代诗学论著选》，百花洲文艺出版社1995年版，第72页。
③ 董乃斌：《中国文学叙事传统论稿》，东方出版中心2017年版，第28—29页。

歌的这种抒情性文本，在理论上直接改写成了"综合性文本"。这样改写的好处是，一方面把诗歌从单维度的情感轨迹，还原回情感与叙事互为统一的双维度中来，另一方面也为"叙事"和"叙事传统"进驻诗歌史留下了空间。为了进一步强化"叙事"在抒情文本中的重要性，董乃斌还从具体作品的构成角度，肯定了"叙事"在内容与形式方面的不可缺性。他说："文学史上所有的作品都可视为抒情和叙事两大因素不同比例的组合和凝结，抒情和叙事二者既关乎作品的内容与思想，也关乎作品的艺术形式和表现。"① 文学史上的其他作品就不涉猎了，就诗歌而言，这一界定就意味着诗歌这一文体并不是一种纯粹的抒情文体，它是抒情与叙事的有机结合。

董乃斌的这一判断与改写，其实是符合中国诗歌的发展状况与逻辑的。从一些前辈学者的研究来看，有些人是不同意把诗歌这种文体与抒情完全等同起来的，如闻一多先生就是持有不同意见中的一个。他在1939年就曾从训诂的角度，对"诗歌"这种文体的来源做过一番考察与论证。结论是，他认为人们后来所说的"诗歌"，在早期其实并非是指同一种文体，它们是各行各的，互有使命。"'歌'就是'啊'"，所以闻一多先生断言说，"歌的本质是抒情的"。② "歌"既然是抒情的，那么"诗歌"中的"诗"又是指什么呢？

闻一多先生沿着"诗言志"中的"志"出发，认为"志"与"诗"原本是同一个字，而且这个"志"有三种解释方法，

---

① 董乃斌：《中国文学叙事传统论稿》，东方出版中心2017年版，第33页。
② 参见闻一多《歌与诗》，见朱自清等编《闻一多全集》第1册，上海人民出版社2020年版，第191、194页。

用其话说,"诗言志"中的"志""与诗原来是一个字。志有三个意义:一记忆,二记录,三怀抱,这三个意义正代表诗的发展途径上三个主要阶段。"① 而以上这三个阶段在闻一多先生看来导向的又不是抒情,正如他说:"'歌'的本质是抒情的,现在我们说'诗'的本质是记事的,诗与歌根本不同之点,这来就完全明白了。"② 显然,"诗"的本质通向的不是抒情的"啊",而是与"抒情"无关的"记事"。换句话说,在闻一多先生的考证中,"歌"是抒情的,"诗"是记事的,二者在早期是分工明确、各自为政的。当二者渐渐合流时,也就意味着"抒情"与"记事"或者说叙事融为了一体。

对"歌"与"诗"的这种合流,闻一多先生非常重视。他说"诗"与"歌"的合流"真是一件大事",其"结果乃是《三百篇》的诞生"。③ 这是否意味着中国诗歌的奠基之作——《诗三百》就是一种抒情与叙事相结合的作品?确实如此,闻一多先生在文中坚定不移地说:"《三百篇》有两个源头,一是歌,一是诗,而当时所谓诗在本质上乃是史。最后这一点特别值得注意。知道诗当初即是史,那恼人的问题'我们原来是否也有史诗'也许就有解决的希望。"④ 毫无疑问,《诗三百》中的

---

① 闻一多:《歌与诗》,见朱自清等编《闻一多全集》第1册,上海人民出版社2020年版,第195页。
② 闻一多:《歌与诗》,见朱自清等编《闻一多全集》第1册,上海人民出版社2020年版,第198页。
③ 闻一多:《歌与诗》,见朱自清等编《闻一多全集》第1册,上海人民出版社2020年版,第201页。
④ 闻一多:《歌与诗》,见朱自清等编《闻一多全集》第1册,上海人民出版社2020年版,第202—203页。

"诗"就是抒情与叙事的统一:"歌"保证了诗歌这个文体所要求的抒情性,而"诗"则"史",则保障了诗歌这种文体所需要的记事性要求。

通过闻一多先生对中国古老诗歌缘起的研究,我们不难得出这样一个结论:中国诗歌从其诞生的原始胚胎开始,它就兼具了抒情与叙事这样两大美学线索。由此观之,董乃斌近些年来所提出的让"叙事传统"与"抒情传统""平起平坐,论证它们的关系是'合则双美,离则两伤'"①之观点并不突兀,正是对闻一多先生当年的一些思考的继续与深化。

在这样的背景之下,回头再看陈世骧所提出的"抒情传统"说,其弊端就显而易见了——它不但简单化了中国的诗歌传统,同时也把西方的诗歌传统给单一化了:凡是诗歌都具有抒情的特征,缺少了这一点,诗歌也就不能称为诗歌了。这不但是中国诗歌的特点,西方的诗歌也是如此。陈世骧为了把中国的文学传统与西方的文学传统区分开来,而有意识地把西方文学往与抒情相反的方向拉,正如他在《中国文学的抒情传统》中所说:"以史诗和戏剧为首要关注点的欧洲古典批评传统,启动了后世西方讲求客观分析情节、行动和角色,强调冲突和张力的趋向"。②比较而言,包括诗歌在内的西方文学创作,的确更为强调客观性、戏剧性的一面,但这绝非意味着西方的史诗与戏剧就截然不抒情,只不过在叙事与抒情之间,更为偏重于后者而已。显然,抛弃了抒情因素来谈论西方的史诗与戏剧,就像抛弃了叙事来谈论中国的诗歌一样偏颇。

---

① 董乃斌:《中国文学叙事传统论稿》,东方出版中心2017年版,第22页。
② 陈世骧:《中国文学的抒情传统》,三联书店2015年版,第8页。

四　叙事：中国诗学的一条隐性传统

从中国古代诗学理论的整体发展形态来看，历代诗学家们几乎都习惯步调一致地沿着"情感"的脉络切入诗歌中来。陆机所言的"诗缘情而绮靡"①，似乎把诗歌的所有文体特征都诠释尽了，其后的诗论家都是在这一框架内寻求其发展。

其实并不尽然。如果仔细阅读和分析中国古代诗学理论文本，会发现在以"情感"为上的这条显性线索或者说传统之下，一直还潜藏着另一条隐性线索，这条隐形线索便可称为叙事之传统。只不过中国传统的诗论家们在谈到与其相关的问题时，多半不会用"叙事"这个概念，而是更喜欢用叙事的替代词，诸如"物""事""理"，甚至"景"等词语来予以表达。以严羽的《沧浪诗话》为例，简单地看一下它是如何在诗学文本中，处理"理"以及"理"与"情"二者间的关系的。

《沧浪诗话》是公认的以"性情"为本位的诗歌理论著作，正如有研究者对其评价："严羽在标举'妙悟'之说时，最具诗学意义的是同时标举了'吟咏性情'和'唯在兴趣'。'妙悟'的过程和归宿，是'性情'和'兴趣'经过一系列艺术处理而不断被强化、被凸现，最后获得'入神'的最高审美境界。"②严羽论诗以"性情""兴趣"为本不错，但是这丝毫不表明他不承

---

① 陆机：《文赋》，见陈良运主编《中国历代诗学论著选》，百花洲文艺出版社1995年版，第104页。
② 见陈良运主编《中国历代诗学论著选》，百花洲文艺出版社1995年版，第520页。

认诗歌中有"理"性因素的存在,试看《沧浪诗话》中的一段话:

> "诗有词理意兴。南朝人尚词而病于理,本朝人尚理而病于意兴,唐人尚意兴而理在其中。汉魏之诗,词理意兴,无迹可求。"①

该处所说的"词理"就是指诗歌中的说理、以议论为诗等;"意兴"则是指通过意象表达性情。由此可见,严羽论诗并非单纯是沿着"意兴",即性情的脉络前行的,而是认为诗是由"词理"和"意兴"这两大要素构成的。除此之外,他还认为,在这两大要素中,偏向于"理"固然不好,可偏向于"意兴"也不是最佳选择。最好的搭配形态是"尚意兴而理在其中",或者是"无迹可求"。

以上说明严羽尽管注重"意兴""妙悟",说"诗道亦在妙悟"②,但他在标举"妙悟"的同时,也并没有忽略"理"的重要性,正如他所说:"夫诗有别材,非关书也;诗有别趣,非关理也。然非多读书、多穷理,则不能极其至。"③ 诗这种文体是"别材""别趣",与"书""理"无关,但是离开了"书"与"理",诗又难以"极其至"。显然,一首诗歌能否"极其至",主要还是取决于"书"与"理"的巧妙融合。这足以说明在严

---

① 严羽:《沧浪诗话》,见何文焕辑《历代诗话》下,中华书局1981年版,第696页。
② 严羽:《沧浪诗话》,见何文焕辑《历代诗话》下,中华书局1981年版,第686页。
③ 严羽:《沧浪诗话》,见何文焕辑《历代诗话》下,中华书局1981年版,第688页。

羽的论诗框架中,"理"是必不可缺的一个要素,它会直接影响到一首诗歌的艺术价值。事实上,严羽以"禅"喻诗,即"论诗如论禅"①说法之本身,就暗含了"理"的重要性:禅主要就是通过禅理表现出来的,如此来推演,所谓的"论诗如论禅",其实就相当于说,论"诗"就像论"理"一样,只不过这种"理"不是普通的理,而是带有某种"玄"的成分的"理"。

众所周知,在中国古代诗论史中,《沧浪诗话》具有非同一般的地位,被研究者们普遍誉为"中国古代最重要的一部诗话著作"。之所以占据如此重要的位置,就是因为它不但"师法盛唐的诗学思想,涉及诗歌美学中的一些重大理论问题",而且还"对元明清三代的文学理论批评,乃至绘画等艺术理论批评,产生了极为深远的影响"。② 这个评价并不为过,在中国诗学史上,《沧浪诗话》的确起到了承上启下的作用:往前看,它总结并发扬光大了历代诗学的美学思想;往后看,它开启了其后诗学的批评向度。明代杨慎所说的"唐人诗主情""宋人诗主理"③的著名观点,还有清代翁方纲的"唐诗妙境在虚处,宋诗妙境在实处"④等说法,某种程度上都是延续了《沧浪诗话》对唐诗与宋诗评价的结果,或者说是对严羽观点的一种引用与演绎。

---

① 严羽:《沧浪诗话》,见何文焕辑《历代诗话》下,中华书局1981年版,第686页。
② 参见张少康、刘三富著《中国文学理论批评发展史》下,北京大学出版社1995年版,第100页。
③ 杨慎:《升庵诗话卷八》,见丁福保辑《历代诗话续编》中,中华书局1983年版,第799页。
④ 翁方纲:《石洲诗话》,见陈良运主编《中国历代诗学论著选》,百花洲文艺出版社1995年版,1037页。

中国诗学发展至清代,是以四大流派的方式存在的。在这四大流派中,至少有两派,即以翁方纲为代表的"肌理派"和以沈德潜为代表的"格调派",是更为偏重于客观叙述或者说客观之理的。如果说强调温柔敦厚之诗教的沈德潜,还有些在情感与理性之间徘徊、摇摆,诚如他所说:"诗之为道,可以理性情,善伦物,感鬼神,设教邦国,应对诸侯"①,"诗贵性情,亦须论法"②等;那么倡导"文理之理"的翁方纲,则直接把"理"设置成诗歌所应遵循和表现的内容,正如他在从"理"的角度对以往的诗学予以总结之后说:"理者,民之秉也,物之则也,事境之归也,声音律度之矩也。是故渊泉时出,察诸文理焉;金玉声振,集诸条理焉;畅于四支,发于事业,美诸通理焉。'义理'之'理',即'文理'之'理',即'肌理'之'理'也。"③所谓的"肌理说",其实就是强调诗歌不应空泛地抒情,而应以各式各样的"理",即"义理"(以思想和学问入诗)和"文理"(诗律、结构等作诗之法)为本,难怪袁枚在《仿元遗山论诗绝句》中讽刺他说,"误把抄书当作诗"。

不可否认,翁方纲的"肌理说"与沈德潜的"格调说"中存在一些诸如"为学必以考证为准,为诗必以肌理为准"④的弊

---

① 沈德潜:《说诗晬语》,见陈良运主编《中国历代诗学论著选》,百花洲文艺出版社1995年版,第959页。
② 沈德潜:《说诗晬语》,见陈良运主编《中国历代诗学论著选》,百花洲文艺出版社1995年版,第960页。
③ 翁方纲:《言志集序》,见陈良运主编《中国历代诗学论著选》,百花洲文艺出版社1995年版,第1039页。
④ 翁方纲:《言志集序》,见陈良运主编《中国历代诗学论著选》,百花洲文艺出版社1995年版,1040页。

病，然而正是从这些弊端中可以看出，中国传统诗学其实一直都是由尚情与尚理这两大流派构成的，只不过由于"诗缘情"的说法太过于深入人心，从而导致了人们，包括不少诗论家都对后一种流派不是视而不见，就是无情地抨击。其结果使中国诗学原本应该是丰富多彩、双峰并峙的发展形态，变成了目前这种一枝独秀的状态。董乃斌对中国传统诗学的这种偏颇发展，有过这样的论述：

> "中国诗学的主流倾向确有重抒情而贬叙事的特点，这并不是它的光荣和价值之所在，造成这一倾向的根源与中国文化的弊端有关，值得好好反思，而不该盲目赞美。另一方面，中国诗学并非没有重视叙事的言论，但此一话语权历来受到压抑和轻忽，我们要做的是去调查发掘并为之伸张。"①

中国的诗学传统中确实存在褒抒情、贬叙事的问题，这也是叙事话语在历代诗学文本中层出不穷，就连清代四大流派中的另外两派，即标举"性灵"和"神韵"的袁枚、王士禛也并非全然排斥以"学问"为诗，但却一直得不到正面总结与评价的原因。② 令人倍感诧异的是，尽管历代的诗学主流都是尚情斥

---

① 李翰：《文学史家的治学情怀与学术视野——董乃斌教授访谈录》，见董乃斌《中国文学叙事传统论稿》，东方出版中心2017年版，第514页。
② 尽管袁枚反对以"抄书"的方式来写"诗"，但是他本人也并不反对"学问"入诗，正如他谈到诗从何处来时说："从性情而得者，如出水芙蓉，天然可爱；从学问而来者，如玄黄错彩，绚染始成。"并主张"文学韩，诗学杜"。参见袁枚的《答何水部》和《与稚存论诗书》。标举神韵的王士禛其实也大致如此，一方面强调性情、神韵，另一方面也说"诗人一字苦冥搜，论古应从象罔求。不是临川王介甫，谁知暝色赴春愁？"见王士禛的《戏仿元遗山论诗绝句三十二首》。

理的，但是中国古代最后一部诗学专著，即深受西方现代美学思想影响的王国维，完成于1908—1909年的《人间词话》则最终是以倡"理"降"情"的方式，为中国传统诗学悄悄地画上了一个句号。

之所以说是悄悄地画上了一个句号，意思是，王国维并没有在书中对其之前的那些尚"情"贬"理"的诗学倾向予以批驳，而是悄无声息地，甚至是不露痕迹地把"情"与"理"的位置给做了一个调换。再一层意思就是，后来的研究者们似乎也甚少发现《人间词话》中这种对传统诗学的颠覆性。以上两方面都决定了《人间词话》所包含的尚"理"思想并没有被充分地发现与理解。

那么，王国维是如何悄悄完成这次"革命"的？他的这次"革命"是从"物"与"我"的关系入手的；这对关系的搭配就颇有意蕴。"物"显然是中国传统诗学中的一个概念，与前文中所说的"理""景"等相等同，但是"我"却不是传统诗学话语中所惯用的词语。在中国传统诗学话语中，这个"我"一般会用"情"来指代。王国维一方面沿用了古代的诗学话语，另一方面又把西方诗学理论中的"我"之概念引入进来，并替代了"情"，显然这个理论已经超出了中国传统诗学的范畴，成为中西合璧的状态。从某种意义上说，王国维就是通过这一"状态"实现了对传统诗学模式的瓦解与转换。如果说其之前的诗论家们也都承认"物"的存在，但一般并不会把"物"置于"我"，即"情"之上，如在钟嵘所说的"气之动物，物之感人，故摇荡性情，形诸舞咏"[①] 的诗歌产生链条中，"物"与人之"性情"是处于一种自然、平和的状态中，二者间似乎并不存在一个谁

---

① 钟嵘：《诗品》，见何文焕辑《历代诗话》上，中华书局1981年版，第2页。

压倒谁的问题。但是在王国维这里,开始出现了尚"物"贬"我"(情)的范式。有关这一问题,王国维是通过对"词"这一文体的重新认识与划分来完成的。

以往人们谈"词",多半是从配乐歌唱的诗体角度来谈,而王国维则是从诗人的写作手法或者说风格流派上予以划分。他说词有"造境"与"写境"之分;词有"有我之境"和"无我之境"之别,① 这种提法本身说明了王国维已经意识到,诗人在创作时,主观情感投入的多寡会直接影响到词,当然也包括诗的艺术审美效果,正如他对"无我之境""有我之境"的界定:"无我之境,人惟于静中得之。有我之境,于由动之静时得之。故一优美,一宏壮也。"② 在这"二境"之间,王国维认为"无我之境"("优美")在艺术上是远远高于"有我之境"("宏壮")的,诚如他所说:"古人为词,写有我之境者为多,然未始不能写无我之境,此在豪杰之士能自树立耳。"③ 多数人只能写"有我之境",唯有那些少数的"豪杰之士"才能够到达至高的"无我之境"。

那么,决定"无我之境"与"有我之境"的根本要素是什么?王国维对此交代得很清楚,他说:"有我之境,以我观物,故物皆著我之色彩。无我之境,以物观物,故不知何者为我,何者为物。"④ 他是从"我"与"物",也就是主体与客体的关系角度来区分和论述"有我之境"与"无我之境"的:当主体的情感统率于客观之物时,即当"我"所显露的成分大于"物"之

---

①③④ 王国维:《人间词话》,见郭绍虞、罗根泽主编《蕙风词话 人间词话》,人民文学出版社1982年版,第191页。

② 王国维:《人间词话》,见郭绍虞、罗根泽主编《蕙风词话 人间词话》,人民文学出版社1982年版,第192页。

成分时，就是"有我之境"；当把"我"隐藏于"物"中，不知何者为"我"、何者为"物"时，就是"无我"之境。

由以上至少可看出王国维的两大思想倾向：其一，王国维在《人间词话》中已经明确意识到词的艺术风格，主要取决于主观情感与客观物象间的关系；其二，王国维在"我"与"物"，即主观情感与客观物象这两大要素之间更为重视后者，认为当客观物象（"物"）统率于或者说融化于主观情感（"我"）时，才能进入艺术的最高境，也就是"无我之境"。这说明在王国维看来，诗歌这种艺术并非是主观情感投入的越多越好，相反诗人用理性遏制一下情感，反而能使诗歌更上一个台阶。

毫无疑问，王国维的《人间词话》已经明确涉及了抒情与叙述、叙事诸问题。而且在这些问题上，他是把后者——即与"物"相关的要素置于"我"——即情感之上的。换句话说，王国维的诗学思想，或者说他思想中的创新性部分就是体现在用"物"来遏制"情"的方面。遗憾的是，王国维的这种尚"物"之思想，与其之前的那些尚"理"思想一样，依旧没有得到人们的重视。因此说，用"抒情传统"来概括中国的诗歌传统，在把中国诗歌的大致发展倾向揭示出来的同时，也把潜存于文学史中的许多丰富而多样的细节忽略与抹杀了。

正是基于对这种被压抑的"话语权"的发掘与伸张，董乃斌在肯定陈世骧所提出的"抒情传统"说的前提下，又提出了一个全新的"叙事传统"来予以修补，并在此基础上把包括诗歌在内的中国文学史，设置成一个"抒情叙事双线并贯的文学史"[①]

---

① 李翰：《文学史家的治学情怀与学术视野——董乃斌教授访谈录》，见董乃斌《中国文学叙事传统论稿》，东方出版中心2017年版，第516页。

传统。

总之，本书所谓叙事视角的确立，就是为了摆脱陈世骧所归纳、总结出来的那种单一化的抒情说，而试图从抒情与叙事的双线视角来重新构建诗歌的存在与表达机制。这一视角的最终出现与确立，显然与董乃斌对中国传统诗歌的重新认识与界定有关：现代新诗是中国诗歌的一个构成部分，抒情与叙事双线并贯之原理，既然适合于古代诗歌，自然也同样适合于现代新诗。只不过由于现代新诗诞生与发展的历史时空不同，而拥有了诗学发展的一些自身特点：如果说古代诗学中漂浮在外的那条明线索是抒情性，叙事性则是一条隐形线索的话，那么在现代新诗中抒情与叙事正好调换了位置，即叙事性成了诗歌创作中的一条明线索，抒情性则相应地变成了暗线索。这种创作转换既与对传统诗学的重新认知有关，也与现代新诗的诞生及对西方现代思想的崇尚有关。这种"崇尚"意味着现代新诗无论怎么变，都不会离开对与思想性有关的"事件"予以叙述的线索。

当然，现代诗学中的这种叙述转换，在多数时候并非是一种有意识、有目的的转换，而主要表现为一种集体无意识的行为，所以这种"明"与"暗"在很多时候并不是一眼可以看出来的，而是需要拉开一定的距离才能作出一个综合性的判断。

第一章

"无传统"时代的现代新诗传统

中国现代新诗已经拥有了其自身的传统,而且,这个传统大致可以采用"叙事性传统"来命名。在传统中彰显"叙事"之因素,并不是说现代新诗的主导模式呈现出一种叙事诗的态势,而主要针对的是传统诗歌中所说的那个抒情性的问题,即具有那么一点矫枉过正的意思。另外,需要说明的一点是,以"叙事"来取代"抒情",并非只是一种术语的转换,这种术语更替的背后其实有着一种特殊的所指与强调——彰显现代新诗内容的充实性与现代性。假若说抒情框架下的诗歌,一般还都是以诗歌内容的"虚"为美,那么崇尚"叙事"的诗歌,则更为重视诗歌内容的"实"。而且这种"实"最好还要与社会问题、人生问题以及思想问题、哲学问题等融会贯通到一起。总之,与抒情框架下的现代新诗相比,叙事性框架下的现代新诗,强调和彰显的是现代诗歌的一种综合性,即综合处理问题、彰显问题和解决问题的能力。

第一节 有无"传统"的论争

自"五四"运动、新文化运动后,中国诗歌便被划分成泾渭分明的两大板块：古典诗歌与现代新诗。随着这种对立格局的形成与确立，古典诗歌便成为一种过去式的存在。与此相一致，后起的现代新诗就进入了一种无传统，或者说需要创造新传统的时代。迄今为止，几乎是从零起步的现代新诗，已拥有了逾百岁的"高龄"。经过了一个世纪的探索，新诗到底有没有形成一套独特的，与古典诗词既有联系又有区别的新型创作传统？

有关这个问题，学界自2000年以来，就存在两种不同的声音：一种是以"九叶诗派"的老诗人郑敏为代表，她认为现代新诗尚未形成传统，还属于"无传统"的诗歌形式。正如她所说："今天的汉语新诗，由于只有八十多年的实践，尚未成熟到有一整套为国人、诗歌界所共同接受的具体诗学美学准则，也即新诗自己的诗歌传统。"① 另一种是以吴思敬为代表的，他的意见与此相反，认为新诗已经形成了传统，即郑敏所说的"形式规范和审美规范"的"'不定型'恰恰是新诗自身的传统"。② 显然，两种声音指向的都是诗歌的美学标准或者说"规范"问题，不同之处在于：郑敏否认旧的诗歌美学瓦解以后，有新的美学准则的形成与取代；吴思敬则认为现代新诗已经形成了自身的审美传统，即被郑敏所指责的"不定型"恰恰就是新诗的传统。

双方论争的焦点，集中在新诗形式的指认方面，即其潜在的论证前提是，如果一种诗歌形成了一种传统，它在形式上一定会有规律可循，譬如一提到古典诗歌，人们立即会联想到四言、五言、七言以及平仄、对仗等形式方面的要求。郑敏就是从这个角度出发，认为现代新诗尚未形成一套像古典诗歌那样

---

① 郑敏：《关于诗歌传统》，见《文艺争鸣》2004年第3期。
② 吴思敬：《新诗已形成自身传统》，见《文艺争鸣》2004年第3期。

被大家所广泛认可的"定型化"的审美范式；吴思敬则不认同这种看法，他认为如果古典诗歌的特点就是形式上的"定型化"，那么与此相对立的新诗反对的就是这种"定型"，即"不定型"才是新诗的传统。此外，吴思敬还从新诗的内容方面，诸如对"个人"价值的发现与肯定这一现代性维度的层面，肯定了现代新诗的存在价值和意义。换句话说，郑敏以古典诗歌的形式规范为纲，判定现代诗尚未形成自身的传统；而吴思敬则把现代新诗内容的转换，也视为现代新诗的传统。

  在上述有关"传统"的两种意见中，郑敏对新诗传统的判断无疑有些机械和片面。现代新诗的肇始和发展与古典旧诗词是完全不同的两种形态，而且现代新诗的产生就是建立在对旧诗词否定的基础上——尽管这种否定带有矫枉过正的成分，但毕竟新诗是构建在现代性的土壤之上，所以不适宜用旧诗词的诗学标准与其相类比。吴思敬对现代新诗传统的判定，其长处是，他注意到了现代新诗在内容方面所拥有的独特性，即把现代新诗内容方面的更新与演变，也列入新诗传统的研究中。这是非常符合现代新诗的发展现状的：现代新诗的"新"，除了由文言文转化为白话文，即语言形式之"新"外，其所表现出的思想意识内容也具有崭新的特征。宗白华在20世纪20年代时就曾涉猎这一问题。他说："白话诗运动不只是代表一个文学技术上的改变，它是象征着一个新的世界观、新生命情调、新生活意识寻找它的新的表现方式。"① 这段话至少包含两层意思：首先，现代白话诗不同于以往的诗歌，它是"新的世界观"的一个外化；其次，这种代表"新生命情调""新生活意识"的新

---

① 宗白华：《欢欣的回忆和祝贺》，《时事新报》1941年11月10日。

型诗歌需要有一个"新的表现形式"与其相匹配。用俞平伯的话来说，就是新诗"不但要有新的介壳，并且要有新精神的"。①

现代新诗的内容与形式是难以截然分开的。而且，从某种程度上说，内容上的"新"还要重于形式上的"新"——形式之"新"是为内容之"新"服务的。所以说，对现代新诗传统研究所应展开的步骤是：以古典旧诗词为参照，权衡现代新诗在内容方面具有什么样的创新；在内容创新的基础上再展开形式方面的研究。

正如前文所言，吴思敬在对现代新诗传统的考量中，就把思想内容上的"新"纳入研究的范围，这是极其有意义的一面；但略显不足的是，他虽然意识到了现代新诗的内容与诠释方式是不同于古典诗歌的，但是他对与新内容相匹配的新诗的诠释方式，似乎并无太多的话要说，只是接着郑敏的话说了一句："不定型"本身就是新诗的一种传统。

用"不定型"可以把现代新诗与传统旧诗从形式上区分开来，但是并不能用"不定型"来为现代新诗传统命名。因为一牵涉到"传统"，必定是要与一系列的规范、规则等东西联系在一起。

何谓传统？《现代汉语词典》的解释是："世代相传、具有特点的社会因素，如文化、道德、思想、制度等。"② 可见，凡是能称为"传统"的，一定是"定型"的。这不难理解，因为

---

① 杨匡汉、刘福春编《中国现代诗论》上编，花城出版社1985年版，第20页。
② 中国社会科学院语言研究所词典编辑室编《现代汉语词典》，商务印书馆2016年版，第201页。

构成"传统"最核心的部分，就是所谓的"相传"性。艾略特对"传统"也有类似的看法，只不过他把这种"相传性"称为一种"历史意识"，诚如他所说："传统是具有广泛得多的意义的东西。它不是继承得到的，你如要得到它，你必须用很大的劳力。第一，它含有历史的意识，我们可以说这对于任何人想在二十五岁以上还要继续作诗人的差不多是不可缺少的；历史的意识又含有一种领悟，不但要理解过去的过去性，而且还要理解过去的现存性，历史的意识不但使人写作时有他自己那一代的背景，而且还要感到从荷马以来欧洲整个的文学及其本国整个的文学有一个同时的存在，组成一个同时的局面。这个历史的意识是对于永久的意识，也是对于暂时的意识，也是对于永久和暂时的合起来的意识。就是这个意识使一个作家成为传统性的。同时也就是这个意识使一个作家最敏锐地意识到自己在时间中的地位，自己和当代的关系。"① 在艾略特的论述语境中，一个作家一旦失去了这种"历史意识"，即"相传性"，他与其"传统"也就没有关系了。从这个意义上说，凡是能够成为"传统"的东西，一定会有一些能够把处于同一历史场域，和其后历史场域中的作家联系起来的共性准则。

假如把这样的一种以"共性"和"可传性"为特征的"传统"理念，推演到现代新诗中来，显然可以说，不但已经有了百年历史的现代新诗应该拥有传统，就是在"五四"时期的那批新诗人那里也具有了形成"传统"的条件：第一，他们都是从旧时代走出来的，即拥有历史的"过去性"；第二，他们都步入

---

① 艾略特：《传统与个人才能》，见王恩衷编译《艾略特诗学文集》，国际文化出版公司1989年版，第2页。

了一个与旧时代完全不同的崭新时代,即拥有了历史的"现存性";第三,他们都置身于现在、过去和未来之间,即拥有历史的结合性。以上三点决定了现代新诗的出现,绝非是随意而盲目的,相反在其草创时期它就应该有着明确的共性诉求。

事实也确实如此,以胡适为代表的"五四"时期第一批白话新诗人,对何谓现代新诗,即现代新诗所应有的形态,从一开始就有着明确的价值设定。茅盾在 1937 年时,对草创时期的现代新诗曾有过一个总结。他说:"初期白话诗的最一贯而坚定的方向是写实主义。内容决定形式。"① 长期以来,研究者们对这个总结不以为然,认为这是茅盾的个人审美偏好。然而,当偏离抒情视角而换用一种叙事的视角来审查初期白话诗时,会发现茅盾的这个总结其实非常准确,"写实主义"和"内容决定形式",确实是现代新诗诞生时所遵循的两大共性原则。这两大原则表明,现代新诗在某种程度上把抒情性要素让位给了思想性要素。这意味着现代新诗的崛起首先是一种思想观念的崛起,其次才是它的美学问题。

第二节　现代新诗的叙事性与现代性

基于以上认识,在距离有关现代新诗"传统"讨论已经过去 20 多年后的今天,似乎还可以再把这个话题往前推进一步:首先,从大的框架上说,现代新诗与古典诗歌一样,都是拥有

---

① 茅盾:《论初期白话诗》,杨匡汉、刘福春编《中国现代诗论》上编,花城出版社 1985 年版,第 310 页。

其自身传统的诗歌形式；而且，彼此间的"传统"既有联系，更有区别。其次，从传统的构成上说，所谓现代新诗传统，绝非只是指一种形式上的传统；除此之外，它也包括内容方面的传统。而且，从某种意义上说，内容方面的传统比形式方面的传统来得更为重要，即前者决定着后者——正因为有着这样的一种思想内容，所以才会出现这样的一种诠释方式。最后，从命名上说，根据现代新诗所表现出的特征，可以把其传统用"叙事性"加以概括，即现代新诗传统从本质上说就是一种叙事传统。

需要略加解释的是，用"叙事性"来指认现代新诗的传统，既不是说现代新诗的主流是叙事诗，也不是说现代新诗是沿着叙事诗的方向发展和构建起来的。这是两个根本不同的问题：传统意义上的叙事诗，一般是诗人借助于诗歌这种形式，向人们讲述一个完整的故事，它有头、有尾，还有体现着性格特征的人物，在叙事的展开模式上有点类似于小说。而所谓现代新诗中的叙事性，则并不要求诗人用诗歌的形式来向人们讲述一个完整的故事，塑造出一系列人物形象。该处所强调的叙事性至少应该包含这样一层意思：与古典诗歌相比，现代新诗里有意识、有目的地增加了一些叙事的成分。如果说古代诗人的叙事，在某种程度上说可能还是无意识的，那么现代新诗里的叙事则是诗人们的一种有意识的追求，是与现代新诗所要求的深刻思想性联系在一起的。总之，现代新诗里的叙事性，主要针对的还是古典诗歌中的抒情性问题，即用叙事性这个概念来正视、补充和应对诗歌这种文体构成的一些复杂性内涵。

古典诗歌的构成形态和审美基调是复杂多样的，但从其总体的发展倾向上说，古典诗歌主要是以外在形式之美为美。与此审美倾向相一致，古典诗歌在内容上也主要是以"虚"为美。有关这一点，从严羽的《沧浪诗话》中可以明显地看出。这当然不是说古典诗歌全然不重视内容，而是说为了体现出诗歌中的那种美好的肌质感，诗人们更倾向于把内容的"筋"和"骨"打磨掉，只把其一个朦胧的大概呈现出来，给人一种朦胧之美即可。古代传统诗学把这种尚虚的表达方式称之为"含蓄"。而且这种以美感为中心的含蓄之美，一直被人们视为中国传统美学的高级之美。正如宗白华在论述《世说新语》这本书与晋人之美的关系时所说的一番话："晋人以虚灵的胸襟、玄学的意味体会自然，乃能表里澄澈，一片空明，建立最高的晶莹的美的意境！"① 这种"最高的晶莹的美的意境"，也是中国历代美学的最高审美意境。明白了中国美学中有这样一条标准的存在，也就明白了为何是山水诗，而不是其他类别的诗，能成为中国古代诗歌最高审美典范的内在逻辑。

"五四"时期不愧为一个彻底反传统的时代，崛起于该时期的现代新诗，一登台露面就把批判的矛头对准了含蓄之美。其中，在诗歌领域反对最为强烈的是胡适。从美国留学归来的他，把承载着这一美学光彩的古典诗歌总结为"有文而无质"，用其话说，"这时候我已仿佛认识了中国文学问题的性质。我认清了这问题在于'有文而无质'。怎么才可以救这'文胜质'的毛病呢？"② 其意思显然是指古典旧诗词光有形式之美，并无特别深

---

① 宗白华：《论〈世说新语〉和晋人的美》，见《中国美学史论集》，安徽教育出版社2006年版，第125页。
② 胡适：《逼上梁山——文学革命的开始》，见《胡适代表作》，河南文艺出版社1996年版，第261页。

刻的思想意蕴。

胡适这一看法自然带有时代的偏颇性，古代艺术中所强调的含蓄之美并非是光有"文"，没有"质"，它其实是一种虚实观念高度融会贯通后的产物，正如宗白华的释说："以虚带实，以实带虚，实中有虚，虚实结合，这是中国美学思想中的核心问题。"① 所谓"无质"和"文"胜于"质"，其实都是"虚"之美学思想的体现，即"虚"中带有"实"的成分。但是也应该承认，这种以"虚"或者说以"虚"带"实"为特征的含蓄之美，确实与"五四"那个注重实效性、改造性的时代氛围不合，这也是胡适在当时反"虚"尚"实"，提出诗歌的内容越是"具体的"，就"越有诗意诗味"② 的一个原因。

以今天的眼光来看，胡适这种一味求"实"的美学倾向，并非就一定是诗歌的正途；但是有一点需要承认，从胡适重具体、求实际来看，现代新诗的确是走向了与传统旧诗词不一样的道路：如果说传统旧诗词是以《沧浪诗话》中所说的"羚羊挂角，无迹可求"为美的话，那么以胡适为代表的现代新诗则是旗帜鲜明地反对这种"无迹"追求，要求诗歌必须要"有迹"可求。这种"有迹"要求的背后，其实存在这样一种新型理念：新诗作为一种文体，必须要像武器一样，具有直接介入现实生活和具体思想中去的能力。

由上述简要回顾可以发现，与古典诗歌相比，现代新诗

---

① 宗白华：《中国美学史中重要问题的初步探索》，见《中国美学史论集》，安徽教育出版社2006年版，第19页。
② 胡适：《谈新诗——八年来一件大事》，见姜义华主编《胡适学术文集：新文学运动》，中华书局1993年版，第397页。

的一个最大转变,是它对诗歌的内容有着极端的强调。如果说在古典诗歌中,内容多半还是潜在的,常常有意把其调置成一种若有若无的状态,即是以"虚"的方式显现的;那么在现代新诗中,内容之"实"则被抬升至首位。这种认知上的变化,自然会引发诗歌形式上的重大转变。而且,这种形式上的转变,一定是朝着有利于内容的表达方面转化。

只有明白了这一逻辑前提,才会明白胡适为什么要把其所创建的第一批新诗理论,命名为"写实的描画"与"具体的做法"①的内在逻辑——只有把叙事性的描写思维引入现代新诗的创作中来,才有可能完成这种以内容为上的价值设定。与此同时,也明白了胡适的同时代人非但不反对胡适的这种不诗意化的命名,反而纷纷沿着其思路来谈论新诗的原因,如俞平伯在其文章中关心的是"注重实地的描写"②、"叙事要灵活"③ 等问题;就连一直非常注重抒情,写过"窗外的闲月/紧恋着窗内蜜也似的相思。/相思都恼了,/她还涎着脸儿在墙上相窥。"(《窗外》)的康白情,也开始热衷于谈论新诗中的"刻绘"作用,并断言说决定着读者喜欢不喜欢他诗歌的主要原因,"就看我是否能把我所得于对象底具体的印象具体的写出来"。④

---

① 胡适:《谈新诗——八年来一件大事》,见姜义华主编《胡适学术文集:新文学运动》,中华书局1993年版,第387、397页。
② 俞平伯:《社会上对于新诗的各种心理观》,见杨匡汉、刘福春编《中国现代诗论》上编,花城出版社1985年版,第27页。
③ 参见胡适《白话诗的三大条件》跋,见姜义华主编《胡适学术文集:新文学运动》,中华书局1993年版,第367页。
④ 康白情:《新诗底我见》,见杨匡汉、刘福春编《中国现代诗论》上编,花城出版社1985年版,第37页。

因此说，把现代新诗传统命名为叙事性传统，并不是指现代新诗走向了传统叙事诗的创作道路，而主要是指它在反对传统诗歌的基础上所形成和体现出的一种现代性的诉求。换句话说，在本书的论述框架中，所谓的叙事性并不单纯是指把"事"，或者说把"具体事"引入诗歌的创作手法，同时它也是一种现代性思维方式转换的象征。

或许有人会问：把叙事性纳入现代性框架下予以讨论的合理性是什么？应该说，这是由现代新诗所产生的历史背景和现实性质所决定的。现代新诗是崛起于中国的土壤，也是由中国诗人所创造的，自然算是中国诗歌的一个构成部分；但是其特殊性在于，现代新诗的产生并不是中国传统诗歌的自然发生与延展，相反正如前文所说，是在对其发起批判与攻击的基础上产生出来的。而这种批判与攻击又主要是受到外国诗歌的启发与影响。有关这个问题，朱自清和梁实秋都曾有过明确的表述。朱自清在回顾新诗肇始的渊源时，尽管他提到了新诗与清末以夏曾佑、谭嗣同、梁启超等为代表的"诗界革命"的关系，说"在观念上，不在方法上"给了很大的影响，但他最后的结论却是："不过最大的影响是外国的影响。"[①] 与朱自清的含蓄相比，梁实秋说得更为直接："我一向以为新文学运动的最大的成因，便是外国文学的影响；新诗，实际就是中文写的外国诗。"[②] 梁实秋的这个观点无疑有某种夸大之处，但确实也道出了新诗史

---

① 参见朱自清《中国新文学大系·诗集》导言，见杨匡汉、刘福春编《中国现代诗论》上编，花城出版社1985年版，240页。
② 梁实秋：《新诗的格调及其他》，见杨匡汉、刘福春编《中国现代诗论》上编，花城出版社1985年版，第141页。

上的一个基本事实：中国的现代新诗主要是在外国诗歌的直接影响下发展起来的，即现代新诗在其初始是以"外国诗"，而并非是以中国古典诗歌为创作模本的。

当然，这个"外国诗"的说法太过笼统而宽泛。"五四"时期的这批新文学工作者，绝大多数有留学欧美的经历，如朱自清曾留学英国，梁实秋则留学于美国的哈佛大学，所以说尽管用的是"外国"二字，其实当时他们主要还是受到欧美诗歌的影响。这就给我们一个启示：现代新诗由古代诗歌所崇尚的"虚"，转向了重"实"之追求，或许主要是受到欧美诗歌的影响。事实也大致如此。正如文学史所揭示的那样，欧美诗歌是在《荷马史诗》的基础上发展起来的；而《荷马史诗》的一个基本特征，是喜欢把一些重大的社会历史事件和传说中的英雄人物写入诗中，即用诗歌这种形式来展示社会事件的来龙去脉和历史人物的英雄事迹，从而开创诗歌的叙事性传统。后来不同时期的欧美诗歌自然也不完全是照搬《荷马史诗》的写作路数，而是各有各的特点，但不管怎么说有一点没有变，那就是诗歌除了可以抒发自我的情感之外，还可以用来叙述现实和思想性，即诗歌这种文体除了能给人带来精神上的审美愉悦，它还拥有干预现实世界和改造人生的能力。

中国传统诗歌在给人们带来美的愉悦方面，已经发展到了登峰造极的地步。文人雅士们聚集到一起，常常会用作诗的方式来取乐，也能证明传统诗歌具有娱乐的功能。此外，中国古代诗歌理论不像西方诗歌理论那样，动辄以宏大叙事的模式来压人，相反它总习惯以一种拉家常的诗话形式呈现，这也是娱乐精神的体现。就像贾岛的"鸟宿池边树，僧敲（推）月下门"中的第二个动词，是选用"敲"还是选用"推"，这原本是个极为严肃、认真的学术话题。从贾岛在文学史上被称为"苦吟派"来看,也不难看出他在用字方面的艰辛。然而在中国传统诗话的展示中,贾岛的这种"苦吟"精神,却被一派趣味和友情所取代:这两句千古名句并不是贾岛在书桌前,通过苦思冥想而得到的,相反是他骑在驴背上得到的;且还因为这个"敲"字,贾岛意外得到了身居高位的韩愈的赏识,为此两人还成了挚友——正如《诗话总龟》所述,他们两人"并辔而归,共论诗道,留连累日,因与岛为布衣之交。"① 就这样,一个原本有关诗歌如何选字和用字的问题,被讲述者转化成了一个以诗会友的传闻轶事。总之,从中国传统诗歌的整体发展来看,蕴藏于其中的愉悦精神远远大于其社会功用性的要求。②

"五四"时期是个需要改天换地的特殊时代,即要求文学作为一种精神武器,参与到社会的这场大变革中来。这就决定了不适合这个时代要求的传统旧诗词在遭遇淘汰的同时,一种适合这个时代需求的现代新诗体必然要诞生。

这种与时代的步伐相一致的新诗体,到底是一种什么样的诗体?关于这一点,从新文学的另一急先锋——周作人对那个时代所需求的所谓"平民文学"的讴歌与呼唤中不难看出。他说古代文学是一种"修饰的,享乐的或游戏的"贵族文学,所以新时代的"平民文学"必须要反对这些,倡导一种"以普通

---

① 阮阅编著,周本淳校点《诗话总龟》(前集),人民文学出版社1987年版,第131页。
② 以往不少研究者认为中国传统诗学思想是以儒家学说为主体的;其实不然,中国传统诗学的主导思想一直是由道家把持着。这样也就明白了中国诗话与词话为何总是以闲聊的趣味方式来展示。有关这个问题可以参考拙作《中国古典诗学论稿》。

的文体，写普遍的思想与事实。""以真挚的文体，记真挚的思想与事实"①的文学。把古代诗歌全然划入"享乐"或"游戏"的"贵族文学"里，显然并不妥当——一笔抹杀了古代诗歌所取得的辉煌成就，只能理解为置身于那个时代的知识分子一种矫枉过正的表现。然而不可否认的是，从周作人的这番话中，可以看出"五四"时代所推崇和强调的诗歌，是一种记载着"普遍的"和"真挚的""思想与事实"的诗歌。现代新诗的这种特性，就决定了现代新诗不但会沿着叙事的方向发展，而且也会朝着现代性的方向推进。

第三节 指向"科学"与"民主"的叙事性

由现代新诗所展开的时代空间不难看出，现代新诗所必备的一个前提条件是：必须走出虚幻之美，切实地拥有一种嵌入真实世界的能力。而且在新文学工作者那里，这个与虚幻世界相对立的真实世界是有所指的，即必须要与一些先进的、民主的特质相关联。换句话说，现代新诗并不是想怎么发展就怎么发展的，它必须要具有一种表达和传播现代民主思想的能力。

有关这一问题的分析从"白话文"的提倡者——胡适的诠释里可以一览无余地呈现出来。在《新文学的建设理论》一文中，他曾这样表达了其看法："白话文同提倡科学民主，是互为表里、相辅相成的：要传播民主思想，就要用与现代口语基本一

---

① 参见《平民文学》，见宝祥编选《周作人经典》，南海出版公司2001年版，第12页。

致的白话文;要普及现代科学知识,也要用通俗易懂的白话文。"毫无疑问,"白话文"并非单纯是指那种通俗易懂的文字,其更为深层的内涵是,"白话文"是一种易于抒发与表达"科学民主""现代科学知识"的文字。言外之意,长久以来中国人所使用的"文言文"则是一种运行在这些现代思想、现代观念之外的古老文字,急需抛弃与改革。这当然不是胡适个人的看法,而是新文学启蒙者们的共同认知,周作人所主张的"平民文学",也是与"古文"有关的,正如他所说:"在中国文学中,想得上文所说理想的平民文学,原极为难。因为中国所谓文学的东西,无一不是古文。被挤在文学外的章回小说几十种,虽是白话,却都含着游戏的夸张的分子,也够不上这资格。"① 他所倡导的"平民文学"就是一种白话文学,而且独有这种文学,才能够拯救中国的"古文"。

这也正是胡适不惜冒着被社会上的保守势力,骂作"胡君辈之诗之卤莽灭裂趋于极端,正其必死之征耳"②,也要大力提倡和创建白话诗的一个基本动因。在他看来,此时的中国诗人只有换用"白话"写诗,才有可能获得诗体上,也就是思想和表达上的双重解放,诚如他在《尝试集》中所强调的那样:"诗体的大解放",就是"有什么话,说什么话;话怎么说,就怎么说。这样方可能有真正的白话诗。""《尝试集》第二编中的诗虽不能处处做到这个理想的目的,但大致都想朝着这个目的做去。"③

---

① 周作人:《平民文学》,见宝祥编选《周作人经典》,南海出版公司2001年版,第13—14页。
② 《尝试集》四版自序,见胡适《尝试集》,外文出版社2013年版,第8页。
③ 《尝试集》自序,见张菊香编《胡适代表作》,河南文艺出版社1996年版,第74页。

"有什么话，说什么话"，"话怎么说，就怎么说"，意思无疑是诗歌不需有任何清规戒律，诗人可以随心所欲地想写什么就写什么，即没有任何题材内容和语言方面的限制。

从纯粹的艺术角度衡量，《尝试集》或许不应得到太高的评价，胡适本人也把它仅定位于"尝试"之范围；但是从对诗歌题材和内容的扩展性来看，它确实做出了应有的贡献。具体说，胡适不但把一些原本毫无诗意的事情，如朋友之间的日常交往、发生的一些较重大的社会事件等都一一写入了诗歌，而且他还以诗为武器，记叙和描述了封建权威对人们的压迫以及人们的觉醒和反抗。他有一首诗的题目就叫作《威权》：

一

威权坐在山顶上，
指挥一班铁索锁着的奴隶替他开矿。
他说："你们谁敢不尽力做工？
我要把你们怎么样就怎么样！"

二

奴隶们做了一万年的苦工，
头颈上的铁索渐渐的磨断了。
他们说："等到铁索断时，
我们要造反了！"

三

奴隶们同心合力，

> 一锄一锄的掘到山脚底。
> 山脚底挖空了,
> 威权倒撞下来,活活的跌死!①

该诗中的"威权",无疑就是指那些压迫"奴隶"的特殊阶层的人,而诗歌中的"奴隶"则指广受压迫的贫民百姓。在这二者中,"奴隶"们开始是心甘情愿地接受压迫的,但渐渐地他们觉醒了,开始感受到命运的不公,所以他们便团结了起来,运用集体的力量共同应对"威权",最后终于把这些"威权"打翻在地,"奴隶"们也最终获得了人身自由。

与传统诗歌相比,《威权》这首诗是以现实之内容来取胜的,即诗人通过叙述"威权"与"奴隶"间的转换过程,向人们揭示了这样一个道理:所谓的平等和自由,从来都不会凭空而来,只有通过反抗与斗争才能够赢得。以今天的眼光看,这种纯粹以叙述或者说叙事的写诗方式,似乎隐藏着某种把"诗"变成"非诗"的危险——诗歌不再具有诗歌的味道了;但是在当时的历史语境下,胡适的这种努力是有意义的,即他一方面试图把诗歌作为改变落后之中国的武器,另一方面也试图以增加诗歌思想性的方式,缩短与外国诗歌间的距离,从而使中国诗歌能尽早地成为世界诗歌的一个组成部分。

正是出于以上这种现实性的双重考虑,胡适的这种"非诗化"的努力,也成为整个初期白话诗人的努力,正如茅盾在 1937 年对初期白话诗进行总结时所说:"在初期白话诗中,题材上是社会现象和人生问题的大量抒写,方法上是所谓'须要用具体的做法,

---

① 胡适:《尝试集》,外文出版社 2013 年版,第 46 页。

不可用抽象的说法'。"① 从茅盾的总结中也可以看出,以胡适为代表的初期白话诗人,从一开始就有着明确的创作方向和努力目标,其基本创作模式可以做如下概括:诗人们有意识地借用描述和刻画的手法,来叙述社会和人生中的一些大事件。

经过胡适等新文学工作者的倡导与努力,现代诗歌终于具有了介入和解决某种实际问题的能力,这是现代新诗给中国诗歌带来的一大贡献,但与此同时也带来了一个实际问题:归根结底,与其他文学形式相比,诗歌算是美文,让这样一种天生对"美"有所要求和追求的文体,直接介入具体的社会现象和人生问题中去,有一些美学上的问题难以解决,所以以胡适为代表的早期白话诗人的叙事性,多半叙的是一些庸常的人生道理,或者在诗歌中干脆直接展开说理。如胡适为北京高师平民学校所做的校歌中有这样一些诗句:

> 靠着两只手,
> 拼得一身血汗,
> 大家努力做个人,——
> 不做工的不配吃饭!
>
> ——《平民学校校歌》②

不能说这类分行文字式的诗全然没有意义,但终归还是有些过于直白,既缺少艺术上的美感,也缺少思想内容上的深邃

---

① 茅盾:《论初期白话诗》,见杨匡汉、刘福春编《中国现代诗论》上编,花城出版社1985年版,第310页。
② 胡适:《尝试集》,外文出版社2013年版,第77页。

性，所以自20世纪20年代中后期以后，一些更为年轻的诗人们不满这种浅显的叙事方式，而转身寻找新的叙事视角，即他们不再像胡适那代人那样，只是紧紧地盯着具体生活中的人与事，而是开始把叙事的视角投向了思想领域，即试图用叙哲学，尤其是叙西方宗教哲学的方式来填充和丰富新诗的创作内容。

有关现代新诗创作中的这一转向，在新崛起的现代主义诗人那里表现得尤为明显。甚至从某种程度上说，中国现代主义诗歌创作就是一种与宗教哲学，特别是与西方宗教哲学有着密切关联的活动，这也是现代新诗史上有不少现代主义诗歌，如果不结合西方的宗教、哲学就无法得到诠释的原因所在。有关该问题，在后面的章节中将会结合具体的诗人，予以具体的论述。

综上所述，现代新诗的发生与发展主要是受到外国诗歌以及现代思想的刺激与影响，所以它在发展的过程中，一方面对中国传统诗歌的抒情性予以抨击与瓦解；另一方面，它吸收了外国诗歌中所特有的那种常常以"事件"为中心的叙事性因子，从而形成了一套不同于传统诗歌的诠释模式。为了区别于古代诗歌的创作形式，这套诠释模式大致可称为叙事性传统模式。

当然，这种围绕着"事"或者说"事件"而构建起来的书写新传统，也不是一成不变的，即不同时期的诗人，所叙的"事"也是不一样的。根据诗人们所叙之事的主旨不同，现代新诗的叙事传统，又可以大致细分成以下三种类型："为人生"的叙事传统模式、以"理"为上的叙事传统模式和西方宗教、哲学框架下的叙事传统模式。

第二章

现代新诗中的三大叙事传统

面对中国现代新诗这笔丰富多彩而又跌宕起伏的精神资源，可以有多种划分方法与研究模式。由于本书的研究基点是建构在"叙事"的立场上，所以便选择了从所叙之事——即"内容"——也就是诗歌所予以承担与诠释的思想观念出发，对现代诗歌进行了三大类别的整合与划分："为人生"的叙事传统模式、以"理"为上的叙事传统模式和西方宗教、哲学框架下的叙事传统模式。以下三个小节是对每一种叙事模式的分析与总结。

第一节 "为人生"的叙事传统模式

对于"五四"时期的新文学工作者而言，现代新诗之所以要取代旧诗词，其目的异常明确：就是要用西方的那种新思想、新观念，来更新和取代传统诗歌中的旧思想观念。因此说，围绕着新诗思想内容方面所展开的变革还是比较烦琐、复杂的，只能选择重要的、有代表性者来分析讨论。

现代新诗所形成的主要叙事传统之一，可谓与"人生"互为关联的传统。简言之，可以把其称为叙"人生"的传统。把这样一个"传统"列为现代新诗的首要传统，可以说是由现代新诗所担负的使命所决定的。诚如我们所知,现代新诗的创建,从大处说是与民族存亡的危机联系在一起的;从小处说体现的正是梁启超在《饮冰室诗话》中所说的那种欲"改造国民之品质"的思想。

　　以上两点,都决定了现代新诗从诞生的那天起,就肩负着深刻的现实和历史责任。这也是一直注重艺术之美,而且在"五四"那批新诗人中,唯一曾旗帜鲜明地宣称"新诗的手法,我不很佩服白描,也不喜欢唠叨的叙事,不必说唠叨的说理,我只认抒情是诗的本分"①的周作人,在1920年《新文学的要求》一文中,在人类艺术史中的两大派别——人生派与艺术派之间作出自己选择的原因。他说:"艺术派的主张,是说艺术有独立的价值,不必与实用有关,可以超越一切功利而存在。艺术家的全心只在制作纯粹的艺术品上,不必顾及人世的种种问题。""人生派说艺术要与人生相关,不承认有与人生脱离关系的艺术。""这两派的主张都各自有他的环境与气质的原因。"显然,周作人认为这两大艺术派别各有各的特点,应该并行不悖;但是在中国当时的特殊情况下,应该选择以"为人生"派为上。用其话说,就是"我们相信人生的文学实在是现今中国唯一的需要"。周作人明明知道"艺术派"有艺术派的价值,而"人生派"则"容易讲到功利里边去,以文艺为伦理的工具,变成一种坛上的说教"②,可是经过一番思索与考量,他最终还是弃掉了"艺术派",而皈依了"人生派",并断言"功利"的人生派、

---

① 周作人:《〈扬鞭集〉序》,见宝祥编选《周作人经典》,南海出版公司2001年版,第180页。
② 参见周作人《新文学的要求》,见宝祥编选《周作人经典》,南海出版公司2001年版,第15—16页。

"说教"的人生派将是"现今中国唯一的需要"。

周作人的这一选择,其实也正是中国现代新诗的选择,诚如他这篇文章的题目,用的就是"新文学的要求"。其实,这个题目本身就表明了这样一种态度:以新诗为代表的中国新文学,必须站在"为人生"的立场上,这与诗人自身的艺术喜好无关,而是时代赋予诗人们的一种现实性和历史性的要求。

因此说,现代新诗必须反映"人生",这是新文学工作者们的一种理性选择。问题的困难在于,"人生"原本就是个笼统而抽象的概念,不同的人拥有不同的人生,即谁的人生都有其自身的独特性,难以被他人的人生所取代。这种由众多的个体化人生综合而成的抽象范畴的人生,是没有办法在诗歌中予以展现的,需要有个从"笼统"到"具体"的转化过程。

这种转化的最简捷办法是,以某种标准把"人生"划分成几大板块,从这些板块中再选取某一板块的"人生",作为现代新诗所要彰显的内容。以胡适为代表的第一批白话诗人采取的就是这种策略,他们以社会"阶层"为依据,赋予"人生"某种特殊的内涵与意义。只不过在辨析和划分的过程中,他们稍稍出现了自我的不一致性:现代新诗中最早的理论倡导者,无疑应该首推胡适与周作人。这两个人的内心深处其实都是认可西方的个人主义的,认为"个人"的价值要优先于"群体"的价值,即他们欣赏的是"人生"中的那个"个人"化的人生。胡适在"五四"时期对"易卜生主义"的介绍,事实上就是一种个人主义的介绍,张扬的是"个人须要充分发达自己的才性;须要充分发展自己的个性"[①]

[①] 胡适:《易卜生主义》,见张菊香编《胡适代表作》,河南文艺出版社1996年版,第30页。

的思想。但正如前文所说,"五四"新文学工作者是带着"为人生"的使命,进入现代新诗的创建中来的,因此一旦真正地进入新诗的理论构建与创作中时,他们又都会自觉地偏移到西方的人道主义的价值观念上去。周作人的那篇著名文章——《人的文学》中的"人",就是"人道主义"的意思,诚如他所说:"人类的运命是同一的,所以我要顾虑我的运命,便同时须顾虑人类共同的运命。"① 这种悖逆性——审美上的欣赏与社会现实需求的不一致性,就导致了西方个人主义框架下的那个"人生"并没有在他们的诗歌中张扬开来,相反他们所着力讴歌和强调的都是平民主义的"人生"。从某种意义上说,正是这种"平民"阶层的人生,构成了初期白话新诗的主导内容。

何谓"平民",或者说平民阶层?由于这些词并非源自本土,而是在"五四"初期由国外引入的,这一现实就决定了其内涵并不具有确切性。有的新文学启蒙者认为,凡是那些与帝王将相为代表的贵族阶层相对立的人,都可算作是"平民"阶层。这个划分具有很大的包容性,把社会中的绝大部分人包容和囊括了进来。然而,缺点是这个"平民"阶层的"人生"还是过于庞大,依旧难以把握,譬如同样属于"平民"阶层的人,知识分子的"人生",与那些出卖苦力者的"人生"就不是一回事。因此说,仅凭"平民"或"平民"阶层的这一设定,还是完不成对新诗内容的实质性置换。为了让"人生"能够在现代新诗中飞扬起来,白话新诗人们便心照不宣地把广义的"平民"

---

① 周作人:《人的文学》,见宝祥编选《周作人经典》,南海出版公司2001年版,第4、10页。

阶层的人生，自发地缩小至狭义的"平民"阶层的人生，即特指"平民"阶层中的那些位于社会最底层的受苦人。

唯有清楚了这样一种内在逻辑的置换，才会明白当时一些身为大学教授的新诗人，不去展示自己丰富多彩的"人生"，反而纷纷转向贫苦人的"人生"，并写下大量诸如《人力车夫》《两个扫雪的人》和《背枪的人》等这类诗歌的原因。

如果说同为新文学启蒙者的鲁迅先生，在其小说中凡是涉及下层民众时，往往是以批判的姿态来揭示其愚昧性，那么同时期的新诗创作者们，则走了与鲁迅先生完全相反的道路，他们对社会最下层的民众抱有深切的同情并讴歌之，正如周作人对那些一大早不得不离开家门，在街头迎着暴风雪为人们扫雪的"穷苦人"，充满着感激之情：

> 天安门外，白茫茫的马路上，
> 全没有车马踪迹，
> 只有两个人在那里扫雪。
> 一面尽扫，一面尽下，
> 扫净了东边，又下满了西边，
> 扫开了高地，又填平了坳地。
> 粗麻布的外套上，已经积了一层雪，
> 他们两人还只是扫个不歇。
> 雪愈下愈大了，
> 上下左右，都是滚滚的香粉一般的白雪。
> 在这中间，好像白浪中漂着两个蚂蚁，
> 他们两人还只是扫个不歇。
> 祝福你扫雪的人！

> 我从清早起,在雪地里行走,不得不谢谢你!
> ——《两个扫雪的人》①

周作人感谢和歌咏完了贫苦的"扫雪人",又把笔墨转向了在寒冷的街头指挥来往行人的下层民警,向他倾诉了自己的友爱之意:

> 早起出门,走过西珠市,
> 行人稀少,店铺多还关闭,
> 只有一个背枪的人,
> 站在大马路里。
> 我本愿人"卖剑买牛卖刀买犊",
> 怕见恶狠狠的兵器。
> 但他长站在守望面前,
> 指点道路,维持秩序,
> 只做大家公共的事,
> 那背枪的人,
> 也是我们的朋友,我们的兄弟。
> ——《背枪的人》②

诗人原本喜欢过那种"卖剑买牛卖刀买犊"的百姓日子,对代表着战争、暴力的"兵器",包括"兵器"的持有者——警察并无任何好感,但是当他看到这个一大早就站在街头,为人

---

① 宝祥编选《周作人经典》,南海出版公司2001年版,第21页。
② 宝祥编选《周作人经典》,南海出版公司2001年版,第25页。

们"指点道路，维持秩序"的下层警察时，还是禁不住生出了一份怜悯之情，称他"也是我们的朋友，我们的兄弟"。由以上这两首诗可以看出，新文学启蒙者们在创作现代新诗的时候，非但没有表现出要改造下层民众的意思，反而有意识地淡化自身的精英身份，尽可能地选择站在"穷苦人"这一边。

同为新文学的启蒙者，且还是同一时期并肩作战的战友，对下层民众的态度为何会有如此不同？主要原因在于他们的价值站位不同：鲁迅先生试图用小说来改造国民性，即下层民众在他的审视框架中，是愚昧、落后，需要被教育和改造的对象；而以胡适、周作人为代表的白话新诗人与鲁迅先生一样，也注意到了这些长期以来备受压迫和剥削的广大民众，但他们与鲁迅先生的区别在于，他们不是以审视和批判的眼光切入这个群体中来的，相反是以同情和怜悯的眼光打量他们的苦难人生，并把这种人生的真实状况搬入诗歌中来，从而形成了现代新诗的一种独具特色的表现内容——专门彰显穷苦人的人生。

这是"五四"新诗中颇值得重视的一个现象。除了胡适和周作人在这方面做出努力之外，其他的白话诗人也有着这一价值追求。譬如刘半农在其诗歌中，除了歌咏在零下八度的严寒中还坚持渡航的"撑船人"（《敲冰》）之外，还描写了额上躺着汗、裸着胸膛的"打铁人"（《铁匠》）。此外，他还在诗歌中描写了躺在寒冷的屋子外等死的"叫花子"（《相隔一层纸》）。另一位白话诗人沈尹默写下了"谁家破大门里，/……门外坐着一个穿破衣裳的老年人，双手抱着头，他不声不响"的《三弦》；与此同时，陆志韦还在其白话诗歌中，不厌其烦地描写了下层百姓的逃难生活：

> 前面挑儿子，后面挑沙锅，
> 江南走过好几府。
> 好年爬菜叶，
> 坏年爬垃圾。
> 患难一到头，
> 大家小户一起走。
> 女娃娃，今年不要钱。
> 领了张家的，
> 伴我们的宝贝过新年。
> 生儿十六不做亲，
> 黄泉路上冷清清。
> 算起来三十五抱孙不算早，
> 也不旺做了一世的难民。
>
> ——《人口问题》①

即便在第一批现代白话新诗人中，一直坚持认为"主情为诗底特质"，并写下一系列著名情诗的康白情，也承认新诗应该"写大多数的人底生活"，应该作"平民的诗"。②

通过对现代新诗史上第一批白话诗人创作实践的简要回顾，发现所谓与"人生"发生联系，就是强调诗歌不要有意识地粉饰太平，而要与广大下层民众的悲苦境遇发生关联，而且这种

---

① 陆志韦：《人口问题》，见吴欢章主编《中国现代十大流派诗选》，上海文艺出版社1989年版，第25页。
② 以上参见康白情《新诗底我见》，见杨匡汉、刘福春编《中国现代诗论》上编，花城出版社1985年版，第33页、第45页。

关联还有其自身特点：不是鲁迅先生那种自上而下的精英式批判，而是要对其赋予人道主义的充分理解与关怀，这可谓现代新诗的一大传统。这个传统，也可以称为"人道主义"的叙事传统。

这样一来，是否表明现代新诗从一开始导向的就是一种政治-功利化的诗歌观？其实也并非如此。对于"五四"时代的那批人来说，他们有用"文学"救国的想法，但是这种想法中并不掺杂明确的政治意识形态，他们就是想用文学把真实的人生百态表现出来。正如俞平伯在与周作人的通信中所说，我以为"文学是人生底（of life），不是为人生底（for life）。文学不该为什么，一有所为，便非文学了。"① 文学是"人生"的，而不是为"人生"的，虽然都是以"人生"为谈论的主体，但却是两种完全不同的文学观念。这意味着发生于这 10 年间（1917—1927）的纷争，即围绕着现代新诗该如何建设、发展所展现出来的分歧、对立，基本上还是属于文学内部的事情，与政治意识形态的预设并没有直接关系。这个前提很重要，它说明肇始、奠基时期的中国现代新诗处于自由发展的状态中，它的一切选择——好也罢，不好也罢，都是自由意志的抉择。

第二节 以"理"为上的叙事传统模式

对于初期的现代新诗而言，所谓的人道主义传统，就是一

---

① 孙玉蓉编注《周作人俞平伯往来通信集》，上海译文出版社 2014 版，第 4 页。

种专门描写并对其赋予深切同情的下层人民生活的传统。然而这里存在一个问题：对下层人民的生活展开描写或予以叙事的都是一些身为大学教授的高级知识分子，而他们本身对下层人民的生活又并不是那么理解。长此以往，就会导致诗歌内容上的雷同与虚空。

或许当时知识分子们打交道最多、最直接的下层人，是他们平日所乘坐的交通工具——黄包车的车夫，所以当时诗坛上便一窝蜂地出现了以黄包车夫为题材的诗歌。然而这些知识分子对黄包车夫也并无深刻的理解，一般仅限于表层的同情与怜悯，很难在诗歌中有所作为。有关这个问题，朱自清曾论述过。他说："初期新诗人大约对于劳苦的人实生活知道的太少，只凭着信仰的理论或主义发挥，所以不免是概念的，空架子，没力量。"① 除了以空对空之外，还有一个重要的原因，这种为了同情劳苦大众而有意识地描写和歌咏劳苦大众的生活，并不能从根本上解决劳苦大众所面临的实际问题，更不能使他们摆脱悲惨的现实命运，反而只会使诗歌变得不像诗歌了。针对当时诗坛上这种人道主义盛行的风气，创造社的成员成仿吾禁不住讽刺道："这简直不知道是什么东西。自古说：秀才人情是纸半张，这些浅薄的人道主义更是不值半文钱了。坐在黄包车上谈贫富问题劳动问题，犹如抱着个妓女在怀中做了一场改造世界的大梦。"② 成仿吾的这番话无疑有些刻薄，但也确实道出了一个事

---

① 朱自清《新诗的进步》，见徐磊校注《朱自清文集》第4册，北京燕山出版社2018年版，第894页。
② 成仿吾：《诗之防御战》，见杨匡汉、刘福春编《中国现代诗论》上编，花城出版社1985年版，第71页。

实：诗歌可以反映下层人生活，表现他们的悲苦人生，但是如果把现代新诗的内容完全与贫苦人的生活相等同起来，且认为这样做就能改变他们的悲惨命运，最终无疑会沦落为一场荒凉的"大梦"。所以，这类从下层人的概念出发而演绎出来的诗歌，很快便没有人再愿意继续作了。

这样一来，现代新诗便拥有了其第二个传统：以"理"为上，即在诗歌中笼统地说理，而不再是专门为下层人生活鸣不平的叙事传统。从某种程度上说，人道主义叙事传统，其实也可以算是一种说理的传统，只不过这种专注于为下层人说理的传统，与本节所要论述的说理，即叙说人生或生活哲理有所区别，故而把它单列出来。

在中国传统诗歌中，假如有诗人有意识地采用诗歌这种文体来说"理"，应该算不上是个优点；但时过境迁，现代新诗就是从呼唤"理"和说理开始的。朱自清对初期白话诗的这一特点有过一个总结，他说："新诗的初期，说理是主调之一。新诗的开创人胡适之先生就提倡以诗说理，《尝试集》里说理诗似乎不少。俞平伯先生也爱在诗里说理；胡先生评他的诗，说他想兼差作哲学家。郭沫若先生歌颂大爱，歌颂'动的精神'，也带哲学的意味；不过他的强烈的情感能够将理融化在他的笔下，是他的独到处。……一般青年以诗说理的也不少，大概不出胡先生和郭先生的型式。"① 毋庸置疑，用诗歌堂而皇之地说理，算是现代新诗的一个异常突出的特征。

如果沿着"说理"这一特征来观察现代新诗的演变，大致

---

① 朱自清：《诗与哲理》，见徐磊校注《朱自清文集》第4册，北京燕山出版社2018年版，第908页。

可以把现代新诗分成两个阶段：初始阶段的"理"和高级阶段的"理"。

所谓初始阶段的"理"，主要就是指诗人借用诗歌这种体裁，直截了当地说明某个物件或事情的某种道理。胡适的《尝试集》中就有着大量此类说理的成分，譬如看到大雪映衬下的一枚红色枫叶，胡适便会走过去摘下来，夹到书中。然后他拿起笔，写下了这样的一些诗句：

> 雪色满空山，抬头忽见你！
> 我不知何故，心里狠欢喜；
> 踏雪摘下来，夹在小书里；
> 还想做首诗，写我欢喜的道理。
> 不料此理很难写，抽出笔来还搁起。
> ——《三溪路上大雪里一个红叶》①

面对茫茫雪山上的一片"红叶"，诗人的心中禁不住涌出了要说点什么道理的冲动。无奈的是，"此理很难写"，他只好"抽出笔来还搁起"。这首诗在艺术上自然不能说好，但却在无意中把胡适写诗的心理理路给揭示了出来：写诗的过程，就是发现某物、某事所带来的某种人生道理的过程。把由"物"、由"事"到"人"的道理阐释清楚了，诗歌的任务也就算完成了。现代新诗的另一位诗人——冰心在其《繁星》中，也写下了大量诸如此类的诗，如我们所熟悉的这首：

---

① 胡适：《尝试集》，外文出版社2013年版，第27页。

> 成功的花,
> 人们只惊慕她现时的明艳!
> 然而当初她的芽儿,
> 浸透了奋斗的泪泉,
> 洒遍了牺牲的血雨。
>
> ——《繁星·五五》[①]

这首小诗的内涵毫不晦涩,就是借盛开的花儿向人们说明一个道理:世界上的一切成功并非偶然,而是被汗水和泪水浸泡出来的。从诗的风格类别上划分,无疑应该算是关于人生的哲理小诗。这类风格的诗在早期白话诗人那里并不少见,就连从事新诗理论研究、写诗并不多的朱自清,也在《光明》一诗中留下了诸如此类的诗句:

> 呀!黑暗里歧路万千,
> 叫我怎样走好?
> "上帝!快给我些光明罢,
> 让我好向前跑!"
> 上帝慌着说,"光明?
> 我没处给你找!
> 你要光明,
> 你自己去造!'"[②]

[①] 冰心:《繁星·五五》,见吴欢章主编《中国现代十大流派诗选》,上海文艺出版社1989年版,第14页。

[②] 朱自清:《光明》,见徐磊校注《朱自清文集》第5册,北京燕山出版社2018年版,第1329页。

这首诗的意思也很明确，一个人如果想要"光明"的话，就得靠自己的一双手去争取，不要把希望总寄托于别人的身上。这无疑是借"上帝"这一意象，说明人生归根结底还是需要靠自己努力的道理。

另一位诗人郭绍虞在《诅咒》一诗中，也写下了如下的诗句：

> 诅咒的诗，
> 诅咒的歌，——
> 诅咒的文学——
> 怎能写得尽该诅咒的人生呢？
>
> ——《诅咒》①

郭绍虞借助此诗想告知人们的道理是：人生是有罪的——这种罪恶是罄竹难书的。

以上列举的诸首诗歌，自然都各有其价值与意义，尤其是结合当时的历史背景与现实语境来看更是如此，然而对于一种艺术体裁来说，这些诗毕竟显得有些过于浅显和直白。上述诗人所表述的那些道理，事实上也用不着采用什么分行文字，随便地说一下，也就能说清楚了。所以，现代新诗经过这种较为初级阶段说理的过渡，很快便转向了更为高级阶段的说理。具体说，在这个高级阶段里，诗人们尽可能地避免用朴素的具体事件、具体物象来说明人生的道理，而是开始考虑如何借助于

---

① 郭绍虞：《诅咒》，见吴欢章主编《中国现代十大流派诗选》，上海文艺出版社1989年版，第50页。

中国的传统哲学,来暗示和隐喻某种道理了。

需要注意的是,此阶段中的"理",不单纯是与人生相关的某种具体道理了。这种"理"已经超出了前期的那种单一性,而具有了多义性、隐喻性的特征。在这方面做得比较突出的应该首推宗白华,他出版于1923年的《流云小诗》就是这方面的代表作。

宗白华也认为现代新诗应该"描写人类人性的真相",但是他所说的这种"描写"与以胡适等人为代表的白话新诗人有所不同。如果说当时绝大多数的新诗人认为,新诗应该着力展现贫苦人的贫苦真相,而宗白华则绕过这一点,强调诗人应该注重对自我人格的培养。他认为,诗人如果想要把诗写好的话,必须要进行以下三种活动:"哲理研究、自然中活动、社会中活动——我觉得是养成健全诗人人格必由的途径。"[1] 与同时期其他白话新诗人相比,对宗白华来说,"社会性"因素已退居到了第三位,"哲理"性与"自然"性则升至更主要的要素。正如宗白华对于新诗的界定,以"音律的绘画的文字——表写人底情绪中的意境"。显然,这种"意境",即"人底情绪中的意境"非但与下层人的生活无关,而且还是远离人类社会的真实情境,直接通向自然的。对此,他是这样说的:"花草的精神,水月的颜色,都是诗意诗境的范本。"[2] 发展至此,现代新诗出现了一个极为明显的转折:由原本直截了当的对现实道理的寻求,转向

---

[1] 宗白华:《新诗略谈》,见杨匡汉、刘福春编《中国现代诗论》上编,花城出版社1985年版,第31页。

[2] 宗白华:《新诗略谈》,见杨匡汉、刘福春编《中国现代诗论》上编,花城出版社1985年版,第29、30页。

了从对大自然的山光水色的暗喻中，追寻人生的某种哲理与冥思。有关这个转向，可以以宗白华所写的《夜》为例：

> 一时间，
> 觉得我的微躯，
> 是一颗小星，
> 莹然万星里，
> 随着星流。
> 一会儿，
> 又觉着我的心，
> 是一张明镜，
> 宇宙的万星，
> 在里面灿着。①

阅读整首诗发现，这首诗歌与初期白话诗的写作模式是完全两样的，诗里非但没有与底层人相关的生活内容，甚至连社会现实内容都没有，完全是诗人面对夜空时的一种放空自我的冥想。当然，这种冥想也并非是毫无根据的乱想，而是依据了中国道家哲学中的我即万物、万物即我之思想推演而出的，即体现了中国传统哲学所倡导的那种天人合一的思想。

在现代新诗史上，宗白华可能是第一个把哲学思想引入诗歌文本中来的诗人。在宗白华之前，也不能说中国诗歌中没有哲学入诗的文本，如田园山水诗就是一种颇为典型的哲学诗，

---

① 宗白华：《深夜倚栏》（收入《流云小诗》诗，改名字为《夜》），见林同华主编《宗白华全集》第1卷，安徽教育出版社2008年版，第359页。

但是这一创作倾向在诗学理论中似乎并没有得到正面的阐发。严羽曾有过"论诗如论禅"①的说法,不过,这一说法主要是指"诗"的思维与"禅"的思维很类似,即要用论禅的方式来理解诗,与把某种哲学思想有意识地引入诗歌文本中还是有差别的。从这个意义上说,宗白华的这种努力,而且还是有意识的努力,正如他在给郭沫若的信中所写:"我已从哲学中觉得宇宙的真相最好是用艺术表现,不是纯粹的名言所能写出的,所以我认将来最真确的哲学就是一首'宇宙诗',我将来的事业也就是尽力加入做这首诗的一部分罢了。"②并且他还在信中夸奖郭沫若说:"你的凤歌真雄丽,你的诗是以哲理做骨子,所以意味浓深。不像现在有许多新诗一读过后便索然无味了。"③无疑,在宗白华看来,诗歌与哲学是互为一体的,诗歌思想内容方面的丰厚意蕴,应该从哲学中来汲取——只有把二者很好地结合到一起,诗歌才能体现出隽永的特质。

  宗白华在现代新诗的创建时期,之所以要提出这个比较超前的哲学入诗问题,是有其目的性的:面对当时诗坛的那些浅显而寡淡的新诗,他想通过调用哲学的方式,来增加诗歌内容的深刻、复杂性。如果说过去的新诗一般都是在社会人生的层面上运行,他希望今后的新诗能进入一个与自然、宇宙相关联的更广阔的空间中去。换句话说,现代诗歌要展现的内容,绝非

---

① 严羽:《沧浪诗话》,见何文焕辑《历代诗话》下,中华书局1981年版,第686页。
② 《宗白华致郭沫若的信》,见林同华主编《宗白华全集》第1卷,安徽教育出版社2008年版,第225页。
③ 《宗白华致郭沫若的信》,见林同华主编《宗白华全集》第1卷,安徽教育出版社2008年版,第226页。

仅仅局限于社会人生，还应该关注精神层面上的人生。

由上述论述不难看出，现代新诗确实是围绕着内容的发展构建起来的，即为了使现代新诗能够拥有一个充实而现代的内容，诗人们在创作时费尽了各种心机。这样的一个时代氛围，也就从根本上决定了现代新诗的表达模式，不可能是强调抒情的，只能是越来越朝着一种与理性成分相匹配的客观叙事的方向发展。有关现代新诗的这一叙事性创作倾向，在袁可嘉的研究中也有所反映。袁可嘉既是一位现代新诗的研究大家，同时也是20世纪40年代"九叶诗派"的一员，他在总结"九叶诗派"的创作特征时曾说："诗不是情绪的'喷射器'，而是它的'等价物'（庞德）。"[①] 何谓情绪的"等价物"，用什么样的手法才能把这种"等价物"还原与刻画出来？由于这一观点是从庞德那里继承来的，故而袁可嘉并没有对此做出全面的交代；但是从他在20世纪40年代末期对现代新诗传统展开梳理与研究时，就是从与抒情性相反的"间接性"[②]"诗戏剧化"[③] 等角度来诠释和总结新诗的创作特征，并坦承"以为诗只是激情流露的迷信必须击破。没有一种理论危害诗比放任感情更为厉害"[④] 来看，现代新诗在其发展的过程中，确实是形成了两大特点：反抒情性和强调诗歌的客观叙事性。这二者是互为联系的，即只要强调其中的一个方面，另一方面就会自动地凸显出来。

---

① 《西方现代派诗与九叶诗人》，见袁可嘉《半个世纪的脚印——袁可嘉诗文选》，人民文学出版社1994年版，第312页。
② 《新诗现代化的再分析——技术诸平面的透视》，见袁可嘉《半个世纪的脚印——袁可嘉诗文选》，人民文学出版社1994年版，第60页。
③④ 《新诗戏剧化》，见袁可嘉《半个世纪的脚印——袁可嘉诗文选》，人民文学出版社1994年版，第72页。

第二章 现代新诗中的三大叙事传统

应该说，中国现代新诗逐渐走向这样一条反抒情的路，是顺理成章和自成逻辑的。因为现代新诗在其诞生的那天起，内容上强调的就是对"理"的诠释而不是"情"的抒发。而所谓的这个"理"又不能凭空地产生，只能依靠诗人在诗歌文本中，叙述某种"事件"或某种"事实"（包括哲理上的事实），才能达到和完成"说理"之目的。这两方面的自动调和性，就使现代新诗形成了一种新的表达模式：一种叙事或者说叙述框架下的新抒情传统。

当然，正如前文所说，现代新诗中的这种叙事或者说叙事框架，绝非是指要借助诗歌讲述一个故事，而是要求把生活中、人生里的一些具体问题，包括人生的困惑和意义等问题搬入诗歌中予以讨论，从而赋予现代新诗一种介入社会和人生，乃至于宇宙中的一种功能。如果说以胡适为代表的那种具有说教意味的"理"，还多半属于庸常的人生之理，那么宗白华的《夜》，则代表了现代新诗的一种新的发展趋向：试图用中国传统哲学中的哲思冥想之内容，取代那些琐碎而平常的人生之道理。说得更具体一些就是，"人生"在宗白华的诗意范畴中，不再单纯是与苦难——主要是下层人的生活苦难联系在一起，相反它更是一种在空中飞扬的思想之光。他有一组名为"流云"的诗，其中有一首写到了"人生"，便是这样写的：

> 理性的光，
> 情绪的海，
> 白云流空，
> 便是思想片片。
> 是自然伟大么？

是人生伟大呢？①

这首诗里所展现的"人生"有其独特性：它既不是与劳苦大众的生活和命运紧密地拴在一起，也不是简单地记载生活中所发生的事件以及由此所产生的人生感悟，而是把"人生"的闸门给打开了，让其成为一种可以供人思考和驰骋的理性之光和思想的海洋。这样一来，所谓的"叙人生"也就变成了"叙哲理"，或者说"叙思想"了。如此一来，现代新诗的创作内容不但被拓宽了，更重要的是中国传统哲学作为一种文化精神资源，也可以顺理成章地进入中国现代新诗的创作中来，成为新诗传统的一个构成部分。

遗憾的是，宗白华所处的那个时代正是开足了马力向西方学习的时代，而且现代新诗从其产生的渊源上讲，西方文化的影响也要更直接于本土传统文化的影响。这两方面的原因，决定了宗白华的这种倡导，在当时不可能产生太大的影响力。事实也确实如此，就当时诗坛的创作情况看，除了冰心在《繁星》中有所回应，写下了一些诸如"黑暗，/怎样幽深的描画呢！/心灵的深深处，/宇宙的深深处，/灿烂光中的休息处。"这类具有哲理性的诗句以外，并没有引起太大的反响。正如朱自清于1935年在《中国新文学大系·诗集》导言中，对初期白话新诗的创作状况进行总结时所说，宗白华的《流云小诗》出版后，"小诗渐渐完事，新诗跟着也中衰。"② 认可《流云小诗》的独特

---

① 宗白华：《流云》，见林同华主编《宗白华全集》第1卷，安徽文艺出版社2008年版，第333页。
② 朱自清：《中国新文学大系·诗集》导言，见杨匡汉、刘福春编《中国现代诗论》上编，花城出版社1985年版，第243页。

性，但认为这种"小诗"并没有发扬光大下去，而仅仅是昙花一现。

写出了《夜》这样比同时期的诗人要明显高出一筹的宗白华，并没有成为那个时代诗坛上一颗熠熠闪光的明星，甚至直到今天，其创作都尚未得到广泛注意与公正评价，这并非偶然的，而是因为他的艺术思想与其当时所处的时代有所悖逆——"五四"追求的不是传统性，甚至不是东方性，而是与中国文化、东方文化相反的那个与西方文化相连的现代性。

有关这个问题，从亚洲历史上第一位诺贝尔文学奖获得者——泰戈尔，在1924年应梁启超之邀来访问中国时，所遇到的一些不愉快的事情中也能窥出。在来访中国之前，泰戈尔在中国文化界有着非常好的口碑，像陈独秀、郭沫若、茅盾等文化名人都曾著文推荐过他，但是泰戈尔的这次来访非但没起到应有的效果，反而把原有的好感也几乎丧失殆尽。出现这种结果的原因很简单，主要因为泰戈尔在中国所举行的几场演讲中，自始至终都是站在东方文化的立场，强调和宣扬东方文化所特有的那种道德精神力量，因此引起听众的不满，遭到了包括鲁迅先生在内的不少中国文化人和青年学生的抵制。

照道理讲，曾写出《吉檀迦利》（1912）、《新月集》（1903）和《飞鸟集》（1916）的泰戈尔，持有这样的一种文化立场也是正常的事，既与其诗歌中所传达出来的精神风格相吻合，也是他作为一名印度诗人，其身上所固有的民族性与地域性的必然显现。况且在诺贝尔授奖词里，对泰戈尔的这一东方性文化追求也是予以充分的理解与肯定的，评价说"这种诗歌绝不是异国情调的，而是具有真正的普遍人类品格"。① 但是生活在 20 世纪 20 年代的绝大部分中国知识分子，并不认可这种意义上的"普遍人类品格"。相反，谁敢公开强调民族性、东方性，谁就是历史的倒退者，正如鲁迅先生就把泰戈尔的这次来访，称之为"老大的晦气"，并抨击说："他到中国来了，开坛讲演，人给他摆出一张琴，烧上一炉香，……于是我们的地上的青年们失望，离开了。神仙和凡人，怎能不离开呢？"② 由这一事例也可以看出，在那个一切以西方为上的时代氛围里，宗白华的民族性和东方化追求不会有太大的出路，更不可能成为现代新诗的创作主流。③

第三节　西方宗教哲学框架下的叙事传统模式

现代新诗里一直存在这样一个现象：从草创时期开始，新诗就明里暗里地追求一种现代性，但又从未有人对这种"现代性"予以明确的界定与总结，所以大家都只能约定俗成地认为，现

---

① 宋兆霖主编《诺贝尔文学奖全集》（上），北京燕山出版社 2013 年版，第 159 页。
② 参见鲁迅：《骂杀与捧杀》，见《鲁迅全集》第 5 卷，人民文学出版社 1981 年版，第 585—586 页。
③ "五四"时期的批评家，譬如朱自清认为宗白华的哲理诗主要是受到泰戈尔的影响。泰戈尔《飞鸟集》中的诗，自 1915 年就陆续地被翻译和引入中国，给白话新诗人的创作带来一定的影响；但是宗白华毕竟是位对中国传统文化和哲学有着深刻体悟的人，而且是学贯中西，所以从泰戈尔影响的单维度来阐释宗白华的哲理诗，似乎显得不够有说服力。

第二章　现代新诗中的三大叙事传统

代性是与现代化的程度紧密联系在一起的。袁可嘉在评价穆旦的著名代表作《诗八首》时，就是从这一坐标点切入的。他说这首诗是"现代派的，它热情中多思辨，抽象中有肉感，有时还有冷酷的自嘲"。接下来又进一步解释说，该诗中所体现出的"现代化程度确是新诗中少见的"。[①] 在其阐释框架中，"现代派"，其实也就是"现代性"，与"现代化"基本上是同一种意思，即"现代性"就是"现代化"的产物。

现代新诗一定要拥有一种"现代性"或者说"现代化"的特质，这是当时那个时代和社会赋予新诗的使命，也是文学救国论的一种体现。问题在于，这种"现代性"在现代新诗中该以何种形式呈现出来？

以胡适为代表的那种以"事"说"理"的现代性，显得有些过于直白并带有强烈的说教意味；宗白华试图借用传统哲学来隐喻人生之"理"和世界之"理"的现代性创作理念，由于与当时的时代心理、社会需求相违和，故而也没能够发展、壮大起来。然而需要注意的是，宗白华的用叙哲学的方式来叙某种思想或观念的现代性创作理念，在他其后的诗人那里得到了发扬光大——只不过在借鉴和继承的过程中，诗人们根据时代的需求，把中国的传统哲学置换成了在当时人们的视域中，觉得更具有现代性的西方宗教哲学，并通过实践努力，最终把其发展成为影响至今的现代新诗创作的一种叙事模式。

如果说当时诗人们的这种努力，主要还应该算是一种无意识的行为，那么今天再对这段新诗历史给予总结时，则应充分

[①] 《诗人穆旦的位置》，见袁可嘉《半个世纪的脚印——袁可嘉诗文选》，人民文学性出版社 1994 年版，第 154、155 页。

肯定和重视这种把异域文化移植到诗歌内容中来的实验性意义。因为，从整个发展过程来看，现代新诗自从把西方的宗教哲学融汇到新诗的内容中后，便发生了一个质的飞跃。而且这个飞跃，还是与中国现代新诗史上艺术成就最高的现代主义诗歌相伴而来的。换句话说，经过写实派诗歌的简单过渡，中国以象征派为发端的现代主义诗歌的出现与发展，就与新诗史上这种文化"移植"有着直接的关系。这从其后具有代表性的诗人的创作中可以明显地反映出来。试举几例，考察一下。

李金发是现代新诗史上第一位逾越现代新诗早期写作框架的诗人。他曾把自己的创作与其他诗人的创作做过一个比较，结果认为，他的诗"写得比康白情的'草儿在前牛儿在后'好，也比胡适的'牛油面包真新鲜，家乡茶叶不费钱'较含蓄，较有内容"①。康白情与胡适都是当时中国新诗坛上最有名的诗人。胡适的影响力自不必多言，康白情在创作方面也牢牢地占据着诗坛的一席之位，朱自清对其评价是"康白情氏以写景胜，梁实秋氏称为'设色的妙手'"②。康白情在诗坛上的不凡影响，由此可见一斑。李金发对这两位诗家有些不服气，认为自己诗歌创作的艺术水准，已经远远超出了这两位名家。

三位诗人的艺术水准到底谁高谁低，应该说不适宜放到一起来比较。胡适是现代新诗最早的开拓者，属于没有路、要自己开辟路的那类；康白情则是天才类的诗人，其诗有着自然流畅、浑然天成的特质，别人很难取代，属于早期现代新诗中那

---

① 陈厚诚编《李金发回忆录》，东方出版中心1998年版，第56页。
② 朱自清：《中国新文学大系·诗集》导言，见杨匡汉、刘福春编《中国现代诗论》上编，花城出版社1985年版，第242页。

种自成一格的诗人。相比较这两个人，李金发的诗歌则晦涩了许多，有些不那么好评价。不过有一点倒是可以肯定，李金发的写诗路数与胡适、康白情都不一样，他好像是新诗领域的一位天外来客。李金发诗歌的这种差异性，在当时就引起了新诗研究者们的注意。如余冠英在《新诗的前后两期》一文中，把"五四"以来到20世纪30年代的这段现代新诗历史，分成了前后两期，并对这两个时期的创作特征分别作了总结与归纳。然而，对于李金发的诗篇，他觉得既难以把其归入前期，也不能归入后期，最后只好在文章里笼统地说："前后期诗确有这些差别，当然例外是不免的（如李金发的诗便是另一种风格）。"①

至于这种"例外"的风格是种什么样的风格，余冠英则不置一词了。也有的研究者意识到留学法国的李金发写出来的这些诗，与法国象征主义有所关联，如朱自清就曾说，李金发的诗是受"法国象征主义诗人的手法"影响的"一支异军"。② 同样，另一位批评家孙作云，在《论"现代派"诗》一文中，也提到了李金发的诗"近似于象征派的，……思想上也表示着悲观的虚无思想"。③ 由上述批评家们的总结、论断来看，他们无疑都已意识到了李金发的诗，不能用已有的新诗创作框架来衡量，它另有渊源——与法国的象征派诗歌有关系，但与此同时又都认为他的诗歌内容是不可解的。尽管孙作云已经看出了李

---

① 余冠英：《新诗的前后两期》，见杨匡汉、刘福春编《中国现代诗论》上编，花城出版社1985年版，第160页。
② 朱自清：《中国新文学大系·诗集》导言，见杨匡汉、刘福春编《中国现代诗论》上编，花城出版社1985年版，第246页。
③ 孙作云：《论"现代派"诗》，见杨匡汉、刘福春编《中国现代诗论》上编，花城出版社1985年版，第231页。

金发的诗可以用"悲观的虚无思想"来概观，但也只是到此为止，并没有对他的这种"悲观的虚无思想"作出更进一步的阐释。

李金发的诗歌内容果真神秘到完全不可解？事实也并非完全如此。李金发的诗歌之所以晦涩难懂，主要在于他所展示的诗歌内容与其他现代诗人不一样。具体说，他的诗歌与真实的现实生活无关，里面更没有什么真实而具体的现实事件，有的只是对死亡意识的描写与渲染。从某种意义上说，李金发就是中国新诗中一位专门描写和叙述死亡的诗人。

作为中国人的李金发，为何要在其诗歌文本中反复书写那种诸如"生命便是死神唇边的笑"（《有感》）的诡异性死亡？以往对李金发的研究，多半注意到了法国象征主义诗人波德莱尔对他的影响，而完全忽略了李金发在德国游学时，曾迷恋于叔本华死亡哲学的这一事实：以波德莱尔为代表的法国象征主义诗歌，确实给李金发的创作带来了一些启发，但对其影响最大的还当数叔本华的死亡哲学。李金发本人就曾万分感慨地说，是叔本华的哲学改变了他的世界观，正如他在谈到自己当年去柏林游学时所说，"这一决定整个下半生都为之改观"[①]了。这一事实说明假如不仅仅局限于法国象征主义这条线索，而是选择从叔本华死亡哲学这一特定的话语层面进入李金发的创作中去，就不难发现，原本对死亡迷恋的那种不可解的情绪，一下子变得可解了：李金发的诗歌，书写的其实就是叔本华的死亡哲学。说得更为直接一点，李金发是用诗歌的形式诠释和演绎了叔本华的死亡哲学；叔本华的死亡哲学，其实是李金发诗歌中

[①] 陈厚诚编《李金发回忆录》，东方出版中心1998年版，第56页。

的一个潜在底本。

在现代新诗中，与李金发创作风格比较接近的诗人有胡也频，他的《悲》《旷野》《无知觉的生活》等诗也都是描写死亡意识的。如《悲》中的诗句：

> 我的所爱，既如在墓旁的灰尘，
> 却随着凛冽的夜风弥漫到空间，
> 飘泊到我的眼底，
> 阻塞我飞跃的心之去路。
>
> 我想逃避这龌龊的活尸之围，
> 遁入仙山，以碧草为褥，海风催眠：
> 呵，企望着洁白的少女之臂儿，
> 终须满足于无底之空梦！
>
> 那迷人的桃花色的希望，
> 诱惑我无知地走近墓侧，
> 看朝暾里面翔舞的游鸦，
> 如痛哭我的生命之停顿！①

如果对李金发的《弃妇》一诗有所了解的话，就会发现胡也频的这些诗句中有着明显的李金发诗的影子，把"爱"与"墓侧""墓旁"联系到一起；把"生命"与"阻塞""空梦"

---

① 胡也频：《悲》，见吴欢章主编《中国现代十大流派诗选》，上海文艺出版社1989年版，第187—188页。

"停顿"等相比拟,这些都是李金发所惯用的修饰手法。包括胡也频的那首《旷野》,在用词、用句方面也体现着李金发所独有的那种特色,如:

> 我寻找未僵硬之尸骸迷了归路,
> 踯躅于黑夜荒漠之旷野。
> 凛凛的阴风飑动这大原的沉寂,
> 有如全宇宙在战栗、叹息。①

在死亡之中寻找归路,最终也只能归寂于死亡,正如诗人在诗中所写:"推开墓门,露出土色脸颊且作微笑。"从胡也频所遗留下来的一些诗篇来看,他是在创作上离李金发最近的一位诗人,同时也是与李金发应和得最心有灵犀的一位诗人。不幸的是,胡也频在28岁就牺牲了。

随着胡也频的去世,由李金发所开创的这种把死亡作为重大事件予以展示和描写的传统,并没有被其他现代诗人承继和发扬光大。其后的现代主义诗人,如以施蛰存、戴望舒等为代表的20世纪30年代的后期象征主义诗人,一方面延续了李金发把西方宗教哲学引入现代新诗的传统,另一方面也改变了李金发那种在死亡的绝望中发掘诗意的写作路数——不再直接在诗歌中大量地描写死亡之事,而是把笔触变得更加温柔、婉转了一些,即转而描写一种忧郁的"怀乡病"。

后期象征主义诗人笔下的"怀乡病"是一种什么样的病?

---

① 胡也频:《旷野》,见吴欢章主编《中国现代十大流派诗选》,上海文艺出版社1989年版,第188页。

或者说，诗人借助于此"病"，欲叙说一种什么样的思想与情绪？关于这个问题，以戴望舒的《对于天的怀乡病》的片段为例：

> 怀乡病，哦，我啊，
> 我也许是这类人之一吧，
> 我呢，我渴望着回返
> 到那个天，到那个如此青的天，
> 在那里我可以生活又死灭，
> 像在母亲的怀里，
> 一个孩子欢笑又啼泣。
>
> 我啊，我是一个怀乡病者：
> 对于天的，对于那如此青的天的；
> 那里，我是可以安憩地睡眠，
> 没有半边头风，没有不眠之夜，
> 没有心的一切的烦恼，①

"怀乡"这个词，很容易让人联想起中国诗歌里那些远方的游子思念故土的诗歌。这类诗有个固定名字，即"怀乡诗"。但是戴望舒这首诗中的"怀乡"，怀的并非是家乡故土，而是对"天"的一种怀想。并且对诗人而言，都已相思成疾，变成了一种"怀乡病"。也就是说，诗歌中的那个"如此青的天"，才是

---

① 戴望舒：《对于天的怀乡病》，见张同道、戴定南主编《二十世纪中国文学大师文库·诗歌卷》上，海南出版社1994年版，第300页。

引发诗人忧郁成病的媒介。那么，这个"天"的意象，在诗歌中到底隐喻什么？

首先，这首诗中的"天"并非是普通天空的"天"，而是一个散发着特殊光芒的场所，诗中人"我"一旦到达了这里，便能获得全身心的自由，既"可以生活"又可以"死灭"；既"可以安憩地睡眠"，又可以摆脱"心的一切烦恼"。总之，这是一个既可以让人生、也可以让人死的乐园。其次，想步入这个"天"的人，绝非诗人一个，很多人都心存愿望，用诗人的话讲，"我也许是这类人之一吧"。最后，人们渴望去这个地方而又去不了，于是便引发了一种疾病——"怀乡病"。

所谓的"乡"并不是指家乡，而是指那个遥不可及的空中乐园。在诗人看来，这个乐园才是人们的最终归宿，即终极家乡。只有抵达于此，人们才能彻底摆脱烦恼，进入自由境地。显然，《对于天的怀乡病》中的这个"天"，与中国传统文化所说的那种"死生有命，富贵在天"[①]的"天"，并不是同一种意思。如果说"死生有命，富贵在天"的"天"主要还是指一种"天数"的话，那么《对于天的怀乡病》中的"天"，则是指人类的终极目的地。换句话说，人类目前的一切都是在路上，唯有回归了这个"天"，才算是真正回到了"家"。

戴望舒这首诗中的这个"天"的出处，与中国传统文化显然没有太大的关系。中国传统文化讲究上敬天、下敬地，"敬"就是强调要与其保持一定的距离，不可逾越了界限。毫无疑问，要破解这个"天"，只有结合西方宗教哲学中的那个不死不灭的

---

① 《论语·颜渊》，见杨逢彬、杨伯峻注译《论语》，岳麓书社2000年版，第108页。

第二章 现代新诗中的三大叙事传统

"天堂"观念,才能顺利地予以阐释。这样说并非只是一种揣测,戴望舒还有一首《乐园鸟》诗,里面有这样的诗句:

> 假使你是从乐园里来的
> 可以对我们说吗,
> 华羽的乐园鸟,
> 自从亚当、夏娃被逐后,
> 那天上的花园已荒芜到怎样了?①

在这首诗歌中,诗人继续做着他的"怀乡"之梦,不知道天上的那个"乐园"(花园)到底怎么样了?于是,他禁不住地向从"乐园"里飞来的"鸟"儿打探。②从这一段诗中,可以明显看出戴望舒确实借用了西方的一些宗教哲学思想——亚当、夏娃以及乐园等都是西方宗教中的人物和场所——作为新诗的创作内容的。这一现象说明在中国现代诗人中,的确存在一种把西方的宗教哲学视为可以借作创作资源的倾向。而且这种倾向,随着时间的流逝,表现得越来越明显。

20世纪40年代是中国内外交困的特殊时代,在这样的背景之下,竟然还出现了一个把中国现代主义诗歌推向了顶峰的"九叶诗派"。"九叶诗派"的成功有着多种原因,袁可嘉在1983

---

① 戴望舒:《乐园鸟》,见张同道、戴定南主编《二十世纪中国文学大师文库·诗歌卷》上,海南出版社1994年版,第315—316页。
② 需要说明的是,在西方基督教里,亚当与夏娃所住的那个园子叫"伊甸园",它是处于地上的、属于人间的一个乐园,与处于天上的天堂——属于神的国度还不是一回事;但是由于时代所限,戴望舒显然是把二者混为一谈了。

年对其所取得的成功,持有这样的看法:"它在保持现实主义倾向的同时,吸收了西方现代派诗的某些技法,在新诗发展史上构成了独特色彩的一章。"① 袁可嘉说得不错,深受西方现代派诗歌影响的"九叶诗派",的确是学习和继承了西方现代派的一些外在表达技巧。之后的不少研究者也都继承了袁可嘉的这一说法,主要是从技巧的方面探究"九叶诗派"与西方现代派的关系;其实除此之外,"九叶诗派"之所以能在现代新诗史上光芒闪烁,也与该诗派的诗人在诗歌内容方面,成功地借鉴和吸收了一些西方现代哲学思想有关。

这其实也是一种必然。对"九叶诗派"的主要成员影响最大的欧美诗人是里尔克、叶芝、艾略特和奥登等,这些诗人的诗作中原本就弥漫着强烈的宗教哲学意味。如里尔克在其著名的《秋日》一诗中,一开头就是:"主啊!是时候了。夏日曾经很盛大。/把你的阴影落在日规(晷)上,/让秋风刮过田野。/让最后的果实长得丰满……"诗中的"主"就是世界秩序的主宰者。艾略特的诗歌更是如此,他的代表作《荒原》《四个四重奏》等都是直接以西方的宗教哲学为背景的。"九叶诗派"既然能受到其外在表达技巧的影响,也就一定能受到其内在思想上的熏陶。事实上,正是这种跨文化的思想借鉴,使现代新诗在内容的表达上,登上了一个新的台阶,即把诗歌引入了一个更为广阔和深邃的精神空间。

对西方文化中的宗教哲学元素的接受问题,在"九叶诗派"艺术成就最高的诗人——穆旦那里表现得尤为突出。正如有研

---

① 袁可嘉:《西方现代派诗与九叶诗人》,见《半个世纪的脚印——袁可嘉诗文选》,人民文学出版社1994年版,第311页。

究者所总结的那样,穆旦"以西方现代诗学,尤其是艾略特和奥登为参照,对中国现代诗进行了大面积诗学革命,在诗体架构戏剧化与诗歌语言陌生化方面,呈现了一个诗人自觉的现代意识。"① 既然如此,我们就以穆旦的诗歌为例,看一下相关方面的情况。

纵观穆旦一生的创作,总体说来他的诗歌风格并非一种,而是呈现出一种多样化的态势;但不可否认的是,穆旦创作于20世纪40年代的那批具有现代主义意味的诗歌,实际上也是为其带来巨大声誉的那些诗歌,与他创作于其他历史时期的诗歌确实有着不一样的质地。这种"质地"的最大特点在于,那些写于该历史时期的诗歌,都与西方的某种现代哲学有着深刻的内在关联性。分析一首他写于1940年的《我》:

> 从子宫割裂,失去了温暖,
> 是残缺的部分渴望着救援,
> 永远是自己,锁在荒野里,
>
> 从静止的梦离开了群体,
> 痛感到时流,没有什么抓住,
> 不断的回忆带不回自己,
>
> 遇见部分时在一起哭喊,
> 是初恋的狂喜,想冲出樊篱,

---

① 张同道、戴定南主编《二十世纪中国文学大师文库·诗歌卷》上,海南出版社1994年版,第3页。

> 伸出双手来抱住了自己
>
> 幻化的形象,是更深的绝望,
> 永远是自己,锁在荒野里,
> 仇恨着母亲给分出了梦境。①

诗歌的题目是"我",顾名思义,诗人是想借助诗歌这种形式,向人们展示出"我"的一种生存状态和精神面貌。这类以"我"为主题的自画像般的诗歌,在中国传统诗歌中并不少见。如屈原在《离骚》中曾写下"亦余心之所善兮,虽九死其犹未悔"这样袒露心迹的诗句。如果说这类诗还不能完全展示出"我"的个性特征来,那就再看一首典型的自画像诗,即清代乾隆年间诗坛领袖袁枚的《自嘲》诗:

> 小眠斋里苦吟身,才过中年老亦新。
> 偶恋云山忘故土,竟同猿鸟结芳邻。
> 有官不仕偏寻乐,无子为名又买春。
> 自笑匡时好才调,被天强派作诗人!②

以上这两种情形,是古代诗人对"我"予以描写的典型手法。前者借诗句表达了不管外在的社会境况如何,"我"一定要坚守住心中那份美好理想的决心;后者则表达了传统知识分子

---

① 《我》,见《穆旦诗文集》第1卷,人民文学出版社2006年版,第38页。
② 王英志编纂校点《袁枚全集新编》第1册,浙江古籍出版社2018年版,第350页。

"有官不仕偏寻乐",即脱离社会主流意识形态束缚后,"偶恋云山忘故土,竟同猿鸟结芳邻",进入个体生活的那份悠闲自得的心态。总之,不管哪种写法,都是与自己的真实生活状态和精神境遇紧密联为一体的。换句话说,凡是这类与自我画像相关的诗歌,一般都是对自我生活状况进行书写与刻画,借此向世人传递心志。

穆旦的这首《我》,与上述两种情形既有一致性,更有差异性,而差异性要远远大于一致性。具体说,三个人都是对"我"的生活或精神状态进行了描写,这是一致性的表现。然而出发点看似相同,但导出的结果却是两样的:屈原和袁枚笔下的那个"我",都是真实社会境遇下的"我",顺也罢,逆也罢,都与诗人的亲身经历紧密相关,即他们的痛苦和欢乐都是源自对自己真实的现实境遇的感受与反映。穆旦的《我》则不一样,它虽然以"我"题名,其实写的不是"我",而是"我们"或者说人类。即他的《我》叙述的是人——笼统的人,而不是特定的"我"的苦痛。这种着重于对人类苦痛的宏观叙述模式,不可能源于诗人的某种不如意的具体生活,或不如意的具体事件,而主要是出于一种形而上的哲学思索。之所以这样说,原因如下:第一,《我》这首诗是从"我"与母体相分离的那一刻写起,即写的是一个新生命的诞生。在中国传统文化,包括传统诗歌的表述框架中,新生命的出生从来都是可喜可贺的——它是关系到一个家族未来和希望的大事件。《孟子·离娄章句上》所说的"不孝有三,无后为大",强调的就是这种生命延续的重要性。然而在穆旦的表述框架中,"我",即新生命诞生的这件事所代表的意义则完全被消解了:离开了母体的"我",从原本"温暖"的庇护中,一下子被"锁"在了"荒野里"。孤独无援的"我",

只能期盼有人能把自己从这茫茫的苦海中救出。显然，出生这件事的内涵发生了改变，由原本的喜剧变成了悲剧。第二，在中国传统诗歌的表述框架中，一个生命出生了就是出生了，开弓没有回头箭，所以基本无人会表达渴望重新回归母亲"子宫"的心愿。穆旦的这首诗则不一样，他认为"我"，其实也就是人类只有重返母亲的"子宫"，才能获得永久的安宁和永恒。

总之，穆旦诗歌中对"生"的认识，以及由此所衍生出的"仇恨母亲给分出了梦境"的人生之荒诞，甚至包括连生存这件事本身都是痛苦和不幸之思想，显然与中国的传统文化没有太大的关系，主要是受到西方现代宗教、哲学，譬如原罪论等思想的影响。

20世纪90年代以后，新诗批评界一致认为穆旦是现代新诗界最具有现代性的现代主义诗人。何谓现代性？这不是一个简单的问题，它牵涉到广义的和狭义的界定。从本书的逻辑出发，穆旦诗中的"现代性"其实可以理解为一种叙事性。换言之，穆旦诗中的这种"现代性"的获得，与他对西方现代哲学文本的吸收与叙述有关。从某种意义上或许可以这样比较与衔接：穆旦创作于20世纪40年代的那批诗歌，与李金发20世纪20年代的创作理路有着某些相似之处，即他们都是有意识地把西方的一些具有代表性的宗教哲学思想当作诗歌写作的素材引入新诗的创作中来，从而创作出一种中西兼容的新文本——正是这种中西兼容性，使他们的诗歌天然地拥有了现代性。只不过与李金发相比，穆旦在知识储备、艺术修养以及文字功底等方面都更胜一筹，从而在把中国现代新诗推向一个高峰的同时，自身也成为现代主义诗歌的标志性人物。

第三章

从《尝试集》到《女神》：
叙事与抒情的新诗传统

如果以 1917 年胡适在《新青年》发表《白话诗八首》为开端的话，新诗已走过了百年的历程。对一个从"无"到"有"的诗体来说，一百年可以暂告一个段落、一个发展周期。站在百年新诗的门槛外，反思这些曾承载着中国 20 世纪第一代知识分子希冀的诗歌体裁，在感慨万分的同时，也不免会发现一些新的问题："五四"新诗的源头，其真正的逻辑起点应该从谁、从何时算起？此外，"五四"时期的新诗为其后的中国新诗到底创造了几种艺术风格与美学传统？是否如通常所理解的那样，新诗的传统就是浪漫和抒情一统天下的传统？这对正确认识和理解百年新诗的发展具有重要意义。

第一节 新诗奠基时期：郭沫若新诗的缺席

在当代绝大多数新诗研究者看来，1916 或 1917 到 1921 年这段新诗历史是互为逻辑、互为一体的。因此在总结与评价这段诗歌历史时，总是把其视为一个首尾相连的整体。正是基于这种认识，才有了如下被大家广泛接受与认可的说法：以胡适为代表的初期白话诗由于偏重写实,对诗歌所应有的美学要素尚未有充分的注意,故而其价值主要局限于用白话文取代文言文方面,至于其美学上的价值则可以忽略不提。与此相一致,胡适的《尝试集》(1920)虽然是中国新诗史上第一部白话新诗集,但它无论是从知名度还是从诗艺上,都要远远逊色于晚出版一年的《女神》(1921)。

这种褒扬《女神》而贬低《尝试集》的倾向,从研究者们的评价中可以明显地看出来,诸如:"作为第一本新诗集,《尝试集》的开端价值不能抹杀,但它只是开端而已,而晚出的《女神》由于在情感强度、语言形式、精神气质等诸多方面,满足了读者的期待,因而应被看作是新诗真正的起点。"[①] 著名的文学史教材《中国现代文学三十年》所持观点也大致如此,即把《女神》定位为"以崭新的内容与形式,开一代诗风,堪称中国现代新诗的奠基之作"[②]。虽然没有说《女神》是中国新诗的"真正的起点",但却强调其是"奠基之作"。显然采用了褒扬《女神》之方式,把《尝试集》从"奠基"中排挤了出来。

以上这两种说法,是现代新诗研究界长期以来比较具有代表性的说法。其共同特点是,都是在褒郭而贬胡,即以比较直白或含蓄的方式表明了这样一个观点:以胡适为代表的白话诗还不具备真正"诗"的要求和规范,只有发展到了郭沫若的《女神》阶段时,新诗除了使用白话之外,才具有"诗"的审美雏

---

① 姜涛:《新诗的发生及活力的展开》,参见洪子诚主编《百年中国新诗史略》,北京大学出版社2010年版,第33—34页。
② 钱理群、温儒敏、吴福辉:《中国现代文学三十年》(修订本),北京大学出版社1998年版,第103页。

第三章　从《尝试集》到《女神》：叙事与抒情的新诗传统

型和美学意义。

这个被大家广泛认可的以郭沫若《女神》为"起点"和"奠基"的新诗历史观，看起来似乎并无不妥。收录在《女神》中的那些诗，不但读起来朗朗上口，而且还能让人感受到诗人的那份炙热情感，确实无论从哪个方面来看，似乎都比《尝试集》中的诗更像诗。况且，经过研究者们的筛选与整合，原本杂乱无章的新诗肇始过程也变得清晰有序起来——有了一个从发生、发展到成熟的过程，而这个过程，无疑更有利于新诗历史的构建。

不过，这个看似合理的诗歌史观，可能是存在问题的。因为，上述这种逻辑构建，并不是对肇始期诗歌状况的真实反映，而是有着明显的人为预设。这个预设的模式是这样的：新诗革命自1916或1917年发生以来，以胡适等为代表的初期白话诗人们，除了摧毁古典诗歌、完成诗歌从古文到白话的转变之外，在创作理念与美学追求方面，几乎没有构建起任何像样的理论学说。这种情况一直持续到《女神》，即《女神》出现以后，有关新诗的艺术性问题才被提升到日程上来。这种判断与总结，与新诗的真实肇始、发展情况果真相一致吗？

要回答这个问题，首先要解决好以下两个问题：（一）在《女神》出版之前，以胡适为代表的初期白话诗人的诗作，作为一种思潮和最初的试验文本，是否有史学意义上的独立存在价值？（二）那些在《女神》出版之前已经存在的现代白话新诗文本，到底有没有形成一套相对独立而清晰的美学主张？如果有的话，以《尝试集》为代表的初期白话诗的艺术准则，与《女神》所体现出的艺术追求，是否可以列入同一美学价值的范畴中来谈？

首先分析第一个问题。与胡适这个新诗坛上的"急先锋"相比，郭沫若在白话新诗史上只能算是一名后起之秀。1919年，应该是郭沫若诗情觉醒的一年：在这一年里，他因为一个偶然的机遇，读到了康白情发表在《学灯》杂志上的新诗，而在精神上深受鼓舞，于是尝试着开始给该杂志写诗、投稿。说来郭沫若也是个天生就有诗才的人，他的那些练笔之作投出去，便一下子引起了编辑们的注意，并在同年的9月份给刊载了出来。

如果以1919年为标志的话，说明郭沫若亮相于诗坛的时间，比胡适至少要滞后二三年。这个时间差并不大，诗歌史上的时间往往是以"十年"为计量单位的，因此看起来这二三年的时间差微不足道，完全可以忽略不计。其实不然，其他阶段的诗歌历史，或许可以这样笼统地计算，然而具体到"五四"新诗肇始前后的那段历史，则不能这样含混地算到一起。

原因并不难理解。"五四"是个狂飙突进的时代，无论什么事都是以"风驰电掣"为特征。从胡适写于1916、发表于1917年的"两个黄蝴蝶，双双飞上天，不知为什么，一个忽飞还"（《蝴蝶》）被社会上的保守派们诅咒为"驴鸣狗吠"[①]、必死无疑开始，到社会上有些人也尝试着写白话新诗，再到当时的一些报纸、杂志为了彰显其"新潮"，都争先恐后地发表几首白话新诗来装点门面，整个过程也不过二三年的时间。胡适在《尝试集》的自序中，对此有过回顾。他说："这两年来，北京有我的朋友沈尹默、刘半农、周豫才、周启明、傅斯年、俞平伯、康白情诸位，美国有陈衡哲女士，都努力做白话诗。白话诗的

---

① 刘半农编：《初期白话诗稿》，北京出版社2010年版，第71页。

第三章 从《尝试集》到《女神》：叙事与抒情的新诗传统

实验室里的实验家渐渐多起来了。"① 胡适这番话说于 1919 年 8 月。这一境况至少可以说明这样一个问题：在郭沫若的新诗处女作面世之前，北京以胡适为中心，已经形成了一支创作新诗的队伍。与这些弄潮儿相比，郭沫若的创作无疑是晚了一步。而且，这一步晚得还异常关键：他起步创作白话新诗的时间，恰好是初期白话新诗告一段落的时间节点。说得更明确一点，就是 1919 年其实是"五四"新诗发展过程中的一个潜在分界线——正是这条分界线，把白话新诗分成了前后两个不同的历史时期。

当然，以往的新诗研究者们一般不作这种区分，现有的相关结论，也都是在不作区分的情况下得出来的。事实上，如果分析和梳理那个时期的相关资料，就会发现白话新诗的亲历者和见证人，基本上都是把 1919 年作为白话新诗的一个分水岭的。胡适那篇著名的《谈新诗》一文，就是完成于 1919 年 10 月。这篇得到朱自清的高度赞扬，并称其"差不多成为诗的创造和批评的金科玉律"②的文章，还有个耐人寻味的副标题——"八年来一件大事"。可见，胡适在着手写作该文时，抱定的就是要对 8 年来的新诗历史给予一个阶段性总结的目的。③ 事实上也确实如此。解读该文章，会发现胡适在文中对新诗肇始的原因，新诗应该表现的内容、艺术手法、成就和存在的问题，以

---

① 胡适：《尝试集》自序，见姜义华主编《胡适学术文集》，中华书局 1993 年版，第 383 页。
② 朱自清：《中国新文学大系·诗集》导言，见杨匡汉、刘福春编《中国现代诗论》上编，花城出版社 1985 年版，第 241 页。
③ 胡适是在辛亥革命这个大框架下来谈论新诗的，正如他所说："这种文学革命预算是辛亥革命以来的一件大事"。见《谈新诗——八年来一件大事》，姜义华主编《胡适学术文集》，中华书局 1993 年版，第 385 页。

及具有代表性的诗人和诗作等,都进行了一番系统的梳理、呈现与点评。这篇文章中的一个细节也意味深长:在其之前,胡适一直采用的都是"白话诗"之说法,而在这篇文章中他则第一次启用了"新诗"这个概念。这种称谓上的变迁,或许表达了胡适这样一个想法:如果说1916或1917年新诗的"新"还主要是表现在语言上,那么到了1919年情况就大不一样了,即它从内容到形式都已完成了一个蜕变过程,至此可以启用象征着"新"的这个"新诗"称谓了。

把1919年视为白话新诗实验终结期的并不止胡适一人。白话新诗运动的主将之一刘半农,在1932年曾编过一本颇有影响的《初期白话诗稿》。该"诗稿"有个明显的特征,即所收录的诗作均是创作于"民国六年至八年之间"①的诗。这种截取时间的方式也说明,他把"初期白话诗"的时间,设定在了1917年至1919年之间。茅盾在1937年回顾白话新诗的历史时,也持同样的态度。他说:"白话诗的历史,足足有二十年了(胡适之在一九一六年开始)。'五四运动'以前,在白话诗方面尽了开路先锋的责任的,除胡适之而外,有周作人、沈尹默、刘复、俞平伯、康白情诸位。"②作为"五四"新文学运动亲历者的茅盾,态度也很鲜明,他以1919年的"五四运动"为界,把"五四"新诗的发展过程分成了前、后两个阶段。1916到1919年这段时间,他认为是新诗"开路先锋"的阶段;1919年之后的新诗,也就是郭沫若开始出现于诗坛之后的这段新诗历史,在他

---

① 刘半农编:《初期白话诗稿》,北京出版社2010年版,第69页。
② 茅盾:《论初期白话诗》,见杨匡汉、刘福春编《中国现代诗论》上编,花城出版社1985年版,第306页。

第三章 从《尝试集》到《女神》：叙事与抒情的新诗传统

的这篇文章中则是欠缺的。

欠缺的原因是什么，不得而知。反正他在行文中，没有任何解释与说明，就直接跳跃到了20世纪30年代艾青的《大堰河——我的保姆》。也就是说，在茅盾的新诗构建中，新诗的发展是从胡适、周作人、沈尹默、刘复、俞平伯、康白情等直接跳到艾青的，郭沫若在这个新诗的链条中，则处于一种缺席的状态。

假若说胡适在初期白话诗的总结文章中尚未提及郭沫若的名字，可能主要是因为他对郭沫若不了解——毕竟郭沫若是在他写那篇文章的前一个月，刚刚从诗坛上冒出来的文学新人；那么到了20世纪30年代的刘半农，尤其是30年代后半期的茅盾在回顾、总结初期白话诗的历史时，依旧不提郭沫若的名字与诗歌，则至少可以说明这样一个问题："初期白话诗"的试验到1919年郭沫若出现时就已宣告结束了，即新诗以此时间点为标志，进入另一个发展时期。此后接下来的这段时期，才算是郭沫若及郭沫若的诗歌大放异彩的时期，诚如朱自清在总结中国新诗的第一个十年时所说的一句话："和小诗运动差不多同时，一支异军突起于日本留学界中，这便是郭沫若氏。"[①] 以宗白华、冰心为代表的"小诗运动"，发生于1921至1925年间。毫无疑问，朱自清认为郭沫若在中国新诗坛真正"异军突起"的时间，至少是1921年以后的事了。

而1921年以后，以胡适为代表的"五四"新诗革命高潮早已经过去了，甚至连"五四"的大潮都已呼啸而过，正如笔者

---

① 朱自清：《中国新文学大系·诗集》导言，见杨匡汉、刘福春编《中国现代诗论》上编，花城出版社1985年版，第243页。

在《肇始与分流：1917—1920的新文学》一书中所说："从新文学发生史的角度来看，1921年以后，即以文学研究会与创造社为代表的文学活动及理论主张，只能算是'五四'文学革命结束后另一个新的发展阶段。"① 这个时期连鲁迅先生都由早期的《呐喊》转入后期的《彷徨》。这一时间落差说明郭沫若的诗歌即使再优秀，也只能划分到另一个历史阶段中，即属于后"五四"时期的事，之前的那段以胡适为代表的新诗历史与他无涉。

总之，从"五四"新诗自身的发展历程来看，1919年应该是白话新诗史上的一条分界线。这条线勾画出了新诗肇始、发展的两个不同历史阶段，即彼此间可以互为辉映、补充，但绝不能互相取代。而目前对这段新诗历史展开研究的一个基本范式，非但没有把二者区分开来，反而用1919到1921年间所创作的诗歌《女神》替代了《尝试集》，即后起的、代表着新诗另一发展阶段的《女神》一跃而上，变成了新诗的"起点"和"奠基"。如此一来，便会导致这样一种情况的出现：中国现代新诗史上最早的一批新诗试验者，被人为地"架空"了，而与第一阶段的新诗革命没有任何关联的郭沫若，却一下子上升成了新诗真正的"鼻祖"。这样一种有意或无意的忽略与取代，无疑会给研究带来一个很不好的后果，即从根本上模糊和否定了以胡适为代表的初期白话诗的价值与意义，而这又直接关系到对后来新诗的走向及其发展的理解。换句话说，一件事开头就是错的，结论怎么可能会在正确、合理的道路上？

当然，判断现代新诗到底应该以谁为"起点"或"奠基"，

---

① 姜玉琴：《肇始与分流：1917—1920年的新文学》，花城出版社2009年版，第11页。

也不能把出现的先后顺序、时间作为唯一的判断依据，重要的是还要对其艺术观念、美学思想以及艺术准则进行考量。这个问题将在下一节集中讨论。

第二节　两种不同的艺术范式：抒情与叙情

以往的新诗研究者们，之所以选择抬举《女神》，主要是基于对该诗的一些艺术性的估量与判定。正如那些持有"起点"和"奠基"说的研究者们所言：《女神》这本诗集，"使诗的抒情本质与诗的个性化得到充分重视与发挥，奇特大胆的想象让诗的翅膀真正飞腾起来。"① 又说："如果说《尝试集》代表了可能性的开创，那么围绕《女神》展开的批评，则代表一种新的诗歌体制的建立，'诗专职在抒情'等现代观念，逐渐成为制约新诗历史的常识性尺度。"② 显然，研究们者认为《女神》中的诗，之所以才更算是诗，主要因为这些诗中有了抒情和个性的成分，以及由此所引申出来的"想象"。与此相一致，比其更早一些的《尝试集》，之所以被认为只是一种"可能性的开创"，就在于它缺少了以上这些所谓艺术性元素。

由上述判定可以看出，新诗研究者们对何谓诗的认定非常一致，即诗歌的本质特征就是"抒情""个性"和"想象"。如

---

① 钱理群、温儒敏、吴福辉：《中国现代文学三十年》（修订本），北京大学出版社1998年版，第126页。
② 姜涛：《新诗的发生及活力的展开》，参见洪子诚主编《百年中国新诗史略》，北京大学出版社2010年版，第33—34页。

果缺少了这几大要素,那就算不得是诗歌,至少不是好的诗歌。总之,这几大要素——抒情、个性和想象,就是诗歌——其实也就是现代新诗所应必备的"标识"。

　　研究者们所总结出来的这几大诗歌要素,应该说与郭沫若的诗歌是非常贴合的。他的《女神》就是以强烈的抒情性、狂放不羁的个性和超凡脱俗的想象见长的。与中国传统诗歌的那种极度内敛、含蓄,常常会把主人公"我"隐藏到"山水"背后的传统不同,《女神》所塑造出的世界,就是一个以"我"为中心的极度恣肆的世界,如《天狗》一诗中,有如下一些豪迈而直爽的诗句:

> 我是一条天狗呀!
> 我把月来吞了,
> 我把日来吞了,
> 我把一切的星球来吞了,
> 我把全宇宙来吞了。
> 我便是我了!
>
> 我是月底光,
> 我是日底光,
> 我是一切星球底光,
> 我是X光线底光,
> 我是全宇宙底Energy底总量![1]

---

[1] 郭沫若:《天狗》,见《女神》,人民文学出版社1953年版,第50页。

第三章 从《尝试集》到《女神》：叙事与抒情的新诗传统

出现于该诗中的"我"，就是一个涅槃后的"我"。这个"我"是膨胀的"我"，他可以随意地游走和凌驾于日、月、星球，万事万物之上。也就是说，在这个世界里，"我"就是秩序，"我"就是要光有光、要月有月的"王"，而其他的东西不过是"我"的陪衬，即宇宙星球上的万事万物都归我奴役。诗人在该诗中无疑是以大写的"我"出现的，充当了一个不是造物主的造物主角色。正如他在该诗的结尾所咏叹的那样："我便是我呀！/我的我要爆了！"

郭沫若在诗歌中如此趾高气扬地处理"我"与世界万物的关系，其实意味着他彻底背离了中国古代诗歌的含蓄传统。郭沫若之所以要做这个转换，主要与他对新诗的基本价值判断有关。他认为所谓新诗，主要就是用来抒发人的主观情绪的，即新诗的"新"，就"新"在它可以毫无顾忌地把内心情感抒发出来。正是基于这样的定位，他一上来就把现代新诗定性为"抒情诗"，并宣告说"抒情诗"就是"情绪的直写"[①]，"真正的诗，真正诗人的诗，不怕便是吐诉他自己的哀情，抑郁，……诗是人格创造的表现，是人格创造冲动的表现。"[②] 无疑，在郭沫若看来，新诗——真正的现代新诗就是用来书写人的主观情绪和人格冲动的利器。

郭沫若这种以"情"为上、以"人格冲动"为标志的诗歌观念，其实并不陌生，它就是西方19世纪浪漫主义诗歌观念的一种

[①] 郭沫若：《论节奏》，见杨匡汉、刘福春编《中国现代诗论》上编，花城出版社1985年版，第111页。

[②] 郭沫若：《论诗三札》，见杨匡汉、刘福春编《中国现代诗论》上编，花城出版社1985年版，第52页。

翻版。英国湖畔诗人华兹华斯就曾在 1800 年版《抒情歌谣集》的序言中说，诗是强烈情感的自然流露。从这个意义上说，郭沫若的诗歌观念，正是一种 19 世纪风靡于西方的浪漫主义诗歌观念。

总结出了《女神》的艺术风格及其被研究者们所推崇、赞誉的原因，也就明白了如下两件事：第一，《女神》之所以能后来居上，一举压倒曾在两年内销售了一万册的《尝试集》，凭靠的就是这套浪漫主义的美学表达方式——强烈的抒情性以及神采飞扬的个性；第二，研究者们不但接受了郭沫若的浪漫主义美学风格，并且还用这个标准来衡量和评判"五四"初期白话新诗的创作。这一无意识的举动，说明了这样一个问题：郭沫若的诗歌标准，其实也就是他对新诗的要求标准，变成了研究者们的标准。或者还可以这样说，体现着郭沫若审美趣味的个人化诗歌标准，一下子变成了现代白话新诗的标准。这个标准就像一把尺子一样，只有符合于它的，才算是好诗。

时至今日，需要进一步思考的问题是：这种 19 世纪的浪漫主义美学标准，是郭沫若在处理诗歌时所遵循的标准。问题就在于，郭沫若所推崇、认可的诗歌标准，就一定会是以胡适为代表的初期白话诗的标准吗？如果事实并非如此的话，那就说明中国现代新诗至少应该有两个标准，除了郭沫若主张的抒情性之外，还应该有另外的一个，即以胡适为代表的初期白话新诗的标准。

若要分析、探讨初期白话诗的艺术追求，还需要从根源来溯起。在白话新诗革命的初始，即 1916 到 1917 年间，胡适在与新文学革命的另一名主将——陈独秀的通信中，就曾分析和探讨了即将展开的包括新诗在内的中国新文学，到底应该走什么样的道路的问题。他们二人在许多方面，包括性情等都不一

第三章 从《尝试集》到《女神》：叙事与抒情的新诗传统

致，后来更是在思想和行动上分道扬镳；可是在当时那个特定历史背景下，他们对文学的认识倒是出奇地一致。两人都认为，之前的文学都是属于古典主义和浪漫主义的，而今后的文学应当"趋向写实主义"①。这个信息异常重要，它说明在轰轰烈烈的"文学革命"即将展开之际，新文学的启蒙者们就对即将破壳而出的白话新诗有了一个明确的定位——朝着"写实主义"的方向努力。在他们当时的认知中，"写实主义"比较特殊，它比"古典主义"和"浪漫主义"都更为新潮、更为现代，是代表着包括诗歌在内的文学发展的新方向。

这说明推崇"写实主义"并不是胡、陈两位的误打误撞，而是他们在当时基于对世界文学格局的认识的有意识的选择。换句话说，在他们二人当时的审美视域里，"写实主义"的美学地位，是要远远高于"古典主义"和"浪漫主义"的，它代表着文学的最新发展趋势。正因为有这样一种信念做支撑，胡适的整个新诗活动几乎都是围绕着"写实主义"展开的。说得更为具体一些，就是他的诗学理论文章和文本创作几乎均是"写实主义"创作理念的翻版，可以试举几例来看。首先，以倡导"白话"而著称的胡适，其实自始至终都是把新诗的"内容"置放于新诗的"形式"之上的，正如他的说："我们看文学，要看它的内容，有一种作品，它的形势上改换了，内容还是没有改，这种文学，还是算不得新文学。"② 只是形式上——也就是语言

---

① 胡适：《寄陈独秀》，见姜义华主编《胡适学术文集》，中华书局1993年版，第18页。
② 胡适：《新文学运动之意义》，见姜义华主编《胡适学术文集·新文学运动》，中华书局1993年版，第170页。

改换了，还不能算是新文学。新文学的必备条件是"内容"必须要有所改变。其次，胡适对包括新诗在内的新文学之"内容"，一直是有着明确的要求的。由于胡适是把新诗的受众设定为绝大多数的普通人，所以他一再提倡新诗要表现普通人的生活、普通人的情感，正如他所说："文学在今日不当为少数文人之私产，而当以能普及最大多数之国人为一大能事。"① 在此强调的是"普及最大多数之国人"，而不是"少数文人之私产"。无疑，胡适重视的是对广大民众的普及。最后，为了能更好地彰显诗歌的思想内容，胡适在艺术手法上一直强调的是"写实的描画"② 功能，而非以往人们所主张的抒情功能。

以上这三大方面，足以表明胡适对何谓新诗，不但有自己的看法与要求，而且这种看法与要求并不能用浪漫主义的诗歌理论加以阐释。从根本上说，胡适其实是坚决反对浪漫主义的，诸如他所说的"有什么题目，做什么诗；诗该怎样做，就怎样做"。③ 就完全是与浪漫主义唱反调的：浪漫主义强调诗歌一定要突破"题目"的束缚，要随着"心"或情感邀游；胡适则主张"诗"不要虚无缥缈，而要符合"题目"，即要求内容或内涵必须要有一定的限定性。这意味着胡适是把诗歌的现实性看作诗歌之首位要素。

显然，胡适非但没有把"抒情性"视为新诗的必备要素，

---

① 胡适：《觐庄对余新文学主张之非难》，见姜义华主编《胡适学术文集·新文学运动》，中华书局1993年版，第9页。
② 胡适：《谈新诗——八年来一件大事》，见杨匡汉、刘福春编《中国现代诗论》上编，花城出版社1985年版，第14页。
③ 胡适：《谈新诗——八年来一件大事》，见姜义华主编《胡适学术文集》，中华书局1993年版，第389页。

第三章 从《尝试集》到《女神》：叙事与抒情的新诗传统

相反，他是有意识地反抒情的。这一点从他的《尝试集》中不难看出来。收录在该诗集中的诗，几乎都是以写景叙事为特征的，很少有专门抒情的。当然这并非是说胡适写诗光写"景"和叙"事"，而不涉及"情"。没有"情"的诗歌也算不上是诗歌，这里主要是指他表达情感的方式不是郭沫若式的直抒胸臆，而多半是采用叙情的方式加以展现的。为了更好地说明这一特征，以他的一首诗歌为例。

12月17日是胡适与太太两人的生日，他为此曾写下一首名为《我们的双生日（赠冬秀）》一诗。无论是从题材还是情感上说，这无疑应该算是一首典型的爱情抒情诗——借这个特殊的日子，抒发夫妻两人间的感情；但是胡适进入诗歌的切入点及其语言的调遣使用，却不是惯常的抒情诗所应有的姿态：

> 他干涉我病里看书，
> 常说，"你又不要命了！"
> 我也恼他干涉我，
> 常说，"你闹，我更要病了！"
>
> 我们常常这样吵嘴，——
> 每回吵过也就好了。
> 今天是我们的双生日，
> 我们订约，今天不许吵了。
>
> 我可忍不住要做一首生日诗。
> 他喊道，"哼，又做什么诗了！"

>   要不是我抢的快,
>   这首诗早被他撕了。①

毋庸置疑,这就是一首典型的情诗。诗歌表达了妻子对"他",即丈夫的呵护、关爱以及丈夫对妻子的款款深情——即使是处于病中,做丈夫的也要爬起来,坚持要为他们的"双生日"做一首"生日诗"。而妻子则又担心丈夫累着,便极力阻挡,让他躺下来好好地休息。

从诗歌所展现出来的细节里不难看出,夫妻两人间的情感是异常深厚的。然而,胡适的创作手法则表现出另一种特质,即在该诗中,他没有像浪漫主义诗人那样直抒胸臆地讴歌妻子如何关心、爱护他,他又是如何对妻子忠贞不渝、深情款款的。相反,他在诗歌中躲闪着这些浪漫无比的美好情感,而是有意识地选取了日常生活中,最不浪漫的细节来展示这种浪漫,譬如一个人想看书,另一个人不让看;一个人要写诗,另一个人不让写。争执不下,最后两人不得不通过"吵嘴"和"撕诗"的方式来解决这种矛盾。

从艺术手法上说,发生在两人间的"吵嘴",其实就是一种你来我往的对话形式。这种"对话"具体到文本的写作中,则主要、且也只能表现为一种叙事或描写。无疑,胡适这首诗的情感诠释模式有点特殊,即它不是用抒发情感的方式,而是用叙述事件过程以及人物刻画等手法来描绘与寄托情感的。

这种类似于写小说的手法,无疑并不是诗歌所惯用的手法。

---

① 胡适:《我们的双生日(赠冬秀)》,见《尝试集》,外文出版社2013年版,第74—75页。

第三章 从《尝试集》到《女神》：叙事与抒情的新诗传统

如果说郭沫若的诗歌是抒情的——赤裸裸地抒发情感，那么胡适的这种写法，则可以称为叙情，即用叙事的方式来抒写情感。就如上面所引的那首诗歌——《我们的双生日》，胡适采用了对夫妻间引发争议的两个细节的刻画与描述，抒发了彼此间那种特有的爱恋与关爱之情。这种新型的，即不是抒情而是叙情的表达方式，长期以来一直没有得到人们很好的理解：不少人觉得胡适很有趣，愿意写诗而又不懂诗——不抒情的诗还能叫作诗？

事实上，不是胡适不懂诗，是他有意识地想通过自己的创作，去掉诗歌总是要抒情的"老毛病"。也就是说，胡适认为新诗不应该再沿着抒情性的路线走，而应该回到与抒情相反的道路——"写实"上来。正由于胡适不强调诗歌的抒情特性，在很多时候甚至还是刻意地躲避诗歌的抒情性，才导致了这些年来我们对其理论和创作的漠视与非议。殊不知，非抒情性，恰恰是胡适赋予现代新诗的一项使命：新诗的第一步就是要确实地表达出自己想要表达的东西，即需要有充实而明确的思想内容，至于其他，则是属于第二位的事了。

胡适格外重视和强调现代新诗的"实"，也就是说胡适把现代新诗的特性，限定在了与"虚"相反的那个"实"上。从现代新诗所产生的特定历史角度看，胡适倡"实"反"虚"，具有一定的历史必然性。诚如我们所知，中国传统旧诗词的最高审美要求，就是要"含蓄"、有"含蓄之美"。久而久之，中国古典诗歌传统就形成了一种"雾里看花"的传统。这种传统美则美矣，就是所表达的内容暧昧不清，无论怎么解释可能都有道理。胡适对这一"传统"深恶痛绝，一再斥责旧体诗"言之无物"。从这一层面说，胡适之所以要倡导新诗，主要是不满旧体诗那种虚无缥缈的表达方式，所以才有了"吾以为今日而言文学改良，须从八事入手"中的第一事，就是"须言之有物"① 之说法的提出。明白了这一前提，也就明白了胡适为何要推举"写实性"——"写实"所反对的就是含混与模糊；同样，也就理解了为何到了1936年，胡适还是紧紧抱着"写实性"的观点不放，无论他人怎么反对，他都坚定地认为，新诗就是应该"说话要明白清楚""用材料要有裁剪""意境要平实"② 的原因了。

由上可见，胡适在这场轰轰烈烈的新诗革命中，由于时代背景所限，没有直接喊出一个"反抒情"的口号，但是他确确实实是把搁置或摈弃"抒情"，作为现代新诗存在的一个先决条件的。胡适这一非抒情的"写实性"理论构想，也深深影响了其他白话诗人。如初期白话诗潮中的活跃分子——俞平伯也是沿着"写实"的方向来理解新诗的。他说，"现今社会的生活是非常黑暗悲惨"，"我们做诗，把他赤裸裸的描写表现出来"。③ 宗白华是当时诗人中比较强调哲理和主观性的一位，他的那些"流云小诗"就是以空灵而幽深的意境见长，但他也说："诗人要想描写人类人性的真相，最好是自己加入社会活动，直接的内省与外观，以窥看人性纯真的表现。"④ 至于用何样的艺术手法把"黑暗悲惨"以及"人类人性的真相""描写"出来，他们

---

① 胡适：《文学改良刍议》，见姜义华主编《胡适学术文集·新文学运动》，中华书局1993年版，第20页。
② 胡适：《谈谈'胡适之体'的诗》，参见姜义华主编《胡适学术文集·新文学运动》，中华书局1993年版，第466—467页。
③ 参见俞平伯：《社会上对于新诗的各种心理观》，见杨匡汉、刘福春编《中国现代诗论》上编，花城出版社1985年版，第23页。
④ 宗白华：《新诗略谈》，见林同华主编《宗白华全集》第1卷，安徽教育出版社2008年版，第170页。

走的也都是胡适所强调的那个刻画、描写的路子，如俞平伯的"注重实地的描写"①，康白情的"刻绘"②，宗白华的"表写"③等，强调的都是诗歌的描述功能，显然与所谓的抒情相隔甚远。难怪茅盾在1937年《论初期白话诗》一文中，会斩钉截铁地断言："初期白话诗的最一贯而坚定的方向是写实主义。"④

第三节　非抒情、非个性：一种更具时代性的话语

在搁置或放逐"抒情"的同时，以胡适为代表的初期白话诗人肯定也是不强调彰显个性的。这无须赘言，一个不以抒情为特征的诗歌流派，无论如何是不可能把张扬个性作为己任的。

不过，人们或许会觉得初期白话诗的创作实践，与"五四"那个热火朝天的时代氛围，似乎显得有些不够合拍。在人们的想象中，强烈的抒情性和高度的个性化，不正是那个时代所应有的氛围与标签？况且，闻一多就是从"时代"的角度切入《女神》的批评中来的："若讲新诗，郭沫若君的诗才配称新呢，不独艺术上他的作品与旧诗词相去最远，最要紧的是他的精神

---

① 俞平伯：《社会上对于新诗的各种心理观》，见杨匡汉、刘福春编《中国现代诗论》上编，花城出版社1985年版，第27页。
② 康白情：《新诗底我见》，见杨匡汉、刘福春编《中国现代诗论》上编，花城出版社1985年版，第37页。
③ 宗白华：《新诗略谈》，见林同华主编《宗白华全集》第1卷，安徽教育出版社2008年版，第170页。
④ 茅盾：《论初期白话诗》，见杨匡汉、刘福春编《中国现代诗论》上编，花城出版社1985年版，第310页。

完全是时代的精神——二十世纪底时代的精神。"① 既然"郭沫若君的诗才配称新",言外之意,那是说谁的诗不配称新?通过闻一多这篇写于1923年的文章,至少能窥探出这样一个问题:应该算是新诗中第二代诗人的闻一多,在胡适与郭沫若的创作之间,当时他选择了支持后者。原因很简单,他认为唯有郭沫若的"新诗"才真正具有"新"的特质,而其他人的新诗,则可能多数属于旧瓶装新酒。正如他在谈到郭沫若在《女神》中肆意地引用"亚美欧非四大洲"的地名,还有在诗歌中不时夹杂着其他民族的语言时,这样评价说:"原来这种在西洋文学里不算什么。但同我们的新文学比起来,才见得是个稀少的原质,同我们的旧文学比起来更不用讲是破天荒了。"②

由此可知,前文中所论述到的"起点"和"奠基"说也并非是空穴来风,其与闻一多的这一早期观点不能说没有一点关系。此外,闻一多之所以判定郭沫若的诗更"新",是因为他觉得郭诗反映了"二十世纪底时代的精神"。换句话说,郭沫若的诗歌创作是与世界的诗歌创作或者说是与时代精神同步的。这样一来,岂不反衬出胡适的诗,或者说以胡适为代表的初期白话诗,就是一种落后于时代的创作?

孰新孰旧,这个问题有些复杂,牵涉到对"新"的判定标准问题。立足于闻一多的那个时代,郭沫若的诗看上去表现得的确更为狂飙突进、更为新潮一些。他诗中的那个"我",是大

---

① 闻一多:《〈女神〉之时代精神》,见杨匡汉、刘福春编《中国现代诗论》上编,花城出版社1985年版,第82页。

② 闻一多:《〈女神〉之时代精神》,见杨匡汉、刘福春编《中国现代诗论》上编,花城出版社1985年版,第85—86页。

第三章 从《尝试集》到《女神》：叙事与抒情的新诗传统

写的"我"、不妥协的"我"；这个率性的"我"是以叛逆、不妥协的姿态出现的，故而对传统的冲击力会更大、更直接一些。正如他在写于1919年的《匪徒颂》中，对"匪徒"、即旧文化的叛逆者歌咏道：

> 反抗古典三昧的艺风，丑态百出的罗丹呀！
> 反抗王道堂皇的诗风，饕餮粗笨的惠特曼呀！
> 反抗贵族神圣的文风，不得善终的托尔斯泰呀！
> 西北南东去来今，
> 一切文艺革命的匪徒们呀！
> 万岁！万岁！万岁！①

从对旧文化的批判与捣毁这个特定角度说，闻一多觉得郭沫若的那些昂扬着自我生命力的诗，比其他人的诗有着更为"新"的特质，是完全可以理解的。然而，如果从艺术精神自身的发展脉络入手，则就未必如此。现代新诗的另一位批评家——朱自清对郭沫若诗歌的精神来源，曾有过一个梳理。他认为郭诗中有两样新东西"都是我们传统里没有的：——不但诗里没有——泛神论，与二十世纪的动的和反抗的精神。……这些也都是外国影响。——有人说浪漫主义与感伤主义是创造社的特色，郭氏的诗正是一个代表。"②首先，朱自清认为郭诗中的两样"新东西"——"泛神论""二十世纪的动的和反抗的精

---

① 郭沫若：《匪徒颂》，见《女神》，人民出版社1953年版，第108页。
② 朱自清：《中国新文学大系·诗集》导言，见杨匡汉、刘福春编《中国现代诗论》上编，花城出版社1985年版，第244页。

神"都是受外国的影响;其次,这两样"新东西"似乎与浪漫主义、感伤主义是互为辉映与重合的——如果不这样的话,似乎就没有办法理解其语境中的"两样"新东西与浪漫主义、感伤主义之间的关系。

至于这两种"新东西"与两种"主义"是否可以对应起来,朱自清没有明说,现在也就不必细究了;反正在以上所说的两种"新东西"、两种"主义"中,除了"二十世纪的动的和反抗的精神"较为含混外——其实,西方文学自文艺复兴以来,就一直处于"动的和反抗的精神"之中,并非是20世纪的文学所独有之标签——其他的三个都不含混。从时间上看,皆属于19世纪上半叶之前的哲学或文学思潮。这一事实足以说明,被闻一多在当时誉为代表了"二十世纪底时代的精神"的《女神》,其实张扬的并不是西方20世纪的时代精神,而是西方19世纪上半叶之前的精神。

当然,在郭沫若之前,尚且无人把这些艺术精神引入中国来,郭氏在此一特殊的时间节点把其引入进来,就姑且算是"二十世纪底时代的精神"也没什么不可。不过,应该意识到,如果真的要以"新"来论英雄的话,胡适所强调的"写实主义"其实要更"新"一筹。需要注意的是,胡适语境中的这个"写实主义",并不是我们头脑中那个僵化的现实主义[①],其对应的

---

① 在以往的新诗研究范式中,尽管甚少有人直接对胡适的新诗理论观念作出消极评价,但潜意识里还是将其列入保守之行列的,总是有意无意地把其"写实主义"与19世纪法国文学思潮中的现实主义混为一体。混同的结果是:诗歌是最不现实的一种文体,却强调用最"现实"的手法来观照,这岂不是一种错位的对话?仅凭这一点,胡适的新诗理论也难以让人重视。

第三章 从《尝试集》到《女神》：叙事与抒情的新诗传统

是1909—1917年崛起于英美的以庞德为代表的意象派诗歌运动。尽管目前尚无确凿证据能证明二者间的逻辑关系，然而有一点是确凿的，英美意象派诗歌的主张和准则，如诗人要约束自我情感，不要在诗歌中直抒胸臆；诗人要尽可能地呈现事物、展现事物，不要讴歌事物等主张，都能在胡适的新诗理论中找到对应的痕迹。从某种程度上说，意象派诗歌的美学观点恰恰是胡适"写实主义"框架下的观点。胡适对其所提倡的写实主义与英美意象派诗歌间的渊源及关系，虽未直接论述过，但是他在美国读书时，的确接触过该诗歌流派。据他当年的留学笔记记载，他曾被刊登在《纽约时报书评》的一篇评论意象派宣言的文章所吸引，并把该文章剪了下来，还说过一番此派主张与我们的主张多有相似之类的话。

如果说当时胡适更愿意彰显一种"不约而同"的气象，那么接下来的事，则不能不说具有了"影响"的意味：他曾把美国意象派诗人萨拉·悌斯代尔发表在美国意象派刊物上的一首诗歌——《关不住了》，译为中文发表在《新青年》上。在后来把该诗收入《尝试集》中时，胡适还特意在序言中宣称，这首诗就是"我的'新诗'成立的纪元"。①

诗歌艺术价值的大小，当然不可以用出现的时间先后来衡量。这番简单的追溯，意在表明这样一个事实：如果真的要论艺术精神之"新"的话，胡适的"写实主义"恐怕还要更新一些——它越过了19世纪的诗歌，直接进入20世纪的文学思潮中来，即直接与现代主义诗歌相接轨。

---

① 胡适：《尝试集》再版自序，见姜义华主编《胡适学术文集·新文学运动》，中华书局1993年版，第403页。

需要说明的是,强调胡适诗歌观念的"新",并非认为"新"与"好"是可以画等号的一件事,只是想借此表明"五四"新诗的复杂性:追赶上西方"二十世纪底时代精神",的确是"五四"新诗肇始与发展的一种强大内驱力,但对何谓"二十世纪底时代精神",不同阶段的诗人,甚至同一阶段的诗人,也都有着明显不同的理解与偏重。可以说郭沫若视域中的"二十世纪底时代精神",主要表现为一种个性化自由意志的张扬,如:

> 我们更生了。
> 我们更生了。
> 一切的一,更生了。
> 一的一切,更生了。
> 我们便是他,他们便是我!
> 我中也有你,你中也有我。
> 我便是你。
> 你便是我。
> 火便是凰。
> 凰便是火。
> 翱翔!翱翔![①]

这里的"更生"和"翱翔"都是喊出来的,体现出诗人一种无所顾忌的、宛若孩童般的天真。洋溢在《女神》中的精神就是一种飞蛾扑火的精神。与郭沫若的这种管他世间如何,

---

① 郭沫若:《凤凰涅槃》,见《女神》,人民文学出版社1953年版,第39页。

第三章　从《尝试集》到《女神》：叙事与抒情的新诗传统

"我"就是要用自己的激情与个性去拥抱和改变它相比，以胡适为代表的初期白话诗人们，则是以另一种姿态来面对世间百态的。以胡适一首名为《老鸦》的诗为例：

一

我大清早起，
站在人家屋角上哑哑的啼。
人家讨嫌我，说我不吉利；——
我不能呢呢喃喃讨人家的欢喜！

二

天寒风紧，无枝可栖。
我整日里飞去飞回，整日里又寒又饥。——
我不能带着鞘儿，翁翁央央的替人家飞；
也不能叫人家系在竹竿头，赚一把黄小米！①

从主题上说，这首诗与郭沫若的《凤凰涅槃》是一样的，都表达了一种追求自由意志的决心，但在认知视角与表达方式上，却有着很大的差别：对胡适而言，20世纪的时代精神，并不是个人至上的英雄主义精神，而是一种庸常的平民百姓精神。所以，在诗歌中，"老鸦"，也就是"我"一张嘴，就遭到了周边人的厌弃和排挤。于是，"我"只能饿着肚子，在寒冷的空中飞来飞去。如果这时的"我"想向人们索取一点填充肚皮的食物，就必须要以失去自由，即被系在竹竿上豢养为代价。

---

① 胡适：《老鸦》，见《尝试集》，外文出版社2013年版，第26页。

显然，与《凤凰涅槃》相比，这首《老鸦》则要低调、含蓄得多了：我，即"老鸦"渴望和追求自由不错，可是这种自由的获得却是异常艰难和曲折。因为这种自由的获得并不完全取决于自己，而是由周边的环境所决定的。如果说在郭沫若的眼中，自由是关乎个人的选择——你选择自由，你就自由了；而在以胡适为代表的初期白话诗人那里，自由则是个需要发动全身的系统性工程——一个人如想获得自由，其前提是容纳"人"的这个系统必须首先获得解放，否则所谓的"解放"只能沦落为表层的解放。

第四节　一种反个人主义的诗学：以写景叙情为主导

以胡适为代表的初期白话诗人的自由观，比郭沫若的自由观多了一个环节，即在解放个体人之前，先要立志于解决"人"这个群体，具体说是先要对受压迫的群体予以解放。这一思想主张，从既是重要的初期白话诗人、同时又是理论家的周作人的那篇著名的《人的文学》（1918）中，也能清晰地显示出来。

从某种意义上或许可以说，《人的文学》就是"五四"新文学的代称，诚如周作人在文章一开篇所说："我们现在应该提倡的新文学，简单地说一句，是'人的文学'。"[①] "新文学"就是"人的文学"，这样一来，何谓"人"，便成了理解新文学，具体到该处就是何谓新诗的关键。

---

① 周作人：《人的文学》，见宝祥编选《周作人经典》，南海出版公司2001年版，第3页。

第三章 从《尝试集》到《女神》：叙事与抒情的新诗传统

综览全篇不难发现，周作人语境中的"人"，也就是构成文学主体的"人"，并非是西方文学中那个无所牵挂、自由自在，以自我利益为最高利益的"人"，而是指群体链条中的"那个人"。用其话说，就是"人类的一个"。因此说"这个人"在行为上不能过于极端，即为了"使人人能享受自由真实的幸福生活"，做事必须要以"利己而又利他"为前提。而且他还认为，"这种'人的'理想生活，实行起来，实于世上的人，无一不利。"① 可见，周作人在该文中所强调的"人"，不是西方个人主义价值体系中的那个个人与群体宣战的"人"；相反，该处的"人"就是人类命运共同体的意思，正如其文章在最后总结中所说："人类的命运是同一的，所以我要顾虑我的命运，便同时须顾虑人类共同的命运。"② 毫无疑问，"人的文学"中的"人"，同时也是初期白话诗中的"人"，与《女神》中的"那个人"不是同一个人。这也是周作人在完成《人的文学》这篇文章13天以后，又写下了《平民文学》的内在心理逻辑：所谓的"人"，原本就是受压迫阶层的代称，所以把"人"替换成"平民"也是顺理成章的事。明白了这一逻辑前提，也就理解了周作人为何要说"平民的文学正与贵族的文学相反"③ 了。

"平民的文学"就是一种以阶层为主体的文学，这也就决定了"平民"的诗歌，或者说"人"的诗歌非但不会以张扬个性

---

① 周作人：《人的文学》，见宝祥编选《周作人经典》，南海出版公司2001年版，第5页。
② 周作人：《人的文学》，见宝祥编选《周作人经典》，南海出版公司2001年版，第10页。
③ 周作人：《平民文学》，见宝祥编选《周作人经典》，南海出版公司2001年版，第11页。

为己任，相反为了更好地展示群体共性的一面，它还会尽可能地收敛自我的主观意欲和个性。这一特征从初期白话诗人的创作实践中也能得到很好的印证。为客观起见，这里以刘半农编的出版于1933年的《初期白话诗稿》为例。这本诗稿一共收录了李大钊、沈尹默、沈兼士（沈尹默之弟）、周作人、胡适、陈衡哲、陈独秀、鲁迅等8位诗人的26首诗作。在这26首诗歌中，除了远在美国留学的陈衡哲的那首《人家说我发了痴》："痴子见人便打见物便踢。/我若是痴子：你看呀——我便要这样的把你痛击！"[①]带有较为强烈的个性特征，即显示出浪漫主义的风格之外，其他25首均不是以张扬个性见长。有时即使在诗歌中抒写了个性，也尽可能地把自我个性融汇到自然景物的描写中去。此外，这种借景写情的"情"，多半还不是自我之情，往往通向普通民众、即百姓之情，如"好田地，多黏土；只是无耕牛的苦。/难道这个地方的人穷，/连耕牛都买不起？"（沈尹默：《耕牛》）"娇儿踏草扑花蝶，村妇捡柴歌竹枝。"（沈兼士：《见闻》）"除夕歌，歌除夕；/几人嬉笑几人泣。/富人乐洋洋，/吃肉穿绸不费力。/穷人昼夜忙，/屋漏被破无衣食。"（陈独秀：《丁巳除夕歌》）"小娃子，卷螺发，/银黄面庞上还有微红，——看他意思是正要活；/走出破大门，/望见邻家：/他们大花园里，有许多好花。/用尽小心机，得了一朵百合；/又白又光明，像才下的雪。"（鲁迅：《他们的花园》）从上述引诗中不难看出，初期白话诗人们甚少抒写个人的意愿，他们更多的是把笔触伸向普通人，尤其是下层的百姓。

[①] 刘半农编：《初期白话诗稿》，北京出版社2010年版，第106页。以下凡未特别标明出处者，均出自该版本，不再出注。

第三章 从《尝试集》到《女神》：叙事与抒情的新诗传统

综上所述，以胡适为代表的初期白话诗人并非没有自己的创作美学原则，只不过他们主张和遵循的不是郭沫若的那种个人主义式的美学原则，而是一种以群体主义利益——主要还是下层百姓的利益为上的美学话语方式。谢冕在谈到初期白话诗人的创作特征时，曾说过这样一番话："他们一开始就不是把目光投向作为个体的自我内心，而是投向了个人以外的社会群体。新诗的纪元几乎就是从书写个人以外的社会生活开始的。"① 确实如此，以胡适为代表的初期白话新诗的理论构建，并非像多数研究者所认为的那样，它"所隐含的危机主要是美和美学的"危机。② 事实上，初期白话新诗理论并不存在这种危机，即胡适等人对新诗的美学形态与构建，从一开始就有坚定而具体的设定：要以诗歌的状物、描述、叙事之功能，也就是尽可能地强调诗歌的客观性，来抵制和解构浪漫主义诗歌所固有的那种唯我独尊之风气。相比于郭沫若的个人主义话语，以胡适为代表的初期白话诗，体现的则是一种群体主义的话语模式。需要特别说明的是，这种早期的群体主义与后来的群体主义是有所不同的。这种"不同"主要表现在，它的价值尺度指向"平民"，即没有被意识形态化的普通人的日常生活和日常情感。因此说，以胡适为代表的早期白话新诗理论里并非是缺少美学要素，而只是因为这种"要素"与其他研究者们的美学设想不合，从而入不了他们的法眼而已。

---

① 谢冕：《论中国新诗：总序》，见洪子诚主编《百年中国新诗史略》，北京大学出版社2010年版，第17—18页。
② 吴思敬主编《20世纪中国新诗理论史》上，人民文学出版社2015年版，第140页。

总之，胡适的《尝试集》与郭沫若的《女神》原本就是两个体现着不同诗学话语体系的诗集，一个以描摹、叙述为宗旨，体现的是写实的风格；一个以张扬情感和个性为生命，体现的是浪漫主义的宗旨。这一现状说明在1921年之前的"五四"新诗中，存在写实与浪漫、抒情与叙情这样两个不同的美学型构。人们以往总是习惯以郭沫若的浪漫主义诗歌理论，来衡量和评价初期白话新诗的创作，而从根本上忽略了二者虽然都同属于现代新诗这一大的框架，却有着不同的精神追求和美学逻辑的事实，从而导致了郭沫若之前的初期白话诗的美学理论，一直都没有得到很好的重视与研究。

用郭沫若的浪漫主义来覆盖早期白话诗美学追求的直接后果，是原本应该双头并进，甚至在某种程度上比《女神》更具有现代性和潜在影响力的非抒情、非个性化传统，长久以来却被忽略了，从而导致新诗由原来的两个传统，变成了一个单维度的浪漫主义传统。更为重要的是，这种以浪漫主义为上的"认定"，使后现代新诗的发展得不到理论方面的支撑。譬如，既然浪漫主义才是现代新诗的正宗原型，那其后的浪漫主义诗歌为何并没有在中国得到很好的传承，甚至再也找不出一个像郭沫若那样的浪漫诗人？这种现状表明所谓的"奠基说"是需要打个问号的。与此相反的另一情形是，并没有得到重视的，即以胡适为代表的初期白话诗所强调的那种反抒情、反个性的创作准则，却一直悄悄地潜存于其后的诗歌创作中：自李金发的前期象征主义滥觞以来，现代主义诗歌就此起彼伏，成为现代新诗史上最具有代表性，同时也是艺术成就最高的一种诗歌形式，并非是偶然的，而是因为这类诗歌就是反抒情、反个性的，是对"五四"初期白话诗美学主张的合理化延伸与发展。尤其

第三章　从《尝试集》到《女神》：叙事与抒情的新诗传统

是到了 20 世纪 80 年代以后，胡适早期所强调的那种叙述性、生活流，几乎成了 80 年代中期以后诗歌创作的主流，这也充分说明以胡适为代表的白话新诗理论，才是更具有现代性的一种诗学理论，而以郭沫若为代表的浪漫主义理论早已经成了明日黄花。

需要强调的是，今天研究"五四"新诗的逻辑"起点"和"奠基"问题，绝非是为了把郭沫若的《女神》拉下来，把胡适的《尝试集》推上去，因为这样反而把一个复杂的学术问题简单化了。本章的主旨，意在说明肇始和发展时期的"五四"新诗，其基调是复杂、多样的，不可用一个逻辑链条来匡正和取代另一个逻辑链条，而必须充分、客观地分析各种要素。

总之，1921 年之前的"五四"新诗中存在着"写实"与"浪漫"、"抒情"与"叙情"两个截然不同的美学型构，它们分别代表了"五四"精神的两个向度：一个是以"平民"阶层为基础的群体主义话语向度；另一个是以个体为单位的个人主义话语向度。前者以胡适的《尝试集》为代表，主张诗人们要最大限度地写景叙情；后者则以郭沫若的《女神》为标志，以彰显情感与个性为旗帜。这两种叙情与抒情不同但又互补的诗歌美学话语，共同构成了"五四"新诗的艺术谱系。

第四章

胡适的现代新诗叙事观念

1935年,朱自清在对1917到1927这10年间的新诗历史进行盘点与总结时,曾说过这样一番话:"胡适之氏是第一个'尝试'新诗的人",他"提倡说理的诗",他的有关新诗理论的主张"差不多成为诗的创造和批评的金科玉律"。这段以往并没有引起学界太多重视的话,其实隐含了现代新诗两个非常重要的事实:(一)新诗在其诞生时是以"说理"的形式出现的,即新诗萌芽时的形态是"说理的诗";(二)这种"说理的诗"的出现不是自发的,而是胡适有意识的提倡。这一提倡还得到了当时诗坛的广泛响应,诚如朱自清所说:"说理的诗可成了风气","'说理'是这时期诗的一大特色"。① 以上两点都从某一侧面表明,新诗的崛起是以对传统诗歌的全面叛逆为起点的,它不但在语言形式上与旧体诗划清了界限,而且在表意模式上也与其发生了断裂——由传统诗歌以抒情为主导的创作模式,转向了以叙事说理为主导的创作路途。应该说,这是中国诗歌史上一次重大的审美观念的调整与转换,即把传统诗歌中一直处于潜在状态的叙事性,其实也就是那个被抒情性所掩盖的叙事性调

---

① 朱自清《中国新文学大系·诗集》导言,参见杨匡汉、刘福春编《中国现代诗论》上编,花城出版社1985年版,第241页。

遣了出来，而且还作为一种重要的创作形式予以发扬光大。自此以后，中国诗歌便由传统的抒情模式，转向了现代的叙事说理模式。

第一节 "说理的诗"与"具体的做法"

何谓"说理的诗"？朱自清对其的界定，是"以诗说理"。① 即诗人借用诗歌这样一种文体，来抒发或说明人生或社会的一些道理。而我们知道，诗歌之所以成为诗歌，不能与论述文混为一谈，就在于它的"说理"不是直接把"道理"说出来，而是要对"道理"进行一番置换，使之既有"道理"的哲理和深邃，又不带有枯燥的说教气息。诗歌自身所具有的这种审美化要求，就决定了胡适所倡导的"说理的诗"，应该具有双面性：一方面，要在思想内容上以"说理"为主，即所展现的诗歌内容必须要给人们带来某种启发或启迪；另一方面，又必须艺术化地"说"，即诗人要把道理的"理"、理性的"理"，转化成感性的"理"、情感的"理"，从而使"理"变成与诗歌文体要求相匹配的"理"。

胡适当然也考虑到了诗歌中的"理"不能依靠"议论"之手法加以展现的特点，所以自从他萌生了要用诗来说"理"这一想法时，基本上就开始考虑该如何写作这种形式的新诗问题了。最初他也深感困惑，只能含糊其辞地说："做新诗的方法根

---

① 朱自清《中国新文学大系·诗集》导言，参见杨匡汉、刘福春编《中国现代诗论》上编，花城出版社 1985 年版，第 243 页。

本上就是做一切诗的方法;新诗除了'新体的解放'一项之外,别无他种特别的做法。"这样说无疑有些过于宽泛和笼统,相当于什么也没说。经过一番思考与摸索,胡适终于又把如何做新诗的问题,往前推进了一步。他说:"诗须要用具体的做法,不可用抽象的说法。"① 这看似简单的两句话,其实是胡适在当时那个特殊的历史境遇下,给"说理的诗"所制定出来的一项创作准则。1935年,朱自清在梳理和总结胡适的新诗理论思路和观点时,也明确地肯定了这一点。他在《中国新文学大系·诗集》导言中,转述了胡适的话,说胡适自己曾经说作诗的"方法",就是"要用具体的做法"。②

何谓"具体的做法"?从前文来看,"具体的做法"主要针对的是"抽象的说法",即胡适要求诗人不要用"抽象的说法",而是要用"具体的做法"来创作新诗中的那些"说理的诗"。这种提法似乎有些令人费解,因为基本上是无人"用抽象的说法"来作诗的,至少成功的诗人和诗作走的都并非这个路数。换句话说,世界上哪有不用"具体的做法"就能完成的诗歌?古诗中的五言、七言是采用五个字、七个字以及调用对仗、押韵、节奏等一系列的"具体的做法"才完成的——没有一套"具体"的规章制度和操作手法,也就不可能有具体诗歌的出现。

胡适提出这样一个似是而非的命题,与其所处的特殊历史时代有着直接的关系。胡适是中国现代新诗史上最早的新诗缔

---

① 以上参见胡适《谈新诗——八年来一件大事》,见姜义华主编《胡适学术文集·新文学运动》,中华书局1998年版,第397页。
② 朱自清《中国新文学大系·诗集》导言,参见杨匡汉、刘福春编《中国现代诗论》上编,花城出版社1985年版,第241页。

造者之一，这一事实意味着在面对新诗这个新型体裁时，他根本就没有什么现成的理论和术语加以借鉴，只能根据自己的一些粗略感觉，以及粗略的理解造出一些理论术语；仓促之下，其所提出的一些概念，难免显得不够确切、严谨和规范。这一问题要求人们在分析胡适的新诗理论时，除了要有一颗充分理解与共情之心外，还必须结合他整个诗学思想的脉络来分析和推敲具体的问题，即要从整体的框架中析出"个体"的独特意义。唯有如此，才有可能把握胡适新诗理论中所蕴含的真实内容。譬如，单独审视这个"具体的做法"会有不知所云、莫名其妙之感，但是如果把其置于胡适新诗理论的整个逻辑框架中来审视，则不难发现"具体的做法"的含义所指：胡适在论述中把"具体"与"抽象"相对立，并不是暗指新诗的创作与艺术形式无关，而是有意识通过这种办法——强调"具体"来保举和彰显诗歌的内容。说得更明白、具体一些，他所谓的"具体的"主导含义是，要求诗人在创作新诗的时候，更确切地说是在创作"说理的诗"时，要把诗歌内容的"具体性"，也就是"细节性"很好地书写、刻画与展现出来。至于怎么样才算是"很好地"，这是艺术技法范畴的事了，属于第二位的问题。第一位的问题是，诗歌必须拥有真实可感的"具体性"内容。

显然，在胡适的新诗理论框架中，诗歌内容方面的重要性是远远大于形式的重要性的，牵动其魂魄的是新诗的内容到底应该是何样的东西。一句话，新诗的终极任务就是要把这种"东西"充分而具体地描述出来，艺术形式则是为其提供服务与保障的。

以诗歌思想内容的"具体"与否来论述诗歌艺术的好坏，这在传统的诗学理论中并不多见。胡适论诗之所以要偏重于此，主要还在于他对传统诗歌那种概念化的思想观念的表达模式深感不满。1919年的中国诗坛是复杂、多样的，除了有蒸蒸日上、日渐成熟的新诗之外，传统的旧诗歌观念并未退出历史舞台。新诗的另一位参与者——俞平伯把泛滥于诗坛、与新诗争夺阵地的旧诗歌观念进行了总结，并分成了三大类别：一是自命"文采风流"类，这类人"诗里边说的，无非是些皇帝武人优伶妓女这类人物，除了这些，他们便觉得没有诗趣了。这班人非但没有真正文学的明确观念，就是中国旧有的文学也根柢浅薄得很"；二是用"大话头"来唬人类（也叫"国粹派"），这类人"讲起诗来，往往要请出什么'王化之始''美人伦齐风俗一教化'"的东西来吓人；三是闲来无事类，即闲来无事的人"做几首'摇荡性虚''感慨身世'的诗"。流行于诗坛的这三大类诗歌观念，其实也就是代表了古代旧体诗主导思想内容的观念，在俞平伯看来皆不是正确的"文学的世界观"[①]，应予以彻底抛弃。这一点很重要，表明以胡适为代表的新文学启蒙者们，认为中国旧诗词所表现出来的思想观念，是一种游离于正确观念之外的观念，即是一种没有走向正确道路的文学观念。

毫无疑问，新文学启蒙者的这一判断并非正确，诗歌原本就是一种通过审美来实现其价值的文学样式，与其有着怎样的思想内容并无直接关系。况且，中国古典诗词所取得的成就，被世界所瞩目，也足以证明诗歌最终并非是靠内容正确与否来取胜的。但是必须得承认，身处那个时代的新文学启蒙者，出于文学救国的考虑，就是从思想内容的角度来划分和认定诗歌

[①] 俞平伯《社会上对于新诗的各种心理观》，参见杨匡汉、刘福春编《中国现代诗论》上编，花城出版社1985年版，第19页。

的优劣的。只有搞清楚了这一前提,才能明白自身也是从旧时代走过来的胡适,为何会坚决反对旧体诗,并把其斥责为"无病而呻"[①]和空架子的原因。

总之,胡适看上去反对的是笼统的旧体诗,细究起来,他反对的主要还是旧体诗里所传达出的那种远离现实生活的艺术观念。所以说,胡适所斥责的"无病呻吟",并不是说古诗真的是些没有任何内容的"呻吟",而是说在他看来,这些"呻吟"不是太腐朽、没落就是太空洞、浮泛,与现代社会的演进、现代人的生活严重脱节。正如他所说,这种由"无病而呻"所带来的"哀声乃亡国之征,况无所为而哀耶?"[②]正是基于要把这种无用之"呻吟"改换成有用之"呻吟"的考虑,胡适才决定要对诗歌中这些落后的文学观念予以更新与改进。

更新与改进的第一步,是要诊断出中国旧体诗内容虚空的原因。胡适认为:"中国的'文学'大病在于缺少材料。那些古文家,除了墓志、寿序、家传之外,几乎没有一毫材料。"该处所说的"文学"当然也是包括诗歌在内的,正如他所说:"至于近人的诗词,更没有什么材料可说了。"无疑,在胡适看来,传统诗词的"病症"也在于缺少构成内容的"材料"。找到了妨碍诗歌发展的内在症结,接下来就要着手解决问题了——提供和补充"材料"。果然,胡适就是从"材料"入手的:"今日新旧文明相接触,一切家庭惨变,婚姻苦痛,女子之位置,教育之不适宜,……种种问题,都可供文学的材料。"胡适所提供的上述材料有一个特点,就是每一条都与现实人生密切相关,无论

[①②] 胡适:《吾国文学三大病》,见姜义华主编《胡适学术文集·新文学运动》,中华书局1998年版,第5页。

是"家庭惨变"还是"婚姻苦痛",是不少人都会遇到的,而诗歌所要关注和解决的就是诸如此类问题。正如他所说:"现今文人的材料大都是关了门虚造出来的,或是间接又间接的得来的,……真正文学家的材料大概都有'实地的观察和个人自己的经验'做个根底。不能做实地的观察,便不能做文学家;全没有个人的经验,也不能做文学家。"① 由此可见,现代新诗与旧体诗的分界线就在于:旧体诗是尽可能地要让诗歌与现实人生拉开距离,使诗歌成为一种高于现实人生的艺术;现代新诗则是要最大限度地让诗歌介入现实人生中来,并使之成为反映和解决人生的一种工具。

胡适就是试图通过扩大"材料"的方式,把含有浓厚人生色彩的精神内容引入诗歌中来,从而实现诗歌思想观念彻底改变的设想。这样一来,如何写作新诗的问题,就变成了如何引入和处理"材料"的问题,正如他所说:"凡是抽象的材料,格外应该用具体的写法。"② 诗人们在创作时,如何来处理这些并不那么熟悉而又抽象的"材料"?胡适提供的解决办法是:要用"具体的写法"。至此,又从客观的"材料"问题,转回到了主观的"具体的做法"上。

前文中说过,"具体的做法"主要是指用恰当的手法,把诗歌内容的具体性很好地展示出来。朱自清也是从这一层面来阐释"具体的做法"的,他说:"具体的做法"不过就是"用比喻

---

① 以上参见胡适:《建设的文学革命论》,见姜义华主编《胡适学术文集·新文学运动》,中华书局1998年版,第49—50页。
② 胡适:《谈新诗——八年来一件大事》,见姜义华主编《胡适学术文集·新文学运动》,中华书局1998年版,第398页。

说理"罢了。① 这一阐释的可贵之处在于抓住了胡适用诗歌来阐释道理,也就是强调诗歌内容重要性的一面,但"比喻"这个词——其实也就是艺术手法——总结得似乎不够准确。诚如我们所知,比喻所构成的句式多半是……像……。一般说来,这样的句式多半是用在浪漫主义诗歌创作中。但是查阅胡适的那些有关新诗的理论文章,会发现他基本不用"比喻"这个词,取而代之的是"描画""描写"之类的词。胡适偏好把这些原本常用于小说中的术语引入诗歌中来,也从另一侧面说明他对诗歌内容的重视——这类词所代表的艺术手法,的确是比"比喻"更适宜,而且能更直接地彰显内容。

确实,从艺术手法的角度说,"具体的做法"其实就是指以"描画"为主体的创作方法。有关这一点从胡适对杜甫《石壕吏》一诗的评点中,可以看出他关于"具体的做法"的内在肌理问题。他说,这首诗歌"写一天晚上一个远行客人在一个人家寄宿,偷听得一个捉差的公人同一个老太婆的谈话。寥寥一百二十个字,把那个时代的征兵制度,战祸,民生痛苦,种种抽象的材料,都一齐描写出来了。这是何等具体的写法!"② 在该处"具体的写法"就是指把一些"抽象的材料",即"征兵制度""战祸""民生痛苦"等,不适宜直接进入诗歌中去的"理"之材料,转换成与下榻的"远行客人""捉差的公人"以及"老太婆"等有关的一件件具体、可感的事件——经过这样的一个

---

① 朱自清:《中国新文学大系·诗集》导言,参见杨匡汉、刘福春编《中国现代诗论》上编,花城出版社1985年版,第242页。
② 胡适:《谈新诗——八年来一件大事》,见姜义华主编《胡适学术文集·新文学运动》,中华书局1998年版,第398页。

转换，原本的"理"之材料，也就变成了情景交融的艺术性"事件"，之后再用"描画"等手法把这些"事件"的内容刻画和诠释出来。

无疑，所谓"具体的写法"就是通过"描画"之手法，把想表达的思想内容具体而充实地表现出来。正如他在评论《石壕吏》的写作技巧之后又说："再看白乐天的《新乐府》，那几篇好的——如《折臂翁》、《卖炭翁》、《上阳宫人》，——都是具体的写法。……旧诗如此，新诗也如此。"① 他所说的那几篇好的，在写法上与《石壕吏》一样，采用的基本上是描画与叙述的技法。

胡适的这种以描画之手法来创作现代新诗的主张，也得到了其他新诗工作者的理解与支持，如一直都支持胡适文学改良的俞平伯就曾说："我以为做诗非实地描写不可，'想当然'的办法，根本要不得。实地描写果然未见得定做出好诗，但比那'想当然'其实'不然'的空想毕竟要强得多。"② 在该处"描写"所对应的词就是"空想"，即诗人只有调用描写之手法，才能解决诗歌内容空洞之问题。可见，新诗工作者们最为重视的还是现代诗歌的具体内容。换句话说，"描写"的背后所强调的是，现代新诗就是要描绘或陈述具体可感的人物或事物形象，反对用一些抽象的词语把内容给有意无意地模糊或虚化掉。

胡适不但对《石壕吏》这类写实性较强的诗歌持有"描写"

---

① 胡适：《谈新诗——八年来一件大事》，见姜义华主编《胡适学术文集·新文学运动》，中华书局1998年版，第398页。
② 俞平伯：《社会上对于新诗的各种心理观》，见杨匡汉、刘福春编《中国现代诗论》上编，花城出版社1985年版，第27页。

要求，就是对写景诗也持有如此之观点，譬如他就认为一首好的写景诗，不但要有"景"，而且"景"中还必须要有"写实的描画"。① 这是他判断一首诗歌好坏的一个重要标准，正如他在评价古诗中的《七德舞》《司天台》《采诗官》时说，这"几篇抽象的议论……便不成诗了"。② 用"抽象的议论"写诗便不成诗，诗人只有用"描写""描画"，也就是"具体的写法"写出来的诗歌，那才叫作诗歌。毫无疑问，构成"具体的写法"的主要表现手段，并不是浪漫主义诗歌中所常用的"比喻"，而是浪漫主义诗歌中所尽力回避的"描写"。

从以上论述中可以窥探出胡适理想中的新诗，必须要具备如下两大特点：第一，需要有具体而丰富的理性"材料"，以便能为诗歌内容提供必要的素材保障。第二，把"材料"直接议论出来，借此"说理"并不叫诗；只有把"材料"描写或描画成"事件"，即通过一个个艺术化的事件或画面折射出具有"理性"色彩的诗情，才能称之为诗。以上这两点意味着新诗所独有的一个特性：现代新诗的抒情性是次要的，与抒情相比，更为重要的是要把事物的情态、人物的外貌以及内心世界的活动等，细腻而传神地描绘和展示出来。

胡适有意识地强调诗歌的写实、描画性，而淡化浪漫与抒情，也是必然的。这是由其给新诗所规定的写实叙事性要求所决定的，即当胡适赋予新诗以彰显内容为主的定位时，就注定

---

① 胡适：《谈新诗——八年来一件大事》，见姜义华主编《胡适学术文集·新文学运动》，中华书局1998年版，第387页。

② 胡适：《谈新诗——八年来一件大事》，见姜义华主编《胡适学术文集·新文学运动》，中华书局1998年版，第398页。

了现代新诗的写作技艺要以客观性的描画为主。

当然，诗歌创作是不是一定得用描写、描绘的手法才行，或者说怎样才能把握好创作的尺度是个复杂问题，但有一点可以肯定：这一手法的强调、调整与转换，在当时的历史文化背景下非常重要，它在完成了现代新诗对"理"，其实也就是思想内容的诉求之外，也使诗歌由过去以抒发情怀为主体的写作方式，转向了以写实叙事为主导的一条新道路。

需要特别说明的是，该处所说的叙事和叙事的方式并非是指叙事诗和叙事诗的创作方式，而是指一直存在于诗歌中与"抒情"手法相并列，但一直没有受到人们重视的另一种诗歌的创作手法。对胡适提出的"说理诗"一直持反对意见的周作人，曾说过这样一段话："本来诗是'言志'的东西，虽然也可以用以叙事或说理，但本质上以抒情为主。"① 在他的这个言说框架中，"抒情"与"叙事"或者说"说理"都是共存于诗歌这一文体中的，只不过他认为诗歌应该以"抒情"为主而已。胡适与周作人的区别在于，胡适把诗歌中的"说理"，也就是"叙事"提升到了高于"抒情"的地位，即认为现代新诗的本质是要叙事说理，而不是一味地主观抒情。

周、胡两人间的这种分歧也有其必然性：周作人的抒情说主要指的是古典诗歌的表达模式，或者说，他把古典诗歌的一种典型的表达模式搬用到了现代新诗的创作中来；而胡适所强调的说理和叙事，则是他赋予现代新诗的一种新的诠释模式，他们谈论的原本就是两个不同的问题。不过，由此可以看出，胡

---

① 仲密：《论小诗》，见宝祥编选《周作人经典》，南海出版公司2001年版，第39页。

适对新诗理论模式的构建是以推翻传统诗歌的根基——抒情性为前提的。这其实意味着中国诗歌到了胡适那里，诗歌的抒情本质产生了动摇，写实与叙事则得到了张扬。

第二节 "诗的具体性"与"美文"的含混性

在古诗传统已经非常完善而系统的情况下，胡适为何要重新构筑一套新的创作"传统"？这当然与他对旧体诗的达意模式不满有关。正如前文所说，胡适认为旧体诗中充满着"烂调套语"，根本起不到"达其状物写意之目的"。[①] 为了使现代新诗的内容更加充实而具体，胡适不得不撇下传统诗歌中最惯用的抒情手法，转而强调、推崇更便于叙事、说理的"描写""描画"之手法。

当然，胡适的强调也并非简单直接的强调。毕竟从中国诗歌发展史来看，这类手法不是诗歌的正宗手法，在当时的条件下还不便于大肆地宣扬。[②] 因此，胡适便采用了通过何谓"好诗"的方式，间接地肯定了"描写""描绘"之功能。他是这样说的："凡是好诗，都能使我们脑子里发生一种——或许多种——明显逼人的影像。"[③] 在这段文字中，"好诗"就等同于

---

① 胡适：《文学改良刍议》，见姜义华主编《胡适学术文集·新文学运动》，中华书局1998年版，第23页。

② 当时社会上反对新诗的人很多，不少来自胡适同一阵营的"战友"都反对他提出的用诗说理之观点；如果再直接倡导用写小说的方法来写诗，阻力就会更大。

③ 胡适：《谈新诗——八年来一件大事》，见姜义华主编《胡适学术文集·新文学运动》，中华书局1998年版，第397页。

"明显逼人的影像",显然与抒情不抒情没有丝毫的关联。而经验又告诉我们,这种"明显逼人的影像",主要得通过与此相对应的"描写""描画"等手法才可以获得。也就是说,胡适所要求的这种以"明显逼人的影像"为特征的诗歌,是传统诗歌所惯用的抒情手法难以达到的。从这个角度来看,胡适所推崇的好像是艺术技巧——描写、刻画的技巧。事实也并非这么简单,胡适推崇艺术技巧不错,但是他更为推崇的其实还是隐藏在艺术技巧后面的观念。可以这样推想一下:"影像"的出现,当然离不开技巧,技巧是把其很好地呈现出来的媒介。然而最终能让我们脑海里生发出"明显逼人的影像"的基础并不是技巧,而是形成"影像"的那些"材料"。说得更为直接一点,最终能使我们的心灵为之震颤和感动的,主要还不是技巧,而是通过诗歌中的"材料"所传达出来的一种具体而感人的思想观念;至于技巧,不过是把这种"思想观念"更好地诠释出来的一种手段而已。

从这个意义上说,与其说胡适推崇的是"描写""描绘"之手法,不如说他推崇的是"描写""描绘"之手法所带来的具体、充实而生动的思想观念或内容更为合适。总之,对胡适而言,现代新诗要反映何样的思想、何样的观念才是至关重要的,至于艺术技法,则是为这一观念服务的。

今天看来,这种以思想观念、即内容为上的审美取向与现代审美观念——内容与形式不可分割——有些违和,但是这一产生于"五四"时期的审美观念却是符合时代的逻辑的:现代新诗要取代传统旧诗的理由,或许有许多种,其中,最为主要的一种是,传统旧诗所传达出来的思想观念、审美趣味已经远远不能适应现代人的精神需求与心理期待。如果诗歌还要继续存

第四章 胡适的现代新诗叙事观念

在下去的话，必须要在精神和观念方面另谋出路。这样的现状，就决定了新诗的构建必须、也只能以"内容"为中心，而且这个"内容"从一开始就必须与旧体诗的内容完全、彻底地决裂，正如俞平伯对此总结说："中国古诗大都是纯艺术的作品，新诗的大革命，就在含有浓厚人生的色彩上面。我们如果依顺社会上一般愚人的态度，轻轻把主义放弃了，只在艺术上面用功夫；到了后来，还同古诗的'倡优文学''半斤对八两'！大吹大擂的文艺革新，结果不过把文言变了白话，里面什么也没有改换，岂不是大笑话吗？"在此基础上，他得出的结论是，新诗的内容里"万不可放进旧灵魂"。[①] 该处的"旧灵魂"，指的就是旧体诗中所反映出来的精神内容与审美观念。

新诗之"新"的主要标志之一，就是现代诗歌的思想内容、审美观念必须要"新"；而且，这个"新"的意义一定要高于形式之"新"的意义。遗憾的是，胡适现代新诗理论的构建，自始至终都是沿着这样的一条主线索前行的。即他在不少诗学文章中都是反复地强调内容之"新"的重要性，然而却一直没有找到一个很好的概念或术语，把这一想法提炼和总结出来。对此他也深感困惑，曾反思说："我在《文学改良刍议》里曾说文学必须有'高远之思想，真挚之情感'，那就是悬空谈文学内容了。"[②] "高远之思想，真挚之情感"，一方面是指新诗内容的重要性；另一方面也强调新诗内容一定要"新"，即他在此用了

---

① 参见俞平伯《社会上对于新诗的各种心理观》，见杨匡汉、刘福春编《中国现代诗论》上编，花城出版社1985年版，第26页。
② 胡适：《中国新文学大系》第一集导言，见姜义华主编《胡适学术文集·新文学运动》，中华书局1998年版，第256页。

"高远的"和"真挚的"这样的限定词,来与旧体诗中的"思想"与"情感"划清界限。

问题在于,胡适虽然说清楚了新的思想内容是新诗不可缺少的构成部分,可是他并没有具体说明新诗的内容到底应该"新"在哪里。受限于时代,胡适对此可能还没有充分考虑好,所以在"文学革命"的初期,他只能采用"悬空谈"的策略。从胡适即使"悬空"了也要谈的架势中,我们不难感受到他对新诗内容以及内容之"新"的期盼。

胡适也是清醒了,当他意识到一时还无法判断何样内容才算是真正的"新"时,就暂时搁置了"新"之问题,转而先来夯实新诗的内容问题。即不管"新"还是"不新",最重要的一环是新诗的内容一定不可以表现得空疏。为了更好地完成这一设想,胡适还特意提出了一个有关"诗的具体性"概念。他说:"凡是好诗,都是具体的;越偏向具体的,越有诗意诗味。"① 该处这个"具体的",无疑就是指诗歌内容的具体性,即不管表现出来的"内容"怎样,前提是这个"内容"一定要有"具体"性。这个概念的好处是它既强调了"内容"之新,又模糊了"内容"之新,即反正不管怎样,新诗一定要拥有具体性的内容;这个概念的不足之处是,由其所推导出来的批评标准——诗歌的内容越具体,其诗意与诗味也就越为浓厚——显得颇为怪异。

一首诗歌的诗意和诗味是否浓厚,应该说与一首诗歌的内容是否"具体"并无必然关联。譬如古代的山水诗,就是凭仗

---

① 胡适:《谈新诗——八年来一件大事》,见姜义华主编《胡适学术文集·新文学运动》,中华书局1998年版,第397页。

着"内容"之虚,彰显其诗意的:

> 人闲桂花落,
> 夜静春山空。
> 月出惊山鸟,
> 时鸣春涧中。①

王维的这首著名的《鸟鸣涧》,就是一副美妙而静谧的春夜图,给人提供了一种听觉、嗅觉、视觉等全方位的审美感受,但是这种审美感受又很难具体地阐释出来。换句话说,很难说这首诗给人们提供了什么具体的内容。

中国古代的诗论家几乎都是从"空"的角度,来肯定这首诗的价值的。王士禛在《唐人万首绝句选》中最推崇该诗的后两句,说"下两句只是写足'空'字意"。徐增在《而庵说唐诗》卷七中说:"春山空,即是大雄氏成佛之境。"胡应麟在《诗薮》内编卷六中说:"太白五言绝,自是天仙口语,右丞却入禅宗。"② 显然,在古代这些著名诗论家的视域中,这首诗之所以高妙,就妙在其内容的"空",即不具体性上。也就是说,正是这种"不具体"使该诗具有了无限的广阔性。正如清代李瑛在《诗法易简录》中对该诗的评价:"流露于笔墨之外,一片化机。"③ 这说明古代诗歌不是没有内容,只不过其内容不是用

---

① 王维:《皇甫岳云溪杂题五首·鸟鸣涧》,见张勇编著《王维诗全集》,崇文书局2017年版,第413页。
② 以上见张勇编著《王维诗全集》,崇文书局2017年版,第414页。
③ 见张勇编著《王维诗全集》,崇文书局2017年版,第414页。

字和句直接说出来的,而是凭靠着画外之音、字外之意,以及彼此间的融汇、碰撞生化出来的,即诗人们强调的是一加一大于二的效果。

在胡适看来,古诗中这种需要花费一番脑筋来推敲的内容,即通过"虚"来表达"有"的创作方式,与现实人生是无涉的,它更多通向的是对人生的"游戏",故而需要舍弃与废除。胡适的这个看法自然是经不起推敲的,古诗有古诗的美学追求与创作原则,不能用今人的标准来衡量古人。不过,由此总算明白了胡适动辄用"说话要明白清楚。……一首诗尽可以有寄托,但除了寄托之外,还须要成一首明白清楚的诗。……看不懂而必须注解的诗,都不是好诗"[①]这个准则来评断一首诗好坏的内在逻辑依据了:一个以思想内容为上的论诗者,自然会将有没有把"内容"说"明白清楚"作为批评的标准。

胡适为何要以"实"之标准来评判诗歌?正如前文所说,他所坚持的这个明明白白之标准,其实与古代的诗学批评标准是相互抵牾的。这也是后来不少人觉得胡适不懂诗的原因:朦胧、晦涩、难以说清楚,这岂不正是诗歌这种文体本该拥有的审美特征吗?把诗歌的内容说得清楚明白、一览无余,岂不是丧失了诗歌的美感?岂不知,胡适所反对的正是这种所谓"美感"。确切地说,他反对的正是以"美感"来消解"内容"的表达方式。在《五十年来中国之文学》一文中,胡适曾对包括古诗词在内的中国整个"美文"传统,即与"应用文"相对的那个"美文"传统进行了抨击。他说:"有些人竟说'美文'可以

[①] 胡适:《谈谈"胡适之体"的诗》,见姜义华主编《胡适学术文集·新文学运动》,中华书局1998年版,第466页。

第四章 胡适的现代新诗叙事观念

不注重内容;有的人竟说'美文'自成一种高尚不可捉摸,不必求人解的东西,不受常识与论理的裁制!"① 在胡适看来,所谓"美文",就是一种在内容上不知所云的东西,抑或说"美文"的"美",就是表现在这种"美"的无人可解上。胡适对于这种以含糊其辞见长的"美文"传统非常反感,于是他旗帜鲜明地提出了"要把情或意,明白清楚的表出达出,使人懂得,使人容易懂得,使人决不会误解"。② 无疑,胡适是有意识地用"使人懂得""使人决不会误解",来抗衡以"美"为标志的"不可捉摸"之传统的。

毫无疑问,胡适用"具体性",也就是清晰、明白性来强调诗歌的内容,并非是不懂传统诗歌的创作规则,而是有意识地来破坏这种规则:相对于内容的朦胧、含混,而且正是靠这种朦胧、含混来增强诗歌张力的旧体诗而言,胡适理想中的现代新诗,就是一种有着坚定而明确的主导思想倾向的诗歌。这当然不表明胡适不重视新诗的张力,只是在他看来,这种张力的获得凭靠的并不是语言的晦涩和朦胧,而是要靠内容自身的丰富、具体和强大来博取。正如他认为的"好文学"——包括好的诗歌,需要有三大条件作为保障:除了前面提到的要清楚明白之外,第二条和第三条分别是"有力能动人"和"美"。而他对"美"的界定是独具一格的:"孤立的美,是没有的。美就是'懂得性'(明白)与'逼人性'(有力)二者加起来自然发生的

---

① 胡适:《五十年来中国之文学》,见姜义华主编《胡适学术文集·新文学运动》,中华书局1998年版,第125页。
② 胡适:《什么是文学》,见姜义华主编《胡适学术文集·新文学运动》,中华书局1998年版,第87页。

结果。"① 第一条和第二条叠加起来就是第三条。显然，胡适语境中的"美"是一种特殊形式的美，它是建立在内容的"明白"与内容的"有力"基础之上。

胡适在当时虽然还说不太清楚现代新诗的具体内容到底应该是何样的，但有一点他是明白的：现代新诗的内容观念必须要与时俱进——不同时代的诗歌要体现出不同时代的精神风貌与审美风格。这可谓"诗的具体性"的第二层要求。应该说，这个要求既与胡适一贯坚持的"一时代有一时代之文学。此时代与彼时代之间，虽皆有承前启后之关系，而绝不容完全抄袭"②的历史观相一致，也与构成中国旧诗词内容观念的基色几百年来都没有发生根本性改变的现状有着直接的关联。或许是与中国的传统哲学、甚至宇宙观有关，中国诗歌史上一直有个颇为奇怪的现象：无论社会和时代怎样发展与变迁，构成诗歌内容的主导观念则基本处于不变的状态中。③ 二者之间的这种不同步性，其实也并不难解释。正如前文所说，"美文"之"美"，就美在高度的抽象性上。所谓抽象，就是最大限度地不涉及"具体"。这种不是从"具体性"出发，而是从普遍性、或者说从诸种"具体"中抽绎和提炼出来的共性法则出发，决定了按照这

---

① 胡适：《什么是文学》，见姜义华主编《胡适学术文集·新文学运动》，中华书局1998年版，第88页。
② 胡适：《历史的文学观念论》，见姜义华主编《胡适学术文集·新文学运动》，中华书局1998年版，第32页。
③ 从中国历代诗学理论的发展中，也不难看出上千年来的诗歌观念并无根本性的变迁，诗学家们所讨论的基本问题总是那一些，一代代诗论家相互间的重复性、沿袭性要远远大于更新性。这一点与西方诗学理论的发展差异极大。

第四章 胡适的现代新诗叙事观念

一创作法则创作出来的诗歌永远不会过时。也就是说,这种看不见、摸不着,以高度浓缩的"抽象"形式而存在的东西往往最不易过时,它横跨几个时代都没有问题。这也是中国各朝各代的诗歌尽管表现得都很丰盛——有着众多的诗人和众多的作品,但读起来往往觉得似曾相识的原因。

既然历朝历代的诗人遵循的都是同样一条美学原则,彼此间的创作怎么可能拉开太大的距离?正是基于破除这种以表现抽象的"人"与"事"为上的美学准则,胡适才发出了"古人已造古人之文学,今人当造今人之文学"[①]的倡议。

综上所述,胡适所说的"诗的具体性",针对的就是以往诗歌内容的"无具体性"。也就是说,旧体诗在胡适看来,就是一种"无具体性观念"的诗。当然,这绝非是说旧诗词中真的完全没有"观念",而是说这种"观念"都是以高度抽象的形式存在的,有着想怎么阐释就怎么阐释的艺术空间,与胡适所强调的那种丁是丁、卯是卯的具体观念不是一回事。为了更好地说明二者间的区别,来看一首胡适本人所写的新诗——《应该》:

> 他也许爱我,——也许还爱我,——
> 但他总劝我莫再爱他。
> 他常常怪我;
> 这天,他眼泪汪汪的望着我,
> 说道:"你如何还想着我?
> 想着我,你又如何能对他?

---

① 胡适:《历史的文学观念论》,见姜义华主编《胡适学术文集·新文学运动》,中华书局1998年版,第32页。

>   你要是当真爱我,
>   你应该把爱我的心爱他,
>   你应该把待我的情待他。"
>   他的话句句都不错:——
>   上帝帮我!
>   我"应该"这样做!①

这是一首读起来毫不夹缠的诗。从题材上说,它就是一首爱情诗。从内容上看,这首诗反映了一段三角恋情:诗中的"他",应该是当下生活中的"她"("情人");诗中的"我",是一位在现实生活中已拥有了一位"她"(妻子),却又爱上了另一位"她"的青年或中年男子。所以这位非自由之身的男子,理所当然地陷入了无所适从的情感纠葛中。那位迟来的"她"("情人")由于太爱"他"了,不忍心看着"他"在痛苦中徘徊,于是便强忍悲伤,劝"他"赶快忘掉自己,把全部的爱恋都转移给家中的那个"她"。理智告诉"他","她"("情人")的这番话是正确的,是"他"当下所能作出的唯一选择。然而在情感上,"他"又实在难以割舍得下"她"("情人"),因此便忍不住向上帝发出了"帮他"的吁求。

论形式技巧,这首诗还显得有些简单和稚嫩,但应该承认,其所传达的内容观念,绝对体现了胡适所要求的那种"诗的具体性"。可以分析一下,这首诗是如何"具体的"以及具体到了何种地步。

---

① 胡适:《应该》,见《尝试集》,外文出版社有限责任公司2013年版,第44页。

第四章　胡适的现代新诗叙事观念

诗的篇幅并不长，可不长的篇幅却把一个有关两女一男的爱情纠葛，讲述得一波三折、如泣如诉：男子已经拥有了妻子，可不知怎么又与一位"情人"相识。如果此时这位男子对妻子已经没有爱恋之意了，他与"情人"间的爱情倒也没有什么阻隔。麻烦在于，他在与"情人"卿卿我我的同时，似乎又有些割舍不下妻子。善解人意的"情人"见状，便恳请男子赶快离开自己。听了"情人"的这个要求，男子有些震惊，怀疑"情人"可能是不爱他了，所以不停地在心中揣测："他也许爱我，——也许还爱我，——"。经过一番揣摩与侧探，男子终于明白了"情人"的离开并非是不爱他，相反是由于爱得太深，而不愿看着他夹在两个女人中间为难，所以才萌生了退出之意。之所以说这首诗的内容丰富而具体，就在于它不但把一段情感的过程交代清楚了，而且还像小说一样把人物的复杂心理活动也呈现了出来。譬如，诗歌中的男子明明知道自己不可能给"情人"一个未来，但是他并不愿意就此撒手；"情人"固然高尚，不愿意破坏男子的家庭，并劝说男子把对自己的爱一并投入他妻子的身上。可是细细推敲她的言辞，也不能不令人揣测，她的言行中可能也有以退为进的成分。如，她对男子说，"想着我，你又如何能对他？"这句诗的反面意思则是，"想着他，你又如何能对我？"既然你做不到全心全意地爱我一人，就请把对我的那份情投到你妻子的身上吧。显然，"情人"的这番话，不能说完全没有抱怨和责怪的成分。

这首诗的成功之处，在于它辟出了一方旧体诗所无法展现的情感新天地。正如朱自清所说："中国缺少情诗，有的只是'忆内''寄内'，或曲喻隐指之作，坦率的告白恋爱者绝少，为爱情而歌咏爱情的更是没有。这时期新诗做到了'告白'的一步。《尝试集》的《应该》最有影响。"① 胡适本人也特别得意这一点，他说："这首诗的意思神情都是旧体诗所达不出的。别的不消说，单说'他也许爱我，——也许还爱我，——'这十个字的几层意思，可是旧体诗能表得出的吗？"② 确实，《应该》这首爱情诗的绝妙之处，就在于它把旧体爱情诗所诠释不出来的那部分"意思神情"，真实而有效地传达出来，扩大和丰富了爱情诗的表现领域。

这样说并不意味着旧体诗中的爱情诗写得不好，没有什么优秀之作，相反旧体诗中也有许多优秀、经典之作，如李商隐的《无题》就是一首广为流传的爱情诗篇：

> 相见时难别亦难，东风无力百花残。
> 春蚕到死丝方尽，蜡炬成灰泪始干。
> 晓镜但愁云鬓改，夜吟应觉月光寒。
> 蓬山此去无多路，青鸟殷勤为探看。

从思想主题看，上举这两首诗是完全有着可比性的，即它们都是描写、抒发了一对男女想爱而又不能爱的矛盾、痛苦心理。李商隐《无题》的艺术造诣当然是胡适的《应该》所不能比拟的，可是不得不承认，与《无题》相比，《应该》一诗所传达出来的情感更为具体、真挚和感人。其他不说，就说《无题》

---

① 朱自清《中国新文学大系·诗集》导言，参见杨匡汉、刘福春编《中国现代诗论》上编，花城出版社1985年版，第242页。
② 胡适：《谈新诗——八年来一件大事》，见姜义华主编《胡适学术文集·新文学运动》，中华书局1998年版，第386页。

中这对"相见时难别亦难"的主人公,他们的情感故事中有着太多的未知数,譬如两人既然爱得不能自拔,而且对方住的也不远,就在蓬莱山中,那为何不可以相见,反而希望能有一个"青鸟"代替自己去探视对方呢?无疑,《无题》是一首有关爱情的悲剧诗——想爱不能爱,但是造成这对男女主人公爱情悲剧的原因,在诗中则是完全读不出来的。

笼统、写意的爱情悲剧当然也是悲剧,但是与胡适诗中有着明显矛盾焦点和冲突的悲剧相比,前者自然不如后者更能扣响读者的心扉:与由于一方有了婚约而不能再爱下去的《应该》相比,《无题》的爱情悲剧缺少了一种具体的针对性——读者自始至终并不知道男女主人公为何不能相恋,即阻碍他们终成眷属的原因到底是什么。

悲剧的价值就在于把美好的东西毁灭给人看,即"毁灭"是关键词,这就说明毁灭美好东西的那个破坏力量很重要,它在某种程度上决定着悲剧之"悲"的力度和广度。如乐府诗《孔雀东南飞》之所以读来令人觉得"悲"从中来,就在于这个"悲"有着针对性:焦仲卿和刘兰芝原本是一对相亲相爱的夫妻,只是兰芝不讨焦母的欢心。无论她如何努力地表现,焦母都厌恶她,逼迫儿子把其休回娘家。回到娘家的兰芝又被兄长逼迫改嫁给一个贵公子。兰芝不从,只好投河自尽。得知了兰芝自杀的消息后,焦仲卿也伤心地吊死在庭院里,随着兰芝而去。

可以设想一下,这个最后以男女主人公双双自杀而告终的爱情悲剧,如果缺少了焦母和刘兄在中间作梗的情节,可能就不会发生了;即便发生了,"悲"的力度也会逊色许多——因为形成悲剧的具体环境不复存在了,悲剧的张力也就被限定住了。所以说,《无题》的爱情悲剧是缺乏原因的爱情悲剧,这样的悲剧可以放到任何时代、任何社会、任何家庭中去，甚至可以不把其当作爱情诗来理解，这从人们经常把"春蚕到死丝方尽，蜡炬成灰泪始干"这两句诗挪移、引申到其他领域来看，也能说明《无题》这类爱情诗，其实并没有太强的针对性，即说它是爱情诗也行，说它不是爱情诗也行，宽泛而笼统是其主要特征。

这当然不是李商隐的个人问题，正如前文所论，中国旧体诗中的情感表达模式，历来就不是想怎么表达就怎么表达的，即在长期的发展过程中它已形成一套特定的表达手法：它一般都是以高度抽象、凝练的面貌出现，所导向的往往不是自我的个人情感，而是一种整体性的情感类型。这种不是从具体的人、具体的事出发，而是从类型化的情感模式出发的抒情方式，无论是字词、音韵还是色泽、情调，都表现得华美而高蹈。然而仔细一想，便会发现问题之所在：这类诗好像什么都说了，把人世间的一切悲欢离合都尽收笔下；可具体说了些什么，又实在难以总结出来，甚至还越想越觉得又什么都没有说。

总之，这些沉痛的悲欢离合都好像是发生在舞台上的故事，一招一式都有渊源和讲究，好看是好看，只是人物的情感只能沿着既定的程式走，与现实生活中的人相隔万里。胡适正是出于把诗歌改造成与人类情感的发展密切相关，而不是分割成几种固定程式的文学样式的想法，才提出了所谓"诗的具体性"问题。

第三节　叙"观念"与叙"主义"

所谓"诗的具体性"，就是要求一首诗的内容不能再像古代

第四章 胡适的现代新诗叙事观念

诗歌那样笼统地写意与抒情,必须要有一种或若干种具体而鲜明的"观念"贯穿其中。胡适在《应该》中表现出来的"婚外情",算是构成新诗内容的一种新型观念。除此之外,新诗还应该在哪些观念中予以拓展?或者是否可以说,有"自由诗"之称的现代新诗的观念,完全是处于开放中的,诗人们想怎么写就怎么写,想表达什么样的观念就表达什么样的观念?

道理上并没有错,"自由",即自由地抒发天性应该是现代新诗与生俱来的一大禀赋。实则也并不尽然。由于现代新诗诞生的前提,是源于对传统旧诗词的不满,而且这种"不满"并不是自发产生的,是以西方近代思想文化为参照而萌生的不满。这一现实就决定了现代新诗思想内容的运行并非是随心所欲的,而是有其内在线路的要求,即欲用西方先进的思想理念来取代我们已经落后了的思想观念,故而才有了梁实秋的如下说法:"新诗,实际就是中文写的外国诗。"[1] 把"新诗"完全等同于"外国诗"当然有其不妥之处,可也从某种程度上道出了新诗思想观念与旧体诗的思想观念存在断裂之事实。朱自清也曾说,新诗的出现虽然可以追溯到本国近代的"诗界革命",但"最大的影响"还是"外国的影响"。[2] 这也说明了现代新诗主要是在外来诗歌影响的基础上发展起来的,即外来的精神血脉要大于传统之血脉。这是没有办法的事,是由那个时代背景和历史条件所决定的。再加之,胡适原本就是一位深受西方文化影响的

---

[1] 梁实秋:《新诗的格调及其他》,见杨匡汉、刘福春编《中国现代诗论》上编,花城出版社1985年版,第141页。
[2] 朱自清:《中国新文学大系·诗集》导言,见杨匡汉、刘福春编《中国现代诗论》上编,花城出版社1985年版,第240页。

学者,且还在孜孜以求"少年中国的人生观"①——试图为"少年中国",也就是"五四"时期的中国重塑一副不同于"老年中国"的魂魄。这一去旧换新的追求,决定了他诗歌观念中的"人生观"绝不可能从旧中国、旧诗词的"人生观"中产生,而是需要学习、借鉴一种更为先进的"人生观"。②

这种"人生观",具体到文学作品中就是一种代表着当时先进思想理念的文学观念,它来自西方,正如胡适在剖析文学革命初始之时,还觉得不配来探讨中国新文学内容的心理历程所说的一番话:"那个时期,我们还没有法子谈到新文学应该有怎样的内容。世界的新文艺都还没有踏进中国的大门里,社会上所有的西洋文学作品不过是林纾翻译的一些19世纪前期的作品,其中最高的思想不过是迭更司的几部社会小说;至于代表19世纪后期的革新思想的作品都是国内人士所不曾梦见。所以在那个贫乏的时期,我们实在不配谈文学内容的革新,因为文

---

① 胡适:《少年中国之精神》,见张菊香编《胡适代表作》,河南文艺出版社1996年版,第80页。
② 新文学启蒙者们最从根本上反传统的是胡适,而且他的有关新文学的重要理念几乎都是从西方近代思想与文学那里得到灵感与启发的;但是他又是一位甚少直接为西方文明唱颂歌的人,也从未说过他理想中的新诗观念与外国诗歌有什么关系,甚至都没有直接说过中国新诗到底应该表达、讴歌一些什么样的观念,只是笼统地用"丰富的材料,精密的观察,高深的理想,复杂的情感",表达了他对新诗内容的期许。然而综合其诗学理论来看,不难发现胡适就是以西方近代以来的文化思想理念来改造和构建中国的新诗内容。这意味着如果想要深入了解胡适新诗理论架构中所隐含的那些价值观念,就必须要以西方近代以来的文学观念与理论潮流为杠杆,即只有在世界文学的框架下,才能理清楚胡适对新诗观念的要求为何是这样而不是那样的缘由。

学内容是不能悬空谈的。"① 从这段引文中,我们至少可以得到这样一个信息:胡适在探究中国的新文学应该有着何样的内容时,他是以"世界的新文艺",即西洋文学,尤其是19世纪后期近现代的西洋文学为参照的。

照此逻辑推演下来的话,中国现代新诗的内容,至少是胡适诗学理论中的新诗内容,应该主要来自19世纪后期之后的西洋文化。换句话说,胡适赋予的中国现代新诗的魂魄,是19世纪后期以后的西洋文化的魂魄。这当然还只是一种理论上的推测,是不是这样还需要有具体的事例来支撑。现在是否可以从胡适的新诗理论中,追溯出这些引入和借鉴的痕迹?应该说,要彻底廓清这个问题有不小的难度:为了快捷而有效,胡适对西方近现代以来的丰富文化遗产采取了一个"粗暴"而"简单"的策略,即他撇开枝枝蔓蔓,直接把西方近现代文坛最有影响力的,确切地说是他认为最有影响力的"观念"和"主义"直接引入进来,以此来填充中国现代新诗的内容,从而完成对现代新诗内容的改造。但因时代所限,这种"引入"并非是建立在对西方近现代文化资源的来龙去脉都了若指掌的基础上,相反在很大程度上采取了为我所用的态度,这就不可避免地造成了一些借鉴和引入上的含混、变异性。不过,总体说来其借鉴和引入的思想资源的大致轨迹还是清晰可辨的,基本可以概括成如下几点:

首先,就是有关"人的文学"。胡适把西方近现代文学和文化中的"人的文学"观念,引入包括新诗在内的中国新文学里。有关这一点,他在《中国新文学大系》第一集导言中曾有所论

---

① 胡适:《中国新文学大系》第一集导言,见姜义华主编《胡适学术文集·新文学运动》,中华书局1998年版,第255—256页。

述:"我们的中心理论只有两个:一个是我们要建立一种'活的文学',一个是我们要建立一种'人的文学'。前一个理论是文字工具的革新,后一种是文学内容的革新。中国新文学运动的一切理论都可以包括在这两个中心思想的里面。"① 胡适说得很清楚,他就是试图用西方"人的文学",来填充包括诗歌在内的中国新文学的内容。这一事实意味着所谓"文学内容的革新",并不是一场诗人们想怎么"革"就怎么"革"的革新,而是从一开始就有着坚定的目标——沿着"人的文学"方向前行。从某种意义上说,新文学的内容其实就是一种"人的文学"的内容。

何谓"人的文学"? 难道中国的旧文学是缺少"人"的文学,或者说是一种无"人"存在的文学? 当然不是。文学之所以能千古流传,就是因为它有"人",即反映了人的情感与人的事。假如缺少了这一点,文学也就不能称为文学了。因此说中国旧文学中有"人",它也是一种"人的文学"。只不过中国文化体系中的这个"人",与胡适从西方文化思想中引入的"人",是两种完全不同性质的"人"。有关这两种"人"的区别,可以从胡适评价中国传统文学的一段话里窥出端倪。他说中国"古文学的共同缺点就是不能与一般的人生出交涉。大凡文学有两个主要分子:一是'要有我',二是'要有人'。有我就是要表现著作人的性情见解,有人就是要与一般的人发生交涉。那无数的模仿派的古文学,既没有我,又没有人,故不值得提起。"② 这段话不

---

① 胡适:《中国新文学大系》第一集导言,见姜义华主编《胡适学术文集·新文学运动》,中华书局1998年版,第244页。
② 胡适:《五十年来中国之文学》,见姜义华主编《胡适学术文集·新文学运动》,中华书局1998年版,第134页。

长，传达出来的意思却异常丰富，既表达了对旧文学的不满——"不能与一般的人"生发出"交涉"，又从"人"的角度，即"有我"和"有人"两个方面，表达了对新文学内容的期许。

先看一下前一层意思的内涵。胡适说旧文学"不能与一般的人"发生"交涉"，其意思不是说旧文学里没有"人"，而是说没有"一般的人"。换句话说，旧文学中的"人"都是些"非一般的人"。何谓"一般的人"和"非一般的人"？胡适在此为何要把社会上的"人"，分成这样两大对立群体？

这是"五四"新文学启蒙者对"人"的一种特殊划分，划分的依据和目的将会在后文中谈到，在此不赘。总之，当时的新文学启蒙者普遍认为，中国的传统文学是一种与帝王将相、才子佳人相关的文学，即文学的主角（"人"）都是"帝王将相""才子佳人"之类的人——这些人在他们的眼中就是"非一般的人"。说白了，这些"非一般的人"就是指"上层人"。与此相对应，那些"一般的人"，其实也就是"下层人"，是些没有资格登上文学大舞台的"人"。正是基于这样一个判断——旧文学是"上层人"所主导的文学，故而胡适提出了旧文学的缺点，就在于与"一般的人"（下层人）不能发生交涉。至此可以明白，胡适非常不满意旧文学的这种"人"之结构，所以才在此基础上提出了一个"有人"和"有我"的问题。

所谓"有人"就是针对"一般的人"缺席旧文学而言的，即倡导新文学要着重表现那些被旧文学所排斥的"一般的人"的喜怒哀乐。无疑，胡适要把一直处于配角的"下层人"提升至文学主角的地位上来，并以此来取代旧文学中的"上层人"；"有我"主要是针对旧体诗中的"无我"而言的。"无我"自然不是说诗歌中真的没有"我"，而是说这个"我"，即"我"的喜怒哀乐都被前文述及的那种整体性的情感模式所淹没。因此胡适要求新诗中的"我",必须要从束缚自我个性的情感机制模式中挣脱出来,勇于表达自己与众不同的见解与情感,以此来与旧体诗中的那个高高在上或者隐而不见的"超我"划清界线。

由上述分析可见,胡适从西方近现代文化中引入的"人的文学"中的"人",是一种具有特殊含义的"人"。首先,这个"人"主要就是特指下层百姓群体;其次,这个"人"不是循规蹈矩的、自我审美个性泯灭于群体意志的那个"人",相反他是张扬自我个性的"人"。问题的复杂性在于,胡适所说的具有这样两个特征的"人",就是西方近现代文化中的那个"人"吗?应该说既"是"又"不是"。说它"是",因为这个"人"的言谈举止、审美趣味确实与中国旧诗词中的"人"两样,即用中国传统诗学的标准无法予以衡量;说它"不是",因为这个"人"的确又不是西方近现代思想文化中的那个原汁原味的"人",而是对其有所变异。这种"变异"归根结底还是与对西方近现代思想文化的接受有关。这就是接下来所要讨论到的两个"主义"——人道主义和个人主义。

人道主义在西方是一个比较宽泛而复杂的概念。由于它起源于西方的文艺复兴,所以该"主义"的总体基调是反对封建教会对人性的束缚与压榨,希望社会中的每个人的志趣和才能都能得到充分的尊重与发挥。从概念上看,人道主义倡导的是一种人间关爱主义,即是以"人"——人世间所有的人为本的一种人生观和世界观。但是在"五四"时期传入中国以后,不知是新文学启蒙者对这个概念的理解有所偏差,还是有意而为之,反正这个原本带有普遍性意义的"主义",变成了一个带有明显倾向性的"主义",即从全社会的"人"偏向了社会中的一部分"人"——下层人那里。这一"偏向"意味着"下层人"要对"上层人"进行讨伐，正如胡适对中国士大夫阶层的批判："中国士大夫最糟糕的心理可以拿一句话来形容：'吃得苦中苦，方为人上人。'他们以为人上人，他总觉得自己高人一等，他们自己是上等阶级、上等人，一般老百姓是低一等的人，下等人。他们办教育，往往是一种'开通民智'的心理。他们办'白话报'，自己却看文言报。他们说用白话，写诗写文章得用文言，他们永远把社会分成两层阶级。要知道，没有人愿意学一种上等人不愿意用的文字。总而言之，我们是我们，他们是他们，那种态度是不行的，非我们就是他们，他们就是我们不可！"[①]这种"我们就是他们，他们就是我们"，实际就是"我们"（下层人）要压倒"他们"（上层人）的时代心理，给包括新诗在内的新文学的构建带来了两大方面的影响：一方面表明新文学的构建要以"下层人"为主体；另一方面也意味着西方的人道主义，传播到中国以后必然要演变成一种关爱和庇护"下等人"的主义。

以上两方面在胡适的诗学理论中都有着明显的表现与张扬。身为社会名流和大学教授的胡适，自然算得上是"上等人"，但是他却一直在为"下等人"呼吁："今日的贫民社会，如工厂之男女工人，人力车夫，内地农家，各处大负贩及小店铺，一切痛苦情形，都不曾在文学上占一位置。……种种问题，都可供文学的材料。"[②] 显然，他是直接要求文学来书写"贫民社会"中

[①] 胡适：《新文学·新诗·新文字》，见姜义华主编《胡适学术文集·新文学运动》，中华书局1998年版，第282页。
[②] 胡适：《建设的文学革命论》，见姜义华主编《胡适学术文集·新文学运动》，中华书局1998年版，第50页。

的男男女女。为了引起新文学工作者们的注意，他甚至还呼吁说："惟实写今日社会之情状，故能成真正文学。其他学这个，学那个之诗古文家，皆无文学之价值也。"① 他语境中的"今日社会之情状"，其实主要就是指"今日的贫民社会"之情状。也就是说，包括诗歌在内的新文学只有涉猎和反映"贫民社会"中的人与事，才有可能成为"真正的文学"；反之，就"无文学之价值"。

　　胡适除了在理论上大力倡导之外，他还身体力行地加以实践。1917年，他把从未在中国诗歌中出现过的人物形象——"人力车夫"引入新诗中来，写下了"'车子，车子！'车来如飞。/客看车夫，忽然心中酸悲。/客问车夫，'你今年几岁？拉车拉了多少时？'/车夫答客，'今年十六，拉过三年车了，你老别多疑。'"② 的诗句。

　　"我"是坐车的"大老爷"，"你"是拉车的"小车夫"，诗人在此借诗歌表达了"我"（上层人）对"你"（下层人）苦难生活的同情与怜悯。这些直白的诗句，遭到了当时不少人的讥笑，譬如成仿吾在当时就把胡适对"小车夫"的这种同情，奚落为"浅薄的人道主义"。③ 不管成仿吾的评价是否正确，他确实看准了一点，胡适在此是观念先行，即调用了"人道主义"思想来写诗。事实上，这就是胡适试图解决现代新诗内容匮乏的一种办法，他把代表西方近现代先进思想或理念的"主义"，

---

① 胡适：《文学改良刍议》，见姜义华主编《胡适学术文集·新文学运动》，中华书局1998年版，第22页。
② 胡适：《人力车夫》，见张菊香编《胡适代表作》，河南文艺出版社，1996年版，第423页。
③ 成仿吾：《诗之防御战》，见杨匡汉、刘福春编《中国现代诗论》上编，花城出版社1985年版，第71页。

直接引入现代新诗中来,以此赋予新诗一种新的精神。

　　胡适的这一"创举"引发了一股潮流,新诗坛上一大批优秀的白话诗人,如沈尹默、周作人、刘半农等也都跟随着写这类诗歌,一时涌现出许多以"车夫""扫雪的人""叫花子""穷苦人"等为主角的诗作,以至于连一直坚持认为"诗是贵族"的康白情,都不得不感慨万分地说:"真理虽是这样,我们却仍旧不能不于诗上实写大多数的人底生活,仍旧不能不要使大多数的人都能了解,以慰藉我们底感情。所以诗尽管是贵族的,我们还是尽管要作平民的诗。夜深了!夜深了!我们总渴盼明天快天亮哟!"[①] 而且他自己也把"茅屋""穷人"这类意象,引入诗歌的写作中来,写下了如下诗句:

　　　　遍江北的野色都绿了。
　　　　柳也绿了。
　　　　麦子也绿了。
　　　　细草也绿了。
　　　　水也绿了。
　　　　鸭尾巴也绿了。
　　　　茅屋盖上也绿了。
　　　　穷人的饿眼儿也绿了。
　　　　和平的春里远燃着几团野火。[②]

---

① 康白情:《新诗底我见》,见杨匡汉、刘福春编《中国现代诗论》上编,花城出版社1985年版,第45页。
② 康白情:《和平的春里》,见吴欢章主编《中国现代十大流派诗选》,上海文艺出版社1989年版,第52页。

在这首名为《和平的春里》的诗中，乡村中的一草一木都是欣欣向荣的，就连肚子饿得眼睛都"绿"了的"穷人"，也迎来了代表着希望和美好的春天——那"远燃着几团野火"，就是希望的象征。

显然，"下层人"和"下层人"的生活场景，成了初创时期白话新诗的主要诠释对象。这是否表明此后的现代新诗就沿着这个方向飞奔而去？现代新诗的复杂性就复杂在这里——在其草创阶段，"下层人"的悲欢离合确实牵动着胡适等人的心，可现代新诗却并没有为此陷入这一题材领域而不可自拔。相反，在迈过起步阶段后，现代新诗越往后发展就越模糊了所谓"上等人"与"下等人"的区分。也就是说，新诗经过初期的短暂摸索和发展，很快迈上了一条和表现什么题材、什么人物没有必然关联的道路。

现代新诗之所以能在其内部自发而快速地完成这样一个转换，是因为人道主义在对其施加影响的同时，还有另外的一种"主义"——个人主义在悄悄地起着调节的作用。

与人道主义相比，个人主义价值体系是以"个人"为单位的，即"个人"的价值是一切价值的源泉。说得更通俗一点，就是他人的价值、社会的价值都不如"个人"的价值来得更为重要。这样一种抬举"个体人"的价值理念，显然一时还无法被我们这个以群体利益为上的民族所理解，胡适也不例外。在他的诗学理论中，个人主义是游移不定的，有时它就是西方文化中的那个个人主义，有时它似乎又变成了另外一种"主义"。这种矛盾性在其著名的《易卜生主义》一文中，表现得非常清楚：该文的本意是想借易卜生的戏剧来倡导个人主义思想，胡适在文中也的确抓住了个人主义的精髓。他先是把这种"主义"，

第四章　胡适的现代新诗叙事观念

总结成很形象的"为我主义";后又对"为我主义"予以介绍,说世界上最重要的事是有关于"我的事","社会最大的罪恶莫过于摧折个人的个性,不使他自由发展"。① 胡适在此文中紧紧地抓住了个人主义中的"个人"性。此外他还在另一篇文章中,把个人主义称为"健全的个人主义",公开宣称该"主义"正是他们"新青年社的一班人共同信仰"。② 毫无疑问,胡适所说的这个"为我主义"和"健全的个人主义",就是西方文化中的那个以"我"的价值为价值的个人主义。

奇怪的是,胡适明明知道个人主义导向的是"个人",可就在同一篇文章——《易卜生主义》一文中,他又把个人主义与写实主义混为一谈:"易卜生的文学,易卜生的人生观,只是一个写实主义。"假如胡适不是先把易卜生和易卜生的文学,定位在个人主义的价值维度中,这样总结易卜生也不是不可以。毕竟从题材、主题上说,易卜生的戏剧与现实相关,但是在把易卜生主义已经总结为个人主义的前提下,再回过头来把易卜生的戏剧思想归结为"易卜生的长处,只在他肯说老实话,只在他能把社会种种腐败龌龊的实在情形写出来教大家细看"③ 就有些矛盾了:胡适所说的这种"长处",的确是写实主义的特长,但与前面所介绍的那个个人主义,无疑并不是一回事。如果说前者是以反映和改造社会黑暗为己任,即以社会群体的利益为

---

① 参见胡适《易卜生主义》,见张菊香编《胡适代表作》,河南文艺出版社1996年版,第30—32页。
② 胡适:《中国新文学大系》第一集导言,见姜义华主编《胡适学术文集》,中华书局1998年版,第256页。
③ 以上见胡适《易卜生主义》,见张菊香编《胡适代表作》,河南文艺出版社1996年版,第19页。

最高利益；后者彰显的则是"个人"的发展与权利。这是两种不同价值取向的"主义"。胡适把两种"主义"混同为一个"主义"，或者说用写实主义来涵盖个人主义，在一定程度上模糊了"个人主义"的完整性和独立性；但不管怎么说，他还是把"个人主义"的一些基本信条，如"社会是个人组成的，多救出一个人便是多备下一个再造新社会的分子"，"为我主义，其实是最有价值的利人主义"[①]等引入现代新诗中来，并使其成为新诗构架中一个潜在的价值标准。这也是现代新诗以歌咏"下层人"这个群体为起始，但最终并没有落入此窠臼，反而以张扬自我个性为己任的现代主义诗歌很快在新诗中崛起，并发展成为一个强有力的诗歌流派的主要原因之一。

"观念""主义"入诗的问题，是中国白话新诗发展过程中的一个特有现象。这是为了尽快满足现代新诗内容的需求，不得不采取的一项文化移植策略。正如俞平伯所说，我们愿意"做主义和艺术一致的诗"，因为"主义是诗的精神，艺术是诗的形式。新诗的艺术果然也很重要，但艺术离了主义，就是空虚的，装饰的，供人开心不耐人寻味使人猛省的。……我们如果依顺社会上一般愚人的态度，轻轻把主义放弃了，只在艺术上面用功夫；到了后来，还同古诗的'倡优文学''半斤对八两'！大吹大擂的文艺革新，结果不过把文言变了白话，里面什么也没有改换，岂不是大笑话吗？"[②]。由此可见，"主义"既是

[①] 胡适：《易卜生主义》，见张菊香编《胡适代表作》，河南文艺出版社1996年版，第31页。

[②] 俞平伯：《社会上对于新诗的各种心理观》，见杨匡汉、刘福春编《中国现代诗论》上编，花城出版社1985年版，第26页。

现代新诗的"材料",又是现代新诗的"精神"。虽然在移植的过程中也出现了一些偏差和错误,但是不管怎么说,正是这种移植,让中国诗歌的内容与观念在最短时间内完成了从古代到现代的转换。与此同时,也引发了中国诗歌表达模式上的一次转变,即由过去以抒情为主体的抒情模式,转向了以叙事为主体的现代叙事模式。

总之,胡适认为,以抒情为主要表现手段的中国传统旧体诗,其所表现出来的"内容"不是浮泛就是虚空,与现代人的精神生活以及现代社会的演进严重地脱节。为了能更好地解决旧体诗思想观念的匮乏问题,胡适把西方近现代文化中的一些先进思想理念,诸如"人的文学""人道主义""个人主义"等引入现代新诗中来,以此达到从深层来改造中国诗歌内容根基的目的。胡适这种以思想内容为上的新诗理念,决定了新诗草创时期的主要任务之一,是要探讨如何使用诗歌这种文体来叙事与说理。从这个意义上说,"五四"新诗的主要特征之一,就是由传统的抒情转向了现代性的叙事。而且这一"转向"一直蛰伏在现代新诗中——没有被大家广泛发现,却在暗中调节着新诗的发展方向。

第四节　从言"无物"到言"有物"

诚如前文所说,胡适诗论的天平总是偏向于"内容"一端,即归根结底它是一种从"形式"出发,最终又回归"内容"的理论。然而,这并不意味着这种以"内容"为上的理论就是一套缺乏创作章法的说教,相反,这种理论中也蕴含着一套创作技巧——为了能更好地展示"内容",而形成一种以"理"和"事"为上的叙事技巧。只不过由于这些艺术构想,在当时的历史条件下显得有些"超前",从而不被多数人理解,故而很快就被"抒情"才是诗歌正路的声音掩盖了。这一掩盖就是一百多年,时至今日,随着诗歌的"叙事性"问题被广泛地提出和探讨,并逐步演变成现代诗学的一个重要概念范畴时,人们才开始意识到,胡适其实早在20世纪初就已涉猎这个问题,并提出一套颇有现代性意义的理论思路和设想。

中国古代诗学中素有"诗缘情"之说,这其实就意味着"情"——言情与抒情,是古诗一个极为重要的特征。新诗是在反叛旧体诗的基础上发展起来的,因此二者无论是在托物言志、还是抒情方式上都有着难以契合与沟通之处。作为中国新诗开拓者的胡适是如何认识与评价旧体诗的?这一点异常关键,唯有明白于此,才能更好地理解他关于现代新诗的一系列观点与主张。

胡适对中国旧体诗的形态有过一个基本描述,他说这些诗内容上都是"言之无物"[①],形式上又"沾沾于声调字句之间"[②]。这样一种空洞的"内容"配上的雕琢的"形式",便构成了一种"无灵魂无脑筋之美人,虽有秾丽富厚之外观,抑亦末矣"[③]。"沾沾于声调字句之间"容易理解,就是指诗歌以韵律、声调等为上,即主要指的是语言文字上的问题。"言之无物""无灵魂无脑

---

① 胡适:《吾国文学三大病》,见姜义华主编《胡适学术文集·新文学运动》,中华书局1998年版,第5页。
②③ 胡适:《文学改良刍议》,见姜义华主编《胡适学术文集·新文学运动》,中华书局1998年版,第20页。

第四章　胡适的现代新诗叙事观念

筋之美人"又是怎么回事？经验告诉我们，一般说来，凡是诗歌，多多少少总是要牵涉到一些"事"，也就是"物"的——没有无内容的诗歌。刘勰就曾说："情以物迁，辞以情发"①，钟嵘在《诗品序》中也说："气之动物，物之感人，故摇荡性情，形诸舞咏。"② 在刘勰和钟嵘的诗歌理论中，"物"都是必不可少的要素，它决定着"情"的形态。

既然有这样的诗歌理论存在，胡适为何偏偏认为旧体诗是"言之无物"呢？他这样说，岂不是推翻了以刘勰、钟嵘等为代表的古代诗学理论的构成形态？应该说，这件事情稍稍有点复杂。胡适所处的时代，正是反传统的时代，而胡适又是那个时代的急先锋，所以他对传统的诗学理论本能地有着某种抵触情绪。1922 年，在《五十年来中国之文学》一文中，胡适借用章炳麟的一段话表达了自己对"传统"的看法。章炳麟的这段话是："文字本以代言，其用则有独至。凡无句读文，皆文字所专属者也，以是为主，故论文学者不得以兴会神旨为上。"③ 该段话无疑是从"文字"的角度论述"文学"的。章炳麟认为，构成"文学"作品的工具——"文字"，完全具有可以把"意思"正确传达出来的功能，所以谈论"文学"的人，不要动辄就把"兴会神旨"，当成是评判文学的最高标准。

"兴会神旨"是中国古代诗学中的一条重要美学准则。换句话说，中国古代诗论向来强调并且以"兴会神旨"为宗旨，王

---

① 刘勰：《文心雕龙注释》，周振甫注，人民文学出版社 1981 年版，第 493 页。
② 钟嵘：《诗品》，见何文焕辑《历代诗话》上，中华书局 1981 年版，第 2 页。
③ 胡适：《五十年来中国之文学》，见姜义华主编《胡适学术文集·新文学运动》，中华书局 1998 年版，第 125 页。

士禛对此曾有过总结:"大抵古人诗画,只取兴会神到,若刻舟缘木求之,失其指矣。"① 他用的是"兴会神到",与"兴会神旨"是同一种意思。何谓"兴会神旨"或"兴会神到"?生活于这一传统中的文化人,都能意识到其所指,可是却又难以用语言,也就是文字表达出来。也就是说,"兴会神旨"是一个只能意会难以言传的"东西"。前面胡适所引章炳麟那段话的矛头,指向的就是这个"兴会神旨"的传统:文字既然原本可以代言,为何文学的创作者们不能把想说的话都说得清楚一些?

这原本是个可以讨论的学术话题。含蓄、不把话说尽,这原本就是中国古代诗学所独有的美学特质,但是胡适出于时代的要求,一方面把章炳麟视为"古文学很光荣的结局",一方面盖棺定论地说:"章氏论文,很多精到的话","他的著作在内容与形式两方面都能'成一家言'","他讲学说理的文章都很有文学的价值"。② 正是基于对章炳麟这番话的无条件接受与推崇,所以胡适在其文中把批判的矛头指向了"美文"——诗歌:"有些人竟说'美文'可以不注重内容;有的人竟说'美文'自成一种高尚不可捉摸,不必求人解的东西,不受常识与论理的裁制!"③ 言外之意,自然是说"美文"也必须注重内容,也要经受"常识"与"论理"的制约。

以上情况说明章炳麟的止步之处,恰好构成了胡适起步的

---

① 王士禛:《诗话》,见陈良运主编《中国历代诗学论著选》,百花洲文艺出版社1995年版,第933页。
② 胡适:《五十年来中国之文学》,见姜义华主编《胡适学术文集·新文学运动》,中华书局1998年版,第124—125页。
③ 胡适:《五十年来中国之文学》,见姜义华主编《胡适学术文集·新文学运动》,中华书局1998年版,第125页。

第四章 胡适的现代新诗叙事观念

端点。明白了这一承继关系，也就明白了胡适为何要把"说话要清楚明白"作为他"胡适之体"的"戒约"。正如他所说："一首诗尽可以有寄托，但除了寄托之外，还须要成一首明白清楚的诗。……看不懂而必须注解的诗，都不是好诗，只是笨谜而已。我们今日用活的语言作诗，若还叫人看不懂，岂不应该责备我自己的技术太笨吗？我并不（是）说，明白清楚就是好诗；我只要说，凡是好诗没有不是明白清楚的。至少'胡适之体'的第一条戒律是要人看得懂。"[①] 应该说，"清楚明白"既不是诗歌的特点，也不是诗歌要努力的方向，胡适却把其作为新诗的"第一条戒律"，无疑可以理解成是对"兴会神旨"传统的一种反叛。

至此可以知道，胡适语境中的"言之无物"，并不是说旧体诗中真的没有"物"，即内容虚空得一无所有，而是由于其中的"物"，或者说朦胧的"物"导向的是"兴会神旨"的美学境界，所以他才断言"言之无物"。这说明在胡适看来，旧体诗中的"物"已经不适于新时代的要求了，是应该终结的时候了。终结旧的，必然需要新的来补充。也就是说，"物"，成为胡适新诗理论的出发点。

果真如此，胡适给现代新诗所规定的必备"八事"中的"第一事"，就是"须言之有物"。[②] 这个"物"，即"须言之有物"中的"物"，与"言之无物"中的"物"到底有着怎样的分

[①] 胡适：《谈谈'胡适之体'的诗》，见姜义华主编《胡适学术文集·新文学运动》，中华书局1998年版，第466页。

[②] 胡适：《文学改良刍议》，见姜义华主编《胡适学术文集·新文学运动》，中华书局1998年版，第20页。

界线？或者说，胡适给旧体诗中的与"兴会神旨"相关联的"物"，作了何种意义上的改良？对此，胡适作出了明确的界定。他说："吾所谓'物'，非古人所谓'文以载道'之说也。吾所谓'物'，约有二事：（一）情感 诗序曰：'情动于中而形诸言。言之不足，故嗟叹之。嗟叹之不足，故咏歌之。咏歌之不足，不知手之舞之，足之蹈之也。'此吾所谓情感也。情感者，文学之灵魂。……（二）思想 吾所谓'思想'，盖兼见地、识力、理想，三者而言之。思想不必皆赖文学而传，而文学以有思想而益贵；思想亦以有文学的价值而益贵也：……思想之在文学，犹脑筋之在人身。……文学无此二物，便如无灵魂无脑筋之美人，虽有秾丽富厚之外观，抑亦末矣。"① 胡适说得异常鲜明，他所言的"物"必须包含有"情感"与"思想"之要素，与过去的"文以载道"之说完全不同。

这样一来，问题似乎又有了：难道古代那些以"文以载道"为核心的文学，就果真是完全没有"情感"和"思想"的文学？胡适的这番界定是否过于极端了？事实上，胡适这样说有着其内在的逻辑依据：旧文学不是没有"情感"和"思想"，而是说它主要是"沾沾于声调字句之间，既无高远之思想，又无真挚之情感"②，体现的是"风花雪月，涂脂抹粉"③之特质。显然，胡适认为旧体诗中也有情感和思想，只不过这种情感和思想缺乏"高远"和"真挚"性，与现代生活相脱节。因此，胡适要

---

①② 胡适：《文学改良刍议》，见姜义华主编《胡适学术文集·新文学运动》，中华书局1998年版，第20页。

③ 胡适：《建设的文学革命论》，见姜义华主编《胡适学术文集·新文学运动》，中华书局1998年版，第52页。

求有一种新的情感和新的思想来取而代之。

这无疑将面临一个新旧情感和思想的转换问题，即如何把诗歌从旧的思想情感轨道，转换到新的价值维度上，便成为困扰胡适的一个问题。为了完成这种转换，胡适几经考虑，提出一个极为大胆、同时也容易引起歧义的准则，即要以"文之文字"入诗："吾所持论，故不徒以'文之文字'入诗而已。然不避'文之文字'，自是吾论诗之一法。"① 不避"文之文字"，是他论诗的一大法则，只是可能有些令人费解，这一法则的设定与真情感、真思想的实施有何必然联系？难道"文之文字"就必然能够通往真情感和真思想？为了解释清楚这个问题，需要先回顾一下所谓"文之文字"的来龙去脉。

"文之文字"的出现，是与胡适所言的那个"做诗如作文"的命题联系在一起的，即它是在后者的框架下所提出的一个策略。所以说，这个"文之文字"中的"文"，就是指与"诗"相并列的散文，亦叫"古文"。"文之文字"也就是散文，或者说是古文中所使用的"文字"。正如我们所知，在古代，诗与文虽然都是中国雅文学的代表，所谓诗文传统，就是指这两种传统，但是二者在表现形态上却有着较大的分野：与写实性的"文"相比，诗歌崇尚的是"虚"之美、"无"之美，加之语言文字的运用以及在音韵、声律等方面都有着严格的要求，写诗的过程也就变成了对文字的筛选和打磨的过程，即一切有棱角、有个性的语言都会被排斥在外。加之旧体诗在内容上原本就有以"兴会神旨"为上的传统，这种内、外之要求，就使诗歌从一种原本个性化的东西，变

---

① 胡适：《逼上梁山》，见姜义华主编《胡适学术文集·新文学运动》，中华书局1998年版，第199页。

成了某种标准化的东西，故而不如在内容和形式上受束缚少的"文"来得更为自由、充实和质朴。正如郭绍虞在谈到周、秦诸子的学说时说，孔门从"文辞之体裁"出发，把其分为"'诗''文'二类。……其论'诗'则较合于文学之意义：如谓'诗可以兴，可以观，可以群，可以怨（《论语·阳货》），盖言其有涵养性情之作用也。……其论'文'则多偏于学术的倾向。《论语·公冶长》篇云：'子贡问曰：孔文子何以谓之文也？子曰：敏而好学，不耻下问，是以谓之文也。'……凡书本以内所有的知识，都在'文'的范围以内了。"[①] 由引文可以看出，"诗"的功用主要是"涵养性情"，"文"主要导向的是"学问"与"知识"。显然，与涵养性情的"诗"相比，"文"这类文体所涵盖的面更为宽广和直接，因为它是与"敏而好学""不耻下问"联系在一起的，代表着一种永不停歇的进取精神。

胡适提出的以"文之文字"入诗，其实也就是在强调"不避俗字俗语""不用典""不讲对仗""务去烂调套语"等[②]，他是想借"文"之文字的开放性，来弥补"诗之文字"所带来的局限。具体说，胡适希望现代新诗以通过扩大语言文字使用范围的方式，使诗歌能从以往"兴会神旨"的虚幻之美中走出来，而能像"文"一样拥有具体、充实而自在的内容。综上所述，胡适所谓"言之有物"，就是指新诗要冲破旧体诗的诗体局限，允许在以往旧体诗中不允许入诗的那些字和词进入诗歌中来，使新诗变成一种"言之有物"——情感既自然流畅，又具有一

---

① 郭绍虞：《中国文学批评史》上卷，百花文艺出版社1999年版，第15页。
② 胡适：《文学改良刍议》，见姜义华主编《胡适学术文集·新文学运动》，中华书局1998年版，第20页。

定思想内涵的现代新诗体。

当然,用自然流畅的情感和一定的思想内涵来概括胡适对"物"的要求,似乎还是难以把其独有的那种新诗美学思想诠释出来。换句话说,即使是调用了"文之文字",也就是俗字俗语入诗,也并非一定就能导向新思想、新情感。确切说,这种"思想"和"情感"或许是旧体诗中从未有过的,即是崭新的"物";问题就在于,以前没有的、新的,就一定会有价值吗?为了更好地说明胡适所谓的"物"中的特殊内涵,我们不妨从另一个视角,即"说理"的层面切入胡适的新诗理论中去。

第五节 从"诗缘情"到"诗说理"

胡适除了用"言之有物"的"物"来概括他理想中的新诗形态外,有时也会采用"说理"二字加以代替。1935年,朱自清在《中国新文学大系·诗集》导言一文中,对中国新诗的第一个十年的成就进行了盘点与总结。在提到胡适时,朱自清还特别指出:"他提倡说理的诗"。[①]

朱自清的这一总结非常精准,胡适论诗的确是格外注重"说理"这一特质。他认为白话诗的三大必备条件,就是"说理要深透,表情要切至,叙事要灵活"。[②] "说理",在这三大要素

---

① 朱自清:《中国新文学大系·诗集》导言,见杨匡汉、刘福春编《中国现代诗论》上编,花城出版社1985年版,第241页。
② 胡适:《白话诗的三大条件》跋,见姜义华主编《胡适学术文集·新文学运动》,中华书局1998年版,第366页。

中居于首位。为了使"说理"在新诗中显得名正言顺，他甚至还把"说理"之根源，追溯到中国文体的发展变化中："孔子以前无论矣。孔子至于秦汉，中国文体始臻完备，议论如墨翟、孟轲、韩非，说理如公孙龙、荀卿、庄周，记事如左氏、司马迁，皆不朽之文也。六朝之文亦有绝妙之作……何晏、王弼诸人说理之作，都有可观者。"① 显然，在这一框架中，"说理"以及与"说理"有关的"议论""记事"导向的都是正面价值，即文章之所以能够达到不朽与绝妙之境地，就在于作者进行了"说理"。

或许有人说，该处"说理"的都是"文"，不是"诗"，不能统而概之。殊不知，在胡适的认知范畴，"诗"与"文"一样，也在"说理"的范围之内，正如他在斥责那些"言之无物"的"谀墓之文""赠送之诗"后，又说："即其说理之文，上自韩退之《原道》，下至曾涤生《原才》，上下千年，求一墨翟、庄周乃绝不可得。诗人则自唐以来，求如老杜《石壕吏》诸作，及白香山新乐府《秦中吟》诸篇，亦寥寥如凤毛麟角。晚近惟黄公度可称健者。余人如陈三立、郑孝胥，皆言之无物者也。"② 这段话不长，包含的意思却很丰富，从中可解析出这样几层信息：（一）杜甫的《石壕吏》、白居易的《秦中吟》都被列入"说理之文"中，即在胡适看来，这类诗都是以"说理"见长的；（二）自唐以来，诗歌史上像杜甫、白居易这样以说理见长的诗

---

① 胡适：《吾国历史上的文学革命》，参见姜义华主编《胡适学术文集·新文学运动》，中华书局1998年版，第2—3页。
② 胡适：《吾国文学三大病》，参见姜义华主编《胡适学术文集·新文学运动》，中华书局1998年版，第5页。

人并不多，堪称凤毛麟角；（三）胡适把诗人是否在诗歌中进行"说理"，作为"言之有物"还是"言之无物"的标准。他所称赞的黄公度，也就是那个宣称"我手写我口，古岂能拘牵"的黄遵宪，其诗就是以"说理"见长的。有关这一点，胡适曾有过明确的点评。他在《五十年来中国之文学》中，概括黄遵宪作诗的方法说，他"都是用做文章的法子来做的。这种诗的长处在于条理清楚，叙述分明。做诗与做文都应该从这一点下手：先做到一个'通'字，然后可希望做到一个'好'字。……金和与黄遵宪的诗的好处就在他们都是先求'通'，先求达意，先求懂得。"①"条理清楚""叙述分明""达意""懂得"等，无疑都是属于"说理"的范畴。同样，晚清同光体代表人物——陈三立和郑孝胥，他们的诗歌在胡适看来之所以"言之无物"，就是因为二人在作诗时没有采用"说理"之方式，正如胡适借郑孝胥给陈三立诗集作序中的话，暗指陈三立的诗"不清不切"。②

如果说上引内容还只是胡适借古代、近代的"文"和"诗"来说明"说理"的重要性，那么接下来的这番话，则具有了现实的针对性。在《尝试集》自序中，胡适回顾其近三年来从事白话诗的创作历程时，曾深有感触地说过这样一句话："吾国作诗每不重言外之意，故说理之作极少。"该处用的是"吾国作诗"，其结论的得出好像应该有"他国"作参照。确实如此，他这番话的前提是："在绮色佳五年，我虽不专治文学，但也颇读

---

① 胡适：《五十年来中国之文学》，见姜义华主编《胡适学术文集•新文学运动》，中华书局1998年版，第121页。
② 参见胡适《五十年来中国之文学》，见姜义华主编《胡适学术文集•新文学运动》，中华书局1998年版，第123页。

了一些西方文学书籍，无形之中，总受了不少的影响，所以我那几年的诗，胆子已大得多。"毫无疑问，他这个吾国之诗"说理之作"极少的结论，主要是以他所阅读的那些"西方文学书籍"为参照而得出来的。而且，在胡适的言说语境中，"说理之作"导向的依旧是诗的正途，正如他在"吾国作诗每不重言外之意，故说理之作极少"之后，又继续说："求一扑蒲（Pope）已不可多得，何况华茨活（Wordsworth）、贵推（Goethe）与白朗吟（Browning）矣。此篇以吾所持乐观主义入诗。全篇为说理之作，虽不能佳，然途径具在。他日多作之，或有进境耳。"①胡适提到的这些诗人分别是亚历山大·蒲柏、华兹华斯、歌德和勃郎宁，这些外国的著名诗人，在胡适看来都是用"说理"来写诗的，而且他们在诗歌中所说的"理"，被胡适命名为"乐观主义"之理。

胡适对那些"全篇为说理"的诗作有一个基本的评价，即虽然还不能说整篇皆佳，但好处是，这些诗歌的创作理路都是清晰可见的。以后如果自己也能多写一些这类诗，或许能把诗歌的境界再往前推进一些。显然，胡适欣赏华兹华斯、歌德等人的诗，主要是出于用他们诗歌之"长"，即取法其诗歌中的理性与睿智之成分，来弥补中国诗歌一味"兴会神旨"之短的考虑。

毋庸讳言，在上述引文中，胡适的论断也存在片面性。譬如他的那句吾国"说理之作极少"，是建立在"吾国作诗每不重言外之意"的逻辑基础上的。表面看二者间的这种逻辑关系似乎并无不妥，胡适所说的源于西方诗歌中的"说理之作"所呈

---

① 以上参见胡适《尝试集》自序，姜义华主编《胡适学术文集·新文学运动》，中华书局1998年版，第371页。

现的风格,与吾国诗的"兴会神旨"之风格的确相差甚远。所以说,很容易推导出一个由于中国诗在写作时不注重"言外之意",故而导致了说理诗极不繁盛的结论。事实上,中国诗论的发展不是一马平川的,而是极其复杂和多样化的。譬如,"兴会神旨"确实是贯穿古代诗论的一个基本审美精神,然而这个审美精神的初衷和目的并非不要"言外之意",恰恰相反,它就是想让一首诗歌有着更为无穷无尽的内涵。严沧浪所谓的"言有尽而意无穷",司空表圣的"味在酸咸之外"等说法,表达的都是这层意思。说胡适在当时没有意识到古诗理论的复杂性也罢,说他是有意识而为之也罢,总之,他是通过否定古诗"言外之意"之方式,间接地否定和颠覆了中国古代的"诗缘情"传统。

胡适的初衷无疑是好的,就是想把西方诗歌中的那种理性成分引入中国的新诗中来。然而,他的言说方式,即用是否"说理"来衡量旧体诗的优劣好坏,则容易让人诟病与排斥。不管怎么说,在人们的长期观念中,"说理"毕竟不是诗歌这种文体的特长。如果说胡适用"言之无物"来概括旧体诗内容的匮乏还不会引起太大歧义的话,那么当他用"说理"二字来指认对现代新诗内容的向往和追求时,就极容易让人产生误解。如周作人也是"文学革命"的重要参与者,与胡适也曾交游甚密,但是他在1927年就明确表示:"新诗手法,我不很佩服白描,也不喜欢唠叨的叙事,不必说唠叨的说理。"他认为这都不是诗歌创作的正途,用其话说:"我只认抒情是诗的本分。"[①] 与此同时,他还认为, "五四"以来真正有诗人天分的诗人只有两

---

① 参见周作人《扬鞭集》序,见宝祥编选《周作人经典》,南海出版公司2001年版,第180页。

位——沈尹默和刘半农。① 他所提到的这两位诗人都是以抒情见长的。即周作人通过彰显抒情诗人的创作,间接否定了胡适的那些理性诗的创作,并对"文学革命"提出了批评:"中国的文学革命是古典主义(不是拟古主义)的影响,一切作品都像是一个玻璃球,晶莹透彻得太厉害了,没有一点儿朦胧,因此也缺少了一种余香与回味。"如果想让真正的中国现代新诗诞生出来,"正当的道路恐怕还是浪漫主义——凡诗差不多无不是浪漫主义的,而象征实在是其精意。"② 周作人在该处所说的浪漫主义有些类似于中国的"兴",即他实际是强调新诗创作应该沿着"象征"的方向,而不是"直白"的方向走。③

胡适把说理的成分引入新诗中来的本意,是想借此来增加现代新诗的思想深度与复杂性,不成想引入的结果,竟然被周作人批评为像个透明的"玻璃球"。这就是理论与实践的不一致性,即胡适的初衷和设想可能都是好的,但结果却并不尽如人意。其后,梁宗岱在20世纪30年代批评得更为尖锐与直接,他认为胡适的诗论"简直是反诗的;不仅是对于旧诗和旧诗体流弊之洗刷和革除,简直是把一切纯粹永久的诗底真元全盘误解与抹杀了"。④ 他

---

① 参见周作人《扬鞭集》序,见宝祥编选《周作人经典》,南海出版公司2001年版,第179页。
② 参见周作人《扬鞭集》序,见宝祥编选《周作人经典》,南海出版公司2001年版,第180页。
③ 那个时代的理论家对西方的诗学理论掌握得还不够确切,譬如周作人在此就没有把浪漫主义与象征主义很好地区分开来,几乎当成是一回事。这是那个时代的局限。
④ 梁宗岱:《新诗底纷歧路口》,《诗与真二集》,外国文学出版社1984年版,第167—168页。

第四章　胡适的现代新诗叙事观念

所说的"纯粹永久的诗底真元",就是指诗歌的抒情性。

该如何评价周作人与梁宗岱的这些意见呢?站在今天的立场上,或许应该这样说:胡适为了推行文学革命和诗界革命的历程,在文化传统问题上存在矫枉过正之弊端;但是也不得不指出,与周、梁两位相比,他在文学方面所展现的思考格局与战略眼光都要胜出一筹。这当然并非是指周、梁两位的学问不如胡适,相反两人在对一些具体问题研究的深度与广度上都超过了胡适。特别是梁宗岱把西方的象征主义引入中国,并把其与《诗经》中的"兴"加以比附等,这都是新诗研究史上绕不过去的大事。但是应该承认,一旦涉及宏观性的问题,他们两人的敏锐度和能力就明显地要逊色于胡适——胡适在那个年代提出诗歌的"说理"性问题,并非是真的认为诗歌不应该抒情,而主要还是出于战略性考虑,即其目的就是为了纠正旧体诗中的那种以性情为本位的创作模式。

这容易理解,"五四"原本就是一个取他人之长补自己之短的时代,诚如康白情所说:"庚子拳变以后,从枪炮以至学术思想,逐渐输入中国。中国人逐渐有了科学的脑筋,于是在诗里也不免要想得一些具体的观念。"[①] 显然,"具体的观念"是与"科学的脑筋"联系在一起的。这说明在他们看来,传统诗歌中的那种"兴会神旨"的抒情方式,是与"非科学的脑筋"联系在一起的。所以,胡适紧随其后提出了"诗须要用具体的做法,不可用抽象的说法"之观点。[②] 对于胡适的这一观点,朱自清替

---

① 康白情:《新诗底我见》,见杨匡汉、刘福春编《中国现代诗论》上编,花城出版社1985年版,第34页。
② 胡适:《谈新诗——八年来一件大事》,见姜义华主编《胡适学术文集·新文学运动》,中华书局1998年版,第397页。

其有过一个解释。他说，"'具体的做法'不过用比喻说理"①。这说明两个问题：第一，胡适强调新诗必须具有说理性；第二，这种说理也不能直接说，而要艺术化地说，即要借助"比喻"来说。

总之，胡适之所以格外强调新诗的"说理"性，主要是想把西方诗歌中所表现出来的那种缜密理性的思考特质，引入中国现代新诗的创作中来，以此来增加其思想内涵，也就是他在前面所说的"言外之意"。

如此说来，似乎可以认定胡适是反对诗歌的抒情性的。其实事情并非这么简单。胡适坚持把"说理"引入新诗的创作中来，主要是出于遏制旧体诗中那种不着边际的笼统而飘忽的情感模式的考虑，而并非反对诗歌自身所拥有的抒情特性。其标志是，胡适自始至终从未说过诗歌不要抒情之类的话，相反他不止一次地强调"表情要切至"②。显然，他反对的是虚夸而浮泛的情感，追求的是真挚而自然的情感。

除此之外，"说理"在胡适的新诗框架中还有另外一层意思，即它在某种程度上等同于某种"学说"或"学问根基"。毋庸讳言，在我们以往的认知中，"学说"或"学问根基"与诗歌是两码事，一个是以"理"服人，一个是以"情"感人，这是两套不同的话语系统。但是胡适引用章炳麟的话，"不得以感人者为文辞，不感者为学说。……学说者，非一往不可感人。"来

---

① 朱自清：《中国新文学大系·诗集》导言，见杨匡汉、刘福春编《中国现代诗论》上编，花城出版社1985年版，第242页。
② 胡适：《白话诗的三大条件》跋，见姜义华主编《胡适学术文集·新文学运动》，中华书局1998年版，第366页。

第四章　胡适的现代新诗叙事观念

印证"学说"也可以像"文辞"一样打动人心，并在此基础上评价章炳麟："他是能实行不分文辞与学说的人，故他讲学说理的文章都很有文学的价值。"① 意思是，由于章炳麟在写作中不分什么"文辞"与"学说"，或者说"学说"的语言也像"文辞"一样感人，所以才使得他的那些"讲学说理"的文章也同样具有了文学的价值。无疑，"学说"非但不是冰冷的代名词，相反它完全可以和文学的语言融为一体。而且，在胡适看来，一个人有没有"学说"作根基也非常重要，正如他认为章炳麟之所以能自成一家，就是因为"他有学问做底子，有论理做骨格"②。

　　明白了这一前提，即诗歌也需要理论、学问做底子，也就明白了胡适写诗完全不避"讲道理"的原因。对他而言，在诗歌中"讲道理"，其实就是让"学说""学问"，或者说"思想"入诗，这是他赋予诗歌思想内容的一种途径。当然，这也是有前提的，即诗人不可以在诗歌中空发议论。正如他在《尝试集》四版自序中介绍说，每次编选这个集子时，总要找些好朋友帮忙删诗。鲁迅曾提议把那首名为《礼》的诗删掉，因为鲁迅觉得这首诗，即"他死了父亲不肯磕头，/你们大骂他。/他不能行你们的礼，/你们就要打他。……"③ 有些过于说理，缺乏了艺术性。然而胡适并没有接受鲁迅这个意见，而是说："'鲁迅'主张删去，我因为这诗虽是发议论，却不是抽象的发议论，所

---

① 胡适：《五十年来中国之文学》，见姜义华主编《胡适学术文集·新文学运动》，中华书局1998年版，第125页。
② 胡适：《五十年来中国之文学》，见姜义华主编《胡适学术文集·新文学运动》，中华书局1998年版，第126页。
③ 胡适：《礼》，见《尝试集》，外文出版社2013年版，第72页。

以把他保留了。"① 胡适拜托朋友替他删诗是真心的，他确实也先后删掉了一些朋友们认为不好的诗，但是他也有自己的底线，即与他的创作理念相违背的意见也不接受。

把"说理"以及与其相关的"议论"引入诗歌中来，算得上是诗歌史上的一件大事。从某种意义上说，它标志着中国诗歌从"诗缘情"阶段，过渡到了"诗说理"的新阶段，即诗歌由"主情"开始转向了"主理"。自此以后，中国诗歌迈出了独自生长的庭院，走向了与西方诗歌相融合的道路。但与此同时，我们也可以说，反传统的胡适其实也继承了传统，严格说是继承和发挥了以往一直没有被我们重视的那个传统。

提起古代诗论，我们总会用严沧浪的"羚羊挂角，无迹可求"来概述古代诗论的特征，前面论述到的"兴会神旨"就是对这种诗论美学特质的一种概括。其实在这样的审美主流之外，还存在一个虽说不怎么被人重视，可一直都在悄然发挥作用，强调学识、学问重要性的流派。为了不过于偏离主题，对这一理论流派的发展历程就不再赘述了，只借用清代神韵派的代表人物王士禛的一段话加以概括："司空表圣云：'不著一字，尽得风流。'此性情之说也。扬子云云：'读千赋则能赋。'此学问之说也。"对于中国古代的诗学理论，王士禛无疑是从"性情"与"学问"切入的，即他把古代诗学理论分成了两大派别——性情派和学问派。王士禛论诗以"神韵"为上，标举的是"性情"的大旗，按理在以上的两派中，他更该倾向于前者才是。可事实却并非如此，他对这两派的看法是："二者相辅而行，不

---

① 胡适：《尝试集》，外文出版社2013年版，第6页。

可偏废。若无性情而侈言学问，则昔人有讥点鬼簿、獭祭鱼者矣。'学力深，始能见性情。'此一语是造微破的之论。"① 王士禛反对把性情与学问截然划分开来。他认为性情和学问是相辅相成的，没有"学问"，也就不会有什么真性情——学问越深，性情也就越真。

这其实也就意味着在王士禛看来，写诗既需要"性情"，又需要"学问"和"学力"，二者缺少了任何一个，都不可能创作出好的诗歌。从这个角度来说，胡适提倡在诗歌中"说理"，恰好也发扬光大了王士禛所说的"学力深，始能见性情"的传统。

综上所述，"说理"在胡适的新诗理论中具有两层含义：一是让诗歌在抒情的同时，尽可能地增加其理性的特质；二是这种"理性"特质，并非靠诗人空发议论而得来，而是与诗人自身的学问、学力根基等联系在一起的，可谓构成诗人素质的一个综合指数。当然到目前为止，这两点基本还是属于理论探讨的范畴，与实际创作仍有一些距离。我们或许要问：当"说理"之概念由宏观探讨转向具体的诗歌创作时，它又是以何种方式出现的？这就是接下来要探讨的问题。

第六节 "事"与"叙事"

翻阅胡适有关新诗理论的文章，不难察觉，他对那些具有

---

① 以上参见王士禛《诗话》，陈良运主编《中国历代诗学论著选》，百花洲文艺出版社1995年版，第932页。

叙事性特质的诗歌和诗人，有着超乎寻常的敏感与兴趣。譬如，在丰富的古代诗学遗产中，他对一直占据着诗坛主流位置的独抒性灵一派不是批驳，就是视而不见。相反，对那些一直不怎么讨巧的写实性理论，如苏东坡、李东阳所言的"诗须有为而作""作诗必使老妪听解"等说法却一见如故，并说这是他"十六岁时论诗的旨趣"。①

事实上，胡适的这一"旨趣"，即使在他成年后，也并无改变。其一个突出标志是，在众多的旧体诗中，令他感到倾心的是《木兰辞》《孔雀东南飞》《石壕吏》《兵车行》②等。这些诗在诗歌史上无疑都是以叙事见长的。而且，胡适并不仅仅滞留于欣赏，等他本人后来从事诗歌创作时，走的也是这条路子。正如他在回顾自己的诗歌创作历程时所说："我初做诗，人都说我像白居易一派。后来我因为要学时髦，也做一番研究杜甫的功夫。但是我读杜诗，只读《石壕吏》《自京赴奉先咏怀》一类的诗，律诗中五律我极爱读，七律中最讨厌《秋兴》一类的诗，常说这些诗文法不通，只有一点空架子。"③

由以上的简略回顾发现，胡适之所以喜欢那些以叙事说理为主的诗，是因为他认为这类诗的内容充实，不是"言之无物"的"空架子"。显然，胡适讨厌的是"空架子"一般的诗。换句话说，凡是能够得到胡适青睐的诗，一定是有某种具体的"事"

---

①③ 胡适：《尝试集》自序，参见姜义华主编《胡适学术文集·新文学运动》，中华书局1998年版，第370页。
② 参见胡适《建设的文学革命论》，见姜义华主编《胡适学术文集·新文学运动》，中华书局1998年版，第42页。

作依托,用他的话说就是"叙事要灵活"①。这一点异常重要,可谓胡适新诗理论的逻辑基点。1915年,也就是"文学革命"的酝酿时期,胡适又重新阅读了白居易的《与元九书》,并给出了一个颇为奇怪的评价:"文学史上极有关系之文也。"②《与元九书》与文学史有何关系?或者说,胡适试图借这篇文章,想说明一个什么问题?

胡适这样做是有着明确的目的性的,即他试图从历史中为其新诗理论寻找一个逻辑支点。具体说,胡适是反传统的,但作为一名学者他也懂得,任何一种新理论的创建,不可能与"传统"全无关系,否则这种"理论"就是无源之水、无根之木。正是出于这种寻"根"的考虑,胡适把整个中国古代文学分成了两大派: "文学大率可分为两派:一为理想主义(Idealism),一为实际主义(Realism)。"③而他推崇的白居易的《与元九书》就是"实际主义",也就是"写实主义"的代表,用其话说,这篇文章"可作实际派文学家宣告主义之檄文读也"。④ 显然,胡适的这番梳理,意在把其新诗的理论根基,衔接到以白居易为代表的写实派这一脉络上来,即形成一个从以《与元九书》为代表的"写实派"到胡适新诗理论的逻辑链条。这样一来,可能会有一个疑问产生:胡适所溯源出来的这个历史"写实派",与他自身所倡导的那个新诗理论能衔接于一体吗?

---

① 胡适:《白话诗的三大条件》跋,见姜义华主编《胡适学术文集·新文学运动》,中华书局1998年版,第366页。
②③ 胡适:《读白居易与元九书》,见姜义华主编《胡适学术文集·新文学运动》,中华书局1998年版,第321页。
④ 胡适:《读白居易与元九书》,见姜义华主编《胡适学术文集·新文学运动》,中华书局1998年版,第323页。

胡适的新诗理论产生于20世纪初期，而且他还是以反传统的姿态出现的，这样一种新历史条件下的理论，怎么可能衔接到白居易的《与元九书》上？应该说，胡适的"衔接"并非是全方位的衔接，而是有所选择的衔接。他从《与元九书》中拈出"文章合为时而著，歌诗合为事而作"这句话，评价该句是"实际的文学家之言"也。① 这说明胡适是从"歌诗合为事而作"的角度，来指认"实际的文学家之言"的，即对"实际的文学家"，也就是"写实派"的文学家而言，其创作的一个基本特点就是一定要围绕着"事"来旋转。

事实上，胡适本人也正是从"事"的层面展开其理论的。诚如前文所说，胡适一向主张诗歌要"言之有物"和"务去烂调套语"。如何才能在避免"烂调套语"的基础上，实现其言之有"物"的设想？胡适给出的策略是："别无他法，惟在人人以其耳目所亲见亲闻所亲身阅历之事物，——自己铸词以形容描写之；但求其不失真，但求能达其状物写意之目的，即是功夫。"② 这段话的关键词就是"事物"，诗人的根本任务就是要对"其耳目所亲见亲闻所亲身阅历之事物"进行细致的描画；唯有如此，才能达到"状物写意"，即"言之有物"之目的。

毋庸置疑，"事"，或者说"事物"是胡适新诗理论的一个主要逻辑基点。有关这一点，从胡适那篇重要文章《建设的文学革命论》中也能看得出来。在该文中，胡适认为，中国新文

---

① 胡适：《读白居易与元九书》，见姜义华主编《胡适学术文集·新文学运动》，中华书局1998年版，第322页。
② 胡适：《文学改良刍议》，见姜义华主编《胡适学术文集·新文学运动》，中华书局1998年版，第23页。

学应该分三步走:"(一)工具;(二)方法;(三)创造。前两步是预备,第三步才是实行创造新文学。"① 胡适在谈完了"工具"(白话文)和"方法"后,谦虚地说:"工具用的纯熟自然了,方法也懂了,方才可以创造中国的新文学,至于创造新文学是怎么一回事,我可不配开口了。"② 其实,胡适在论述"方法"的时候,就已经深入到"创造"中去。在他的"创造"构想中,第一步,也是最重要的一步,就是要"集收材料";第二步则是要对有关"材料"进行"剪裁"和"布局"。这两步完成以后,接下来就进入"描写"的环节。而且,胡适还给人们列出了具体的描写对象:"(一)写人。(二)写境。(三)写事。(四)写情。"③

"人"—"境"—"事"—"情",这是胡适关于"描写"框架的四大步骤,或者说是四个层面。看上去这四个步骤或层面好像是平行的,其实不然,其中的"事",才是"描写"的重心和焦点。这容易理解,无论是写"人"、写"景"还是写"情",都不可能悬空来写,必须要结合或依附于一个或若干个"事"才行,通常所说的"托物言志""状物写意"表达的都是这种意思。显然,"物",是一切情感的基础。

或许有人质疑,这种一切都从"材料"出发,又一味强调描写"事"的理论,应该主要是针对小说而言。况且该文章的

---

① 胡适:《建设的文学革命论》,姜义华主编《胡适学术文集·新文学运动》,中华书局1998年版,第47页。
② 胡适:《建设的文学革命论》,见姜义华主编《胡适学术文集·新文学运动》,中华书局1998年版,第54页。
③ 参见胡适《建设的文学革命论》,见姜义华主编《胡适学术文集·新文学运动》,中华书局1998年版,第50—51页。

题目就是《建设的文学革命论》，即并没有点明针对的是诗歌。不错，胡适这类文章经常采用笼统的"文学"来代之，但一般凡是这种情况，往往是包括诗歌在内的，且诗歌还常常是论述的重点。这也是必然，因为胡适的新文学家身份就是与新诗联系在一起的，即他主要是通过诗歌这一文体来向传统文化开火的，正如他对诗歌与新文学间关系的认识："新文学是从新诗开始的。最初文学的问题就是新诗的问题。"① 更为重要的是，胡适在《建设的文学革命论》一文中，谈到如何剪裁"材料"时，也直接提到了诗歌："有了材料，先要剪裁。譬如做衣服，先要看哪块料可做袍子，哪块料可做背心。估计定了，方可下剪。文学家的材料也要如此办理。先须看这些材料该用做小诗呢？还是做长歌呢？该用做章回小说呢？还是做短篇小说呢？"② 无疑，胡适的这套以"事"或"事物"为中心的创作原理，既适用于小说，也适用于诗歌。难道在胡适那里，诗歌与小说的创作是完全可以重合起来的？当然不是这样，胡适这样做，还是有矫枉过正之意：为了扭转旧体诗中那种浮泛而笼统的抒情方式，他是有意识地把小说的一些创作手法引入诗歌中来，提出了"诗须要用具体的做法，不可用抽象的说法"③ 的创作原则。

何谓"具体的做法"？胡适对此的界定是："能使我们脑子里发生一种——或许多种——明显逼人的影像。这便是诗的具

---

① 胡适：《胡适诗存·前言》，人民文学出版社1989年版，第5页。
② 胡适：《建设的文学革命论》，见姜义华主编《胡适学术文集·新文学运动》，中华书局1998年版，第50—51页。
③ 胡适：《谈新诗——八年来一件大事》，见姜义华主编《胡适学术文集·新文学运动》，中华书局1998年版，第397页。

体性。"① "具体的做法"等同于"明显逼人的影像"。显然，这一设定是针对旧体诗的。旧体诗向来讲究的是抒情，至少是以抒情为上，胡适试图用小说之长——"逼人的影像"，来弥补诗歌之短的意图非常明显。1919年，胡适在《谈新诗——八年来一件大事》中对新诗坛的创作成就进行了盘点。应该说，这时期已出现了一批较为优秀的新诗人和作品，如康白情、沈尹默、刘半农等，都写过一些颇有特点且艺术成就较高的抒情诗；但是胡适对这些在当时颇有名气的诗人不是不提，就是提了也没有过高的评价，唯独对周作人另眼相看，称他的《小河》是"新诗中的第一首杰作"②。

这个评价不可谓不高。需要特别注意的是，胡适说的是"新诗中的第一首杰作"。《小河》创作于1919年，而最早的一批白话新诗发表于1917年。这就意味着在胡适看来，唯有《小河》才是货真价实的新诗样板，而那些发表于1917，包括1918年的诗，都是不能与此相提并论的。如此受胡适推崇的《小河》到底是一首什么样的诗歌？由于该诗比较长，这里只把开头的一部分摘录如下：

> 一条小河，稳稳的向前流动。
> 经过的地方，两面全是乌黑的土，
> 生满了红的花，碧绿的叶，黄的果实。

---

① 胡适：《谈新诗——八年来一件大事》，见姜义华主编《胡适学术文集·新文学运动》，中华书局1998年版，第397页。
② 胡适：《谈新诗——八年来一件大事》，见姜义华主编《胡适学术文集·新文学运动》，中华书局1998年版，第386页。

> 一个农夫背了锄来,在小河中间筑起一道堰。
> 下流干了,上流的水被堰拦着,下来不得,
> 不得前进,又不能退回,水只在堰前乱转。
> 水要保他的生命,总须流动,便只在堰前乱转。
> 堰下的土,逐渐淘去,成了深潭。
> 水也不怨这堰,——便只是想流动,
> 想同从前一样,稳稳的向前流动。
> 一日农夫又来,土堰外筑起一道石堰。
> 土堰坍了,水冲着坚固的石堰,还只是乱转。
> 堰外田里的稻,听着水声,皱眉说道,——
> "我是一株稻,是一株可怜的小草,
> 我喜欢水来润泽我,
> 却怕他在我身上流过。
> 小河的水是我的好朋友,
> 他曾经稳稳的流过我面前,
> 我对他点头,他向我微笑。"①

　　这首诗读起来虽然也有较为浓厚的抒情意味,但其实它是一首叙事诗,或者说是一首以叙事为主、抒情为副的诗。之所以这样说,是因为该诗中有"人物"(如"农夫"),有描写、刻画的对象(如"小河""堰""乌黑的土""红的花""稻"等),还有几条故事线索(如"农夫筑堰""小草与小河"等)和一些拟人性的对话(如"稻"和"桑树"等的对话)等。这

---

① 周作人:《小河》,见宝祥编选《周作人经典》,南海出版公司2001年版,第22页。

第四章　胡适的现代新诗叙事观念

首诗是否达到了"杰出"的高度，可以暂且不论，不过可以肯定的是，《小河》确确实实体现了胡适所说那个"逼人的影像"的要求。从某种程度上说，这首诗就是由一个个生动、活泼的"影像"画面构成的。

因此可以说，在"五四"时期那么多耀眼的新诗人中，胡适推举并非以诗歌见长的周作人，并非是不可理解的一件事：唯有周的一些诗歌——尽管在理论上周作人一直反对胡适提出的叙事、描写之主张——才与胡适所强调的叙事、描写之理论主张更为契合。正如胡适对《小河》的评价："那样细密的观察，那样曲折的理想，决不是那旧式的诗体词调所能达得出的。"[①] 显然，胡适还是从描写、刻画的角度来赞赏与肯定该诗的。

周作人写的诗不算多，但也能从中选出几首优秀之作，譬如同样是写于1919年的《过去的生命》：

> 这过去的我的三个月的生命，哪里去了？
> 没有了，永远的走过去了！
> 我亲自听见他沉沉的缓缓的一步一步的，
> 在我床头走过去了。
> 我坐起来，拿了一支笔，在纸上乱点，
> 想将他按在纸上，留下一些痕迹，——
> 但是一行也不能写，
> 一行也不能写。
> 我仍是睡在床上，

[①] 胡适：《谈新诗——八年来一件大事》，见姜义华主编《胡适学术文集·新文学运动》，中华书局1998年版，第386页。

> 亲自听见他沉沉的缓缓的，一步一步的，
> 在我床头走过去了。①

即使以当下的审美来衡量，这也算得上是首优秀的诗歌作品。即周作人借该诗真切而自然地抒发了面对生命的一天天逝去，自己却无可奈何、毫无作为的复杂心情。然而胡适对这类诗视而不见，却直接把目光聚焦于像童话诗一样的《小河》一诗，再次证明了胡适判断一首诗歌好坏优劣的标准，就是看诗歌有没有具体刻画和描写什么"事"，即诗歌必须要有"事"可叙才行。

《过去的生命》一诗，也不能说全然没有"事"。事实上，这首诗的创作就是缘于周作人生了一场大病，在病床上躺了整整三个月这件事。但是由于周作人在诗中并没有向读者交代"生病"这件事，而是直接感慨"我的三个月的生命，哪里去了"，从而导致这首诗的抒情性要远远大于其叙事性。正是由于叙事环节的欠缺，使胡适忽略了这首原本很优秀的诗歌。这也充分说明了胡适的确是把诗歌是否叙事、是否是叙具体而真实的事，作为评判诗歌优劣的一个首要前提条件的。有关这一点，其实在胡适本人的创作中也留有非常明显的痕迹。

收入《尝试集》中的诗自然不能说有多大的艺术价值，但其中的诗有个明显的特点，即每一首诗几乎都有着明确的"事"要叙，就连典型的抒情诗——爱情诗也是如此，以下面这首《新婚杂诗》为例：

---

① 周作人：《过去的生命》，见宝祥编选《周作人经典》，南海出版公司2001年版，第28页。

第四章 胡适的现代新诗叙事观念

> 十三年没见面的相思,于今完结。
> 把一桩桩伤心旧事,从头细说。
> 你莫说你对不住我,
> 我也不说我对不住你,——
> 且牢牢记取这十二月三十夜的中天明月!①

这首诗主要讲述了一对分别十三载的男女,终于告别"一桩桩伤心旧事",选择在 12 月 30 日的夜里完婚,两人并对着"中天明月"约定,从今往后谁也不准再提"你对不住我,我对不住你"的"这件事"了。

胡适设定"事"或者说"叙事"为新诗理论的轴心,是有其必然逻辑的。胡适对旧体诗的最大不满就是认为其"言之无物"。与此相一致,他立志要创造出一种"言之有物"的诗。如何从"无物"到"有物"?胡适的解决办法就是在诗歌中"说事"或"叙事",即用具体的"事件"来填充旧体诗内容的缥缈和虚空。对此,有人可能会提出异议:前文不是已经把"物"等同于"理"和"说理"了,现在怎么又把"物"等同于"事"和"叙事"?

其实这并不矛盾,因为二者是一致的。正如前文所论,胡适的"说理"并非是说教,而常常是与"学说"联系在一起的。具体说,所谓"说理"在胡适那里,就是想把一种有关思想的学说引入诗歌中来。而诗歌所特有的体裁要求,又决定了这种"引入"不可能直接对某种思想学说进行议论,而是应该想办法把该思想学说,转换成一桩桩具体、形象的"事件",以使其与

---

① 胡适:《新婚杂诗》,见《尝试集》,外文出版社 2013 年版,第 28 页。

诗歌这种形式相吻合。这样说或许有些抽象，还是回到周作人的《小河》这首诗歌中来，借该诗来予以说明。

表面上看，《小河》这首诗的内容好像并不复杂，就是一首带有强烈童话色彩的叙事诗，讲述了一条"小河"与其"好朋友"，即岸边的花草树木间相亲相爱的故事。其实不然，这首诗的内涵绝非如此简单。假如从该诗意象所承载的意义出发，会发现在"农夫""小河"和"堰"等意象链条的背后，其实隐藏着一个与"五四"时代潮流相一致的主题——个性解放。在这个价值链条中，"小河"代表着天真、快乐和自由，即是自然天性的象征；河中的"石堰"代表着阻挡和禁锢的反面力量，"背着锄"的"农夫"则是这一反面力量的实施者，因为正是"他"在河中筑起了一道"石堰"，禁止河中的水自由地流淌。正如诗歌的最后三句："水只在堰前乱转；/坚固的石堰，还是一毫不摇动。/筑堰的人，不知到哪里去了。"①

"水"生来是要奔涌向前的，即其天性就是自由活泼的，而如今竟然被禁锢在了"石堰"中，变成了不是囚徒的囚徒。剥离掉"童话"的外壳，这首诗便显露出"抗议"的底色——抗议那些封建卫道士，像"筑堰的人"一样总以各式借口干涉、扼杀青年们追求自由的天性。诸如此类情况，即以"主义"入诗，在"五四"新诗创作中绝非偶然，而是一种有意识的追求。如周作人的另一首诗《两个扫雪的人》，讴歌的就是平民主义。平民主义在当时的别名就是人道主义。朱自清在对中国新诗第一个十年的创作状况进行总结时，也发现了这一情况。他说："民

---

① 周作人：《小河》，见宝祥编选《周作人经典》，南海出版公司2001年版，第24页。

七以来,周氏(周作人,笔者注)提倡人道主义的文学;……这也是时代的声音,至今还为新诗特色之一。胡适之氏《人力车夫你莫忘记》也正是这种思想。"① 我们知道,回荡在"五四"上空的两个最有名的时代强音,除了"人道主义"之外,另外一个就是"个性主义"。有关"个性主义"也是当时的诗人们争相讴歌的对象,沈尹默的《赤裸裸》、胡适的《老鸦》等强调的都是个性解放。

与胡适、周作人、沈尹默等人相比,写下《凤凰涅槃》《匪徒颂》等诗作的郭沫若,又是另外的一类,即是具有强烈抒情观念的诗人;但是他的诗中也同样具有这一特色,诚如朱自清对郭沫若诗歌内容的概括:"他的诗有两样新东西,都是我们传统里没有的:……泛神论,与二十世纪的动的和反抗的精神。"② "泛神论"是从西方引入的一种哲学思想;"二十世纪的动的和反抗的精神"就是"五四"的时代精神,即勇往直前的"个性主义"精神。显然,郭沫若的那些具有强烈抒情色彩和个性风格的诗歌,也都与西方的一些哲学思想有着某种关系。

以"主义"入诗,听起来好像有些概念化的嫌疑,使诗歌变得不像诗歌。其实拉开距离来看,这或许是新诗发展的最佳路径:一方面,与以白居易为代表的"写实"传统衔接了起来;另一方面,也在思想内容上与传统诗歌划清了界限,即以最便捷和有力的方式展现了现代新诗"新"的精神特质。

---

① 朱自清:《中国新文学大系·诗集》导言,见杨匡汉、刘福春编《中国现代诗论》上编,花城出版社1985年版,第241页。
② 朱自清:《中国新文学大系·诗集》导言,见杨匡汉、刘福春编《中国现代诗论》上编,花城出版社1985年版,第244页。

总之，长期以来，人们几乎一直都是从功利主义角度来阐释胡适的新诗理论，而相对忽略了其理论构架中的学术性和创新性因素。胡适的新诗理论重视写实、实用性不错，但他的写实与实用主要还不是出于社会政治性考虑，而是从现代理论构建的合理性出发。这样说的依据有两个：一是胡适的新诗理论是建立在对中国旧体诗重抒情、轻叙事传统的纠正上；另一个是建立在对西方现代诗歌重"理性"传统的学习与借鉴上。也就是说，胡适试图通过"言物"的方式，把"说理"之成分引入新诗中，以此来改造中国诗歌以抒情为主的表达模式，建构起一套相对客观，即以"叙事"为中心的新诗表达技巧。

胡适所处的时代还是个只能提出问题、不能彻底解决问题的时代。况且胡适给自己的定位是，只开风气不为师，"我生求师二十年，今得'尝试'两个字。作诗做事要如此，虽未能到颇有志。作'尝试歌'颂吾师，愿大家都来尝试。"[①] 所以胡适在对新诗的艺术表达技巧，即有关"物""说理"以及"叙事"等方面的论述还显得有些粗浅；但不管怎样，他提出了一些很有前瞻性的现代性思路。遗憾的是，由于胡适新诗思想的超前性，是以看上去滞后的形态表现出来的，如他把其"叙事""写实"的新诗传统衔接到了白居易的《与元九书》上，而又没有说明二者的本质区别，这就使得他的理论看上去与"五四"的时代精神存在某种龃龉的特性，从而使得他的这些设想并不被多数人理解，很快就又被诗歌要抒情的声音掩盖了。

---

① 胡适：尝试篇（代序二），见《尝试集》，外文出版社2013年版，第3页。

第五章

胡适新诗理论的跨界叙事与叙事说理

在新诗理论初创之时,胡适曾提出过一个"作诗须得如作文"的诗学命题。这是现代新诗理论的一个重要源头,对理解其后理论的构成和走向有着重要的指导意义。然而长期以来,绝大多数诗歌从业者对这一命题是从负面予以解读与评价的,认为这个强调像作"文"一样做"诗"的主张,是个"非诗"主张,会把诗歌创作引入歧途。

其实,抛开"诗"与"文"势不两立之观点,发现胡适这一主张非但不是反诗的,相反其本身蕴含着一个非常重要的美学转向:"诗"为了扭转越走越窄的格局,决定把"文"的一些特长,诸如叙事性汲取进来,从而扩大诗歌内容的表现力。这种把原本并驾齐驱的两种不同文体嫁接、融合到一起的设想与实践,表明了现代新诗的表达模式是一种跨界式表达模式,它既有传统诗歌的抒情性,又有了"文"的叙事性,从而形成一种抒情+叙事的现代性新手法。

第一节 "作诗须得如作文"的理论辨析

相对于古代诗歌的抒情传统,确切说是以抒情为主体的诗歌创作传统，胡适论诗明显有剑走偏锋的特性：他搁置了抒情这一要素，其实也就意味着搁置了整个中国诗歌传统的主线，而选择了从非主流视角，即"写实"的角度切入新诗理论的构建中，并提出了一个"作诗须得如作文"① 的口号。这个口号的意思并不复杂，就是倡导人们要像作"文"一样来做"诗"，以此解决古诗中存在的"琢镂粉饰丧元气，貌似未必诗之纯"的问题。②

长久以来，胡适提出的这个口号非但没有被人们接受，相反还受到不少奚落。其主要原因在于，"文"原本就是不同于"诗"的，这是两个根本不同的文体，怎么可能用创作"文"的方法来创作"诗"？这个看法似乎不无道理，但其实并没有理解胡适这句话的真实用意。《说文解字》一书中，对所谓"文"的解释是："文，错画也。象交文。"王筠《说文解字句读》对"错画"的阐释是："交错而画之，乃成文也。"② 显然，所谓的"文"，就是要一笔一画地反复"画"。而"画"的目的就是要尽可能地把所看到的东西或感受到的印象，直观地描述、还原出来。

无疑，"文"重视的是事物的"像"，即强调和要表现的物象尽可能地保持一致。假若把这样一种思想引申到文学创作中来，"文"所对应的艺术手法自然就是一种以描画、刻画等为特征的写实性手法。这并不费解，唯有这种"写实"，才能把客观物象的真实形态最大限度地还原出来。

---

①② 胡适：《尝试集》自序，见姜义华主编《胡适学术文集·新文学运动》，中华书局1998年版，第372页。

② 许慎：《说文解字》中册，九州出版社2006年版，第724页。

第五章 胡适新诗理论的跨界叙事与叙事说理

事实上,胡适也正是在这一层面,即描画的层面来理解与接受"文"的。正如他以传统的、最为缺少"描画"手法的写景诗为例说:"就是写景的诗,也须有解放了的诗体,方才可以有写实的描画。例如杜甫诗'江天漠漠鸟飞去',何尝不好?但他为律诗所限,必须对上一句'风雨时时龙一吟',就坏了。简单的风景,如'高台芳树,飞燕蹴红英,舞困榆钱自落'之类,还可用旧体诗描写。稍微复杂细密一点,旧诗就不够用了。"① 显然,胡适引"文"入"诗",其目的就是想把"文"的"写实的描画"功能,引入诗歌中来,使其能成为现代新诗创作的一种新手法。这表明胡适在新诗理论创始之初,就撇开了中国传统诗歌的抒情线路,转而让现代新诗从"文"中寻找发展与构建的理论支撑。

胡适这种要求诗歌围绕着某件具体的事,进行"写实的描画"的思维方式,与以往那种习惯从玄虚、抽象的抒情层面来言说诗歌的传统,有着本质性的差异。或许正是由于胡适挑战了传统诗歌的审美规范和创作惯例,所以自从他提出这个现代新诗写作的命题始,就受到众多新诗从业者们的反对与攻击。而且这种反对与攻击还都是来自于同一新文学阵营中的"战友"。如周作人对胡适提出的"作诗须得如作文"之说法,就表达了如下意见:"新诗的手法,我不很佩服白描……我只认抒情是诗的本分。"② 他没用"描画"这个词,用的是相对更为中性

---

① 胡适:《谈新诗——八年来一件大事》,见姜义华主编《胡适学术文集·新文学运动》,中华书局1993年版,第387页。
② 周作人:《扬鞭集》序,见宝祥编选《周作人经典》,南海出版公司2001年版,第180页。

一点的"白描"。"白描"是中国古代小说特有的一种表现手法，要求作者寥寥几笔，就能把一个人物的精神面貌和性格特征描画出来。周作人显然不赞成胡适把"描画"之手法引入诗歌中来，认为唯有"抒情"才是诗歌的正途，偏离这一点，便是偏离了诗歌这一文体。

这当然不是周作人的个人看法，郭沫若在1920年致宗白华的信中，也曾强调说："诗的本职专在抒情。"① 他用了一个"专"字，就把"诗"与"抒情"紧密地联系在一起。1922年，郭沫若在与俞平伯的通信中，针对俞平伯认为自己有意识创作的那些具有平民风格的诗，如《打铁》等还不够平民化时，他的回答是："你自己以为作诗还不能实行你的宗旨未免是缺点，在我看来并不如此。我觉得你的抒情之作实在要比《打铁》为胜，不知以为然否？我以为文学的感化力不是极大无限的，所以无论善之华、恶之华，都未必有什么大影响于后人的行为，因此除了真是不道德的思想以外（如资本主义、军国主义及名分等），可以放任。"② 显然，郭沫若还是强调诗歌就是应该以"放任"情感为上。

如果说周作人、郭沫若的反对还算是温和、含蓄的，那么穆木天则情绪激昂，把讨伐的矛头直接对准了胡适。他说："中国的新诗的运动，我以为胡适是最大的罪人。胡适说：作诗须得如作文，那是他的大错。所以他的影响给中国造成一种 Prose in

---

① 郭沫若：《论诗三札》，杨匡汉、刘福春编《中国现代诗论》上编，花城出版社1985年版，第60页。
② 周作人致俞平伯的信，见孙玉蓉编注《周作人俞平伯往来通信集》，上海译文出版社2014年版，第3页。

Verse一派的东西。他给散文的思想穿上了韵文的衣裳。结果产出了如'红的花/黄的花/多么好看呀'一类的不伦不类的东西!"① 显然,在穆木天看来,不但"作诗须得如作文"这个提法本身是错误的,更为重要的是,持此主张的胡适还把中国新诗带到了一条错误的道路上——偏离了抒情的错误线路,所以他判定对中国的诗歌而言,"胡适是最大的罪人"。

穆木天的这个观点不可谓不尖锐,不可谓不关乎现代新诗的发展路向问题。但是问题在于,他的这一观点并非建立在对胡适新诗理论的分析与论证的基础上。譬如,作为一个诗学命题,"作诗须得如作文"是在何种社会文化语境下提出来的?它提出来的目的又是什么?这一看似要求诗歌走向写实化、大白话的背后,是不是还隐含一个不同于旧诗词美学原则的嬗变?诚如我们所知,在中国文学历史上,诗与文一直都有着明确的分工,像流传已久的"文以载道、歌以咏志、诗以言情"的说法,就是对二者不同承载功能的指认与划分:这表明"文"是用来说明道理、辨析是非的;"歌",也就是"诗"是用来咏叹心中志向的。从艺术的手法上来说,前者是以说理、叙事为主;后者则以抒发内心的情感为己任。这无疑是两个有着不同创作路数、各司其职的文体。穆木天的上述说法,其实也是继承了这一思想,正如他所说:"在我的思想,把纯粹的表现的世界给了诗歌作领域,人的生活则让散文担任。"②

在已被大家广泛接受并已成定局的前提下,胡适为何要提出"作诗须得如作文"这样一个违反"常识"的命题?换句话

---

①② 穆木天:《谭诗——寄沫若的一封信》,见杨匡汉、刘福春编《中国现代诗论》上编,花城出版社1985年版,第99页。

说,胡适让"文"入"诗"的深层动机和目的到底是什么?在这些问题都没有得到深入思考与剖析的情况下,就断然否定这个与新诗相伴而来的理论命题,无疑显得有些过于武断。

如果说以上三位由于与胡适基本上属于同代人,其本身也都是新诗运动的参与者,所以受时代所限还不能拉开距离深入思考这些问题的话,那么其后的绝大多数新诗从业者,尤其是1949以后的现代新诗研究者也许是深受前辈们以上观点的影响,也几乎无人从艺术、美学的层面来肯定"作诗须得如作文"的理论意义,相反依旧是以质疑和批驳为主。如有研究者对胡适的包括"作诗须得如作文"在内的新诗理论批驳说,"白话诗的美,就美在白话,也就是说,在'白话'与'诗'这两个因素中,强调的是'白话',而不是'诗'。这就是胡适奠定的中国现代新诗的诗学理论。"一种有关于诗歌的理论,如果仅仅具有"白话"的意义,而不具有"诗"的意义,那么这种理论是有问题的。[①] 这一较具有代表性的说法其实与穆木天的观点一脉相承,都认为胡适的诗学理论给现代新诗的创作和发展带来了失去诗性的致命缺陷。

他们都是有意无意间把"诗性"的丧失,与"作诗须得如作文"中的"文"联系到一起,即认为正是这个"文",使现代新诗变成了白话诗,进而丧失了诗歌原有的诗性和诗味。

除此之外,还有一些研究者习惯从启蒙的角度出发,认为胡适围绕"作诗须得如作文"这一思路提出的新诗理论框架,是一种"工具论性质"的框架,与"诗性"和"诗情"没有必然的联系,正如有些研究者所说:"胡适对于新诗与新诗理论的

---

① 曹万生:《中国现代诗学流变史》,人民出版社2015年版,第16页。

'发明',并不是出于无法抑制的'诗性''诗情'的召唤和驱遣,而是不经意的偶尔厕身和'科学'思维、启蒙话语的延伸。这就决定了他的新诗理论主张在整体上的工具论性质。"[1] 从"工具论"的角度否定了"诗性"与"诗情",其实也就是认为"作诗须得如作文"是一个并不包含"诗性"与"诗情"的诗学理论。

从严格意义上说,缺少了"诗性"与"诗情"的诗学理论,的确算不上是真正意义上的诗学理论。果然,有些研究者正是从该角度对胡适的新诗理论提出了严厉的批评:"这个理论抛弃了白话诗的诗性,致使新诗先天不足。此后,大量用白话的非诗也大量产生……"[2] 将"非诗"的大量产生以及"新诗先天不足"等问题,都归结到胡适"作诗须得如作文"的理论上来。

以上诸种情况表明,自"五四"以来,众多新诗研究者们还是习惯从社会意义的层面来理解与阐释胡适的新诗理论,而对蕴含其中的现代性美学构想与意义则估计不足。当然,任何研究者的研究都有其自身的合理性,因为凡是与学理相关的研究都是建立在对文献资料、社会背景的梳理与解读上,而且这种解读往往又与研究者自身的美学诉求相关联。从这个角度说,把胡适的"作诗须得如作文"置放于"启蒙话语",甚至反美学的工具论维度上加以释说,并非全然没有道理,这也是以上两种观点一直被学术界广泛接受与认可的原因。只不过时至今日,

---

[1] 吴思敬主编《20世纪中国新诗理论史》上,人民文学出版社2015年版,第73页。

[2] 以上参见曹万生《中国现代诗学流变史》,人民出版社2015年版,第16页。

在新的理论知识不断涌现,我们的知识结构和理论视野也不断丰富、拓展的情况下,应该跳出原有的阐释框架,尝试用新的价值标准,赋予"作诗须得如作文"以新的理论内涵。

需要说明的是,对这个命题予以重新阐释,绝非是为了"新"而刻意地"求新",主要还是基于长久以来我们并未完全理解胡适当年提出这个概念的一些初衷考虑。换句话说,研究者们不约而同地把"作诗须得如作文",包括胡适其他有关新诗的言论,一并视为以白话为目的的启蒙手段,与美学并无直接关联的想法,可能有偏颇的成分在内。诚如前文所说,沿着"启蒙"思路来阐释胡适的新诗理论自然是有章可循,因为他身处的那个时代就是一个挽救民族危亡的特殊时代,文学参与启蒙和救国也是顺理成章的逻辑。然而我们也不可用"整体""笼统"来替代"个别"与"具体",即不应该忽略胡适身上有一些不同于其他新文学启蒙者的特质。

与胡适同时代的其他新文学启蒙者,一般更倾向于把文学改良与激进的社会思潮结合到一起,如与胡适共同开启了"文学革命"大门的陈独秀在《文学革命论》一文中就公开宣称:"今欲革新政治,势不得不革新盘踞于运用此政治者精神界之文学"。[①] 胡适则更为坚持与重视一介书生的立场,"少说点空话,多读点好书"[②] 是他的一贯主张。对陈独秀来讲,"革新"文学的目的,就是为"革新"政治奠定道路。即"文学"的意义是通过"政治"得以实现的——"文学"归属于"政治"。而在胡

---

① 陈独秀:《文学革命论》,《新青年》,第2卷,第6号,1917年2月1日。
② 胡适:《发起〈读书杂志〉的缘起》,张菊香编《胡适代表作》,河南文艺出版社1996年版,第106页。

第五章　胡适新诗理论的跨界叙事与叙事说理

适的文学改良思路中则从未有过为"革新政治"服务的环节。也就是说，对胡适而言，文学就是文学，政治就是政治，这是两个不同性质的领域。或许在某种时候，文学与政治或政治与文学会发生某种形式的牵动、关联，但是这种牵动与关联并非谁决定谁的问题。

明白了这一前提，就顺理成章地明白了胡适向传统旧诗词发起攻击，并不是出于某种政治策略上的考虑，而是基于文学自身发展逻辑的考虑，正如他所说："一时代有一时代之文学。此时代与彼时代之间，虽皆有承前启后之关系，而绝不容完全抄袭；其完全抄袭者，决不成为真文学。愚惟深信此理，故以为古人已造古人之文学，今人当造今人之文学。"[①] 由这段话可以看出，胡适完全是从美学的维度来阐释文学必须"革新"的原因：时代不同，文学也要有所区别，即文学必须随着时代的步伐不断改进，否则就属于"抄袭"其前一时代的文学，而这一类文学绝不是什么"真文学"。这是胡适所认定的文学发展真理。

至于这个"真理"是不是绝对的，可以另当别论，但有一点可以确定，胡适的文学改良观并不是以政治的功利性为基础，相反它是建立在文学自身的发展轨迹，即一个时代应该有一个时代之文学的哲学观念之上。这意味着胡适的文学改良观，其实重视的是"时代性"，也就是"当下性"。而在我们通常的审美经验中，一提"时代性""当下性"，一般多会联想起社会性和政治性。因为规定和赋予"时代""当下"特征的往往是当下

[①] 胡适:《历史的文学观念论》，见姜义华主编《胡适学术文集·新文学运动》，中华书局1993年第1版，第32页。

的社会和当下的政治，二者之间有着一种内在的牵动关系。

然而，胡适不愧是一位对"政治"始终保持警觉的人，他在论述其新诗理论时，也总是有意无意地与政治保持距离。具体说，出现于其新诗语境中的"时代性""当下性"，表现得有些"特别"，即他绕过当下的社会和当下的政治这两大要素，而直接把"时代性""当下性"与创作者的"主体性"连接到一起——用其方式，完成了对政治的超越，正如他所说："至于今人之文学与今后之文学究竟当为何物，则全系于吾辈之眼光识力与笔力，而非一二人所能逆料也。"① "今日之文学"与"今后之文学"不能重复、模仿其前代文学，这是一个最为基本的要求；那么不模仿、重复前代文学的"今日之文学""今后之文学"应该是一种什么样的文学呢？或者说它的"今日性"（当下性）、"今后性"（未来性）应该如何在诗歌中凸显出来？显然，要谈论这个问题，自然回避不了这个时代和今后时代的社会、政治形态等诸多现实问题——这原本就是个很难与社会政治相脱离的话题。胡适的高妙之处在于，他对此不予以直接触碰，而是说"今日性"和"今后性"的获得，完全取决于诗人们的"眼光、识力与笔力"。通过这样一个"偷梁换柱"，就把社会性和时代性问题转化成了"诗人们"的问题：诗歌具不具有"今日性"和"今后性"，归根结底取决于诗人的主体意识以及驾驭艺术的综合能力。

胡适的这一"曲笔"看上去漫不经心，其实暗藏机枢，他把"时代性""当代性"的获取与主体者的"人"联系到一起，

---

① 胡适：《历史的文学观念论》，见姜义华主编《胡适学术文集·新文学运动》，中华书局1993年第1版，第32页。

即由创造者的主观意识和对艺术的综合驾驭能力来决定这一切。胡适的这一策略性转移，其实相当于间接否定了诗歌与时代、政治之间的逻辑关系。

第二节 引"文"入"诗"

胡适没有把新诗的产生，即带有"时代性"精神的诗歌与时代背景、社会政治等连接到一起，而是把其归结到诗人、作家的主体性上来，这是否表明胡适的"作诗须得如作文"理论是一种淡化了思想内容，而一味地倡导技艺的唯美主义理论？

迄今为止，绝大多数研究者基本上是从启蒙救国的工具论角度，来诠释胡适的新诗理论的。这一现象至少能说明胡适的新诗理论表面上并不具备明显的唯美主义理论特征。确实如此，胡适的新诗理论带有一定的夹缠性：他的确是想从诗歌自身的技艺性上完成新旧诗歌的转换，但在实际的阐述中，又往往是把阐述的重点集中在诗歌的内容上，即他对内容的重视远远甚于对形式的强调。这一明显的矛盾，必然会使胡适的理论陷入另一种悖论中：一方面他有意识地把诗歌的革新牢牢地限定在诗歌艺术的内部，时刻防止一些与社会、政治相关的非文学因素蔓延、渗透到诗歌中来；另一方面他又要求诗歌的内容必须要与时代的精神保持一致，否则就不是"真文学"。诚如前文所说，他把"时代性"导向了创作者的"眼光识力"和"笔力"，但是即使从客观转向了主观，也并不能保证创作者把诗歌中的"时代性"与社会、政治的"时代性"彻底地割裂开来。譬如创作者的"笔力"，尤其是"眼光识力"能与其所处的社会政治背景完全脱离开来吗？或者说完全不受社会政治背景影响的"笔力"和"眼光识力"，又如何能体现胡适所要求的那种时代精神？

　　这种内含于胡适新诗理论中的两面性，抑或说矛盾性应该如何阐释？更直接一点说，胡适的新诗理论到底是一种以艺术为上的理论，还是以社会思想内容为上的理论？为了能最大限度地说明这个问题，我们以"作诗须得如作文"为例，考察一下该理论出现的前因后果及其目的和动机。

　　1916年，还在美国留学的胡适，围绕着"文学革命"之想法写了一首长诗，送给了同在美国留学的好友——梅光迪。由于此时的胡适正被"古人作古，吾辈正须求新"①的激情所激荡着，所以为了达到"求新"之目的，他在该诗中使用了不少外国字的译音。胡适这一明显为"新"而"新"的举动，引起了他们两人的另一位好友，也在美国读书的任叔永的"耻笑"。他把胡适这首诗中的外国字——挑选出来，编成了如下一首游戏诗：

　　　　牛敦爱迭孙，培根客尔文，
　　　　索房与霍桑，"烟土披里纯"。
　　　　鞭笞一车鬼，为君生琼英。
　　　　文学今革命，作歌送胡生。②

---

① 胡适：《吾国文学三大病》，见姜义华主编《胡适学术文集·新文学运动》，中华书局1998年版，第5页。
② 胡适：《逼上梁山》，见姜义华主编《胡适学术文集·新文学运动》，中华书局1998年版，第197页。

第五章 胡适新诗理论的跨界叙事与叙事说理

编成之后,又回赠给了胡适。胡适从该诗的最后两句"文学今革命,作歌送胡生"中,读出了好朋友的言外之意——嘲讽他写诗不守规矩、胡乱使用不该使用的文字,使诗歌变得不像诗歌。

以今天的眼光衡量,胡适在当时调用大量外国字的音译写诗,一方面有"捣乱"的成分,一方面更有出于"实验"的考虑。说其捣乱,是因为胡适有意识地采用这种"越位"的手法,对禁锢传统旧诗词发展的那些清规戒律予以冲击;说其有出于"实验"的考虑,是因为他在当时的确是怀有把过去那些不能入诗的文字引入诗歌中来的想法,即要尽可能地扩大诗歌的词汇量,不但雅文字可以入诗,就是俗文字,甚至口语也照样可以入诗。从某种意义上说,他这一反叛本身就是向"诗界"发起的一种革命性进攻:诗歌不能再按照原来的样子来写了,它必须另寻出路。

然而,他这番苦心非但没有得到好朋友的理解,反而引来了一番讪笑。或许胡适觉得有必要再解释一下,或许也是出于争取"同道人"的考虑,他在接到任叔永的讽刺诗后,提笔写下了另一首诗:

> 诗国革命何自始?要须作诗如作文。
> 琢镂粉饰丧元气,貌似未必诗之纯。
> 小人行文颇大胆,诸公——皆人英。
> 愿共僇(勠)力莫相笑,我辈不作儒腐生。①

---

① 胡适:《逼上梁山》,见姜义华主编《胡适学术文集·新文学运动》,中华书局1998年版,第198页。

从胡适这首诗中，不但能窥探出"作诗须得如作文"出现的前因后果，而且也能看出该诗在胡适的整个诗歌变革体系中占据着非常重要的地位，它成了这场庞大而复杂的"诗国革命"的导火索，即"诗国革命"就从"作诗如作文"开始。这一定位异常关键，决定了"诗国革命"的路径问题：有了它，也就有了"革命"的方向。

问题是，通向"诗国革命"的路径有许多种，胡适为何偏要选择从"作诗如作文"开始？他的这一选择并非盲目，而是有着特殊的考虑与估量。他认为中国旧诗词长久以来丧失了该拥有的精神气，而仅仅是依仗着对字句和形式的雕琢、粉饰来勉强显示其存在，所以说那些看上去貌似是"诗"的诗，其实早已丧失了诗的"元气"，沦落成了一首首"伪诗"。而且，从诗歌的发展历史来看，也是一步步地走向松散的，正如胡适所说："我认定了中国诗史上的趋势，由唐诗变到宋诗，无甚玄妙，只是作诗更近于作文！更近于说话。近世诗人欢喜做宋诗，其实他们不曾明白宋诗的长处在哪儿。宋朝的大诗人的绝大贡献，只在打破了六朝以来的声律的束缚，努力造成一种近于说话的诗体。"① 正是基于这样一种认识，胡适才号召伙伴们赶快起来"革命"，不要再作"儒腐生"了。② 从这样一个历史背景和去旧更新的理论框架出发，可以说"作诗须得如作文"并非是胡适随意说说，相反是建立在通盘考虑的基础上，即作为"诗界革命"的一项基本策略而有意识地提出来的。

这样说并非有意拔高"作诗须得如作文"的作用。胡适在

---

①② 胡适：《逼上梁山》，见姜义华主编《胡适学术文集·新文学运动》，中华书局1998年版，第198页。

第五章　胡适新诗理论的跨界叙事与叙事说理

20世纪30年代写的一篇名为《逼上梁山》的文章中,曾经回顾了这件事。他说:"在这首短诗里,我特别提出了'诗国革命'的问题,并且提出了一个'要须作诗如作文'的方案,从这个方案上,惹出了后来做白话诗的尝试。"① 话不多,可逻辑线索却异常清楚:"诗国革命"——"要须作诗如作文"——开启了白话诗创作的闸门。在这个首尾相接的逻辑链条中,"诗国革命"是目标;"要须作诗如作文"是实现该目标的方案和手段;由这个方案、手段又引发了中国白话诗的创作大潮。显然,位于这一逻辑链条的中心环节就是"要须作诗如作文",即它在此链条中发挥了重中之重的作用。

这说明了"要须作诗如作文"或者"作诗须得如作文"之说,看似大白话,没有太多的含金量,但其实非常重要,甚至可以说它在中国诗歌史上起到了承上启下的作用:往前追溯,它继承和推进了近代以来的诗歌革新精神,一举打破了中国有着上千年历史的诗歌传统;往后看,它发扬光大并奠定了白话新诗的创作传统。自此以后,中国诗歌在冲破了律诗、绝句传统的同时,走向了一条像"文"一样自由发展的新道路。

总之,"作诗须得如作文",即像作"文"一样来作"诗",这个看似直白而简单的命题里,蕴藏着一系列新的美学诉求:这其中既有破旧的成分,更有立新的意义。在那个缺乏桥梁的年代,是它把旧体诗词与现代新诗创作连通到一起,开辟出一段新的诗歌历史。

胡适的朋友们在当时显然并没有意识到,潜存于该诗学理

---

① 胡适:《逼上梁山》,见姜义华主编《胡适学术文集·新文学运动》,中华书局1998年版,第198页。

论中的玄机。其表现是,他们一方面对"我辈不作儒腐生"的反叛精神深表赞同;另一方面,又对"诗国革命"的策略——"作诗须得如作文"的倡议怀有强烈的异议。他们当中,言辞最为激烈的当数梅光迪。他在当时就直截了当地与胡适展开了商榷:"足下谓诗国革命始于'作诗如作文',迪颇不以为然。诗文截然两途。诗之文字(Poetic diction)与文之文字(Prose diction)自有诗文以来,(无论中西,)已分道而驰。足下为诗界革命家,改良'诗之文字'则可。若仅移'文之文字'于诗,即谓之革命,则不可也。……一言以蔽之,吾国求诗界革命,当于诗中求之,与文无涉也。若移'文之文字'于诗,即谓之革命……以其太易易也。"① 梅光迪在此并不反对胡适要对"诗界"展开革命,但他坚决反对把"诗国革命"的起点设置在"作诗如作文"的价值维度上。他的理由是,"诗"与"文"是两种不同的文体,诗歌有诗歌的语言文字,散文有散文的语言文字,这两种文字绝不可以混同。除此之外,他还认为,如果把散文的语言挪移到诗歌中去就算是"诗国革命"了,那么这场"革命"来得也太过容易。总之,如果要对诗歌展开一场"革命"的话,也只能在"诗中求之",与"文"无涉。梅光迪的这番话看上去也颇有道理。"诗"就是"诗","文"就是"文",如果模糊了二者间的界限,或者说"诗"完全像"文","诗"也就失去了独立存在的价值和必要。

显然,梅光迪是从两种文体的差异性角度来反对"作诗须得如作文"的。应该说,梅光迪论诗与胡适论诗有出发点和观

---

① 胡适:《逼上梁山》,见姜义华主编《胡适学术文集·新文学运动》,中华书局1998年版,第198—199页。

第五章　胡适新诗理论的跨界叙事与叙事说理

点一致的地方,他们都是把其作为一个学术问题加以讨论的,即都没有牵涉到社会、政治等问题,纯粹是在"诗"与"文"的内部展开论争。他们两人的分歧之处在于:梅光迪论诗的思路始终没有离开"诗"——他试图通过对诗歌这一文体内部的改良来改革和完善诗歌,强调的是诗歌自身语言形式的革命和转变;而胡适则认为,单纯从诗歌的语言到诗歌的语言,是无法完成诗歌文体变革的任务的,唯有大胆采用"跨界"的策略,也就是把"文"的一些文体优点吸收和采纳到诗歌中来,才能从根本上实现"诗界革命"的任务设定。

正是由于两人立论的基点完全不同,一个拘泥于诗歌文体自身;一个立志要把诗歌从封闭的体式中解放出来,所以面对梅光迪提出的"文之文字"不可入诗的说法,胡适并没有表现出相应的兴致,而只是淡淡地应付了一句"我不信诗与文是完全截然两途的。……我的主张并不仅仅是以'文之文字'入诗"这么的简单。[①] 至于"诗"与"文"为何不是"截然两途",以及"文之文字"可以"入诗"这一作法自身,有何更为深刻的内涵,胡适并未解释,而是继续沿着他自己的思路滑行:"今人之诗徒有铿锵之韵,貌似之辞耳。其中实无物可言。其病根在于重形式而去精神,在于以文胜质。"[②] 梅光迪与胡适商榷的是"诗之文字"就是"诗之文字",与"文之文字"无关,即他意在强调要维护"诗之文字"的纯洁性,也就是要保证诗歌这一

[①] 胡适:《逼上梁山》,见姜义华主编《胡适学术文集·新文学运动》,中华书局1998年版,第199页。

[②] 胡适:《尝试集》自序,见姜义华主编《胡适学术文集·新文学运动》,中华书局1998年版,第372页。

文体的纯洁性；胡适的回答则是出自今人之手的"今人之诗"的文字、音韵和修辞都讲究无比，由此写就的诗歌看上去像是货真价实的诗歌，其实它们都是徒有空壳，揭去华丽之外表，所呈现的内容其实空虚无比。胡适不但把旧诗词的弊病总结了出来，而且还找出了造成这一弊端的内在症结：是由"文"胜"质"，也就是形式大于内容之传统造成的。

胡适在此谈的也是有关文字的问题，因为"音韵""修辞"本身都需要围绕着"文字"才能完成，但是他谈论的方向却是逆着梅光迪的。具体说，梅光迪主张要捍卫"诗之文字"，因为在他看来，唯有如此，才能保证诗歌文体的独立性；胡适则认为正是围绕着"诗之文字"所形成的那些清规戒律，才导致了中国旧体诗的虚假繁荣——繁荣了外在的文字，空虚了内在的思想内容。

可见，胡适之所以反对"诗之文字"，或者说他主张以"文之文字"入诗，主要是出于丰富诗歌内容的考虑。确实如此，如果我们对胡适在"五四"前后写下的那批有关"文学革命"的文章有所了解的话，就会明白他在前文中提到的所谓"今日之诗"，并非是特指同时代的人所写下的诗，而主要是指由古至今延续下来的那种旧体诗歌的创作传统。胡适在文中习惯把这种"传统"命名为"重形式而去精神"，即"文"胜"质"的传统，正如他所说："综观文学堕落之因，盖可以'文胜质'一语包之。文胜质者，有形式而无精神，貌似而神亏之谓也。欲救此文胜质之弊，当注重言中之意，文中之质，躯壳内之精神。"①

---

① 胡适：《寄陈独秀》，见姜义华主编《胡适学术文集·新文学运动》，中华书局1998年版，第17页。

在这段话中,"言中之意"的"意"、"文中之质"的"质"、"躯壳内之精神"的"精神",才是胡适强调的重点,而这无一例外指向的都是诗歌的思想内容。

综上,可以得出这样一个结论:以胡适"作诗须得如作文"为代表的新诗理论,主要还是一种美学维度上的理论,即它的着眼点还是立足于诗歌自身的美学价值,并非简单地与"五四"时期那种特有的时代风云变幻相呼应;但是他的这一以美学性为上的诗学理论,与那些以艺术为上的诗学理论又有所不同。以艺术为上的诗学理论一般注重的都是形式技巧的探讨,不怎么牵涉思想内容问题;注重诗歌美学性的胡适恰恰相反,他的诗学理论处处强调的正是思想内容问题。换句话说,胡适诗学理论的特殊性就表现在:他论诗一方面坚持以内容为上,另一方面又坚持不让思想内容与社会政治牵涉到一起,也就是要最大限度地杜绝外在的社会政治对诗歌内容的影响与干扰。

当然,胡适"作诗须得如作文"的理论构想中,也包含一定的语言文字问题,如写诗不避"文之文字"本身就是一个语言形式问题,只不过他的语言形式与梅光迪的语言形式不是同一个层面的问题:梅光迪通过语言文字的差异性,说明"诗"不能越界到"文"中去;胡适则是要通过对"文之文字"的使用,来解决诗歌中的"文"胜"质"问题。无疑,"作诗须得如作文"的终极目的,就是要指向诗歌的内容,也就是"质"。对胡适而言,他就是试图通过以"文之文字"入诗的方式,来实现对传统旧诗词内容的改换与替代。

第三节　用"文"之长，补"诗"之短

或许会有研究者不同意胡适的诗学理论，认为其过于强调以内容为上。因为这样一来，语言形式问题就成了第二位的问题。而胡适倡导的"诗界革命""文学革命"的出发点和终极目的都是要用白话文取代文言文，正如其所说："我的'建设新文学论'的唯一宗旨只有十个大字：'国语的文学，文学的国语。'"① 即将出现的"新文学"必须得是"国语的"，这可谓"新文学"的先决条件。无疑，如果非要坚持在内容与形式间排个座次的话，也应该是语言形式在前，思想内容在后。

从表象上来看，这个疑问似乎也有些道理。在中国新文学史上，"文学革命"有时又会被称为白话文运动，这似乎也从反面印证了语言形式的重要性。但是我们可能忽略了这样一个问题：胡适之所以会不遗余力地强调白话文的重要性，是因为他认为死文字产生不出新文学。即他并非为了要改良文字而改良文字，而主要是从"工具"的角度来理解文字的，诚如他所说："语言文字都是人类达意表情的工具，达意达得好，表情表得妙，便是文学。"② 正是从"达意表情"这一意义上，他说："所谓改良，所谓革命，改革的是工具。'工欲善其事，必先利其器。'旧文字、死文字，既没有法子表现新思想、新感情，怎么

---

① 胡适：《建设的文学革命论》，见姜义华主编《胡适学术文集·新文学运动》，中华书局1998年版，第41页。
② 胡适：《什么是文学——答钱玄同》，见姜义华主编《胡适学术文集·新文学运动》，中华书局1998年版，第87页。

第五章 胡适新诗理论的跨界叙事与叙事说理

能够创造新文学呢？换一句话说，先得承认新工具，才能对文学抱新希望。所以，文学改革的第一件事便是给旧文字、死文字，开吊发讣，否则一切都无从谈起。"[①]"旧文字""死文字"这个"器"，引导不出"新思想""新感情"，所以他才要转过来倡导白话文这个新工具。在二者关系中，前者是为后者保驾护航的。或许怕人们颠倒了这二者的关系，胡适还在著名的《谈新诗——八年来一件大事》一文中，进一步强调说："新文学的语言是白话的，新文学的文体是自由的，是不拘格律的。初看起来，这都是'文的形式'一方面的问题，算不得重要。却不知道形式和内容有密切的关系。形式上的束缚，使精神不能自由发展，使良好的内容不能充分表现。若想有一种新内容和新精神，不能不先打破那些束缚精神的枷锁镣铐。"[②] 胡适的意思再明显不过了，一切"文的形式"上的改良，都是为"新内容""新精神"的顺利出现做准备的。假如缺少了为"内容"和"精神"服务这一环节，所谓语言改良和形式改良都是没有意义的。

思想内容第一，语言形式第二。辨别清楚了这一逻辑关系，对我们认识胡适的"作诗须得如作文"理论，乃至于整个"五四"时期的新诗理论都具有特别重要的意义，它至少可以说明这样一个事实：中国新诗理论的出现看似一个语言形式，即从文言文到白话文的转变、替换问题，其实不尽然，语言形式转变、

---

① 胡适：《新文学·新诗·新文字》，见姜义华主编《胡适学术文集·新文学运动》，中华书局1998年版，第282页。

② 胡适：《谈新诗——八年来一件大事》，见姜义华主编《胡适学术文集·新文学运动》，中华书局1998年版，第385页。

替换的背后隐藏的是对西方现代社会的新思想、新观念，甚至新科技的焦虑与渴望。换句话说，新诗理论工作者试图借用一套当时西方先进的思想价值理念来瓦解陈旧的、已经严重妨碍我们社会前进的旧传统思想体系，进而以此为基础构建一套新的价值体系和道德观念。这一审美诉求决定了"五四"新诗运动首先是一场思想上的解放运动，其次才是一场关于诗艺自身的审美运动。归根结底，这场以"诗"命名的运动，其实主要就是围绕人的思想观念的大变革展开的，其他的一切都是围绕其进行的。

从纵向的历史发展来看，这种奉人的思想观念为上、而不是人的审美观念为本体的文学革命，并非"五四"新诗运动的首创，而是对龚自珍、黄遵宪、梁启超等开创的以变法图强为目的的近代诗学的一种赓续。当然，如果仅仅止步于赓续的话，胡适的新诗理论也就没有走出近代诗学的认知水准。我们今天之所以说胡适的诗学理论具有现代性的意义，就在于他在赓续的过程中又予以改造与推进。为了更好地说明它与近代"诗界革命"的关系，需要先回顾一下以变法图强为目的的这一诗学流脉的特质。

诚如我们所知，这一诗学流脉肇始于 1840 年的鸦片战争，这一特殊的历史空间和时间节点，就注定了该诗学理论的特殊性：在民族"救亡"压倒一切的前提下，一己的悲欢离合已变得微不足道，所以这时候的诗歌已经不适宜在传统的风花雪月中流连，当务之急是要想办法让诗歌参与民族救亡的社会思潮，并使之成为一个行之有效的宣传武器。这样一来，必将存在一个诗歌文本如何与危机意识、"救亡"主题相结合的问题。抑或说，在当时的历史境遇下，危机意识和"救亡"主题，将会以

第五章 胡适新诗理论的跨界叙事与叙事说理

何样形式参与诗歌文本的构建？

这无疑取决于当时的有识之士对社会危机的认知情形。毫无疑问，鸦片战争对中国社会的影响是方方面面的，但其最直观的作用是，它在一举击毁中国封建主义价值体系的同时，也让一直沉湎于"天朝上国"美梦中的知识分子认清了一个事实：我们这个文明古国无论是在现代科技，还是人文思想方面都已远远地落后于西方诸国。而落后的直接后果，就是要不断遭受西方列强的欺侮与掠夺。所以奋起直追，即由"弱"变"强"就成为当时知识分子们的不二选择。为了尽快赶上西方文明的进程，他们制定了内外两套行动方案：对内，高举变革、革新的大旗，号召人们从封建主义思想的束缚中挣脱出来，努力使自己成为一名具有现代意识的"新人"，即通过"变"达到"强"的目的；对外，主张大力引入、借鉴和吸收西方的新事物、新思想、新观念，即试图用西方的现代文明来改良、夯实我们的思想与精神，通过学习来达到最终能与西方列强相抗衡的目的。以上两大变法方针，很快就从思想界波及诗歌界：黄遵宪率先向自明代以来就在形式主义、拟古主义道路上愈行愈远的旧诗坛开火，提出了"我手写我口，古岂能拘牵！即今流俗语，我若登简编；五千年后人，惊为古斑斓"[①]的口号。

黄遵宪为何采用"我手写我口"和以"俗语""登简编"的方式来颠覆传统诗坛？道理很简单，就是鼓励诗人们不要被传统诗词的那些清规戒律束缚住手脚，号召人们在诗词创作中要

---

① 黄遵宪：《杂感五首》（其二），陈良运主编《中国历代诗学论著选》，百花洲文艺出版社1995年版，第1103页。

勇于发现和探索"古人未有之物，未辟之境"①。黄遵宪把"创新"的焦点寄托在"我手写我口"的"俗语"上。同样，梁启超也是从创新性的角度来倡导诗歌创作的，他说如果有谁想成为"诗界之哥伦布、玛赛郎"，作诗就必须要开辟出"新意境"。②显然，黄遵宪、梁启超尽管关注点有所不同，但相同的是他们呼吁诗人们要在"古人"从未涉猎过的"物"和"境"中，开辟诗歌的新纪元。

显然，"未有之物"也罢，"未辟之境""新意境"也罢，虽然最终都离不开形式的幻化，即假若没有文字等形式因素做桥梁，这些"境"也都不会存在；但是总体来说，它们直接指向的主要还是诗歌的内容问题。因为"未有之物"的"物"，"未辟之境""新意境"中的"境"最终都与题材相关，即只有"题材"才能决定"物"和"境"的性质。或者干脆说，唯有"题材"之新，才能保证意境之"新"。在形式与内容之间，"题材"导向的无疑是内容。这说明黄、梁两位都已经意识到，在诗歌的思想内容与艺术形式之间，前者才是当时中国社会最急需解决的问题：旧有的诗歌内容，也就是其表达出来的思想情感和审美基调都已经远远不能适应新的社会历史条件的需求，必须要有一套新的思想内容来取而代之。

然而，到底该用何样的新内容来取代旧内容？有关这一点，此时他们似乎还尚未考虑清楚——知道必须要改，但怎么个改

---

① 黄遵宪：《人境庐诗草自序》，见陈良运主编《中国历代诗学论著选》，百花洲文艺出版社1995年版，第1105页。
② 梁启超：《夏威夷游记》，见《饮冰室合集·文集之二十二》，中华书局1936年版。

第五章 胡适新诗理论的跨界叙事与叙事说理

法，还是个未知数。这个问题一直拖宕到几年后为配合戊戌变法而出现"诗界革命"时，才算是有了比较明确的目标。黄遵宪说："扫词章家一切陈陈相因之语，用今人所见之理，所用之器，所遭之时势，一寓之于诗。"① 如果说黄遵宪说得还比较含混的话，那么梁启超在《夏威夷游记》一文中则说得更为直接："将竭力输入欧洲之精神、思想，以供来者之诗料。"前者主张要用"今人"的"所见之理""所用之器"和"所遭之时势"来取代传统旧诗词中的"陈陈相因之语"。至于"今人"所见的这些"理""器""时势"是如何来的，则没有说。后者则把"理""器"和"时势"给具体化了，直接指出要从"欧洲"输入，即明确主张今日的诗歌要从欧洲的"精神"和"思想"中寻找新材料，以此取代旧体诗中的落后之内容。

毫无疑问，黄、梁两位都是从社会的实用、功用性层面来寻找和设定诗歌内容的，即在他们的精神视野和价值视域中，诗歌内容之"新"都是与当下的社会思潮、文化思想、时事政治，甚至与20世纪出现于欧洲的新事物、新名词、新科技联系在一起的。

由上可见，以变法图强为目的的诗学理论强调的诗歌内容之"新"，有着其特定的运行轨迹："内容"必须要有鲜明的时代性，而且这种时代性常常是通过具体的"时势"——社会时势和政治时势反映出来。也就是说，诗歌的"内容"要充实而具体——一定要具有反映和解决中国社会问题的功能才行。从某种意义上说，所谓时代性也就是社会、政治性的意思。廓清

---

① 黄遵宪：《与启超书》，见陈良运主编《中国历代诗学论著选》，百花洲文艺出版社1995年版，第1107页。

了这一前提,也就顺理成章地明白了该诗歌流脉一直把其重心置于诗歌内容方面的逻辑动因了。

经过以上爬梳,回过头来再勘查胡适"作诗须得如作文"的诗学理论,不可理解的也都变得可以理解了。譬如,在诗歌中并不关心,甚至还反对社会意义和政治性的胡适,为何在论述诗歌的时候却一反常态地以诗歌内容为先,而且还格外重视诗歌内容的时代性。只有从承传的角度加以勘测,才能解释清楚其悖论性,即胡适诗论中的这一特点,其实就是对近代诗歌以诗救国之传统的赓续。

以胡适为代表的"五四"新诗运动,的确与黄遵宪等为代表的近代诗歌有着难解之缘,正如朱自清在1935年对二者关系的梳理,他说黄遵宪"一面主张用俗话作诗——所谓'我手写我口'——,一面试用新思想和新材料——所谓'古人未有之物,未辟之境'——入诗。这回'革命'虽然失败了,但对于民七的新诗运动,在观念上,不在方法上,却给予很大的影响"。① 朱自清的这番话很重要,他是从"观念"——不是"方法"的角度,把以黄遵宪为代表的近代诗歌与"五四"新诗运动衔接到一起,使之成为互为逻辑和互为因果的一个统一体。有了这个"统一体"做参照,在胡适新诗理论中不少不可理解的观点,也就变得可以理解了。

应该说,朱自清在当时的这一指认还是颇有见地的。胡适所秉持的以内容为上的新诗"观念",就是对黄遵宪等人思想的继承。当然需要指出的是,这种继承又不是简单的重复,而是

---

① 朱自清:《中国新文学大系·诗集》导言,见杨匡汉、刘福春编《中国现代诗论》上编,花城出版社1985年版,第240页。

第五章 胡适新诗理论的跨界叙事与叙事说理

在继承中又予以重大的变革。这种变革大致可以这样总结：或许"五四"前后的中国社会已经渡过了最为危急的关头；也或许胡适本人天生就对艺术自身的问题更为感兴致一些，反正到了他的诗学框架里，原本隐藏在变法图强派诗歌中的那种强烈的政治功利性，悄悄隐退了。这种"隐退"是一种有意味的隐退，即胡适一方面明显地继承了近代诗歌强调要有新颖而充实内容的传统——胡适在其理论中反复强调内容的重要性就是明证，但是另一方面在继承的过程中，他又有意识地让诗歌与社会现实，特别是时事政治等保持一定的距离——尽可能地让诗歌沿着自身的艺术性方向发展。换句话说，胡适在保持以"内容"为上的前提下，把近代诗歌立志从社会时势中提取内容的精神特质给摈弃掉了，从而给原本偏于社会政治性的诗学理论，注入更多的文学审美性。与此同时，也把近代诗歌的那种政治化倾向予以某种程度的遏制与改造。

当然，胡适的这种摈弃或遏制都是小心翼翼的，是用"不说"代替"说"的，这一点从他发表于1918年的《易卜生主义》一文中不难看出来。在该文中，他以易卜生的戏剧为例，明确反对诗人、作家以及文学活动家动不动就要给社会开"药方"的做法。他反对的理由是："社会国家是时刻变迁的，所以不能指定哪一种方法是救世的良药：十年前用补药，十年后或者须用泻药了；……况且各地的社会国家都不相同，适用于日本的药，未必完全适用于中国；……只有康有为那种'圣人'，还想用他们的'戊戌政策'来救戊午的中国；只有辜鸿铭那班怪物，还想用二千年前的'尊王大义'来施行于二十世纪的中国。易卜生是聪明人，他知道世上没有'包医百病'的仙方，也没有'施诸四海而皆准，推之百世而不悖'的真理。因此他对于

217

社会的种种罪恶污秽，只开脉案，只说病状，却不肯下药。"①这番话正代表或暗示了胡适对中国诗歌改良的一个基本态度：中国传统旧诗词的内容浮泛、虚夸、僵化，的确有亟须改良的必要，但是至于怎么个改良法——要用什么样的内容来予以取代和替换，他则不肯盲目地"下药"了。因为他深知这个世界上并没有什么"包医百病"的仙方，因此只好借易卜生的话说，"社会国家是时刻变迁的，所以不能指定哪一种方法是救世的良药"。"不能指定"的背后，其实意味着他并不认可黄遵宪等人倡导的那种以诗歌来救国的思想理路。

既然如此，是否可以表明胡适"作诗须得如作文"的理论，除了在诗歌的内容上需要重铸这一点，即诗歌必须要像"文"一样有着充实而新颖的内容方面，与黄遵宪等人为代表的近代诗歌达成一致外，在其他方面都是分道扬镳的？情形自然不是这样。正如前文所言，朱自清认为近代诗歌主要是在"观念上"，而不是在"方法上"影响了"五四"新诗。前一个说法无疑是正确的，后一个说法似乎有一些偏颇。或者说，朱自清由于囿于"五四"新诗的白话，即白话是"五四"新诗最为明显而主要的特征，所以他就从作诗的"方法上"，其实也就是语言上割裂了"五四"新诗与近代诗歌的逻辑关系，以此来与较为保守的近代诗歌划清界限。事实上，"五四"新诗不但在"观念上"与近代诗歌有着千丝万缕的关系，就是在"方法上"也有着难以割舍的内在牵连：胡适所说的"作诗须得如作文"的"如作文"之艺术手法，就是取法于以黄遵宪等人为代表的近代诗

---

① 胡适：《易卜生主义》，见张菊香编《胡适代表作》，河南文艺出版社1996年版，第33—34页。

第五章　胡适新诗理论的跨界叙事与叙事说理

歌的创作手法。

　　黄遵宪们的诗歌理论虽然是以变法图强为目的，注重的主要是内容的变革，至于形式的变革在当时还无暇顾及。但是由于他们重视的是诗歌内容的"实"，而且这种"实"还不是一般的"实"，往往是与民族存亡、国家兴衰的历史、政治等大事件紧密地联系在一起，如黄遵宪本人一生创作了 1 000 多首诗歌，其中绝大多数属于此类，以至于被梁启超在《饮冰室诗话》中称为"诗史"，这就决定了严沧浪所标举的那种以"虚"为上，即"如空中之音，相中之色，水中之月，镜中之象，言有尽而意无穷"① 的诠释方式——其实这也正是中国传统诗歌最为正宗的表达方式，是无法完成这一任务设定的。这一窘况就决定了以黄遵宪等为代表的近代诗人们，必须另辟一条更适合于展示思想内容的创作手法。这种手法就是"以文为诗"的手法，即为了能在诗歌中更有效地展示诗人的忧国情怀，使诗歌成为启蒙救国的舆论武器，近代诗人们便把"文"的一些语言叙述方式引入"诗"中来，从而扩大了诗歌内容与思想的表现力。正如有研究者指出的那样，他们在"语言方面则表现为以文为诗的特点，挥洒淋漓，汪洋恣肆，以此适应表达壮阔的思想内容和奔放不羁的感情的需要"。② 显然，"以文为诗"，就是为了满足"表达壮阔的思想内容和奔放不羁的感情"的需求而不得不使用的一个策略。

　　当然，"以文为诗"的手法并非近代诗人们的首创，中国古

---

① 严羽：《沧浪诗话》，见何文焕辑《历代诗话》下，中华书局 1981 年版，第 688 页。
② 管林、钟贤培主编《中国近代文学发展史》，科学出版社 2016 年版，第 121 页。

代诗歌中也有。在唐代时,韩愈就曾提出"以文为诗"的口号,主张将古文中一些谋篇布局的技巧,以及古文的句式和文字等引入诗歌,以此来更好地丰富诗歌的创作。到了宋代,他的这一主张又被欧阳修等人发扬光大,从而对宋代的诗歌创作与发展都产生了重要影响。宋代的诗歌之所以呈现出与前代不同的风貌,与这一创作手法的使用有着莫大的关系。从这个意义上说,"以文为诗"在唐代如果还主要表现为口号的话,那么在宋代则成为诗人创作的一条不可忽视的准则。而且这一"以文为诗"的思想,还一直绵延在其后的诗歌创作中,诚如赵翼的总结:"以文论诗,自昌黎始;至东坡益大放厥词,别开生面,成一代之大观。"[1] 赵翼把"以文为诗"之手法总结为"成一代之大观",或许有某种夸大的成分,毕竟总体说来,中国的诗学一直还是以抒情——不是以描写事件、描摹物状为正宗。但不管怎么说,这种自唐代流传下来的"以文为诗"的艺术手法,的确非常适合近代诗歌的叙事性要求。从技术层面看,胡适所言"作诗须得如作文",就是继承了近代诗歌借鉴"文"的一些叙事手法来写诗的传统,正如他所说:"不拘格律,不拘平仄,不拘长短;有什么题目,做什么诗;诗该怎么做,就怎么做。"[2] 话说得虽然有些模糊和笼统,但是至少可以表明,胡适反对那种以"虚"写"虚"的写法,倡导一种更能叙事、写实的,即能把诗歌内容更好地彰显和诠释出来的艺术手法。

---

[1] 赵翼:《瓯北词话》,见陈良运主编《中国历代诗学论著选》,百花洲文艺出版社1995年版,第1023页。
[2] 胡适:《谈新诗——八年来一件大事》,见姜义华主编《胡适学术文集·新文学运动》,中华书局1998年版,第389页。

总之，对胡适而言，所谓"作诗须得如作文"有两个目的：一方面想把"文"的叙事、抽象、说理之思维引入"诗"中；另一方面也想借"文"中的"事"来填充"诗"之内容的空疏，即借"文"之长来补"诗"之短，从而为中国新诗构建一种新的，也就是像"文"一样有着充实思想内容的灵魂。

由以上论述可见，"作诗须得如作文"非但不是一个"非诗"主张，相反它是中国诗歌发展到20世纪初期必然要出现的一次美学转型：旧体诗的那种以抒情，而且基本没有明确目的性的"情"为主导的表达模式，在艺术性上呈现出超凡的气质，但是该种模式只能让诗歌的思想内容沿着"虚"的方向发展。而且，也唯有如此，才能算得上是好诗。

而19世纪末20世纪初的中国，处于一个崇尚思想观念，尤其是以先进的思想观念为上的特殊时代，这就宣告了旧体诗表达模式的出局。既然旧有的表达模式不能满足彰显"内容"的要求，胡适便大胆地采用了跨界取用的策略——把更适用于表现"内容"的"文"的一些特长，如描写、叙事等特点汲取到诗歌中来，弥补了诗歌不擅长表达和诠释思想性的问题。

以今天的眼光看，胡适把"诗"与"文"融为一体，也就是使之既有传统诗歌的抒情性，又有了"文"的描写、叙事性，是一个了不起的创举，不但让中国诗歌完成了从古代到现代的转型，而且还为其发展开辟了一条广阔的道路。

第四节 "新的诗的观念"与"新的作诗的方向"

胡适的《尝试集》，是中国新文学史上的第一本新诗集。既然是处于"第一"的位置,它必然既有其"长",也会存在其"短"。对于《尝试集》中的"短",自其问世以后便是众声喧诮;而对其"长",则甚少有人论及。

《尝试集》是新旧之间的产物,把其捧得太高,与事实不符;但是如果把该诗集的意义仅仅局限于"以白话入诗"①之维度,也是把其过于简单化了,以至于理解不了中国现代新诗的内在发展理路和胚体特征。毕竟《尝试集》是中国现代新诗货真价实的开始,它的长处与短处,也暗含了此后中国现代新诗的长处与短处。

《尝试集》取名于"自古成功在尝试"②。这意味着胡适试图通过该诗集中的诗,来"尝试"一些以往诗歌中没有"尝试"过的东西。那么,胡适在《尝试集》中到底"尝试"了些什么?除了把"白话"引入诗歌,胡适还有没有再作出其他的贡献?

1931年,梁实秋针对《尝试集》发表的一番言论,对我们理解该诗集的价值有着较大的启发意义。他说:"《尝试集》是表示了一个新的诗的观念。胡先生对于新诗的功绩,我以为不仅是提倡以白话为工具,他还很大胆的提示出一个新的作诗的方向。新诗与中国传统的旧诗之不同处,不仅在文字方面,诗的艺术整个的变了。"③梁实秋的这番评价是以传统旧诗为参照系的,即在多数人对胡适那些还残留着古诗词的声调和韵味的新诗大摇其头时,他却透过还不够成熟的诗歌表象,看到了一

---

① 钱理群、温儒敏、吴福辉:《中国现代文学三十年》(修订本),北京大学出版社1998年版,第122页。
② 胡适:《尝试集》代序二,外文出版社2013年版,第3页。
③ 梁实秋:《新诗的格调及其他》,见杨匡汉、刘福春编:《中国现代诗论》,上编,花城出版社1985年版,第141页。

些更为本质的东西：这批诗看上去似乎尚未脱离传统旧体诗的窠臼，实则与传统旧诗词完全不是同一个框架中的事物，即这里面有着革命性的断裂，所以他断言说"诗的艺术整个的变了"。

值得注意的是，梁实秋在此用的是"诗的艺术整个的变了"，而不是"部分"变了。这说明在梁实秋看来，《尝试集》中的诗与传统旧体诗的关系既不是修修补补的关系，也不是对其的"部分"变革，而是撇开了旧体诗的整个美学秩序，在其之外另辟一片天地。所以他忍不住赞叹《尝试集》"表示了一个新的诗的观念"，给人们"提示出一个新的作诗的方向"。

这个评价不可谓不高，意味着有着上千年历史积淀的中国诗歌美学，将要在《尝试集》这里来一个拐弯或者说转型。面对如此大的美学突变，梁实秋是通过《尝试集》中的哪首诗歌加以论证和说明的？他选用的是该诗集中的《人力车夫》。让我们再完整看一下这首诗：

> "车子，车子！"车来如飞。
> 客看车夫，突然心中酸悲。
> 客问车夫，"你今年几岁？拉车拉了多少时？"
> 车夫答客，"今年十六，拉过三年车了，你老别多疑。"
> 客告车夫，"你年纪太小，我不坐你车。
> 我坐你车，我心凄惨。"
> 车夫告客，"我半日没有生意，我又寒又饥。
> 你老的好心肠，饱不了我的饿肚皮。
> 我年纪小拉车，警察还不管，你老又是谁？"

> 客人点头上车,说"拉到内务部西!"①

有关这首诗歌的优劣问题,不同的人持有完全不同的看法。不过,没有争议的是,这首诗与旧体诗是完全不同的诗歌类型,即现代新诗发生了一种突变。这种"突变"可以从多个方面加以阐释,其中最显而易见的是,胡适在该首诗歌中采用了传统诗歌甚少采用的第三人称,也就是以客观叙事者的身份来写诗。

这种视角上的转换带来了另一番独具特色的艺术效果,即整首诗非但没有一丝一毫的抒情气息,相反,字字、句句都是照事情的原来样子实录出来的:一位"客人"要乘坐一辆黄包车,但见"车夫"还是个未成年的孩子又不忍心坐了。最后在"孩子车夫"的劝说下——你老不坐我的车,我就要饿肚皮了——又坐上了这辆黄包车。显然,这首诗不但不抒情,连语言也是没有经过任何雕琢和提炼的口语,而且还是以往诗歌中甚少出现的对话体,"客人"问一句,"车夫"答一句,即完全是依仗对话完成了诗歌。

假如用传统的诗歌美学来规范《人力车夫》的话,与其说这是一首诗歌,不如说它是对日常生活场景的一个记录,或者说一个小说片段的展开更为恰当。从整首诗歌的结构上看,这首诗与鲁迅的那篇也是以"人力车夫"为主角的短篇小说——《一件小事》颇有类似之意。从胡适本人曾把这首诗收入《尝试集》中,后来再版时又抽掉来看,他本人也并非百分之百地满

---

① 这首诗完成于1917年,发表于1918年1月15日《新青年》第4卷第1号,后收入《尝试集》,再版时,又被删除。

意这首诗,也或者是他周边的朋友们不满意这首诗。① 这种不满意也是完全可以理解的,毕竟《人力车夫》这首诗,离人们心目中的"诗"的形象相差甚远。

然而,正是这首可能还算不上是诗的诗,却揭开了中国现代诗歌崭新的一页,即诗歌原来还可以这样写——使诗歌变得不像诗歌;诗歌要表达的内容不一定非要以虚幻的诗意化形式出现,日常生活中的普通人、普通事也可以直接演绎成诗。显然,胡适用诗歌的"实"取代了诗歌的"虚"。从弃"虚"到取"实",这是一种思维方式的转换,预示着诗歌从层层的包裹——内容的包裹、语言的包裹、形式的包裹中摆脱出来,让诗歌以最为直接、最为素朴的方式直接楔入普通人的生活领域。如果说原来的旧诗词是以含蓄而高妙的境界取胜,这个境界里几乎找不到世俗人烟的影子,那么现在的新诗则是要在那些最为寻常和普通的日子里寻找缕缕诗意。

梁实秋也正是从世俗人生这一层面来肯定《人力车夫》的。他说:"胡先生的那首《人力车夫》:'车子,车子,车来如飞……'这首诗当然算不得好诗,这是谁都承认的,但是这首诗的取材命意,以至于格局,谁能说在当时是不新颖可喜?新颖,在中国文学里新颖。"② 显然,梁实秋也并不认为这首诗有着多高的艺术价值。既然他明明知道这不是一首好诗,为何还要推举这首诗?他的敏锐之处就在于,他从该诗的"取材命意"以及所显

---

① 据胡适在《尝试集》四版自序中介绍,自民国九年的年底开始,他就自己或者请朋友开始一遍遍地删《尝试集》中的诗。
② 梁实秋:《新诗的格调及其他》,见杨匡汉、刘福春编:《中国现代诗论》,上编,花城出版社1985年版,第141页。

示的"格局"上,意识到了一种新的诗歌美学呼之欲出,即在他看来,《人力车夫》一诗中透露出来的"新颖"方向,将会是现代白话新诗的一种主导性方向。

梁实秋的这个判断无疑是正确的。对胡适而言,创作《人力车夫》绝非偶然,是他对即将诞生的白话新诗所应具有的形态的一种构想。这一点从他完成该诗后的第二年,又翻译了苏格兰女诗人 Anne Lindsay 夫人的一首诗——《老洛伯》中,可以明显地看出来。该诗比较长,我们只看其中的前三段:

一

羊儿在栏,牛儿在家,
静悄悄地黑夜,
我的好人儿早在我身边睡了,
我的心头冤苦,都迸作泪如雨下。

二

我的吉梅他爱我,要我嫁他。
他那时只有一块银圆,别无什么;
他为了我渡海去做活,
要把银子变成金,好回来娶我。

三

他去了没半月,便跌坏了我的爹爹,病倒了我的妈妈;
剩了一头牛,又被人偷去了。
我的吉梅他只是不回家!

第五章　胡适新诗理论的跨界叙事与叙事说理

那时老洛伯便来缠着我，要我嫁他。①

这首诗与《人力车夫》相类似，讲述的也是穷苦人的悲惨生活：一对真心相爱的年轻恋人，由于过于贫穷而不能结合到一起。男主人公吉梅为了把女友娶回家，不得不漂洋过海，去遥远的地方赚些钱回来。可就在吉梅走后没多久，女友的家中发生了一连串的变故——爹爹摔了，妈妈病了，家中的牛也被人偷走了，一大家子人的生活一下子陷入绝境。就在这个关头，有钱人"老洛伯"央求吉梅的女友，也就是诗中的"我"嫁给他。"我"坚决不愿意，可是爸爸、妈妈为了生计，再三地劝"我"出嫁。恰在此时，又有传言说吉梅已经翻船死了，再也回不来了。绝望之下，"我"不得不把身子嫁给了"老洛伯"。然而婚后没多久，吉梅却突然回来了。面对木已成舟的事实，两个真心相爱的人只能抱头痛哭一场，然后"我让他亲了个嘴，便打发他走路"。留下来的"我"，痛苦得"恨不得立即死了"。死不了，在剩下的日子里，也只能对着天哀叹："天呵！我如何这般命苦！"② 这首诗的内涵并不复杂，就是向人们叙述了一对生活中的穷苦男女相爱而又不能爱的人间悲剧。

胡适在新诗的初创时期，先是身体力行地写下了《人力车夫》，后又翻译了这首《老洛伯》。这两大事件合并到一起，足以说明这样一个事实——他理想中的新诗构成模式与旧体诗的

---

① 胡适：《老洛伯》（译诗），见胡适《尝试集》，外文出版社2013年版，第30页。
② 胡适：《老洛伯》（译诗），见胡适《尝试集》，外文出版社2013年版，第32页。

形态是相互对抗的。这种对抗性可以总结成如下两点：（一）旧体诗认为诗歌是要抒情的，这基本是大家心照不宣的一条规则。胡适则认为诗歌应该在抒情的道路上止步，要以客观叙事与真实描摹为主。（二）旧体诗认为不是所有的语言都能随便入诗，即凡是入诗的语言都必须要精挑细选才行。胡适则相反，他认为根本就没有不能入诗的语言，即诗歌完全可以用直白的叙事性口语来写，无须打磨与雕琢的环节，即完全可以话怎么说，诗就怎么写。

总之，胡适试图用毫无雕琢的"简"，来解构旧体诗那种奢华而复杂的"繁"。正如他在评价《老洛伯》一诗时所说："此诗向推为世界情诗之最哀者。全篇作村妇口气，语语率真，此当日之白话诗也。"① 这番话也表明他从美学上全盘肯定了这种"村妇口气，语语率真"的写诗方法。与此同时他还认为，今日的中国白话诗，就应该像这类诗。无疑，胡适之所以选择翻译《老洛伯》也不是偶然的，他是把其当作现代新诗的样板加以推荐的。

第五节 "平常经验"与"是人生"的诗学观念

以上列举的两首诗歌中的主人公，都是生活于社会底层的穷苦百姓。这一"不约而同"是否表明梁实秋说的新的作诗观念与方向，就是指在诗歌中用直白、率真的语言展示社会底层

---

① 胡适：《老洛伯》（译诗），见胡适《尝试集》，外文出版社2013年版，第29页。

的穷苦人生活？或者换言之，胡适心目中的现代新诗，就是一种要专门围绕底层人的生活来创作，即构建一种以彰显、叙述下层人的生活为主体的创作模式？

如果这样来理解胡适的现代新诗理论，应该说是片面而不正确的。道理很简单。假如从这个角度来理解所谓新诗的"新"，就体现不出梁实秋所言的那种"诗的艺术整个的变了"的精髓。具体说，旧体诗中虽然没有出现过16岁的车夫和"语语率真"误嫁给了"老洛伯"的"村妇"，但类似形象也不是全然没有。白居易的《卖炭翁》里就描写了一位"满面尘灰烟火色，两鬓苍苍十指黑"的"老翁"形象，杜甫在《新婚别》中也描写了一位"结发为君妻，席不暖君床"的"妇人"形象。事实上，中国自有"诗"这种文体以来，并不匮乏以下层人的生活为题材的诗歌，《诗经》中的很多诗歌也是与此相关的。因此说，梁实秋所说的"诗的艺术整个的变了"，并非是指《人力车夫》在题材上涉猎了下层穷苦百姓的生活。这一点从他对《人力车夫》在取材、格局方面表现出来的"新颖"的阐释上也能看出来。他说："新颖，在中国文学里新颖；这样的诗若译成外国文便不新颖了。我记得《尝试集》里还有几首译诗，好像有一首《老洛伯》，还有拜伦的一首什么诗，这更可见胡先生开始写诗时候，他对于诗的基本观念大概是颇受外国文学的影响的。"① 显然，梁秋实在论述中并没有从传统诗歌中，寻找《人力车夫》的逻辑依据，相反他把该诗，乃至于胡适写诗的整个"基本观念"都归结为"受外国文学的影响"。应该说，梁实秋

---

① 梁实秋：《新诗的格调及其他》，见杨匡汉、刘福春编：《中国现代诗论》，上编，花城出版社1985年版，第141—142页。

的这个判断是有些道理的。胡适在新诗初期倡导的这类诗歌，的确与旧体诗中的此类诗不可同日而语。如果非要找艺术渊源的话，确实是外来的影响要大于旧体诗传统的影响。具体原因如下：

首先，正如前文所说，旧体诗中不乏这类题材的诗歌，但一个显而易见的事实是越往后发展，这类题材的诗歌就越少。特别是文人诗兴起以后，诗歌就越来越朝着艺术化的方向滑行。换句话说，中国诗歌史上尽管也有像白居易、杜甫这类描写下层民众生活的诗人，可归根结底这也只能算是个案、少数派，并不具有典型性。这其实也是一种必然，因为中国传统旧诗词理论从未把展示真实的人生、真实的生活视为是诗歌的上境，相反高境界的诗歌无一不是以展现艺术化的人生和艺术化的生活为标志的。这也是即使对白居易、杜甫本人而言，这类诗歌在他们的整个创作中也只能算是一小部分的原因。从这个角度说，王国维在《人间词话》中把"无我之境"，设定成高于"有我之境"——"古人为词，写有我之境者为多，然未始不能写无我之境，此在豪杰之士能自树立耳。"[①] 并不是偶发的一次文学事件，而是对中国传统诗歌创作美学的一个恰如其分的总结。

其次，在白居易和杜甫那里，用诗歌来展示穷苦百姓的生活，主要还是出于人道上的同情与怜悯，而并非美学上的自觉。到了胡适这里，则具有了美学上的刻意性，即他是有意识地要把诗歌从旧体诗的运行轨迹，也就是那个以高妙或妙悟为中心的枢纽上扭转过来，让诗歌从情感的高蹈中回归真实的现实生

---

① 王国维：《人间词话》，见郭绍虞、罗根泽主编《蕙风词话 人间词话》，人民文学出版社1982年版，第191页。

活。说得更具体一点就是，对白居易、杜甫而言，把笔触延伸到穷苦人的生活领域，算是他们对艺术创作准则一种偶尔的逾越；而对胡适来说，他是想把这种"偶尔"，变成一种创作上的自觉与常规，即现代新诗不能再继续沿着含蓄、缥缈的路途发展了，它应该与现实的生活、真实的人生发生密切的关系。这样就引申出了第三点，也是最为重要的一点：胡适把新诗这一文体，设定在了普通人和普通人的日常生活中，即诗歌要在普通人的喜怒哀乐中寻找价值和构建意义。

这种构建在"普通人"基础上的美学构想，与旧体诗所要求的那套美学规范，无疑有着本质性的差异：假如说旧体诗的美学是以虚化、超脱的人生为宗，即旧体诗中的人生是高度符号化、浓缩化的人生，那么胡适则把这种经过提纯化处理的美学传统予以解构，转而让其在普通人的普通生活、普通人的普通情感方面寻求突破与发展。这是胡适赋予现代新诗内容的一个最为明显的转变，也是《尝试集》中最具有革命性的地方。

由此可见，胡适喜欢在其诗歌中详细地描述社会底层百姓的贫苦生活不错，但这绝非意味着胡适语境中的"普通人"就是专指下层的穷苦百姓。事实上，他所说的"普通人"就是"人"的代称。换句话说，胡适强调诗歌中的"人"，不要是那种被改造得没有丝毫人气的"超人"，而是主张要把"人"在真实生活中的真实存在状态和情感状态，尽可能原封不动地表现出来。显然，所谓"普通人"，主要就是指生活中的真实的人。

这一前提得以确定，便会明白胡适在中国现代新诗的开局中，把像"车夫""吉梅"这类人物引入进来，既不是在倡导新诗应以描写底层百姓为上的一种创作风气，也不是想依托"穷苦人"这个特殊阶层来构建其美学体系，只不过由于旧体诗在美学精神上一直都表现得太过于"贵族"化,所以他才出于矫枉过正的考虑,把生活在最为底层的穷苦百姓,作为普通人的代表引入新诗的创作。

之所以要作出这种鉴别与区分,意在说明胡适与后来的中国新诗,包括新文学中以"穷苦人"为上的文学观点是有着质的区别的。在胡适的言说语境中,"穷苦人"就是"人"这个概念中的一部分。也就是说,在"人"这个群体中,除了有"穷苦人"之外,还有非穷苦人;除了有未受过教育的下层民众之外,也有受过教育的知识分子。这些人共同属于"人"这个范畴,正如他曾在提到中国"旧文学"的缺点时,说"旧文学"不能与一般的人生出交涉。他所说的"一般的人",就是作为"人"这个群体中的"人",即包括所有的人,并非特指某个阶层中的"人"。这是以胡适为代表的"五四"那代知识分子对文学中"人"的一种基本认识。正如俞平伯在对文学与人生的关系进行总结时所说:"文学是人生底(of life),不是为人生底(for life)。文学不该为什么,一有所为,便非文学了。"① 文学是人生的,不是为人生的。二者的区别就在于,"是人生的"文学是一种不带有任何功利主义的文学——人生是什么样子,文学就是什么样子;而"为人生的"文学,则是一种出于某种"功利"的考虑而对"人生"进行加工或改造了的文学。

无疑,胡适所主张的以普通人的生活为中心的诗学观念,就是一种体现着"是人生的"观念的诗学观念。为了能更好地彰显这种艺术主张,胡适还提出了一个"诗的经验主义(poetic

---

① 周作人、俞平伯著,见孙玉蓉编注《周作人俞平伯往来通信集》,上海译文出版社2014版,第4页。

empiricism）"概念。有关这一概念的相关内容，他是借用一首名为《梦与诗》的诗加以表述的：

> 都是平常经验，
> 都是平常影像，
> 偶然涌到梦中来，
> 变幻出多少新奇花样！
>
> 都是平常情感，
> 都是平常言语，
> 偶然碰着个诗人，
> 变幻出多少新奇诗句！
> 醉过才知酒浓，
> 爱过才知情重：——
> 你不能做我的诗，
> 正如我不能做你的梦。①

这是一首借用诗歌的形式来阐释诗歌理论的诗。诗的题目是"梦与诗"，也就是说，在胡适看来，所谓"诗"，其实就等同于"梦"，或者说是类似于"梦"的一种东西。那么"梦"又是什么？每个人的"梦"都不一样，世界上找不出两个相同的"梦"。这也自然，每个人的生活和每个人的情感都是不可重合的，怎么可能找出两个互相重合的梦？无疑，胡适在此是有意识地借用日有所思、夜有所想的"梦"，把诗歌拉回到现实的人

---

① 胡适：《梦与诗》，见胡适《尝试集》，外文出版社2013年版，第70页。

生中来——梦再玄虚、无解，也是对现实生活里的一些事情的折射与变形。正如胡适在该诗"自跋"中所说："这是我的'诗的经验主义'（Poetic empiricism）。简单一句话：做梦尚且要经验做底子，何况作诗？现在人的大毛病就在爱做没有经验做底子的诗。"① 从这个角度说，归根结底诗歌也高深不到哪里去，它就像"梦"一样，看上去光怪陆离，其实说到底就是一些"平常经验""平常影像""平常情感"和"平常语言"的结合体，只不过"偶尔碰着个诗人"，这些日常的生活琐事才变得"不平常"起来。

显然，构成这首诗的关键词就是"平常"二字，这说明胡适采用"平常"之经验、"平常"之情感和"平常"之语言，来对抗旧体诗的那种远离"平常"——在"不平常"的经验、"不平常"的情感和"不平常"的语言中构建其创作机制的美学风尚。

胡适的这种建立在"平常"基础上的美学构想，使写诗这一审美活动发生了根本性的变化：诗歌由原本以抒情为主导，变成了以叙事为主导，即写诗的过程在某种程度上变成了对日常生活的叙事过程。可以说《尝试集》中的绝大多数诗歌是对这一理论予以"尝试"的结果。我们在下文中通过一些具体的诗歌文本，来考察一下胡适对该理论的贯彻情况。

第六节　叙事方式与实际问题

收录在《尝试集》中的诗，从题材上说是各式各样的，有

---

① 胡适：《梦与诗》，见胡适《尝试集》，外文出版社2013年版，第71页。

记载日常事件的,有叙朋友之谊、亲人之情的,也有歌咏个性解放、反对军阀暴政的,但是不论是哪类题材的诗歌,读起来都会有一个共同的感受:诗歌表达出的内容都不高深、不晦涩,三言两语便可把其内容的要点总结和概括出来。

或许正是这一看上去有些过于浅显、直白的表达特点,使胡适的诗歌一直得不到研究者们的重视,常常把其归结为旧瓶装新酒,即过渡时期的不成熟产物。从纯艺术的角度来说,胡适的诗歌在表意和造句方面确实有幼稚的一面,但是也应该意识到,这种"幼稚",或者说不得不经过这样一个"幼稚"阶段,是胡适的刻意所为:旧体诗读起来多半会令人觉得既成熟又美好,像是诗歌应有的样子,但与此同时也多半会给人带来一种距离感,用王国维的话说,就是会感觉到"隔"。

研究一下旧体诗的写作技巧会发现,古诗中这种既"美"又"隔"的审美效果,主要是通过疏离、陌生化具体的生活场景、具体的人和具体的事所达到的。说得更为具体一点就是,旧体诗人写诗的一个基本秘诀是,在创作中要尽可能地把平常化的生活、平常化的人生,变得"不平常"。或者说尽可能地把那些平常化的"平常经验"揉碎、打乱后再予以新的组合,让其幻化成远离现实生活的"水中月""镜中花",以此为途径来达到古典诗学所要求的那种"言有尽而意无穷"的审美效果。

胡适不满这样一种使诗太像诗的写诗方式,并把其斥为与"情感""灵魂"无关,只是"沾沾于声调字句之间"[①] 的游戏。所以在其新诗创作的实践中,他力争要一改以远离真实人生为

---

① 胡适:《文学改良刍议》,参见姜义华主编《胡适学术文集·新文学运动》,中华书局1993年版,第20页。

上的创作习气。于是,在形式上,他用那些最为直白、通俗的口语,替代古诗中那些雕琢的词语;在内容上,他坚决摒弃那种"化普通"为神秘、化"有"为"无"的创作理念。直接让那些来自生活中的最普通、没有加工过的"平常经验"以其本真的面貌出现于诗中。从这个角度说,《尝试集》能给人带来一种强烈的生活贴近感也是必然的,因为其中所写的就是一些发生于日常生活中的人与事,即带有某种原生态的实录性质。这一点不用阅读诗歌,单从诗歌的命名上,如《沁园春·二十五岁生日自寿》《朋友篇·寄怡荪、经农》《新婚杂诗》《病中得冬秀书》《十二月一日奔丧到家》《我们的双生日》等,都能反映出来。

确实,胡适这些诗表现出的内容与其题目显示出的信息是完全一样的,都是对他本人真实生活细节的真实记录和反映,几乎可以当作日记来读。我们以《病中得冬秀书》这首诗为例,看一下诗歌与他本人生活、情感之间的对应关系。

这首诗中的"冬秀",就是胡适生活中的真实伴侣,即胡适连"她"的名字都没有作处理,就直接引入诗歌。假如按题材划分的话,这无疑是胡适写给妻子江冬秀的一首情诗。这类在旧体诗中多半会以"无题""寄内"等形式出现的诗也有很多,但像胡适这般来描写情感的则几乎没有:

> 病中得他书,不满八行纸,
> 全无要紧话,颇使我欢喜。①

---

① 胡适:《病中得冬秀书》,见胡适《尝试集》,外文出版社2013年版,第11页。以下未标注出处的,均出自该版本。

第五章　胡适新诗理论的跨界叙事与叙事说理

"病中得他书"中的"他",就是指胡适后来的妻子、当时的未婚妻——江冬秀。冬秀是一位没有上过学堂的旧式女子,与胡适订婚以后才开始尝试识字,所以她写给胡适的信既不可能长篇大论,又不可能卿卿我我,只能写一些简单而又简短的大白话。尽管如此,正处于生病中的胡适,收到了这封来自大洋彼岸的家书,还是有种"欢喜"的感觉涌上了心头。于是,他提起笔来把这一"欢喜"的瞬间记录下来。

在该处之所以用"记录"而不是"抒发"两字,主要是考虑到胡适写这首诗的初衷,并非出于对未婚妻不可遏制的思念之情,而是想借诗歌这一文体来解剖、理顺他与未婚妻之间的关系。因为紧接下来的诗句是这样的:

我不认得他,他不认得我,
我总常念他,这是为什么?

诗中的"他",还是指冬秀。冬秀是胡适的母亲亲自为他订的妻子,并不是胡适本人选定的真爱,所以他在诗歌中说出了这样一个事实:"我不认得他,他不认得我。"胡适在 14 岁的时候与江冬秀订婚,之后就一直远赴上海、美国等地读书。在远离家乡的十多年期间,两人未曾见过面。从道理上讲,原本就不满意冬秀,又在外接受了西方文化教育的胡适,不可能喜欢和接受这样的包办婚姻。何况,胡适又是反对中国旧文学、倡导新文学的急先锋。总之,无论从哪个层面说,胡适都不可能爱上没有文化的冬秀。

然而胡适要面对的现实是,在他不在家的这十多年的时间里,冬秀一边以未婚妻的身份细心照料他母亲的生活起居,一边耐心等待他回来完婚。可以说,冬秀是胡家媳妇的身份,早就是当地众所周知的一个事实。这就令胡适左右为难了:心里爱的明明不是这个名为冬秀的人,可是为了顾及母亲及乡人的感受,他又不能无视冬秀这个人的存在——不得不"常念他"。情感上的这种分裂令胡适感到分外苦恼,禁不住追问自己:"这是为什么?"他的这一困惑,也只能由他本人来作答:

岂不爱自由?此意无人晓;
情愿不自由,也是自由了。

人生来没有不热爱自由的,追求自由是人的天性,然而胡适深深知道,在婚姻这件事上,他一辈子都不可能拥有自由的权利——因为他太爱他的母亲和他本人的名誉,做不出那种为了追求自由的婚姻而伤害母亲的情感以及损坏自己社会声誉的事。权衡之下,他最终选择服从母亲。但是对于这种"服从",他又有所不甘,于是便给自己的这种"不自由",寻找了一个解脱的理由:"此意无人晓;/情愿不自由,也是自由了。"他认为一个人只要认可了这种"不自由",其实也就相当于"自由"了。这首看上去是谈论"自由"的诗,其实最终还是投降于"不自由"。从这个意义上说,这与其说是一首表达爱意和思念的情诗,不如说是胡适借助该诗,说服自己必须接受家中的这个未婚妻来得更为确切。

毫无疑问,这首名为《病中得冬秀书》的诗,并不是用来抒发闲情逸致的,而主要是用来解决实际问题的,即胡适一方面通过写诗的方式来排遣内心的感伤与郁闷,另一方面也是借此来梳理、确定他与未婚妻之间的关系。这首诗的出现其实意

第五章　胡适新诗理论的跨界叙事与叙事说理

味着胡适已经下定决心为了成全母亲的心愿，而要放弃自己的"自由"了。可以想象，诗歌这种文体一旦与实用性功能联系到一起，其表现手段必然会发生改变——从抒情转向叙事。这也容易理解，诗人不把要说的"事"在文本中叙述出来，怎能化解掉胸中的郁闷？这点在《新婚杂诗》一诗中，表现得尤为明显：

> 十三年没见面的相思，于今完结。
> 把桩桩伤心旧事，从头细说。
> 你莫说你对不住我，
> 我也不说我对不住你，——
> 且牢牢记取这十二月三十夜的中天明月！①

这首诗与前一首诗有逻辑关系。前一首写于他在美国留学期间，这一首则写于他留学归来之后。如果说在前一首诗中，胡适已经下定决心要与江冬秀完婚的话，那么这首诗则是写践约的。这就决定了该首情诗不会沿着情感的线路走，而会围绕一个明确的叙述主题来展开。事实也确实如此。由于两个人多年以来互有心结，所以完婚后的第一件事，就是要共同来解开这个"心结"。胡适是这样"解"的：在这十三年未见的相思中，你有对不起我的地方，我也有对不起你的地方。彼此间不管曾发生过多少件不愉快的事，都不要再提及了。因为我们毕竟在今夜结成了夫妻，从今以后彼此只需牢牢地记住今晚的月光就好。

这无疑是一首情诗。被命名为《新婚杂诗》的诗，不是情诗又能是什么？可就是这首对"月"话爱情的情诗，怎么读都

---

① 胡适：《新婚杂诗》，见胡适《尝试集》，外文出版社2013年版，第28页。

觉得不像是一首情诗：洞房花烛夜，新郎、新娘不是情意绵绵地依偎在一起，相反他们先是对着悬挂在空中的明月各自检讨自己的不是，然后再互为约定，今后谁都不许忘掉这轮"中天明月"，其实也就是这份婚约。无疑，这首诗的最大特点，是"理"大于"情"，即这对恋人之所以能走到今天这一步不是水到渠成的，而主要是靠"理"，即情理来统筹安排的。这说明胡适写诗与一般诗人不一样，如果说其他诗人主要是靠感性写诗，那么他调用的主要是一种理性思维。这一点从该诗的框架结构上，也能够完整地显示出来：这首诗有故事的开头——两人结婚了；有故事的发生——这场混杂着恩怨的婚姻并非心甘情愿，有报恩、还债的成分在内；有故事的结局——经过一番挣扎，两人终于排除心中的芥蒂，约定在未来的日子里要好好地相爱与生活。

假如把以上三个步骤串联到一起，就是一个完整的小说式叙事框架结构。胡适通过这样一个结构要传达的意思是，不爱，或者说不与这个已经等了自己十三年的女子结婚是不道德的。胡适就是采用这种讲事实、摆道理的方式，来说服自己要接受、认可这份不爱之爱。换句话说，胡适之所以不用抒情的方式来讴歌爱情，就是因为这份爱原本就不是发自内心的，只能靠理性的方式来理解与接受。

或许有人说，这哪里算得上是诗歌，不过是借诗歌来阐释和说明一种道理罢了。没错，胡适自己也并不认为他写的这些白话诗就是好诗歌，所以才屡次表明"只开风气不为师"的态度；但是有一点他是坚信的：他认为洋溢在他这些诗歌中的说理性，并非不好，相反是现代新诗必须具备的一个要素；新诗之所以"新"，就"新"在它具有说理之功能。

明白了胡适赋予现代新诗的这一特征，也就能明白他在反

第五章　胡适新诗理论的跨界叙事与叙事说理

对抒情的同时,一直倡导刻画、描述,也就是叙事的原因了。换句话说,胡适之所以要用叙事之手法替代传统诗歌的抒情,其目的就是为了要启动和彰显诗歌说理之功能。他的这一刻意追求,在《尝试集》中随处可见,甚至极端到几乎不放过任何一个可以借意象来说理的机会。譬如,他看到两只黄蝴蝶,一只飞到了天上,另一只停留于原地,没动,也要发出"剩下那一个,孤单怪可怜。/也无心上天,天上太孤单"① 的感慨,即胡适试图把这只不飞远的"蝴蝶"与某种道理联系到一起。然而,处处用意象来说理也并非容易,因此胡适有时为了说理上的便利,干脆就略过意象的环节,直接在诗歌中展开"说理"。试看一首名为《礼!》的诗:

> 他死了父亲不肯磕头,
> 你们大骂他。
> 他不能行你们的礼,
> 你们就要打他。
>
> 你们都能呢呢啰啰的哭,
> 他实在忍不住要笑了。
> 你们都有现成的眼泪,
> 他可没有,——他只好跑了。
>
> 你们串的是什么丑戏,
> 也配抬出"礼"字的大帽子!
> 你们也不想想,

---

① 胡适:《蝴蝶》,见胡适《尝试集》,外文出版社2013年版,第3页。

究竟死的是谁的老子？①

这首诗既没有意象，也没有抒情，完全是由叙事和说理构成的。该诗所叙之"事"非常明显："他"死了父亲，众目睽睽之下，"他"怎么也不肯像别人那样行磕头跪拜的大礼。因为在"他"看来，这些装扮出来的悲痛和眼泪可笑至极。然而面对"他"的叛逆，周边的人都怒不可遏，纷纷要来打骂这个不孝之子。犯了众怒的"他"，最后只好一跑了之。该诗借这件"事"要说的"理"是，那是别人的父亲，别人有权决定行什么样的"礼"，你们这些把丑当成美的伪君子，别动不动地抬出一顶"礼"的帽子来压人，你们有什么权利来干涉别人的私事？

这首诗好不好另当别论，但有一点是确凿的：假如必须要用诗歌来充当反封建礼教武器的话，只有胡适的这类叙事说理诗才能够担当重任。无疑，胡适认识和欣赏诗歌的理路完全变了，他没有像以往的知识分子那样把诗歌视为高高在上、仅供人观赏和揣摩的艺术品，而是把其设置成与日常生活、现实人生紧密相关的一种艺术体裁——诗歌必须要有"用"才行。换句话说，胡适不希望诗歌一味地在"美"的价值维度上寻求发展并把其作为终极目的，他强调诗歌在说明和阐释道理方面应该有所作为，即认为诗歌应该参与现实人生的建设。

胡适的这种一反传统的叙事说理之创作手法，也并非完全不可理喻。"五四"时期看上去是一个个性飞扬、浪漫异常的时代，其实一点也不浪漫。相反，这是一个奋起直追、急需切实解决问题——社会问题、人生问题、女性问题、世界观等诸种

---

① 胡适：《礼！》，见胡适《尝试集》，外文出版社2013年版，第72页。

第五章　胡适新诗理论的跨界叙事与叙事说理

问题的特殊时代。因此说，这个时代急需的不是一种泛泛而优雅的抒情姿态，而是一种切实反映和解决实际问题的实干态度。如何反映和解决这些现实问题，对于当时手无寸铁的知识分子而言，诗歌无疑是最为便利的武器，诚如梁启超在《饮冰室诗话》中所说："盖欲改造国民之品质，则诗歌音乐为精神教育之一要件。"诗歌，也包括音乐，在梁启超看来都远远超出了其自身的艺术范畴，而与"改造国民之品质"联系在一起。显然，他强调的是诗歌、音乐对"国民"的教育与改造之功效。

胡适在性格、思想和审美上虽然不像梁启超那样豪迈、极端，喜好宏大叙事，而更偏好于借诗歌来"叙"一些日常之事、家常之理，但不管怎么说，"五四"毕竟还是一个改天换地的宏大年代，身处其中一点都不参与政治、社会时事是不可能的，这也是胡适平素并不热衷于政治，但也写下了一些诸如与陈独秀被捕相关的《威权》、与辛亥革命四烈士相关的《四烈士冢上的没字碑歌》等叙事说理诗的原因。从这个意义上说，现代新诗在反对诗歌抒情的基础上，以叙事说理之形式拉开其创建的序幕也是必然的：现代新诗从产生的那一天起，其美学意义就是位居社会意义之下的。这是没有办法的事，是由现代新诗承载着改造人们思想观念与拯救民族危亡之重任的性质所决定的。

毋庸讳言，由于胡适在诗歌中过于注重叙事说理之特性，从而导致《尝试集》中的诗形式既不精美，诗味也不浓郁，但其成功之处在于，他用这些简陋而素朴的诗歌文本，把中国诗歌从纷繁复杂、变幻莫测的"美"之国度引渡出来，让其在较为直白、通俗的叙事中得以发展。这当然不意味着直白的叙事，就一定先天地优越于委婉的抒情。相反，在以往的认知范畴中，叙事说理并非诗歌的一个优点。在该处之所以对直白的叙事采取肯定的态度，主要是基于两方面的原因：第一，胡适用直白的叙事手法，打破了中国旧体诗那种上千年以来一直不变的高蹈而空泛的表达模式，让诗歌直接与平常的人生体验、平常的情感状态以及平常的日常口语连接到一起，即让真实的日常生活而不是经过提纯后的生活，成为诗歌创作取之不尽的源泉；第二，胡适提倡直白的叙事，意味着他不再把含蓄之美视为中国诗歌的最高美学准则，即强调诗歌除了有"美"的作用之外，还应该在隐喻、诠释道理——诗的有用性这一点上有所作为。以上这两大转换意味着诗歌除了是可供欣赏的艺术之外，它还可以成为与诗人同呼吸、共命运的一种精神载体。

由以上论述做基础，大致便可明白梁实秋所说的开辟了"新的作诗的方向"的内在含义：所谓"新的作诗的方向"，就是指胡适为中国诗歌在抒情之外，另辟出一条用诗歌来叙事和说理的道路。对于这条新道路，以往的研究者们多半是从现实主义诗歌理论的角度加以阐释的。这一阐释思路不是不可以，但其弊端也是显而易见的，即它忽略了胡适新诗理论与旧诗词理论的对立、取代关系，从而掩盖了胡适新诗理论的创新性问题：与其说胡适开辟的新诗道路是对现实主义诗歌理论的一种实践，不如说它提出的一系列措施，主要针对的还是旧体诗的写作传统，即对旧体诗一直以抒情为上，而忽略了抒情中也可以有叙事和说理传统的一个强有力的纠偏。

总之，胡适的诗歌文本与理论文本看上去有些简陋与粗糙，然而正是他的这套叙事说理的理论，在颠覆了旧诗歌话语体系的同时，也构建起了一套与思想、精神相关联的理性话语体系。他的这一"革命性"举动，在大大拓展诗歌表现题材的同时，也扩大了诗歌的意义版图。

第六章

叙"颓废之美"与"悲观主义"哲学的李金发

作为中国象征主义诗歌的开创者，同时也是第一位把异域文化和审美风格全盘移植到中国现代新诗中来的李金发，在现代新诗史上并未受到王者的荣耀，相反承受的更多是不被人们理解与排斥的尴尬。这也不奇怪，与和他同时代的绝大多数诗人，包括那些也曾留学英、美、法的诗人相比，李金发的创作似乎缺少了一个与其自身传统相断裂和剥离的环节，而是一上来就毫无挣扎地踏入另一种文化思想的特质中，从而使他的诗歌创作呈现出异样的质地与色泽。正如某些研究者所说，"他（李金发）的诗作大多数选取当时的典型题材，如失意的爱情、自我的沉沦等等。与其不同之处是其独特的意象、生硬的语法、艰涩的修辞和省略的语义，为中国诗歌造成一种陌生化的效果。"① 该处所指的"陌生化"，至少有两重意义：对于中国传统诗歌而言，李金发的创作是一种"陌生"；相对于胡适、郭沫若等开创的现代新诗传统，它又是另一种意义上的"陌生"。这种双重的"陌生"性，决定了人们对李金发诗歌的理解与接受需

---

① 孙康宜、宇文所安主编《剑桥中国文学史》，下卷，生活·读书·新知三联书店 2013 年版，第 534 页。

要有个缓慢的过程。

第一节 "笨谜"之"谜"与误读之读

李金发于20世纪20年代完成于法、德两国的三本诗集——《微雨》《食客与凶年》《为幸福而歌》，是中国现代新诗史上一种特殊的存在：由于这三本诗集传达的主旨思想与美学趣味，远远超出了时代的承受力，因此即使在"五四"那个以个性见长，呼唤"摩罗"精神的特殊时期，也显得分外寂寞与怪异。李金发后来对其诗集出版的情况有过一个回忆。他说他诗集的出版，"在贫弱的文坛里，引起惊异，有的在称许，有的在摇头说看不懂，太过象征。创造社一派的人，则在讥笑。"① "称许"他诗歌"是国内所无，别开生面"② 的不是别人，正是与他有那么点"私交"的周作人。③ 除了周之外，其他的人基本上不是"摇头"就是"讥笑"。正如他所说："到1925年，我回国来，《微雨》已出版，果然在中国'文坛'引起一种微动，好事之徒，多以'不可解'讥之，但一般青年读了都'甚感兴趣'，而发生效果。象征派诗从此也在中国风行了。"④

---

① 陈厚诚编《李金发回忆录》，东方出版中心1998年版，第58页。
②④ 李金发：《从周作人谈到"文人无行"》，见陈坚编选《异国情调》，华夏出版社2011年版，第246页。
③ 1923年，还在德国的李金发把已经写好的《微雨》《食客与凶年》诗稿冒昧地寄给了当时正在北京大学工作的周作人，后者当时是深受人们推重的教授，请他予以指教。周作人给李金发回了信，并推荐两本诗集的出版。

第六章 叙"颓废之美"与"悲观主义"哲学的李金发

其他人的"摇头"和"讥笑"不难理解，毕竟相对于当时的中国诗坛而言，李金发的诗歌有些过于超前。然而连中国新诗第一人，即最早欲以西方诗歌的先进思想理念，对守旧的中国诗歌进行改良和革命的胡适，也非常不满意李金发的这类诗，含蓄地称之为"笨谜"，并宣称"看不懂而必须注解的诗，都不是好诗，只是笨谜而已"①，则不能不令人产生出探究之意：在那样一个驱旧逐新的特殊时代，李金发的诗歌为何却反常地遭受冷遇，而且这种冷遇多半还是来自同行或者说专业读者？

苏雪林在20世纪30年代说的一番话，或许可以解开其中之谜："李金发的诗没有一首可以完全教人了解。"② 他之所以会受到冷遇，主要是因为他的诗歌没有人能够读得懂。因不懂而不接受李金发诗的状况一直从现代持续到当代。20世纪80年代末期，即现代主义诗歌在中国已经蓬勃发展起来以后，还不断有学者从李金发自身并不具备作诗条件的角度，对其诗歌创作予以了强烈抨击："中国话不大会说，不大会表达，文言书也读了一点，杂七杂八，语言的纯洁性没有了。引进象征派，他有功，败坏语言，他是罪魁祸首。"③ 诗歌归根结底是一门语言的艺术，语言被败坏了，也就谈不上诗歌了。当下的研究界，虽然不会再把"罪魁祸首"这样一顶帽子扣到李金发的头上，但也不表明已经完全接受和理解了李金发的诗歌。相反，研究界依旧认为他的诗歌是不可解的，如李金发诗歌的"意象组接和

---

① 胡适：《谈谈"胡适之体"的诗》，见姜义华主编《胡适学术文集·新文学运动》，中华书局1993年版，第466页。
② 苏雪林：《论李金发的诗》，《现代》第3卷第3期，1933年7月1日。
③ 周良沛：《"诗怪"李金发——序〈李金发诗集〉》，四川文艺出版社1987年版，第10页。

意境营构,完全是极端个人化的,……营造了一个极度个人化的,'不顾道德'、无视读者的艺术世界"。① "极端个人化"的"无视读者"的艺术世界,其实就是一个无法阐释的世界。绕了一圈,落脚点仍旧回到了不可解上。

面对一位诗人的诗作,所谓看不懂、不可解,一般会有两种情况:一是诗人乱写一气,自己也不知道写了些什么,别人自然无法解读;二是诗人写诗时有自己一套独特的起承转合的章法,别人进入不到这套章法中,自然也就无法读得懂。李金发诗歌中的"难懂"是哪种意义上的难懂?

综览李金发的诗歌,不难发现一个特点,他诗歌中的每个字、每个词、每个意象都具有强烈的视觉冲击力,意思一般也能读得懂,然而一旦把这些字、词和意象拼贴、组合到一起,则立马变得神秘莫测起来。对于李金发诗歌文本中的这一特点,朱自清深有感触。他说,李金发的诗"没有寻常的章法,一部分一部分可以懂,合起来却没有意思。他要表现的不是意思而是感觉或情感;仿佛大大小小红红绿绿的一串珠子,他却藏起那串儿,你得自己穿着瞧"。② 这段话表明了朱自清这样一个态度:从内容上说,李金发的诗歌就是表达了一种"感觉或情感",所以不要试图从这些诗中寻找所谓"意思",即思想或意义;从诗歌的构成形态上看,李金发的诗歌就是散乱的"一串珠子",怎么"穿"以及"穿"成什么样,取决于读者本人——你认为

---

① 参见吴思敬主编《20世纪中国新诗理论史》上,人民文学出版社2015年版,第280页。
② 朱自清:《中国新文学大系·诗集》,见杨匡汉、刘福春编《中国现代诗论》上编,花城出版社1985年版,第246页。

第六章 叙"颓废之美"与"悲观主义"哲学的李金发

李金发的诗歌是什么,它就是什么。

朱自清的这番阐释有积极的一面,他用这种无须从中寻找思想和意义的方式,保护了李金发诗歌存在的权利,不至于因"看不懂"、没意义而被驱逐出诗坛。与此同时,这种怎么理解都行的阐释方式,也把李金发诗歌所固有的价值取向和审美追求给封存起来。换句话说,假如不把李金发的诗歌置于法国象征主义诗歌的链条中,这种阐释自有道理,毕竟有"诗无达诂"之说。然而,朱自清对李金发诗歌的这种解读是在特定历史语境下的一种解读,即以法国象征主义诗歌为参照,诚如他对李金发诗歌所作的总结:"这就是法国象征诗人的手法,李氏是第一个人介绍它到中国诗里。"[①] 如此一来,自然会推演出这样一个结论:法国象征主义诗歌,严格说由李金发介绍到中国来的象征主义诗歌,是一种纯粹地以表达自我主观性为目的的诗歌,所以读者拥有自由阐释的权利,即你认为它是什么,它就是什么。

法国象征主义诗歌果真是一个排斥客观理性,强调自我感性的诗歌流派吗?朱自清所处的时代是一个崇尚外来文化,但对外来文化又尚未系统、深入理解和研究的特殊时代,所以对李金发的这些写于域外,无论在思想内容还是艺术手法上都深受19世纪末20世纪初法国象征主义影响的诗歌,一时找不到阐释的路径还是完全可以理解的,毕竟这些诗歌不但与中国古典诗歌传统有着天壤之别,即使是与胡适、郭沫若、刘半农、沈尹默、刘半农等开创的白话新诗相比,也算是个"异数"了。

[①] 朱自清:《中国新文学大系·诗集》,见杨匡汉、刘福春编《中国现代诗论》上编,花城出版社1985年版,第246页。

然而，在时隔一个多世纪的今天，在对以法国象征主义为代表的西方哲学、文学思潮有了更多了解的情况下，我们理应对其诗歌艺术作出一番相对合理的释说。

第二节　师承想象、美与颓废

李金发的诗歌确实晦涩、难懂，这是客观存在的事实。然而，这种晦涩、难懂的产生，与其广东梅县人的身份并无直接的关联，绝非是因为说不好普通话而导致了其诗歌作品的混乱。① 如果要追溯李金发诗歌中这种"难懂"的特质的话，恐怕需要溯源到法国象征主义诗歌那里。

诚如我们所知，法国象征主义诗歌一直都是以晦涩、难懂而著称的，诗人们的作品也常常会遇到"看不懂"的质疑。法国最为著名的象征主义诗人之一，被称为诗人中的诗人的马拉美，为此不止一次地公开向世人呼吁："直陈其事，这就等于取消了诗歌四分之三的趣味，这种趣味原是要一点一点儿去领会它的。暗示，才是我们的理想。"在此基础上他还进一步解释说："诗歌中应该永远存在着难解之谜。"唯有如此，才能"充

---

① 阅读李金发的诗，发现他的诗中的确存在朱自清所说的那种"夹杂着些叹词语助词"和句法欧化现象，但这类文白夹杂、前后断裂的句式并非太多，百分之八九十的诗句是符合汉语的表达习惯的。而且阅读他所发表的散文、小说和文论，也并不存在什么语言不通、不会表达的问题。当然，里面会有个别句子读起来觉得拗口，但这是那个时代的文学家都或多或少存在的问题，绝非李金发独有。

第六章 叙"颓废之美"与"悲观主义"哲学的李金发

分发挥构成象征的这种神秘作用"。① 马拉美的这番意思非常明确:晦涩、朦胧、读不懂,不是缺点,而是该诗派独有的一种美学追求与艺术风格。

这说明法国象征主义诗歌的重要法则之一,就是一首诗歌文本必须要体现出某种神秘莫测性。缺少了这一环节,便称不上是象征主义诗歌。由此来看,长期以来我们都觉得李金发的诗歌晦涩、难懂也是必然的,因为我们一直都没有进入李金发的言说语境中去,没有与他形成一种有效的对话。罗兰·巴尔特曾说:"每个人都是他自己语言的囚徒。除了人的阶级以外,是主要的字词在标志着、充分定位着和表现着人及其全部历史。"② 每个人都会受到自己的语言限制,这意味着读不懂李金发的诗歌,并不一定就是李金发的诗歌语言和表达有问题,也很有可能是我们所掌握的知识和技能,滞后于李金发的知识、技能所致。

李金发一生的创作时间并不长,主要集中在 1920 到 1925 年之间。而这几年又正是他留学法国、游学德国的特殊时期。这也表明与现代新诗史上的其他诗人相比,李金发的诗歌创作,确实与域外诗歌联系得更为紧密与直接。胡适也曾经在美国留学,并在留学期间接受了英美意象派诗歌的一些启发与影响,但是他的现代新诗创作主要还是起步于回国之后。相比之下,李金发的新诗创作历程则是起步于他留学法国以后,即他创作诗歌的过程与他留学海外的过程是同步展开的。这就意味着他

---

① 以上参见马拉美:《谈文学运动》,见黄晋凯等主编《象征主义·意象派》,中国人民大学出版社 1989 年版,第 41 页。
② 罗兰·巴尔特:《罗兰·巴尔特文集》,李幼蒸译,中国人民大学出版社 2008 年版,第 51 页。

创作的那批象征主义诗歌，与法国象征主义诗歌有着某种"同构"关系。

李金发远离家乡、奔赴法国的初衷是为了学习雕塑，在诗歌艺术方面原本并无打算。然而，由于机缘巧合——他滞留法国的那几年正赶上该国的象征主义诗歌思潮流行和高涨之际，自小性情孤僻、内心苦闷而又一直热爱阅读文学作品的李金发，一下子就被这个疯狂、迷惘而又绚烂的诗歌流派给迷住了，正如其在回忆时所说："雕刻工作之余，花了很多时间去看法文诗，不知什么心理，特别喜欢颓废派（Charles Baudelaire）的《恶之花》及Paul Verlaine的象征派诗，将他的全集买来，愈看愈入神，他的书简全集，我亦从头细看，无形中羡慕他的性格，及生活。"① 显然，李金发对法国象征主义诗歌的喜爱是全方位的，他不但细细阅读和研究了波特莱尔和魏尔伦的全集，而且连带着对他们那种特立独行的性格、放荡不羁的生活方式也产生了羡慕之情。由此可知，李金发的新诗创作之所以是这样的而不是那样的，与以波特莱尔、魏尔伦等为代表的法国象征主义诗歌的影响有着密不可分的关系。这种同构性关系，意味着如果想理解李金发的诗歌，则必须要先理解以波特莱尔、魏尔伦等为代表的法国象征主义诗歌。

在前文中已经概述，法国象征主义诗歌的一个首要特征是晦涩、朦胧而难懂，即要体现出"象征"的那种神秘意味。这是象征主义诗歌的第一层意思。除此之外，作为一个声势浩大，具有世界性影响的诗歌流派还有着哪些特征？

象征主义诗歌的关键词，是"象征"二字。该处的"象

---

① 陈厚诚编《李金发回忆录》，东方出版中心1998年版，第53页。

第六章 叙"颓废之美"与"悲观主义"哲学的李金发

征",到底该做何解?仅仅用"神秘"对其诠释显然是不够的。莫雷亚斯在《象征主义宣言》一文中的一段话值得注意。他说象征主义诗歌所探讨的就是,"赋予思想一种敏感的形式,但这形式又并非是探索的目的,它既有助于表达思想,又从属于思想"。[①] 什么叫象征主义诗歌?莫雷亚斯认为,所谓象征主义诗歌,就是一种探讨用何种"形式"来表达"思想"的诗歌。无疑,看上去一直推崇形式之美的法国象征主义诗歌,其实还是把"形式"设置成"从属于思想"的。这说明象征主义诗歌中的"象征",对接的其实就是"思想"。所谓神秘、晦涩,也就是要求"思想"的晦涩、神秘,即不要把一种欲表达的"思想"直接说出来。从这个角度说,法国象征主义诗歌就是一种叙"思想"的诗歌,即试图通过运用更好"形式"的方式,把某种有趣的思想观念暗示和演绎出来。

"思想"是象征主义诗歌的关键词。问题在于,这种与"形式"杂糅为一体的"思想"到底是何种形态的"思想"?应该说,这个问题比较难以回答,因为该诗派除了有一个有话不直说的传统外,重要的是,法国象征主义诗歌强调的"思想",与以往其他诗歌流派所说的"思想"确实有不同之处。莫雷亚斯对此有过一个区分。他说:"象征艺术的基本特征就在于它从来不深入到思想观念的本质。因此,在这种艺术中,自然景色、人类的行为,所有具体的表象都不表现它们自身,这些富于感受力的表象是要体现它们与初发的思想之间的秘密的亲缘关系。"[②] 这段话说得有些晦涩,分解开来的意思是,象征主义诗歌对其思想观

[①②] 莫雷亚斯:《象征主义宣言》,见黄晋凯等主编《象征主义·意象派》,中国人民大学出版社1989年版,第45页。

念的表达从来都不是直接的,而是要通过与其他"具体的表象",也就是"自然景色""人类的行为"等之间的曲隐互动而投射或隐喻出来。

这种不是直接,而是需要一番投射和隐喻才能幻化出来的"思想",无疑不好把握。从法国象征主义诗歌的创作实践和理论来看,对这种"思想"的芬芳或者枝芽,大致可以作出如下几点勾勒:

第一,法国象征主义诗歌与其之前的诗歌流派——浪漫主义有部分重合,但更多的是差异,有些还是根本性的差异。譬如,浪漫主义诗歌一直推崇的是情感、感觉、直觉和天才,而法国象征主义诗歌不但对这些概念不以为然,甚至对此还有意识地对抗和解构。有关这一点从法国象征主义诗歌的先驱、奠基者波特莱尔对他所喜爱的两位诗人——戈蒂耶和爱伦·坡的评价中不难看出。戈蒂耶是法国历史上最先提出"为艺术而艺术"口号的诗人,他的创作无疑是以浪漫的唯美见长。然而波特莱尔在评价其诗歌时,竟然一反常态,不但不正视其诗歌中的浪漫、唯美主义成分,反而说他的诗歌之所以能走在"阳关大道"上,就是因为"他有非常清楚的理智"。[①] 洋溢在爱伦·坡身上的那种放荡不羁的天才,几乎无人可以比拟,但是波特莱尔欣赏的却并非这个——浪漫主义诗人一直无比推崇的,而是爱伦·坡身上所具有的那种"满怀激情地喜欢分析、组合和计算"的能力。[②] 在波特莱尔之前,似乎还未有理论家直接采用

---

① 波特莱尔:《论泰奥菲尔·戈蒂耶》,见黄晋凯等主编《象征主义·意象派》,中国人民大学出版社1989年版,第8页。
② 波特莱尔:《一首诗的缘起》,见黄晋凯等主编《象征主义·意象派》,中国人民大学出版社1989年版,第25页。

第六章 叙"颓废之美"与"悲观主义"哲学的李金发

"理智""分析""计算"这类理性化词语,来点评或评价以情感见长的诗歌。

波特莱尔的批评转向——从感性、情感转向理性与理智,其实也不是偶然的。他身处的那个时代对诗人的认识与要求都发生了变化,即诗人由过去那种"蓬头垢面的狂人"形象,转向了"近乎代数学家的冷静的智者"①。从社会时代风尚对诗人形象认识与接受的转向中,也可觉察出法国象征主义诗歌不可能再以感性和激情见长了,相反它崇尚的是智性的思想与理性的光芒。

第二,法国象征主义诗歌继承了浪漫主义诗歌推举的"想象力",但是应该明白,这个"想象力"绝非浪漫主义诗歌中那个"想象力"的翻版。假如说浪漫主义诗歌中的"想象力"是以倾吐个人的情感、感性的挥发为目的,法国象征主义诗歌的"想象力"则超越了这一层面,进入更为深层的隐秘状态。波特莱尔对此有过一个明确的界定,他说:"想象力的敏感是另外一种性质,它知道如何选择、判断、比较、避此求彼,既迅速,又是自发的。"② 该处的"想象力"导向的并非浪漫主义的那种天马行空,而是与更为理性化的要素,如"选择""判断""比较"等词语相匹配。

这当然不是说法国象征主义诗歌不承认"想象力"中含有感性和直觉的要素,而是说他们有意识地避开这些传统要素,

---

① 瓦雷里:《论文学技巧》,见黄晋凯等主编《象征主义·意象派》,中国人民大学出版社1989年版,第74页。
② 波特莱尔:《论泰奥菲尔·戈蒂耶》,见黄晋凯等主编《象征主义·意象派》,中国人民大学出版社1989版,第8页。

转而从"想象力"中开采以往被人们忽略的理性成分。为了保障"理性"在象征主义诗歌中的合法地位,波特莱尔甚至还强调说,绝不能让"感情对理性领域"进行"侵犯"①。后期法国著名象征主义诗人——叶芝为了把他们的创作与那些感性的象征区别开来,甚至把法国象征主义诗歌中的"象征",特意独树一帜地命名为"理性的象征"。②

第三,法国象征主义诗歌强调和要表达的"思想",即那个与"形式"密切勾连的"思想",就是源于上述那个"理性领域"。换句话说,"理性领域"是法国象征主义思想产生的源泉。这种说法或许有些晦涩,即与"理性领域"相关的"思想",到底是一种什么样的思想?

有关这个问题大致可以从如下几个方面予以说明:首先,这种"思想"反对"以真实为对象";反对为"某种教诲"、某种"科学和道德"而写诗。与此同时还认为,那些真正伟大而高贵的诗歌,都是与"写诗的快乐而写出来的诗"联系在一起的。其次,这种"思想"是与"纯粹的智力"紧密贯通的,它导向的是诗歌的"本质"。波特莱尔把诗的这个"本质",命名为"美"。需要注意的是,波特莱尔语境中的"美",并不是传统意义上眼见为实的"美",而是一种特殊意义的美:这种"美"一方面能与"上天"应和,另一方面还能把"天堂"揭示并呈现于人们的眼前。对于这种特殊形式的"美",波特莱尔有过一个

---

① 以上参见波特莱尔:《论泰奥菲尔·戈蒂耶》,见黄晋凯等主编《象征主义·意象派》,中国人民大学出版社1989版,第6—7页。
② 叶芝:《诗歌的象征主义》,见黄晋凯等主编《象征主义·意象派》,中国人民大学出版社1989年版,第90页。

第六章 叙"颓废之美"与"悲观主义"哲学的李金发

界定,他说这种美是"完全独立于激情的,是一种心灵的迷醉,它同时也完全独立于真实,是理性的材料"。① 至此,这种"美"的性质就昭然若揭了,即它有别于传统的那种感性之美,指向的是一种神秘的理念之美。这也是瓦雷里把这种"思想",其实也就是"美",命名为"绝对境界的思想"② 的原因。

第四,法国象征主义诗歌不但在"思想"上有着理念之美的要求,且对这种理念之美的运行色泽和审美基调也是有所规定的,即它拒绝明朗、欢快等情绪,要求诗人在诗歌中必须展示出"纯粹的欲望、优雅的忧郁和高贵的绝望"③ 等特质。

由上可见,法国象征主义诗歌无论是在思想观念还是在审美基调上都有着特殊的规定与要求:它要求诗人们把那个独立于人世间的神秘世界,即人的肉眼看不见的那个神秘的理念世界用诗歌幻化出来。当然,这种幻化也并不是随意的幻化,而是需要沿着"忧郁"和"绝望"的轨迹来展示出"纯粹的欲望"。而且这种"忧郁"和"绝望"也不是任意的、想怎么展示就怎么展示,它需要与"优雅""高贵"的精神气质相关联。

总之,不管是在思想观念还是在审美基调上,法国象征主义诗歌都必须要彰显出一种"颓废之美"的气质。这一点非常重要,法国象征主义诗歌的别名——"颓废派诗歌"就是源于此,这意味着"颓废",其实就是该诗派的最大标志之一。

---

① 以上参见波特莱尔:《论泰奥菲尔·戈蒂耶》,见黄晋凯等主编《象征主义·意象派》,中国人民大学出版社1989年版,第4—6页。
② 瓦雷里:《纯诗》,见黄晋凯等主编《象征主义·意象派》,中国人民大学出版社1989年版,第71页。
③ 波特莱尔:《论泰奥菲尔·戈蒂耶》,见黄晋凯等主编《象征主义·意象派》,中国人民大学出版社1989年版,第6页。

有了法国象征主义诗歌的美学标准做参照，李金发诗歌中的那些不可解因素也就迎刃而解了。首先，与法国象征主义诗人一样，李金发从不期待读者能够理解和接受他的诗歌，正如他在《微雨》的导言中所云："我如像所有的人一样，极力做序去说明自己做诗用甚么主义，甚么手笔，是大可不必，我以为读者在这集里必能得一不同的感想——或者坏的居多——深望能痛加批评。中国自文学革新后，诗界成为无治状态，对于全诗的体裁，或使多少人不满意，但这不紧要，苟能表现一切。"①对收录于集子中的那些诗，读者怎样理解李金发都是不介意的，而且还认定了读者的"感想"，与他的原意肯定会是不一致的。然而不管怎么样，他都觉着正常，反正他的诗歌能说明一切。其次，李金发的诗歌与法国象征主义诗歌一样，既不教诲人，也不直接涉及现实生活，更不会让诗歌为某种社会思潮或某种意识形态服务，诚如他所说："我绝对不能跟人家一样，以诗来写革命思想，来煽动罢工流血，我的诗是个人灵感的记录表，是个人陶醉后引吭的高歌，我不能希望人人能了解。"② 李金发之所以反对诗歌在社会功用性方面发挥作用，不在意读者能否读懂和接受他的诗，就在于他接受了波特莱尔对"美"，即理念之美的界定。他曾在一篇文章中这样说："现实中没有什么了不得的美，美是蕴藏在想象中、象征中、抽象的推敲中。"③ 不认可现实中那种用眼睛可以看见的美，而认为所谓"美"需要

---

① 李金发：《导言》，见李金发《李金发代表作：异国情调》，华夏出版社2011年版，第239页。
② 李金发：《是个人灵感的纪录表》，见杨匡汉、刘福春编《中国现代诗论》上编，花城出版社1985年版，第250页。
③ 李金发：《序林英强的〈凄凉之诗〉》，《橄榄》月刊，1933年8月，第35期。

"想象"和"推敲"之后才能够显现出来。

这种需要花费一番周折才能显现或者得到的美，与前文中提到的"想象力"中的"美"、"理性的材料"中的"美"，甚至"绝对境界"中的"美"，显然有着一种难以割舍的联系。由此不难看出，在何谓诗美的问题上，李金发确实是接受了法国象征主义诗歌的影响。

至于法国象征主义诗歌崇尚的那种特有的"颓废"之风格，在李金发的诗歌中表现得更是比比皆是。甚至可以说，李金发创作出来的那些诗歌，就是一曲又一曲的颓废之歌。这一点即使是与法国象征主义诗歌相比，也绝对是有过之而无不及。李金发是如何在其诗歌中展示出这种颓废之风格的？这需要先回到他创作的参照物——法国象征主义诗歌中来。

第三节 叙同一首"死亡"之诗

法国象征主义诗歌要求诗人们在诗歌文本中叙一种颓废之美。问题在于，这种复杂的，与某种理性、理念相关联的颓废之美，在具体的诗歌文本中又该如何加以展现？或者说诗人如何加以书写，才算体现出了颓废之美？无疑，这也是一个很重要的问题，关系到法国象征主义诗歌的标准问题。

波特莱尔借助爱伦·坡的《乌鸦》一诗，表达了对所谓颓废之美的看法，正如他在《一首诗的缘起》中所说："这正是一首描写因绝望而失眠的诗，一应俱全：观念的狂热，色彩的强烈，病态的推理，颠三倒四的恐怖，还有那种怪异的快活，因痛苦而更加可怕。"① 这段话大致透露出两层意思：首先，象征主义诗歌的总体基调是灰色或者说黑色的，因为它最终通向的是"绝望"与"失眠"。更确切地说，象征主义诗歌多半是因"绝望"而写下的，所以被波德莱尔在该处命名为"失眠的诗"。其次，这种"绝望"与"失眠"对应的并非现实生活中的某件具体事，或者具体的某个人，因为构成这种"绝望"与"失眠"的每一个要素，都与真实的现实生活无关——不管是"观念的狂热""变态的推理"，还是"怪异的快活"等，指向的都是一种异常的、变态的精神状态。由波德莱尔赋予诗歌的这些精神要素来看，说明在波德莱尔看来，一首货真价实的象征主义诗歌，必须拥有上述这些精神和审美特质；否则，就算不上是一首真正的象征主义诗歌。

从理论层面予以这样界定与罗列是完全可以的，但对一位具体的创作者而言，他如何才能让其笔下的诗歌一方面显得极其狂躁而恐怖，一方面又不能落入一般性的本能欲望骚动中，而且还要求诗人通过这些混乱而疯狂的表象，揭示出表象背后隐藏的那层优雅而高贵的深刻寓意，这显然是一件高难度，需要拥有某种技巧的工作。好在波特莱尔除了是位诗歌理论家之外，他本人还是一位有着丰富创作经验的诗人，所以他很快就能找到一个能把以上三方面要求交融到一起的平衡点。正如他所说："人生所揭示出来的、对于彼岸的一切永不满足的渴望最生动地证明了我们的不朽。正是由于诗，同时也通过诗，……灵魂窥见了坟墓后面的光辉。"②

---

① 波特莱尔：《一首诗的缘起》，见黄晋凯等主编《象征主义·意象派》，中国人民大学出版社1989年版，第26页。
② 波特莱尔：《论泰奥菲尔·戈蒂耶》，见黄晋凯等主编《象征主义·意象派》，中国人民大学出版社1989年版，第5页。

第六章 叙"颓废之美"与"悲观主义"哲学的李金发

波德莱尔的这段通常不怎么被人注意的话，其实对理解法国象征主义诗歌，尤其是波特莱尔的诗歌创作技巧，有着非常重要的作用：他用"彼岸""不朽"和"灵魂"这些象征着神秘的概念，来映射诗歌思想内容上的超验要求。巧妙的是，上述这些概念还能起到一石二鸟的作用——与这些字眼相关的话题，原本就是哲学上的一个个问题，即这种无意识的跨学科的融会贯通，也会使诗歌在无形中散发出一股神秘、优雅而高贵的气息。

当然，仅仅有了神秘的高雅气息还远远不够，即还达不到象征主义诗歌的要求。诚如前文所说，法国象征主义诗歌崇尚理性王国不错，但是这种崇尚不是静态的想象，而是需要通过一种疯狂、刺激和变态的文本具象隐喻和表现出来。为了在诗歌中把这层戏剧化的效果演绎出来，他选择了与死人相关的"坟墓"这个概念给人以强烈的视觉冲击。总之，经过多方的估衡，波特莱尔最终选择了"死亡"，其实也就是他平时所说的"生命的神秘的那种东西"①，来隐喻和承载象征主义诗歌要求的那种颓废之美。事实上也唯有这个概念，才能最大限度地满足法国象征主义诗歌对形而上（理性王国）和形而下（疯狂、刺激和变态）的双重要求。

梳理清楚波特莱尔对诗歌观念的设置以及创作手法的实施等问题以后，自然会对其在诗集《恶之花》中大写、特写，甚至摆弄"腐尸""骷髅""死亡""墓地"等偏执、恶心之行为见怪不怪了：作为诗人的波德莱尔，他只能这么做，这就是他为其象征主义诗歌设定下的创作理路。换句话说，波德莱尔就是把

---

① 波特莱尔：《维克多·雨果》，见黄晋凯等主编《象征主义·意象派》，中国人民大学出版社1989年版，第17页。

与"死亡"相关的事物,与死亡相关的意象、与死亡相关的情绪,视为象征主义诗歌的聚焦点——它既是诗人写作的出发点,也是诗人写作的最终归宿。

之所以在此对波特莱尔的创作理念展开梳理与总结,目的主要是想解开李金发的创作之谜。从秉性和天赋来说,李金发算得上是位天才级别的诗人,他的敏锐性与直觉力都远远超出了常人。在20世纪20年代,也就是法国象征主义诗歌正处于展开中的年代,这位来自中国的青年,仅仅靠着自己的直觉,就一下子准确无误地捕捉到了象征主义诗歌的审美风格与表达门道。尽管他一生都未能站在理论的高度上,把这些包裹得很深的美学原则总结出来,更没有说出过类似于"颓废之美"的词,但是这并不妨碍他牢牢地掌握了创作象征主义诗歌的具体方法。其标志是,他一出手,即与中国读者见面的第一篇诗作《弃妇》,就是一篇描写"死亡"的诗。诗歌开篇是这样写的:

> 长发披遍我两眼之前,
> 遂隔断了一切羞恶之疾视,
> 与鲜血之急流,枯骨之沉睡。
> 黑夜与蚊虫联步徐来,
> 越此短墙之角,
> 狂呼在我清白之耳后,
> 如荒野狂风怒号:
> 战栗了无数游牧。①

---

① 李金发:《弃妇》,见李金发《李金发代表作:异国情调》,华夏出版社2011年版,第3页。

第六章 叙"颓废之美"与"悲观主义"哲学的李金发

这首诗通过描写"弃妇",即一个被人无情地抛弃了的妇人形象,想表达诗人的一种何样思想或情绪?对此,似乎一直没有定论。与中国"五四"新文坛一直刻意地保持距离的李金发,其实还是受到了"五四"新文坛的影响。譬如女性问题,是中国"五四"时期的核心话题之一,李金发也关注到了这个问题,并在其《漫谈妇女问题》一文中,替女子们伸张正义:"女性自从脱离母系社会以降,真是每况愈下,渐次被男性中心社会压抑着,几乎透不过气来,虽然经了几世纪的挣扎,环境还没有改善,参政的事实,还是很不普遍,女子始终居于附庸的地位,没有毅力气节的,便流为男子的豢养品、玩物,……中国旧日的吃人礼教,三从四德、七出之条,虽然是为大部分所唾弃,但在旧社会中,仍然支配着整个人生,不肯放松,使人浩叹。中国的妇女运动,也出过几个健者,但都好像是以这运动为达到名利地位的工具、'敲门砖',个人成功后,则高高在上,忘记自己的同类之呻吟疾苦了。所以妇女运动,始终断断续续的不能发展。"[①] 从这段引文来看,李金发对女性,特别是中国女性长期以来受到封建礼教压迫的现实非常不满,有明显要为女性讨公道的意味,然而这首与女性问题有关的《弃妇》一诗,则似乎难以衔接到李金发的这一思想框架中:该诗中的"妇人形象"具有一种非常独特的特质。首先,她是具体而生动的,整个人就像是一幅画儿一样呈现在人们的面前,她的衣着、神态,甚至包括其呼出来的气息,仿佛都能够被一一捕捉到。但与此同时,这个"妇人形象"又是苍白而无力的,因为,面对她,

---

① 李金发:《漫谈妇女问题》,见陈坚编选《李金发代表作:异国情调》,华夏出版社2011年版,第260—261页。

你实在不知道该如何进行解读才好。

之所以会出现这种既熟悉又陌生的情形，是因为李金发在描画这个人物时，虽然把其外在的东西惟妙惟肖地传递了出来，但却并没有把自己的价值立场和思想倾向注入这个人物的内核。换句话说，诗人在向人们叙述这位女性的不幸遭遇时，非但没有让自己站在被欺侮的女子一边，反而有意识地剔除掉了个人化的情感，即让自己以一种纯客观的超然姿态出现。这样一来，诗人笔下这位原本有着特定的运行轨迹，即无家可归，在悲惨中熬生活的"妇人形象"，便成了一位没有价值和审美指向的的特殊人物形象。

"五四"时期，有不少新文学工作者描写过妇女形象，譬如鲁迅笔下的一系列以妇女形象为题材的小说，其主旨都异常明确，就是要为那个时代的不幸女人们呐喊和伸张正义。李金发像鲁迅一样，对妇女的命运明明也抱有深切的理解与同情，为何在创作诗歌时却不能像鲁迅那样单刀直入，直接表明其态度呢？

是李金发的心中有什么顾虑吗？当然不是。李金发这样做，与他所理解和秉持的艺术观念有着直接的关联。诚如前文所说，李金发深受以波德莱尔为代表的法国象征主义诗歌的影响，而这种象征主义诗歌的审美旨趣，就是要用暗示、隐喻等手法来书写一些神秘莫测的死亡意识。换句话说，法国象征主义诗歌是不主张让现实生活中的具体问题入诗的，更不会直接去解决什么现实人生中的具体问题。李金发的《弃妇》一诗，就很好地继承了法国象征主义诗歌的这种传统，即为写死亡而写死亡的传统，正如这首诗的最后一段：

第六章　叙"颓废之美"与"悲观主义"哲学的李金发

> 衰老的裙裾发出哀吟,
> 徜徉在丘墓之侧,
> 永无热泪,
> 点滴在草地
> 为世界之装饰。①

这位年岁未必高,但已被折磨得疲惫不堪的女人,除了在"丘墓之侧"等待死亡的降临之外,不再可能有其他的路可以走。面对这样一位命运悲惨的女性,李金发的态度是,她的人生悲剧,即死亡之悲剧将会变成"世界之装饰"。显然,死亡,用李金发的话说"衰老的裙裾发出哀吟"之本身,并不是件令人哀伤与恐怖的事情,相反它还是点缀"世界"的一个饰品。

无疑,该处的死亡已经失去了原本的死亡意义,而进入审美的范畴。把死亡之事艺术化,不但是法国象征主义诗歌的特点,也是李金发诗歌的创作特点。这个问题表现在李金发的诗中,就是诗人在其创作中并非偶尔地触碰到死亡以及死亡事件,而是像波德莱尔一样,是一种坚决贯彻到底的创作策略:他的诗歌创作几乎从未偏离过"死亡"这条轴线,甚至包括他笔下的那些自然景物,也都是以"死亡"为底色的。譬如最为常见的"草"这一意象,在他的诗歌中,所呈现出的形态,几乎都是以"死"的形式出现的,可以试看几例:

"我们散步在死草上/悲愤纠缠在膝下"(《异国情调·夜之歌》);"原上草,灼成焦黑。"(《异国情调·轻骑队的死》)不

---

① 李金发:《弃妇》,见李金发《李金发代表作:异国情调》,华夏出版社2011年版,第3—4页。

但原本应该郁郁葱葱的"草",变成了一片片"死草"和"焦黑"的"草",就连本该生机勃勃的"小草",在他的笔下也随着我的"消瘦",枯萎了脖颈,正如他所写的"茸茸的小草遂萎死其细颈,/所以我消瘦了。"(《异国情调·"过秦楼"》)。

与此相一致,树叶,在李金发的诗中也都表现为一种"死叶"。譬如,"笨重的雪垒盖了小路和石子,/并留下点在死叶上。"(《异国情调·沉寂》);原本应该是随水荡漾的"荇藻",在他的诗中是"枯死之荇藻","浸绿的江水流着,/载点枯死之荇藻"(《异国情调·忠告》)。假如再把"天空拖着半死之色"(《异国情调·晨间不定的想像》),"岩石破了胸膛,洞了腰肢"(《异国情调·轻骑队的死》),"呵妇人,无散发在我庭院里,/你收尽了死者之灰"(《异国情调·爱憎》),"杜鹃正向人谄笑,/残冬的余威,/正一刻加一刻地哀死"(《异国情调·Ode》),"疾风、急流在远处痛哭",(《异国情调·秋声》)"夜是终久沉寂"(《异国情调·故人》),我在"寒夜之幻觉"中看到了"死神之手"(《异国情调·寒夜之幻觉》),寂静"似乎死了"(《异国情调·岩石之凹处的我》),"我的灵"是"可死的生物"(《异国情调·我的灵》)等诸如此类的意象表达也都算进来的话,整个自然界的上空都笼罩着一种浓浓的"死亡"气息。

李金发在诗歌中如此热衷于描写"死亡",以至于"死亡"成了他观察世界与人生的一个视角,自然是出于想与法国象征主义诗歌形成一种应和或者说同构关系的考虑。就此而言,应该说李金发的学习和模仿还是相当成功的,他不但把那种疯狂、病态、怪异之快活的表象模仿来了,而且还把法国象征主义诗歌中特有的那种对"理性王国"的迷醉精神也移植了过来。譬

第六章 叙"颓废之美"与"悲观主义"哲学的李金发

如还是在那首《弃妇》中,"弃妇"作为一个被社会和他人抛弃的废人,连最起码的生活保障都没有,可就是这个衣衫褴褛、满面污垢的妇人,其灵魂却是飞扬、向上的,她在诗歌中"靠一根草儿,与上帝之灵往返在空谷里"。而且,她的"隐忧"与"烦闷"跟一般人的隐忧、烦闷也不一样,正如诗中所写:

> 弃妇之隐忧堆积在动作上,
> 夕阳之火不能把时间之烦闷
> 化成灰烬,从烟突里飞去,
> 长染在游鸦之羽,
> 将同栖止于海啸之石上,
> 静听舟子之歌。①

显然,诗中这个"弃妇"与真实生活中的弃妇还是两样的,她身上带有一种神秘,超出常人的力量。与其说是弃妇,不如说是诗人在借助弃妇之形象,描写一种超自然的力量更为恰当。

综览李金发的诗歌,不难发现这其实是他诗歌中一个比较普遍的现象,即总是有意无意地让其诗作,闪现出一道神秘的理性光彩。这也是他诗歌中有关"鬼魅""恶魔""魂灵""上帝""圣母"等意象出现次数特别多的原因。在他的笔下,就连那个投到了汨罗江里自杀的屈原,也变成了一位"逃遁在上帝/腐朽十字架之下"(《异国情调·屈原》)的屈原;连"我"想要痛哭一场,都需要"仗着上帝之灵"(《恸哭》)的保驾护航

---

① 李金发:《弃妇》,见李金发《李金发代表作:异国情调》,华夏出版社2011年版,第3页。

才行;"夜之歌"在诗人的笔下,更是变成了一曲"上帝"之歌:"残忍之上帝,/仅爱那红干之长松,绿野,/灵儿往来之足迹。"在这样的一个夜晚里,"我委实疲乏了,愿长睡于/你行廊之后/如一切危险之守护者,/我之期望,/沸腾在心头,/你总该吻我的前额。/呵,多情之黑夜。"(《异国情调·希望与怜悯》)"多情之黑夜"就是上帝之灵守护的夜,而"我"则愿在这里长睡不醒。

李金发的这种超验情结,即喜欢把中国文化中从未有过的"上帝"之概念,移植到中国的诗歌中来,其目的很简单,就是为了让其笔下的诗歌能像法国象征主义诗歌那样,焕发出一种神秘的超验光彩与神奇氛围。为了能使诗歌达到这一目的,李金发的心中有个预设:不管写什么和怎么写,都要万变不离"死亡"这件事。

这既是他写诗的起点,也是他写诗的终点。正由于在其心中有这条潜在准则的存在,所以才导致了最终连与他真实生活、真实情感相连的爱情诗,都不得不集体朝着"死亡"的方向走。

在李金发完成于法国的三本诗集中,最后一本——《为幸福而歌》有些特殊。因为收录于这部集子中的诗,全部都是写于李金发与德国女友格塔·朔伊尔曼的热恋时期。也就是说,这批诗歌无疑是幸福与激情的分泌物。即使从李金发为其诗集所取的名字上,也不难感受到这种扑面而来的幸福。因此与前两部诗集相比,《为幸福而歌》在风格上就显得有些"甜腻"。李金发本人对这本诗集也有着更多的偏爱,他曾这样说:"自己的诗集中,我还是喜欢《为幸福而歌》,那里少野马似的幻想,

第六章 叙"颓废之美"与"悲观主义"哲学的李金发

多缠绵悱恻的情话,较近浪漫派的作风,令人神往。"① 显然,李金发认为收录在这本诗集中的诗,与前两本不同。如果说前两本中的诗歌更多地具有象征的风格,那么这本诗集中的诗,则与浪漫主义的诗风更为接近,所以李金发才把该诗集中的诗,定位在了"多缠绵悱恻的情话"方面。

事实上,李金发的这种认定也是一厢情愿的认定。由于法国象征主义审美情调已经深入其头脑和骨髓,所以就是在这部专门为"幸福"而歌的集子里,也四处流淌着"死亡"的暧昧气息。譬如他在一首名为《在我诗句以外》的诗中,描写人生的问题,是这样写的:

> 我叠了纸儿,
> 欲写人生形容之句,
> 蓦地一声魑魅之音,
> 烛儿流泪熄了。
>
> 随风去的,
> 是生死与疾苦的账么?
> 芦花哭得两颊深瘦
> 瀑布高歌 Hohi-haou。
>
> 无阻止哭的,
> 亦无可发生笑的。
> 自然的安排,

---

① 陈厚诚编《李金发回忆录》,东方出版中心1998年版,第68页。

比凶手更为强暴。①

什么才是"人生"？"人生"到底该是什么样的？诗人刚刚要把自己的想法写到纸上时，蜡烛却在"魑魅之音"中嗖地一下灭了，"纸儿"也随风飘走了。这个"随风而去"的"纸儿"到底是什么？诗人说它是一本记载"生死与疾苦的账"。显然，在该诗中展开的这种"人生"，不是甜美、幸福的人生，而是与"疾苦"和"死亡"相关的人生。否则，"芦花"也不会"哭得两颊深瘦"，"瀑布"也不会悲戚地高歌。重要的是，在诗人看来，人生的这种"疾苦"与"死亡"，还是永远摆脱不掉的一种累赘，因为它就是"自然"的一种强行安排，与人的主观意愿并无关系。

如果说这首写于热恋中的诗歌，主要抒发的还是对人生的一些笼统感慨，并不具有代表性的话，那么就再看一首李金发纯粹讴歌爱情的诗：

> 我有生活的疲倦，
> 眼瞳里有诅咒的火焰；
> 叫上帝毁灭我一切，
> 你终得圣母的保护。
> 心与脏都使我痛苦，
> 我一定要从兹死去，
> 以其还作一次疾笑，

---

① 李金发：《在我诗句以外》，见李金发《李金发代表作：异国情调》，华夏出版社2011年版，第204—205页。

第六章 叙"颓废之美"与"悲观主义"哲学的李金发

宁拉手儿乱呼。①

面对热恋中的情人,诗人拥有的不是欢乐、幸福,而是"疲倦"和"诅咒的火焰",并吁请"上帝"赶快来把这一切都给毁灭掉。渴望好端端的爱情遇到"毁灭",难道是诗人已经彻底厌倦了这个恋人,以此求得解脱?从具体的诗歌文本来看,显然并非如此。诗人之所以要祈求"毁灭",主要还是基于如下两方面考虑,即:一方面想用自己的死,来换取"圣母"对恋人的庇护;另一方面想让自己死去的魂灵"还作一次疾笑",即自己好拉着恋人的手儿痛痛快快地呼叫一番。这说明诗人其实十分眷恋和挚爱自己的情人,哪怕是自己死了,灵魂也要陪伴在恋人的身边,宛若他在诗中对恋人的一番倾诉,你是我的"命运之占据者,侵伐我的门庐,/蹂躏我的故土/将终有一天爱上你。"

毫无疑问,这就是一首向恋人表达一腔赤胆忠心的情诗,但是在写法上却绕了一个大大的弯子,即通过描写"毁灭"——死亡的方式来表达对爱情的忠贞不渝,正如该诗的结尾所写:

你张手向着我,
交给我不可攻之 destins;
如国王在牙床倦睡,
诗人袖手沉思。

---

① 李金发:《Mal-aim》,见李金发《李金发代表作:异国情调》,华夏出版社 2011 年版,第 199 页。

Destins 在法语中，就是"命运""天命""定数"的意思；"国王"在该处，则代表着一种神圣不可侵犯的律法。处于这种语境下的"你"和"我"，怎能逃得出在"牙床倦睡"，即死亡之宿命？

通常说来，处于热恋中的人，一般都会自发地让诗歌沿着爱情美好、生命永恒的方向走，李金发的这种"为赋新诗强说愁"的背后，顾及的其实还是那两个问题——神秘的超验性与忧郁的审美风格。对于后者，即忧郁的审美风格问题，李金发在其创作中也是尽其所能地加以展示。与同时代的其他中国现代诗人相比，李金发在意象营造方面是一位下过功夫的人。然而，由于他心目中早已经预设了诗歌应有的模样，所以在塑造意象时，他不像其他诗人那样，尽可能地让意象与意象之间拉开距离，以此来显示其创作风格的多样化；相反，他是有意识地让意象和意象尽可能地往一起聚合，以此彰显其审美风格的一致性。也正因为有这样的一种特殊性审美要求，所以出现于他诗歌文本中的意象，才会显得那么整齐划一，不是"孤寂""忧愁""烦闷""狂呼""痛哭"，就是"鲜血""枯骨""坟茔"和"毁灭"等。

在众多意象中，李金发之所以会如此偏爱这类色泽的意象，说到底还是出于审美旨趣与艺术风格的考虑。说李金发的诗难懂，也真是难懂；说易懂，也实在易懂。如果单独读他的一两首诗歌会有一种莫名其妙之感，揣摩不透诗人的情感指向；可是如果把李金发的诗歌从头至尾地通读一遍，便会觉得他其实自始至终都是在写着同一首诗：尽管他的那些诗有着不同的名字，使用着不同的意象，抒发着不同的情感，然而综合起来看，便会发现这些看上去异常散乱、悲伤、迷惘、茫然无助的诗歌，

第六章 叙"颓废之美"与"悲观主义"哲学的李金发

却都有着惊人的一致性,那就是对"死亡"的敏感与迷醉。

第四节　从古诗的"愁绪"到李金发的"死亡"

李金发一生从事创作的时间并不长,主要集中在法国和德国留学的那几年。综览其作品,对他的诗歌创作产生过重要影响的诗人应该有两个:一个是法国象征主义诗派中的夏尔·皮埃尔·波德莱尔(Charles Pierre Baudelaire);另一个是德国的悲观主义哲学家亚瑟·叔本华(Arthur Schopenhauer)。假如说李金发诗歌中散发出的那种抑郁、哀伤和灰暗的审美基调,主要是来自以波德莱尔为代表的法国象征主义诗歌,那么从根本上支撑其诗歌精神内核的,则是叔本华的以"悲观的人生观"为代表的生命哲学。本节要讨论的是叔本华的悲观主义哲学思想,也就是其死亡哲学思想给李金发创作产生的影响,以及这种死亡哲学思想与中国传统死亡意识的区别等问题。

中国古代诗人的创作多半是以多愁善感见长,即他们喜欢通过诗歌文本来抒发内心的一些愁绪。从李白"抽刀断水水更流,举杯消愁愁更愁"(《宣州谢朓楼饯别校书叔云》),到李煜的"问君能有几多愁,恰似一春江水向东流"(《虞美人》),都表现出古代诗人的心中蕴藏着无数多的"愁",以至于连李清照都不得不感慨万分地说:"只恐双溪舴艋舟,载不动许多愁。"(《武陵春·春晚》)面对这许许多多的"愁",我们禁不住会问:历史上的这些大诗人们到底是为何事所愁?

古代诗人们的"愁",基本上是一些不可名状的"愁"。这些"愁"涵盖的范围极广。一朵花凋谢了,一片叶子飘零了,一轮月的升起与落下，都能令诗人们泪眼婆娑，万分悲叹。而且，这种"悲叹"是真的悲，悲到了"泪眼问花花不语，乱红飞过秋千去。"（欧阳修：《蝶恋花·庭院深深深几许》）但是诗人们却始终不肯道出这个"载不动"的"愁"，"泪眼问花花不语"的"愁"，到底是一种何样的"愁"？即无人肯把这种萦绕于胸中的"愁"之谜底，也就是生命的短暂之愁、死亡之愁，直接呈现与揭示出来。换句话说，诗人们可以借用各式各样的意象来隐喻、暗示这种"愁"，却又不肯直接把其吐露出来。

古代诗人的这种点到为止、含而不发的表达方式，有其必然性，与中国传统美学所主张的"诗文要含蓄不露，便是好处"①的审美要求，有着内在的逻辑关系。假如从这一角度进入中国的诗歌，便可以说李金发是中国诗歌史上第一个彻底地颠覆了这种"好处"的诗人，即他把千百年来承载在古代诗人身上的最大愁绪——"死亡"之愁，作为诗歌的主题给直接裸露了出来。

李金发的这种颠覆，即不用暗示、隐喻的修辞手段让人去意会人生最大之愁——"死亡"，而是通过对重大事件的描写，直截了当地呈现出来。这种呈现首先表现在诗歌的命名上。中国古代诗人，甚至包括李金发之前的"五四"新诗人，都更倾向于选用一些柔美而抒情的字眼来为其诗歌命名。即使想在诗歌中展示其愁苦和悲剧性的一面，一般最多只会用到"怨""叹""悲"等字眼，如李白的《玉阶怨》、杜甫的《夏夜叹》《悲秋》等。相比之下，李金发则完全叛逆了这个传统，即他的

---

① 魏庆之著，王仲闻点校，《诗人玉屑》（上），中华书局2007年版，第289页。

第六章 叙"颓废之美"与"悲观主义"哲学的李金发

诗歌题目多是有意识地采用具有感官刺激性的字眼来加以呈现，如"弃妇""琴的哀""死者""无底的深穴""岩石之凹处的我""恸哭""在淡死的灰里""失败""无依的灵魂""轻骑队的死""人道的毁灭""悼"等，都是直指哀痛、毁灭和死亡的。与此相一致，他诗歌中展示出来的情感内容也都是与痛苦、死亡之情绪密切相关的。有关这个问题不必展开分析，只要泛泛地翻阅一下他的诗集，便能发现充盈于字里行间的都是些诸如"中伤的野鹤，/从未算计自己的命运，/折翼死于道途，/还念着：多么可惜的翱翔。"[1] "呵，我们离这苦痛之乡，/去救残废的灵魂"（《异国情调·X》）"开展你荒凉的床，/为我心之埋葬地"（《异国情调·美神》）"垂死之夫的呻吟，/欲脱离灭亡之疆土"（《异国情调·秋声》）"万人悲哭，/同躲在一具儿，——模糊的黑影/辨不出是鲜血，/是流萤！"（《异国情调·里昂车中》）"再没有可杀戮的生物，对着死寂发愁！"（《异国情调·轻骑队的死》）之类的句子，几乎到了无"死"不成诗的地步。

李金发的这一创作事实表明，他是有意识地通过一个个"死亡"事件来聚焦诗歌的，即"死亡"就是他诗歌的聚焦点，不管是描摹生活形态还是评判生命价值，都与这一母题相关。说得更具体一些就是，对他而言，生与死就是一盏铜镜的两面：如果要写到"生"，就必须要写到"死"；如果要想明白生命是怎么一回事，就必须要先知道"死亡"是怎么一回事。李金发的这种欲知其生、须知其死的审美方式，决定了他的写作只能是一种面向"死亡"的写作——调用大量的"死亡"意象和

---

[1] 李金发：《诗人的凝视》，见陈坚编选《李金发代表作：异国情调》，华夏出版社2011年版，第98页。

"死亡"场景来构筑其诗歌。

事实上,李金发的诗歌中充满这种阴郁之色泽也不奇怪,因为他在1929年发表的《艺术之本源及其命运》一文中,就曾强调说"阴影是万物的服装"。其实,早在他还未从理论上如此总结20世纪20年代初期的那几年,他便是这么做的。《弃妇》一诗不知是不是他的处女作,但至少是目前所知他发表得最早的一首诗作。这首通常被研究者们视为其代表作的诗歌,已经把"阴影"美学的特点淋漓尽致地展示了出来。

顾名思义,《弃妇》一诗的主人公就是一位被人抛弃了的女人。这位自以为"清白"的女人,因何种原因被抛掷于野外?有关这些背景知识,我们不得而知,知道的只是她被抛弃以后的悲惨境遇:面对扑面而来的羞辱与欺侮,她毫无反抗之力,只能用"长发披遍我两眼之前/遂隔断了一切羞恶之疾视"的方式来躲避;无家可归的她,只能在"黑夜与蚊虫联步徐来"的墓地里游荡,不得不与那些"鲜血之激流,枯骨之沉睡"的死者为伴。从引用的这些诗句中不难看出,这首诗歌是在有意识地渲染一种"死亡"意识和"死亡"氛围。确实如此,整首诗歌从头至尾描写的都是这位"弃妇"不可避免的死亡命运与现实惨状。

值得注意的是,李金发在该诗中描写"弃妇"之死,并非简单地出于道德上的同情,除此之外,也有美学上的追求,即审丑,也就是前面所说的那个"阴影"美学在发挥作用。诗歌中最后那句"为世界之装饰"——这个女人未来的"坟丘",将会变成世界的一个"装饰"就是明证。

从死亡之事中发掘艺术之美,无疑是一种现代主义艺术观念。从某种意义上说,现代主义艺术就是一种"阴影"艺术,它追求的是艺术上灰暗与晦涩的那一面。令人费解的是,李金

第六章 叙"颓废之美"与"悲观主义"哲学的李金发

发在当时怎么会持有这样一种,即与其同时代的中国诗人都没有,且也完全不理解的美学观念?①

李金发在写作《微雨》《食客与凶年》和《为幸福而歌》这三本诗集中的诗作时②,也不过是二十出头的年纪。这时的他并没有遭遇过什么大的人生挫折与生活苦难。如果说他创作《微雨》时,由于远离了故土和亲人还会有那么几分苦闷,那么在他写作后两本诗集的时候,身旁则多出一位红袖添香的佳人——美丽、贤淑而又有绘画才华的德国女友Gerta。这段日子李金发过得舒心而潇洒,天天"陶醉于爱情的幸福,乐而忘返"。③而且两人的这段跨国之恋进展得一直都很顺利,Gerta先是跟随李金发由德国到法国,后又由法国辗转到中国,一路追随,无怨无悔。正常情况下,完成于这样情境下的诗歌,应该是涌现一派吉祥、欢乐和幸福的特质才对。然而,阅读他这时期的诗歌便会发现,除了少量作品中有"情爱岂不是生活中仅有之oasis(绿洲),/微笑为棕榈之荫的清新"(《异国情调·初夜》)外,大量诗歌中,包括那些纯粹的爱情诗中,流淌的依旧是那种阴郁、悲鸣和死亡的情绪。

爱情诗基本上就是诗人真实生活的反映,尤其是对那些处

---

① 当时中国的诗人与诗歌理论家对西方诗歌创作和理论的接受基本上是浪漫主义和写实主义。所以,对李金发的这些诗歌,除了极少数人,如周作人是赞赏与推崇外,其他人都持强烈反对的态度。
② 他说《微雨》1922年完成于法国,《食客与凶年》1923年完成于德国柏林,《为幸福而歌》1924年完成于法国巴黎。见陈厚诚编《李金发回忆录》,东方出版中心1998年版,第150页。
③ 陈厚诚:《死神唇边的笑——李金发传》(修订本),百花文艺出版社2008年版,第72页。

于热恋中的情人而言更是如此。李金发诗歌中出现的这种异常情况，至少可以说明这样一个问题：此时的李金发已经从本能的写作层面脱离了出来，而进入一种特定美学观念的写作模式。这一点，从他那些纯粹的爱情诗中也能明显地感受出来。通常人在涉猎爱情诗的写作时，一般会有两种倾向，即：当爱情甜蜜、顺利时，会用美好的语言对其予以幸福的倾诉与讴歌；当爱情不顺或失恋时，则会用一些哀伤的语言抒发郁闷、痛苦的心情。这没有什么好奇怪的，完全是人的本性所致。而李金发是如何描写爱情的呢？可以先看一首诗歌的片段：

　　将我心放在你臂里，
　　使他稍得余暖，
　　我的记忆全死在枯叶上，
　　口儿满着山果之余核。

　　我们的心充满无音之乐，
　　如空间轻气的颤动。
　　无使情爱孤寂在黑暗，
　　任他进来如不速之客。

　　你看见么，我的爱！
　　孤立而单调的铜柱，
　　关心瘦林落叶之声息，
　　因野菊之坟田里秋风唤人了。①

---

① 李金发：《爱憎》，见陈坚编选《李金发代表作：异国情调》，华夏出版社2011年版，第152页。

第六章　叙"颓废之美"与"悲观主义"哲学的李金发

这是怎样的一种爱情？当我满腔柔情地将我的"心"放到你的"臂里"时，感受到的竟然是"我的记忆全死在枯叶上"和"情爱孤寂在黑暗里"。所以，诗人接下来才禁不住地感慨说，"我的爱"是"孤立而单调的铜柱"，它是"瘦林落叶之声息"，它是"野菊之坟田里秋风"。发生在"我"与"你"之间的这场爱似乎是那么的不吉利，因为与此相关的每个意象都是指向颓废、哀伤，代表着衰败与死亡。难道李金发笔下的这段爱情是一场不满意的爱恋，所以诗人才欲借这些意象来埋葬这段不堪回首的爱情？事实又并非如此，诗人在诗中接下来写的又是：

> 时间逃遁之迹
> 深印我们无光之额上，
> 但我的爱心永潜伏在你，
> 如平原上残冬之声响。

诗人借这些诗句表达对"你"永久的爱恋，并承诺说"愿倩魔鬼助我魄力之长大/准备回答你深夜之呼唤。"显然，这是一首表现男欢女爱的普通情诗。不普通的是，李金发在语言与意象方面有意识地复杂化了这首诗歌，使一首正常的情诗多出了原本不该有的色泽——孤寂、哀伤与死亡。

李金发之所以要把一首好端端的歌咏爱情的情诗，写得如此痛苦不堪，主要还是出于其"阴影"美学的需要。如果说仅仅用这一诗例还不足以说明问题的话，再看一个描写得更为具体的爱情片段——恋人之间的那种亲昵：男性用自己的手掌轻轻地爱抚着女性的身体，想必这是每对深陷幸福中的恋人都做过的事情。这种爱抚与被爱抚的体验，不同人自会有不同的感受，但此时的感觉大致说来都应该是沿着愉悦、甜蜜和幸福的方向流淌——这大致是不会错的，因为彼此间是互为深爱的人。然而，李金发的感觉则是异常的，当他把自己的手搁置到恋人的身体上时，涌上心头的感觉竟然是：

> 我以冒昧的指尖，
> 感到你肌肤的暖气，
> 小鹿在林里失路，
> 仅有死叶之生息。①

把落到恋人肌肤上的"指尖"，比喻成迷路的"小鹿"还是异常形象、生动的，把他的那种兴奋而又慌张的心情揭示了出来，但接下来他把从女友身上散发出的缕缕"暖气"，比喻成"死叶之生息"，则就匪夷所思了。问题是，这种"死叶之生息"还是与恋人给予他美丽的感受联系在一起的，正如若诗歌的结尾所写：

> 我奏尽音乐之声，
> 无以脱你耳；
> 染了一切颜色，
> 无以描你的美丽。②

---

① 李金发：《温柔》，见陈坚编选《李金发代表作：异国情调》，华夏出版社2011年版，第74页。
② 李金发：《温柔》，见陈坚编选《李金发代表作：异国情调》，华夏出版社2011年版，第75页。

第六章 叙"颓废之美"与"悲观主义"哲学的李金发

李金发的这种违反正常人的生理感受和超乎常规的写法，即用一种黑暗的笔触来书写美好的事物，只能说明一个问题：李金发是在为一种悲观的观念而写作。为了服从这种观念的需求，他不惜把原本非常和谐、欢乐而幸福的爱情生活，强行地置于"阴影"之下。

事实上，在李金发的笔下，不但爱情笼罩在死亡的阴影下，就是整个"生命"都是"死亡"的象征。在《我一天遇见生命》一诗中，他所遇见的"生命"，是"奏芦笛在悬崖之窟"。悬挂在"悬崖之窟"的"生命"显然不可能是一种正常的生活。果然他说："生命是病倒的了"（《异国情调·初春》），而且这个"病倒"的"生命"还有着稍纵即逝的特性，因此他呼吁人们："尽情欢爱，生命是不喜勾留的！"（《异国情调·"Musicien de ruse"之歌》）

李金发在《有感》一诗中曾说过几句很漂亮的话："生命便是/死神唇边/的笑。"这其实就是李金发赋予"生命"的一种颜色。面对此情此景，我们有理由问：年纪轻轻的李金发，为何会对生命抱有如此悲观、消极的态度？或者说他为何在审美上要接受这种"阴影"美学？他的这一生命感受是从何处而来？除了他那无趣、缺少父母关爱的童年造成了其郁郁寡欢、顾影自怜的性格之外，应该说也与他接受了叔本华的悲观主义哲学有着直接的关系。

第五节 "虚无之梦"和叔本华"悲观的人生观"

1922年，正在法国巴黎美术学院学习雕塑的李金发，萌发了要去德国游学的念头。这次游学的目的和动机都算不得高尚，不过想去享受一番战后德国马克下跌的福利而已。然而就是这次带有游玩性质的出行，不仅改变了李金发的人生轨迹——收获了一场跨国之恋，而且连其人生观都得到了一次颠覆与重构。对于后者，李金发曾多次提及。他说："在柏林一年成绩是得到一本《食客与凶年》，多读歌德名著不幸深受叔本华暗示，种下悲观的人生观。"①

《食客与凶年》是他 1923 年创作完成于柏林的一本诗集。在这一年中，他还通过阅读歌德的作品，意外地接触并了解到了原本并不熟知的叔本华。② 这对于一直热爱艺术的李金发来说，具有非同寻常的意义。诚如他所说，这趟贸然的"游学"，竟使我的"整个下半生都为之改观"。③ 无疑，李金发把其创作，乃至于"整个下半生"的转变，都归结于"柏林一年"。

李金发的这番自我评说还是颇为客观的。虽然在法国读书时，他所崇尚的美学就是一种"阴影"美学，可那时他对该理论的接受基本上还是处于懵懂、无意识中，主要是对以波德莱尔为代表的法国象征主义诗歌的一种自发的模仿。换句话说，李金发这时期的思想观念和美学追求看上去颇为激进，但是这种激进的产生主要靠的还是年轻人的那种敏感与本能，在理论

---

① 陈厚诚编《李金发回忆录》，东方出版中心 1998 年版，第 150 页。
② 歌德与叔本华是亦师亦友的关系。两人在思想观念上有不少相互影响和重合之处，如歌德的《浮士德》反映出的思想，其实也正是叔本华的哲学著作《作为意志和表象的世界》中的思想；叔本华在其哲学文章中，如《论死亡》中也多次引用《浮士德》中的诗句来印证其思想观点。所以李金发才会说，通过阅读歌德的作品，接触和了解了叔本华。
③ 陈厚诚编《李金发回忆录》，东方出版中心 1998 年版，第 56 页。

第六章 叙"颓废之美"与"悲观主义"哲学的李金发

上并未有明确的自觉性。有了去德国柏林游学的经历后，他才对其之前所倾心的与"死亡"相关的现代主义美学，有了一个飞跃性的认识。

这一点从他完成于不同时期的三部诗集的写作状况中能明显地反映出来：完成于法国的《微雨》，其中的诗歌尽管也出现了大量与"死亡"相关的意象和片段，但总体说来其描写基本上还是停留于字句的表层，诚如在前文中分析到的《弃妇》，该诗最明显的特征，就是死亡意识格外浓烈，即所有与"弃妇"相关的意象指向的几乎都是"死亡"。但是通读下来，会发现整首诗的意蕴，也就停留于个体的"死亡"事件而已，向读者展示了一位不幸的中国妇女沦落为封建礼教的牺牲品，即李金发运用"阴影"美学的手法，完成了对中国妇女命运的又一次书写。

相比之下，李金发完成于德国的《食客与凶年》和从德国返回法国后完成的《为幸福而歌》两部诗集，在"死亡"的描写方面则明显出现了改观。具体说，这两部诗集同样都是以描写"死亡"为主，但其观察死亡的视角发生了明显的变化，即由对个体"死亡"事件的描述，转向了对"死亡"哲学内涵的探讨。如果说《微雨》中的死亡描写主要抒发的是个体性的死亡感受，那么到了《食客与凶年》和《为幸福而歌》中，"死亡"就不单单是个体性的事件了，它变成了人类的宿命，而且是与一种哲学思想相关的悲剧性宿命。这在李金发的一首名为《使命》的诗中，表现得格外典型，这首诗的第一段是这样的：

生命
叩了门儿，

>　　要我们去齐演
>　　这悲剧。①

　　这四句诗的含义非常明显,即诗人把"生命"定位在一场"悲剧"上,而且还是一场要求"我们去齐演"的"悲剧"。透过这四句诗,至少可以得到如下两点信息:(一)李金发认为生命本身——而不是身为女人或者其他什么原因——就是一个悲剧;(二)这个悲剧并不是针对哪个具体的人,而是针对所有的人,或者说凡是人,都是这个悲剧中的一分子。总之,你、我、我们、他们,只要是活在这个世界上,就不得不携起手来共同把这场"悲剧"表演下去。因此,接下来他写道:

>　　你太疲乏,
>　　我全忘了
>　　诗句的声调。
>　　如何演?
>　　但看的人多了!

　　一个人从出生的那天起,就被动地加入"表演"的行列里,日复一日地操练着这套把戏——"你"累了,"我"也全然忘记了台词("诗句的声调")。到底有没有必要把这场生命"悲剧"继续表演下去?诗人对此也是深感困惑。但是"开弓没有回头箭",不管是对还是错,只能硬着头皮把"表演"进行到底。于

---

① 李金发:《使命》,见陈坚编选《李金发代表作:异国情调》,华夏出版社2011年版,第88页。

第六章 叙"颓废之美"与"悲观主义"哲学的李金发

是,李金发在诗歌的最后一段毅然决然地写道:

> 我们且交臂出去
> 长立几刻,
> 你有美丽的颊,
> 我有破碎的笔头。

既然上天注定了"我们"的命运,就是要如此抒写,那就索性让"我们"来直面悲剧——我的手臂挽着你的手臂出场,在舞台的中央"长立几刻"。你用"美丽的颊",我用"破碎的笔头",来抵抗这场摆脱不掉的人生悲剧。

由以上简单分析可以发现,该诗中咏叹的"生命"并非指生命的欣喜和生命力的勃发,相反它有一种特殊的内涵,即与"不幸"联系在一起。它指向的价值意蕴是,"人"只要一出生,就会毫无例外地被投入人生"悲剧"的历程,不得不扮演一个悲剧的角色。这是个体的"人"所无法选择与改变的命运安排,正如诗人赋予该诗的题目——"使命"。

李金发在诗歌中抒发的这种抑郁、灰色和悲观基调的生命观,与中国传统文化中的生命理念显然有着巨大的分野,应该另有一套精神渊源。确实如此,李金发的这种面向"悲剧"的生命观,主要是源自叔本华的生命哲学。

叔本华的生命哲学体系比较庞杂,这里不可能把其面面俱到地梳理一遍,所能做到的是,把其哲学体系中有关的主要思想观念抽绎出来,与李金发的诗歌观念进行对比,从中找出共同之处。诚如我们所知,叔本华生命哲学中一个重中之重的观念,便是对"死亡"的崇尚与讴歌。为此,他不惜对人们一直惧怕万分的"死亡"心理展开猛烈的攻击,认为把人的"非存在",也就是死亡"视为不幸本身是荒谬"的①,并对其评价说:"这种对生之依依不舍其实显得相当愚蠢。"② 在叔本华看来,人的一生最顽固不化的行为,就是贪生怕死。无疑,作为一位哲学家来说,叔本华崇尚的是"死",放逐的是"生",即在生与死的天平上,他选择站在"死"的一边。

叔本华为何要执迷于死?这自然与他对世界与人性的认识有关。在叔本华的认识论中,世界主要是由意志和表象构成的。所谓意志就是指人类的欲念和欲望;表象则是意志,也就是欲念和欲望的客体化。在这二者的关系中,前者是世界的主体,表象的一切都是由它决定。这样一来,便会引申出如下一些问题:人类的欲望和欲念是永无休止的,满足了这一个,下一个又会接踵而来,周而复始,无始无终。这是没有办法的事,是由人与生俱来的本性所决定的。有利的一面是,这种无休止的欲念或欲望可以推动世界和社会不断往前发展;不利的一面是,人类的欲望或欲念总有满足不了的那一天,而一旦出现这种情况,被欲念或欲望统治和折磨的人就会陷入痛苦、哀伤之中。尤为重要的是,在满足与不满足之间,满足永远都是暂时的;满足不了,才是人生的常态。因为"人"原本就有着欲壑难填的本性。这一现状其实表明了,一个人活着的过程,就是与自我欲念、自我欲望相搏斗的过程——这个过程其实是一个相当

---

① 叔本华:《论死亡》,见叔本华《叔本华美学随笔》,韦启昌译,上海人民出版社2014年版,第201页。
② 叔本华:《叔本华美学随笔》,韦启昌译,上海人民出版社2014年版,第198页。

第六章 叙"颓废之美"与"悲观主义"哲学的李金发

痛苦的过程。所以叔本华才认为,与"非存在",即"死亡"相比,"生"是不值得留恋的一件事,它不过是红尘中的"一场短暂的人生大梦"而已。[①] 待梦醒时分,也就是人生宴席将散之际。

正是基于如上之认识,叔本华才断定一个人活着是虚幻、短暂,极没有价值的一件事。既然如此,那该如何击破或终结这场虚幻的"人生大梦"?叔本华给出的答案很简单——"死亡",即唯有"死亡",也就是"非存在",才能把人类从痛苦的深渊中拯救出来。这就是他在其哲学中总会极力为"死亡"唱颂歌的原因,正如他所说:"死亡是真正激励哲学、给哲学以灵感的守护神,或者也可以说是为哲学指明路向的引路者。"[②] 为了让人们信服"死亡"这件事,他甚至还赋予"人"一种特质,即唯有那些勇于正视和迎接"死亡"的人,才是最有"认识力"的人,同时也才是真正拥有一种"伟大和高贵"精神特质的人。[③]

总之,在叔本华的哲学框架中,"人"这个群体被分成了两大类别——贪生怕死的人和不惧死亡的人。前者连接的是愚蠢或蠢人;后者才是伟大之人、高贵之人所应具备的品质。从这个意义上说,叔本华的哲学就是一种推崇、张扬和膜拜"死亡"精神的哲学。

叔本华的重"死"轻"生"之抉择,即唯有"死亡"才会

---

① 叔本华:《叔本华美学随笔》,韦启昌译,上海人民出版社2014年版,第201页。
② 叔本华:《叔本华美学随笔》,韦启昌译,上海人民出版社2014年版,第195页。
③ 参见叔本华:《叔本华美学随笔》,韦启昌译,上海人民出版社2014年版,第199页。

使人拥有平静和走向永恒的思想,几乎被李金发全盘继承了下来:李金发的诗歌,尤其是《食客与凶年》《为幸福而歌》两本诗集,几乎就是对叔本华"死亡"哲学的一种全盘演绎。有关这方面的内容可从他诗歌中如下几方面得到印证。

首先,构成李金发诗歌主导思想之底色的,正是叔本华哲学中所说的——活着就是一场"虚无之梦"之思想。在他的一首名为《讴歌》的诗中,有这样一些诗句:

> 每当静寂的时候,
> 我便欲抱头恸哭,
> 或低吟,
> 但我忘却了美丽的歌儿,
> 恸哭又觉羞怯,①

为何每当"寂静"来临的时刻,诗人就要"抱头恸哭"一场呢?是他在生活中或情感上碰到了什么为难之事?其实不是,他的这种"恸哭"是一种形而上意义的"恸哭",与现实中的事件并没有什么必然的联系。因为他接下来是这样说的:

> 新秋之林,带来心的颜色与地狱之火焰,
> 使我欲安顿在苍苔阴处之魂,
> 又被格落之声惊散,
> ——呵决斗者之剑声。

---

① 李金发:《讴歌》,见陈坚编选《李金发代表作:异国情调》,华夏出版社 2011 年版,第 178 页。

第六章　叙"颓废之美"与"悲观主义"哲学的李金发

在一个初秋的季节里，诗人的心一直遭遇着"地狱之火焰"的折磨。为了使心灵获得宁静，诗人想把这颗痛苦不堪的"魂魄"安顿在"苍苔阴处"。然而刚刚欲喘口气的"魂魄"，又被"决斗者之剑声"惊散了。

问题来了，该诗中到底是谁和谁在"决斗"？是为了何事而"决斗"？接下来的两句诗"我愿无休止地在人间羡慕，眷恋，追求，/但我何以创造这虚无之梦！"才是整首诗的点题之作："我"抱头恸哭也罢，"魂魄"无处安放也罢，原因其实只有一个，那就是灵与肉的搏斗："我"的肉体"羡慕""眷恋"和贪图人世间的喜与乐，但"我"的灵魂却不愿在这"虚无之梦"中踯躅、停顿，于是两者便在"我"的体内展开了生死决斗。无疑，这首名为《讴歌》的诗，所讴歌的对象就是"死亡"。

其次，在对人生的意义产生怀疑的同时，李金发还在诗歌中苦苦追问到底何谓"生命"，正如他诗中所写：

> 我酒入愁肠，
> 旋复化为眼泪，
> 如问这
> "不可救药"之原因
> 恐衰老之世纪亦不能答。[①]

那个令诗人含着"眼泪"苦苦地追寻，连古老的世纪都回答不了的"愁绪"到底是什么？应该说，是对"生命"自身价

[①] 李金发：《黄昏》，见陈坚编选《李金发代表作：异国情调》，华夏出版社2011年版，第86页。

值的怀疑,因为他在另一首名为《断句》的诗中写道:

> 莫说生命是盛筵,
> 慄率里勇气之末日来了,
> 向谁告诉这愚笨的需求,
> 死神单独地伺候着。①

透过"生命"繁花似锦的表象,诗人一眼看到的是"死亡"的身影。换句话说,在李金发的眼中,看上去像"盛筵"一样华丽的"生命",其实不过是"死神"的奴婢。面对这一残酷的人生真相,他还禁不住地痛苦追问:"生命就是如此么?"(《异国情调·吾生爱》)

体现于李金发诗歌中的另一与此相关的主题是,人活在这个世上不是件值得庆幸、幸福和欢快的事,而是一场令人苦痛万分的劳役。在他诗歌里有关这方面的句子格外多,可以随便举出几例,如"明媚即是肮脏"(《异国情调·你在夜间……》);"我的灵魂是荒野的钟声"(《异国情调·X》);"我如流血之伤兽,/跳跃,逃避在火光下"(《异国情调·小诗》);我"这饥饿而损伤的囚徒么"(《异国情调·你在夜间……》)在"荒地里反复踯躅,/践蹋了死猫残骨之余块而心酸"(《异国情调·Souvenir》),等等。

基于活着就是受罪、遭受折磨之认识,所以他诗歌中最后一个主题就是,厌倦活着,努力寻求突围之路,正如他的诗句

---

① 李金发:《断句》,见陈坚编选《李金发代表作:异国情调》,华夏出版社2011年版,第164页。

第六章 叙"颓废之美"与"悲观主义"哲学的李金发

中表达的那样:"我努力着去远痛苦、罪恶"(《异国情调·Sagesse》),"在荒郊寻觅归路"(《异国情调·时之表现》)。人只要活着,就会有"痛苦"和"罪恶",因此诗人"我"要为自己寻觅一条"归路"。无疑,"归路"在该处的意思就是归宿——诗人想魂归何处呢?对此,诗人的态度异常明确,他说:"我委实疲乏了,愿长睡于/你行廊之后"(《异国情调·夜之歌》)。诗人对漫漫的人生路途深感厌倦,祈祷死神能让他在"行廊之后"长睡不起。

毫无疑问,诗人的最终归宿就是走向"死亡",即死亡就是李金发最为渴望的归宿。至此或许可以说:李金发写诗与其说是靠直觉和情感,不如说是更为凭靠理性和哲学。这样说的主要原因是,李金发诗歌的情感——思想脉络就是叔本华的生命哲学,即悲观的人生观的哲学脉络,其展示出的一个基本情感-思想框架是,人活在世上就是一场"地狱之火正燃烧颈项"(《异国情调·Sonnet》)、"他们哭泣在春夏之荒原里"(《异国情调·自挽》)的劳役和苦痛。而能结束这场劳役和苦痛的唯一途径,就是走向死亡。李金发在诗歌中用"呵,寂静万岁!"(《异国情调·完全》)的句子,来表达唯有"死亡",才能使人获得永久平静之思想。

当然,在叔本华的哲学体系中,"死亡"并非就是不存在了,相反它是另一种生的开始,诚如他所说,我们没有理由"把生命停止视为形成生命的原则就此消灭,并因此把死亡当作是人的彻底毁灭"。[①]"死亡"并非等同于"人的彻底毁灭"。叔

---

① 叔本华:《叔本华美学随笔》,韦启昌译,上海人民出版社2014年版,第206页。

本华这一逻辑演绎的依据是:"生物体并不因为死亡而遭受绝对的毁灭,而是继续存在于大自然,与大自然一并存在。"① 意思就是说,人看上去是死了,其实只是转化成了另一种方式的活,即活在了大自然之中,也可说是变成了大自然的一个构成部分。这种转化形式不但无须悲伤,相反还值得欣喜。因为"死亡虽然让人们不寒而栗,但死亡却并非真是一大不幸。很多时候,死亡看上去甚至是一件好事,是我们渴望已久的东西,是久违了的朋友。"② 显然,在叔本华看来,死亡的基调并非一黑到底,其间还掺杂着一些欣喜和亮光。

李金发诗歌中对死亡的描写,其实也具有这种喜忧参半的特征。从表象看,李金发对死亡之事是充满悲观、忧伤和恐惧的,即他的诗歌文本里总是弥漫着一股股挥之不去的抑郁、孤寂和凄凉之情绪,而且几乎随时都可窥探到对"死亡"细节的大段描写。然而,如果细读这些诗句,则不难发现李金发是怀着异样的情感和心绪进入"死亡"这座坟茔的:他不是以一种截然悲伤、绝望的态度来书写这些悲伤、绝望的诗句的。更确切地说,在这些看上去异常凄凉、苦闷的诗句背后,总夹杂有一种浓浓的对"死亡"无限倾心和迷醉的心绪。譬如"我愿老死于你唇之空处,/或仅长记我的 L/在你脑里,一切之幸福"(《异国情调·给 Charlotte》)。该处的"死亡"就是与"你唇之空处""一切之幸福"联系在一起的,即诗人愿意死在恋人的唇

---

① 叔本华:《叔本华美学随笔》,韦启昌译,上海人民出版社 2014 年版,第 209 页。
② 叔本华:《叔本华美学随笔》,韦启昌译,上海人民出版社 2014 年版,第 204 页。

第六章 叙"颓废之美"与"悲观主义"哲学的李金发

间,而且这种死还是与"一切之幸福"联系在一起的。

假如说这首诗由于是与爱情相关,诗人才会把死亡与幸福等同起来,那么接下来的这首诗,则与爱情没有什么必然关联,主要表达了对岁月的喟叹:

> 岁月为不可拿捉之罪犯,
> 他带一切悲满前来,
> 刹那间复任地奔窜了。①

面对这个总囚禁着人类,最后让人"直到肉为烟化"的"罪犯",诗人唱出的却是温柔的赞美曲:

> 温柔的"死"之酝酿,
> 歌唱在小心里,
> 任春去秋来,夜以继日。②

在李金发看来,"死"非但不是躲避不及、残酷、可怕的一件事,反而它就像坛中的老酒一样,一年又一年、一天又一天地在胸中"酝酿"。显然,在李金发的诗歌中,"死亡"不是"不存在"的代名词,而是走向新生的一种途径,正如他对死亡的吟唱:"呵,我们离这苦痛之乡,/去救残废的灵魂。"(《异国

---

① 李金发:《懊悔之谐和》,见陈坚编选《李金发代表作异国情调》,华夏出版社2011年版,第70页。
② 李金发:《懊悔之谐和》,见陈坚编选《李金发代表作异国情调》,华夏出版社2011年版,第69页。

情调·X》)这与叔本华所言的"尽管时间、死亡和腐烂,我们却一切都完好无损"①的观点,具有明显的互通一致性。

第六节 一种不同于古诗的死亡叙事

在诗歌中倾诉和描写死亡,当然算不得李金发的独创。换句话说,即使不受叔本华悲观主义哲学的影响,中国古诗中也有一些书写死亡的案例。直接的例证就是,诗歌史上流传有不少又脍炙人口的"悼亡诗"。如苏轼悼念妻子王弗的词,便是其中的一首:

> 十年生死两茫茫,
> 不思量,自难忘。
> 千里孤坟,无处话凄凉。
> 纵使相逢应不识,
> 尘满面,鬓如霜。
>
> 夜来幽梦忽还乡,
> 小轩窗,正梳妆。
> 相顾无言,惟有泪千行。
> 料得年年肠断处,明月夜,短松冈。②

---

① 叔本华:《叔本华美学随笔》,韦启昌译,上海人民出版社2014年版,第217页。
② 苏轼:《江城子·乙卯正月二十日夜记梦》,见刘石编选《苏轼词选》,人民文学出版社2005年版,第50页。

第六章 叙"颓废之美"与"悲观主义"哲学的李金发

这首简短、明快而又深沉、感人至深的词就是倾诉死亡的：10年前，挚爱的妻子不幸离世，遗体被葬于千里之外的家乡；10年后的忌日这天，苏轼又一次在梦中与妻子相遇——妻子还像活着时那样，正坐在梳妆台前梳妆打扮。两个人都积攒了一肚子的相思话，一时却又不知从何处说起，唯有簌簌而下的泪水诉说着一片衷肠……苏轼从梦中醒来后，便挥笔写下了这首"相顾无言，唯有泪千行"的千古名篇。

一般说来，在中国的古诗中，凡是与"死亡"相关的诗歌，绝大多数可以归于"悼亡"范畴，即诗人有意识地借用诗歌这种文体对死去的亲朋好友进行怀念与哀悼。显然，这类诗歌既有情感方面的功用——表达对逝者的思念之情；也有现实方面的功用，即作为一种哀悼逝者的仪式环节而存在。

除了这类诗歌以外，古诗中还有一类诸如陶渊明、袁枚等人所写的"自挽诗"。所谓"自挽诗"，顾名思义，就是诗人写给自己的挽歌。它与"悼亡诗"一样，也是用来怀念和哀悼"死亡"的。不同之处是，由于不是别人来哀悼，而是活着的自己来哀悼死亡了的自己，所以在风格上往往带有一定的戏谑性和自娱自乐的特质。如一直奉"性灵"为宗的清代著名诗人、诗学理论家袁枚，在76岁的时候，某天突然腹泻不止，用药也止不住。他想起曾有算命大师预言，他的阳寿大关就是在76岁这年。他觉得这次腹泻应该是生命即止的预兆，于是援笔写下这首名为《腹疾久而不愈，作歌自挽，邀好我者同作焉，不拘体，不限韵》的诗：

人生如客耳，有来必有去。其来既无端，其去亦无故。但其临去时，各有一条路……逝者如斯夫，水流花不住。

> 但愿著翅飞，岂肯回头顾？……①

这首带有戏谑性质的诗，其实就是袁枚对所谓"人生"的一种解读：人生在世并非是永恒的一件事。人来到这个世界上没什么缘由，离开这个世界也同样没什么缘由。人生说到底不过是一场"有来必有去"的游戏。即使想赖着不走，也毫无用处，因为"逝者如斯夫，水流花不住"。由于袁枚参悟透了"人生"这一来去不可更改与违背的本质，所以他也就接受了"上天"制定的这份规约——既然谁也回避不了这一劫，何不坦然领受？为了激励自己不惧"死亡"的斗志，他写下了这首挽歌，还邀请好朋友们参与进来一起写。

袁枚写下这首诗的用途很明确，就是要以此来表达自己不惧"死亡"的豁达与通透——生命既然是一场有来有往的游戏，那就"生"也高兴，"死"也无妨。潇洒着来，潇洒着去，这便是袁枚借这首诗要表达的思想内涵。

以上列举的这两类诗——"悼亡诗"和"自挽诗"，无疑都是以"死亡"为书写对象的，即诗歌的核心内容都是围绕"死亡"之事来展开。这是否可以说明中国古诗中向来也有一种书写"死亡"的传统？或者换言之，李金发的那些以"死亡"为主题的诗歌，其实也是对中国古诗中此类诗歌传统的继承与发扬光大？

应该说，并不能把这二者直接等同起来。李金发的诗歌与

---

① 袁枚：《腹疾久而不愈，作歌自挽，邀好我者同作焉，不拘体，不限韵》，见王英志编纂校点《袁枚全集新编》第2册，浙江古籍出版社2018年版，第859—860页。

第六章 叙"颓废之美"与"悲观主义"哲学的李金发

苏东坡、袁枚的诗歌，尽管都是围绕"死亡"之事展开的，但是彼此间秉持的"死亡"观念却相差甚远。二者的区分大致可作如下总结：首先，对苏轼和袁枚而言，死亡就是死亡——作为"死亡"这件事本身并不值得怀疑与探讨，即"死亡"就是特指生老病死、不能悖逆的自然规律。其次，他们诗歌中的"死亡"内容，其指向都是具体而清晰的，并无丝毫的晦涩与朦胧。如苏轼表达了对早逝妻子的深切思念，袁枚则抒发了君子不惧"死亡"的坦荡之情。总之，他们的诗歌中都有一个明确的"死亡"或者说将要"死亡"的对象。再次，这两首诗都有一个共同的特点，即诗人在诗中把为何要写这首诗的缘由交代得一清二楚。这也必然是由"悼亡诗"和"自挽诗"的上述两个特点决定的。这也说明在中国古代，凡是与"死亡"相关的诗，并非是随便可写，即它一定要有的放矢，不是哀悼别人，就是哀悼自己，反正得有一个真实而具体的哀悼对象的存在。最后，诗人在诗歌中对"死亡"的结果都是认可和接受的，区别仅在于是痛苦地接受还是坦然地认可而已。

比较而言，李金发诗歌中所描写的"死亡"，则要晦涩、朦胧许多。假如古诗中有关"死亡"的叙事模式大致不出两种——抒发对逝者的怀念和彻悟生死后的豁达，那么李金发诗歌中的"死亡叙事"则难以用这套模式来予以总结：首先，李金发诗歌中的"死亡"，基本是一些没有具体死亡对象的死亡，即出现于他诗歌中的"死亡"是些笼统而抽象的死亡场景。如果说有具体对象的"死亡"指向的都是个体性的"死亡"，那么李金发这种笼统而抽象的"死亡"，指向的无疑是一种群体性的或者说共同性的"死亡"。其次，李金发对"死亡"的态度不能用接受还是不接受来解释，即其笔下的"死亡"往往会给人一种

297

神秘莫测的感觉。

这种缺乏具体的死亡对象,抑或说具体的死亡事件的"死亡",到底是一种什么意义上的死亡?可以通过对李金发收入《异国情调》中的一首名为《有感》的诗,予以分析和考察:

> 死不瞑目的土坟内,
> 有阴灵吁嘘的叹声,
> 发出像荒谷化石层中
> 恐龙尸体的气息。
> 驾鹤西归的光荣,
> 抵不过一生手足胼胝的血汗,
> 成行的后裔,
> 装出如雷鸣的笑声,
> 仿佛隐藏着自悲的独幕剧。
> 昨日呢喃吩咐遗嘱的病者,
> 已是蜡色的不可响尔的遗体。
> 覆上黄土,拓清不祥的气运,
> 是酷热中的亲属的期望。①

诗歌的一开篇,就直指"死不瞑目的土坟内"。这说明牵动诗人魂魄的,是躺在这个"土坟内"的那个"死不瞑目"的人。然而令人不解的是,这个死去的"人"是谁,"他"或者"她"为何会死不瞑目,即这个不知姓名、性别的人为何而死、死于

---

① 李金发:《有感》,见陈坚编选《李金发代表作:异国情调》,华夏出版社 2011年版,第233页。

第六章 叙"颓废之美"与"悲观主义"哲学的李金发

何时,诗人为何要特意书写和哀悼他(她),这一切统统都是未知数,我们只知道这个坟墓内飘荡着"阴灵吁嘘的叹声"和"恐龙尸体的气息"。

这一系列不该省略的省略,是李金发在创作时忘记了交代还是刻意所为?从接下来的诗句来看,这首诗原本就不是基于对某个具体熟知的"死者"进行哀悼,而不过是以一个"死者"为媒介来透视和玩味"死亡"这件事而已。正由于创作的出发点不同,所以这首描写"死亡"的诗,表达的并非是对"死者"的怀念,相反着重点集中在对"死亡"这件事本身的描写与渲染上:诗歌的前9行借"土坟""阴灵吁嘘的叹声""荒谷化石层""尸体的气息"等意象,表达了人之死亡,即"驾鹤西归的光荣"。该处值得注意的是,在李金发的"死亡"表达范式中,"死亡"这件事并非是不幸、悲伤的代名词,而是与"光荣"联系在一起的。仅凭这一点,就与中国古诗中的"死亡"意识拉开了距离。具体说,在中国古代诗人的笔下,"死亡"从来都是人生的一种无法摆脱而又无可奈何的隐痛,即使是那些修炼到最高境界的"高人",一般也就是能够做到坦然面对和领受这份不幸而已,而从未有诗人会把"驾鹤西归"这件事,视为是一件"光荣"或值得炫耀的事。

当然,在李金发的"死亡"叙事中,这种"光荣"也不能作单维度、单层面的释说。也就是说,它一方面有"光荣"的传统含义,另一方面也被注入一些现代性的修辞技巧。总之,"光荣"在此文本中具有一种悲喜交加,即复合或反讽的现代性特性。用李金发的诗句来表达就是,在这个"装出如雷鸣的笑声"中的"光荣"里,还隐藏着一出"自悲的独幕剧"。从某种意义上说,这个"自悲的独幕剧",其实可以视为这首名为《有感》诗歌的主题：李金发"有感"的对象或者内容就是，人生不过是一场自编、自导和自演的悲剧。

通过对《有感》这首诗歌的简要分析，发现这首处处散发着浓烈死亡气息的诗歌，与现实生活中的真实死亡并无直接的关联，即构成这出"独幕剧"主角的是笼统意义上的"人"或者说"人类"，并非特指单个的具体人。这一点从李金发调遣使用的意象中也可以明显地反映出来，譬如被埋入"土坟"中的并不是某个有名有姓的人，而是有意识地用笼统的"病者""遗体"还有"恐龙尸体"来代之；同样，前来为其死亡送行的也不是某个、某些具体的亲朋好友，而是用笼统的"亲属"和"成行的后裔"来代之。从原型批评的角度来说，"恐龙"和"后裔"这两个意象可谓中华民族的原型意象，它既是一个民族历史久远的象征，也是一个民族面向未来、绵延不绝的文化符号。

这一切其实都意味着《有感》一诗中描写的"死亡"，是一种超脱出了个人的生死，而进入一个更为宏观或者说哲学层面的"死亡"。李金发也有一首《自挽》诗，但是他的这首哀悼"自我"的诗，并没有沿着袁枚的那种看透生死、坦荡面对的路数走，而是显得颇为神秘莫测：

> 我明白你眼中的诗意，
> 呵！年少之朋友，
> 当我死了，
> 无向人宣诉余多言的罪过。[①]

[①] 李金发：《自挽》，见陈坚编选《李金发代表作：异国情调》，华夏出版社2011年版，第146页。

第六章 叙"颓废之美"与"悲观主义"哲学的李金发

自己死了,怎么就不让人"宣诉"他"多言的罪过"?活着时,他说了什么不当说的话吗?这一切,都不得而知,诗人只是在诗中告诉我们:

> 人若谈及我的名字,
> 只说这是一秘密,——
> 爱秋梦与美女之诗人,
> 倨傲里带点 méchant。

怎么连自己的名字都会变成了"一个秘密"?这个热爱"秋梦"和"美女"的诗人,死了以后,到底如何了?诗歌的最后一段是这样写的:

> 我伴着你来,
> 指点过沿途之花草,
> 他们哭泣在春夏之荒园里,
> 其于此地找点忠实与温和。

"你"是谁?与诗人"我"是何种关系?为何"沿途之花草"都"哭泣在春夏之荒园里"?此外,"我伴着你",要去哪里?这一切的一切都是未知数。显然,李金发的诗,已经完全逾越中国古代诗人借"死亡"寄托哀思、抒发心志的范畴,而进入与生老病死之规律完全无关的另一种艺术空间。

假如说在中国古代诗人那里,死亡就是死亡,这是个无须质疑和多加考虑的客观规律,那么在李金发这里,"死亡"的基调发生了根本性的改变,即它既不是一件悲痛欲绝的事,更不是需要看通、看破的事，而是一件亟须拿到勘测灯下重新探索和研究的事：何谓死亡，死亡与人生是怎样的一种关系，即它到底是人生的终结还是人生的另一种开始？死亡之事由原本根本就不是事的事，变成了一件需要重新认知和重新命名的事。李金发的这一姿态就决定了他写诗的过程，就是对"死亡"之事勘测、追究和命名的过程。

此外，在中国古代诗人那里，死亡从来都是个严肃而重大的事件，在不是十分必要的情况下，一般不会随便触及它。而在李金发这里，"死亡"并不具备这种庄重性。对诗人而言，它就是个随手可及的修辞手段，可随时随地被运用到诗歌的创作中来，如"枯瘦的黄叶像是半死，/雪花把他活活地埋葬，/有谁抱这不平。"（《异国情调·闺情》）秋天里的"黄叶"、冬天里的"雪花"，原本经常是与成熟、丰收、纯洁等联系在一起的，然而在李金发的诗中，则表现为"雪花"埋葬了"黄叶"——两个意象相拥着走向"死亡"。"死亡"在李金发的笔下与其说是一种对生死之自然规律的表达，不如说是一种无时不在的思想情感和审美趣味的张扬。这也是其诗歌文本中，总笼罩着一层层"死亡"阴影的原因。

通过对李金发诗歌中"死亡"意象的分解，发现"死亡"在其诗歌中，严格说是作为一种修辞手段的死亡叙事，体现了另一种更具有理性精神的精神特质。这种特质大致可以概括为，"死亡"指向的并非单纯是人世间别离的苦痛和对苦痛超脱的坦然；除此之外，它还是一件关乎生命的价值和意义终极真理的大事。从某种层面上说，它是一种有关"死亡"的哲学，即通过"死亡"之途径来破译人生的价值和世界的意义。显然，与中国古代诗歌中的"死亡"观念相比，这是另一种异质话语的死亡观。而且这种死亡观,主要是来自叔本华死亡哲学的影响。

梳理清楚了这一脉络,也就大致廓清了李金发的写诗理路:脑海里先入为主地拥有一套叔本华的死亡哲学,而且他对这套哲学思想有着深深的认可与迷醉,甚至有时分辨不清哪些思想是叔本华的,哪些思想是他的。由此做铺垫,他再寻觅一些适当的意象和适当的语言,把这种思想的感觉诠释和演绎出来。他这种先有精神"底本",后有作诗的方式,就决定了其诗歌看上去是抒情的,其实是以叙事,即叙哲学之事为根基的。这其实是必然的,没有"叙"的成分,怎能把哲学之事的"事",也就是"理"很好地呈现出来?

长期以来,批评家们总是责怪李金发把诗歌写得太过晦涩和难懂。其实,这怪不得李金发,要怪只能怪批评者们没有很好地掌握李金发的创作"密码"。归根结底,李金发的诗歌看上去是抒情的,其实这种"情"与中国传统诗歌中表达的那种与自我情感经历休戚相关的悲观离合之情并不一样,他诗歌中的"情"通向的是哲学上的"理",即是一种建立在死亡哲学脚本上的诗歌。

用一套哲学思想作为其诗歌的底本,或许有不够妥当之处,但一个不可回避的事实是,中国现代主义诗歌就是从此处起步的;李金发之后的另一位货真价实的现代主义诗歌大师——穆旦的诗歌也具有这种"叙哲学"的特点。

李金发诗歌中这种异质的话语叙事方式,譬如他的诗歌文本中除了"死亡"之外,还有大量关于"上帝""天使""耶稣教徒""女王"等的意象,这类意象不但在中国古诗中没有,就是在他之前的现代白话新诗中也甚少出现。这一方面导致了如果不了解李金发借鉴使用的叔本华的死亡哲学,就不能解读其诗歌的弊端；但另一方面也应该承认，正是由于李金发的这种以哲学写诗的"怪"与"晦涩"，反而为中国新诗歪打正着地开辟出了一条现代主义之路："死亡"是人生的最大秘密，同时也是人生的最大忧郁，这就是象征主义诗人愿意抒写"死亡"的原因。李金发的诗歌在艺术上或许还没有达到炉火纯青的地步，存在这样那样的一些问题，但是还是应该为他的敏感和努力而喝彩——在短短的几年之内，仅凭着对法国象征主义诗歌的阅读，他不但快速地揣摩出了该诗派的独特之处，而且还能把这种"独特"落实到创作中来，并形成自己的一种创作风格。

总之，李金发诗歌中最重要的关键词是"死亡"，即他用诗歌来叙"死亡"之事，或说是"死亡"之理。他诗歌中所叙的"死亡"观念，并非是赓续了中国传统文化中的"死亡"观念，而是跳出了中国文化传统，直接跃入西方现代文化，尤其是德国哲学家叔本华倡导的死亡哲学，即"悲观的人生观"的价值理念中去。从这个意义上说，李金发不但是中国新诗史上最早领悟西方现代主义思想和诗歌精髓的诗人，还是最早让中国新诗与西方现代哲学展开对话，甚至让其以思想资源的形式直接参与到新诗的创作中。他的这一不够娴熟，却意义深远的跨学科、跨文本的融会贯通，在改变中国诗歌审美结构的同时，也把西方现代主义诗歌注重哲理与冥思的传统引入了进来。

第七章

作者、隐含作者与角色设置：
穆旦的《诗八首》

在传统诗歌理念中，诗歌，特别是抒情诗所表达的通常都是自我情感的抒发。所以读者在阅读诗歌时，常常会把生活中的那个写诗人，与文本中的那个抒情人二者合一，即认为诗中人所表达出来的思想情感，就是诗人本人真实情感的自然流露。这种把现实生活中的诗人，直接带入诗歌文本中去的阐释方式，在阐释以"情"为主的古典诗歌时，问题似乎还不是特别突出——反正抒发的都是"情"，可以忽略不计这两种"情"之间的差异性。然而，当诗歌步出了古典主义阶段，而进入现代主义阶段，即当诗歌不再把"抒情"当作目标，而以展示"理"——哲学之理、宗教之理、智慧之理为己任时，再把诗人的现实生活情景和精神状态作为阐释诗歌的逻辑依据，就明显有些捉襟见肘了。这些年来学术界对穆旦代表作《诗八首》的阐释，就表明用纯粹的抒情理论，已经不能很好地阐释这首诗歌了。

《诗八首》确实如评论者所说，是一组互为勾连和演绎的爱情诗。但是，这组爱情诗与以往所熟知的那种爱情诗的表达模式，完全不是同一个理路：它与现实生活中的爱情情感逻辑并不吻合，却与西方的宗教哲学逻辑具有一致性。也就是说，如果把宗教哲学话语引入这首诗歌中来,一切不符合情感逻辑的角色都符合逻辑了。这一状况表明穆旦在创作《诗八首》时,并没有过多地去考虑所谓的真实爱情问题,而是有意识地从某种宗教哲学理念出发,为人们构筑了一个现代性的爱情故事模本。因此说,《诗八首》与其说是抒情的,不如说是叙事的,即它有意识地借诗歌这一形式,把西方的一些现代思想观念引入进来,从而使中国原本更为偏重于主观情感的诗歌,具有了一种更为复杂和现代的以理性为主体的情感结构。

第一节　谁构筑了诗歌文本:有关"隐含作者"

穆旦于 1942 年完成于西南联大的《诗八首》,一直都是谜一般的存在。一方面批评家,也包括读者对这组诗所描写的内容都异常明确,认为它就是一组货真价实的爱情诗。如同样毕业于西南联大,与穆旦属于同辈人的王佐良,给予《诗八首》的评价,是"现代中国最好的情诗之一"。[①] 此后对《诗八首》予以细致解读的孙玉石,也曾从题材上归类,说这是一组"属于中国传统中的'无题'一类的爱情诗"。[②] 既然一首诗歌的主题已无任何悬念,那么对围绕其主题所展开的诗句,理应能顺利展开阐释与批评才是。然而,批评家们在面对《诗八首》的

---

① 王佐良:《一个中国诗人》,见《穆旦诗集·附录》,北京:中国文联出版公司 1993 年版,第 120 页。
② 孙玉石:《穆旦的〈诗八首〉解读》,见《中国现代主义诗潮史论》,北京大学出版社 1999 年版,第 389 页。

第七章 作者、隐含作者与角色设置：穆旦的《诗八首》

具体文本时，却陷入了一个颇为奇怪的怪圈：整组诗歌的意思都可以揣摩、推敲和总结出来，但是在面对诗歌文本中的一些具体诗句、段落和意象时，却又感觉与爱情的主题似乎并不那么吻合，至少有些意象和段落难以言说与阐释。

或许由于这组诗歌产生的年代较为久远，或许较早地对这组诗歌展开评论的批评家们还不敢过于脱离现实的轨迹，所以他们一方面肯定了这组诗歌中所具有的现代性，另一方面又肯定得不够彻底，譬如袁可嘉在1987年就曾做过这样一个评价，他说《诗八首》是"现代派的，它热情中多思辨，抽象中有肉感，有时还有冷酷的自嘲。……肉感中有思辨，抽象中有具体，在穆旦那些最佳诗行里，形象和思想密不可分，比喻是大跨度的，富于暗示性，语言则锋利有力，这种现代化的程度确是新诗中少见的。"[①] 这个评价无疑是超前与中肯的，彰显了《诗八首》反传统的一面。如果沿着这个维度继续探索下去的话，无疑能把该诗中所蕴含的现代性转变很好地揭示出来。遗憾的是，由于时代所限，袁可嘉接下来的释说，又远离了已经触摸到了的现代主义框架，重新返回到"唯物主义"和"爱情的物质基础"的旧框架中来，正如他对该诗的总结："穆旦的《诗八首》是一组独特的情诗。新诗史上有过许多优秀的情诗，但似乎还没有过像穆旦这样用唯物主义态度对待多少世纪以来被无数诗人浪漫化了的爱情的。"[②]

---

① 袁可嘉：《诗人穆旦的位置》，参见《半个世纪的脚印——袁可嘉诗文选》，人民文学出版社1994年版，第155页。
② 袁可嘉：《诗人穆旦的位置》，参见《半个世纪的脚印——袁可嘉诗文选》，人民文学出版社1994年版，第154页。

事实上,《诗八首》中所展示出的爱情既不是唯物主义的,也不是浪漫主义的,穆旦本人在1940年为卞之琳的诗集《慰劳信集》所写的诗评中,已经明确地指出:"在20世纪的英美诗坛上,自从艾略特(T. S. Eliot)所带来的,一阵十七、十八世纪的风吹掠过以后,仿佛以机智(wit)来写诗的风气就特别盛行起来。脑神经的运用代替了血液的激荡,拜伦和雪莱的诗今日不但没有人摹仿着写,而且没有人再肯以他们的诗当鉴赏的标准了。"① 穆旦的这番话说于1940年,不难设想他在1942年执笔写下《诗八首》时,自然不会以拜伦和雪莱为代表的浪漫主义的诗歌标准作为自己写作的标准。而且袁可嘉把《诗八首》中的爱情感,总结成"唯物主义"的爱情观,并认为穆旦就是用此种爱情观,取代了"浪漫主义式的爱情"观,也是一种不够恰当的比附。因为"唯物主义"在美学上所对应的常常是现实主义的审美观念,而这与《诗八首》中所展现出来的现代性美学思想有着严重的错位。

与传统诗歌相比,西方的现代主义诗歌拥有许多新型特征。其中,最重要的一个特征,是具有强烈的宗教哲学色彩。有关这一点从西方的现代主义诗人,诸如艾略特、里尔克、叶芝和奥登等诗人的诗作中,也能明显地感受出来。穆旦在西南联大读书时就深受这些诗人的影响,加之《诗八首》带有某种神秘的色彩,并且文本中还出现了诸如"上帝""主"之类的意象,所以就曾有研究者尝试从欧美现代主义诗歌的宗教哲学层面来解读这组诗歌。然而,这一尝试还没有展开,便立即遭受到了

---

① 穆旦:《慰劳信集》,见《穆旦诗文集》(增订版)2,人民文学出版社2006年版,第59页。

第七章　作者、隐含作者与角色设置：穆旦的《诗八首》

另一些批评者的反对。如与穆旦同属"九叶诗派"的另一成员——杜运燮在《穆旦诗选》的后记中，就曾特别地强调说，穆旦"并非基督教徒，也不相信上帝造人，但为方便起见，有一段时间曾在诗中借用'主''上帝'来代表自然界和一切生物的创造者。"他一方面承认穆旦诗歌创作中有"主"和"上帝"意象的存在，但另一方面又把对这类意象的使用，归结于穆旦仅仅是出于"方便起见"而使用，即为了说明穆旦与西方宗教哲学没有关系，而把以"主"和"上帝"为代表的西方文化内涵，统统地从文本中解构掉了。

如果说杜运燮的否定还算是比较含蓄和节制的，那么有些穆旦的捍卫者则要强硬得多："因穆旦的诗中经常出现的'上帝''救主'，所以就断定穆旦是个类似非入会的宗教徒，甚至在解读他的诗歌时，赋予了他自己也始料未及的基督化的思想及其理论阐述，这是一种不科学的想当然，更是把穆旦研究引向一种误区。首先穆旦终身未入教，而且也未曾见到穆旦夫人或同道师友亲朋等回忆起他生活上的若干宗教情结。"[①] 对穆旦诗歌的解读理应是全方位、多视角的，但是如果把穆旦本人是否"入教"以及周边亲朋好友的回忆，作为理解和判断穆旦诗歌，包括《诗八首》是否存在宗教哲学思想的依据，则无疑是另一种意义上的"不科学"。因为，这一"结论"的得出，是建立在这样一个假定的前提下：出现于诗歌文本中的人物或者说思想情感，就是真实生活中的穆旦与真实生活中的穆旦的真实思想，即二者的形象、身份以及想法是完全合一的。唯有在这样一个前提基础下，这一结论才能够得以成立。

---

① 王学海：《穆旦诗歌中不存在宗教意识》，见《文学评论》2007年第6期。

一个读者从诗歌文本中感受到的思想情感或者说构筑出来的形象，是否就一定可以与生活中的那个作者互画等号，这无疑是个值得探讨的学术话题。为了更好地解决这一问题，本章将会把叙事学中的"隐含作者"概念，引入《诗八首》的阐释文本，从而力图为该诗的解读增添一些学理方面的依据。在进入这个环节之前，先回顾一下何谓"隐含作者"。

隐含作者是近些年来叙事学界经常探讨的核心概念之一，也被较为广泛地运用到小说的研究中来。然而，这一概念在诗歌研究界尚未引起足够的重视，至少在对具体文本解读的实践中，似乎还缺少对隐含作者的直接引入。

何谓隐含作者？对这个概念的释说，目前还是仁者见仁、智者见智。隐含作者最初的发明者韦恩·布思是从两个方面对其进行界定的。首先，他认为隐含作者是"通过文本重构的作者的第二自我"，即是作者的"面具或者假面"；其次，隐含作者是指"站在场景的背后，对文本构思及文本所遵循的价值观和文化规范负责的隐含作者形象"。① 显然，布思对隐含作者的设置，遵循了以下两个原则：第一，隐含作者并非就是生活中的那个真实作者，即出现于文本中的"他"或"她"，而是作者以文本为媒介塑造出来的另一个"自我"。换句话说，是作者根据某种文本的审美需求，有意识地设定出的一个"面具"或"假面"。第二，隐含在文本中的这个"面具"或"假面"，或者说不同于真实"我"的那个"自我"，所承担的任务异常艰巨——不但要负责"文本构思"，还要负责对"文本所遵循的价值观和

---

① 杰拉德·普林斯：《叙述学词典》，乔国强、李孝弟译，上海译文出版社2011年版，第99页。

第七章 作者、隐含作者与角色设置：穆旦的《诗八首》

文化规范"等问题的设置与调控。

布思为何要发明和构筑这样的一个隐含作者理论？他的目的是向人们提出这样一个疑问：到底是谁构建了文学文本？在传统文学，尤其是诗歌理论的研究范式里，这原本不是一个问题。当然是作者，作者就是文本的直接创造者。在这样一种理所当然的价值等同下，所谓研究文本，其实也就变相地成为研究作者，即作者本人的生活经历和真实思想等，成为阐释文本的一种重要依据。也就是说，人们对文本的阐释，必须要与作者本人的言论相一致，否则，就会被视为不真实。

布思坚决反对这样一种处处受制于真实作者，而忽略了文本自身应有的想象性和创造力的做法。为了尊重和彰显文本自身的虚构性，布思便发明了隐含作者之概念，即他试图通过把文本从作者的捆绑中剥离出来的方式，宣告一种新理论思维方式的诞生：真正对文本负责，决定着文本是这样而不是那样的，并不是生活中的那个真实作者，而是躲在真实作者身后的那个更为隐秘的隐含作者。

显然，隐含作者作为一个理论术语的出现，其意义就在于：它在消解和取代了作者神圣地位的同时，也宣告了文本自身具有独立的自主性，对其理解和阐释可以无须顾忌真实的作者，即作者与文本之间并不存在一种互为演绎的逻辑关系。当然，这也并不是说诗歌文本的创作与真实作者就全然没有关系——二者之间存在关系，只不过这种关系并非是直接的，而是间接与隐蔽的。此外，隐含作者的另外一个意义是，它自身所具有的隐蔽性特征，也顺带着使诗歌的情感内容变得间接与客观化起来，从而使诗歌拥有了更大的张力与表现力。

第二节　抒情的间接性：从隐含作者到人物角色

布思在作者与文本之间嵌入一个隐含作者，除了强调作者与文本并非是等同可以互相替换的关系外，他还意在强调一个存在于文本中，却长期以来又未被纳入理论研究中的创作事实：作者（真实作者）在创造某个文学文本时，除了极为特殊的文本，如"自传"之外，其他的一般都不是以真实的生活场景和真实的心理状态为模本的，而是作者根据其创作思想和审美观念的需要，通过隐含作者这一媒介，有意识、有选择地让自己"扮演"与此目的相一致的角色。真实作者与隐含作者的主要区别在于，真实作者是本色的、唯一的；而隐含作者则具有表演性，它可以是多样性和角色化的。这也是现代主义诗歌一般都尽可能避免让作者直接登场的原因。

假如把上述隐含作者之概念引入《诗八首》中来，至少可以得出如下两个结论：结论一，用穆旦生活中的非宗教身份来否定其文本中的宗教哲学性是不妥的，没有充分顾及文本自身的独立性问题。也就是说，从隐含作者这个理论学说出发，作为真实作者的穆旦可以不是宗教信徒，甚至可以不信奉宗教哲学，但这并不妨碍他可以通过隐含作者之环节，把他了解到的一些有关宗教哲学意识投注到诗歌文本中去。所以说，研究者们有意识地把《诗八首》与宗教哲学思想完全剥离开来是缺乏逻辑依据的，作者本人即使不是宗教信徒，也并不妨碍作者在诗歌文本中表达他对宗教哲学思想的认识与实践。结论二，既然说由隐含作者塑造出来的那些不同于作者本人的人物角色，才是文本走向的直接和权威的主导者，那么对文本的研究，也就相

第七章 作者、隐含作者与角色设置：穆旦的《诗八首》

当于演变成了对人物角色的研究。具体到《诗八首》，就意味着对该诗的研究，应该把重点集中到诗歌中出现的人物角色上，而不是盲目的主观揣测上。换句话说，有关该诗的一切分析与结论都应该以这些人物的角色为依据，而不是以真实作者穆旦的所作所为为依据。更何况，即使是抛开隐含作者不谈，就算穆旦为了创作上的方便而借用了"上帝"等词来指称造物主，这个借代本身其实也是一种价值选择：在浩如烟海的汉字意象中，有种种可以表达"造物主"的词，如"夏娃""伏羲""天""老天"等，但是穆旦都不取用，而是直接选用了"上帝"，这就是一种文化抉择。

总之，生活中的穆旦或许没有什么宗教哲学情结，但是其《诗八首》中的"隐含作者"则完全可以是位有着浓厚宗教情结的哲人。由这位哲人塑造出的人物角色自然也是带有宗教哲学性的。

在以往的诗歌研究框架中，甚少会有"人物角色"这样的提法。这也自然，因为以往人们都认为，诗歌主要是以抒情为目的的一种文学样式。以这种形式为主导的诗歌，既不可能讲究"人物"，也不可能讲究"角色"——这二者原本与抒情性是相违和的。但是随着现代主义诗歌的出现与发展，诗歌中惯有的那种抒情成分，渐渐地开始消退，并逐渐地被明显的理性叙述所取代。有关诗歌创作的这一审美转向，穆旦在20世纪40年代就明显感受到了，他在为卞之琳的《慰劳信集》写评论时，一开篇就把笔触直接指向英美诗坛："在20世纪的英美诗坛上，自从艾略特（T. S. Eliot）所带来的，一阵十七、十八世纪的风吹掠过以后，仿佛以机智（wit）来写诗的风气就特别盛行起来。脑神经的运用代替了血液的激荡，拜伦和雪莱的诗今日不但没有人摹仿着写，而且没有人再肯以他们的诗当鉴赏的标准了。"① 穆旦的意思无疑是说，对于 20 世纪的英美诗坛而言，17、18 世纪的浪漫主义诗风已经过时了，当下流行的是由艾略特开创的以"机智"为特征的写诗风潮。

　　穆旦对卞之琳的认识与评价，也正是沿着这样一个轨迹前行的。他认为卞之琳的主要写于 1931—1935 年间的《鱼目集》，是中国现代诗坛第一个体现出这种创作风气的诗集，正如他评价说："把同样的种子移植到中国来，第一个值得提起的，自然就是《鱼目集》的作者卞之琳先生。《鱼目集》第一辑和第五辑里的有些诗，无疑地，是给诗运的短短路程上立了一块碑石。自五四以来的抒情成分，到《鱼目集》作者的手下才真正消失了。"② 为了肯定和倡导这样一种创作方向，穆旦还在文中借用徐迟的话说，当下中国诗歌的发展就应该朝着"抒情的放逐"② 方向走。

　　这样一来，问题也就随之而来：既然卞之琳用《鱼目集》取消了诗歌的抒情成分，且其后的徐迟又在理论上肯定了放逐抒情的合理性，那么接下来的中国现代新诗又该如何进行创作呢？或者说朝着"抒情放逐"方向走的方向，又是一个什么样的方向？

　　穆旦在《慰劳信集》一文中提出了一个"新的抒情"问题。不过，他所说的这个"新的抒情"并不是传统意义上的那个抒

---

①② 穆旦：《慰劳信集》，参见《穆旦诗文集》（增订版）2，人民文学出版社 2018 年版，第 59 页。

② 穆旦：《慰劳信集》，参见《穆旦诗文集》（增订版）2，人民文学出版社 2018 年版，第 60 页。

第七章 作者、隐含作者与角色设置：穆旦的《诗八首》

情，正如他所说："旧的抒情（自然风景加牧歌情绪）是仍该放逐着；但另一方面，为了表现社会或个人在历史一定发展下普遍地朝着光明面的转进，为了使诗和这时代成为一个感情的大谐和，我们需要'新的抒情'。这新的抒情应该是，有理性地鼓舞着人们去争取那个光明的一种东西。我着重在'有理性地'一词，因为在我们今日的诗坛上，有过多的热情的诗行，在理智深处没有任何基点，似乎只出于作者一时的歇斯底里。"① 现代新诗应该朝着"有理性地"方向走。也就是说，穆旦提倡的这个"新的抒情"是一种以"理性"为基础的抒情，即所谓抒情是在"理性"引导下的抒情。

通过对穆旦这篇发表于1940年4月28日香港《大公报》文章的分析，可以肯定地说，20世纪40年代的穆旦在诗学思想的认知方面，已经与英美现代诗学理论同步了，即这时的他已经开始信奉与遵循现代主义的客观性创作原则了。假如从这样一个角度切入穆旦写于1942年的《诗八首》，许多不可解的因素也都一下子变得可解了。

尽管接触到《诗八首》的人，都能或多或少地感觉到与传统的抒情诗相比，该诗有着明显的异常性，但是由于批评惯性与审美旨趣使然，绝大多数研究者还是习惯性地称其为抒情诗。当然，也有研究者发现和注意到了该诗中包含的叙述性成分，如孙玉石对这方面的问题就有过一个总结。他说穆旦以"特有的超越生活层面以上的清醒的智性，使他对于自身的，也是人类的恋爱的情感及其整体过程，做了充分理性成分的分析和很

---

① 穆旦：《慰劳信集》，参见《穆旦诗文集》（增订版）2，人民文学出版社2018年版，第60页。

大强度的客观化处理。"①孙玉石揣摩到了这组情诗并非是以"情"为轴心展开的,而是与"智性""理性"和"客观化"有着不解之缘。

孙玉石的这个认识还是颇有见地的。《诗八首》中这种"理性成分""客观化处理"等充满"智性"的操作,不但通过其字、其句能深切地感受到,就是整组诗歌的谋篇布局也深切地体现着这一特点:一般意义上的抒情诗,注重的都是自我情感的抒发,并不会在诗歌中有意识地设置一些客观化的角色。然而,穆旦的这组《诗八首》却一反抒情诗的这一特点,整组诗歌都是围绕一对人物角色搭建起来的。换句话说,它不是以直接抒情的方式,而是以彰显人物角色的方式彰显这组诗歌存在的意义的。

何谓"角色"?《词源》对"角色"的解释是:"传统剧中演员的类别。"②"角色"并非是指演员本人,而是指演员对某一人物类别的扮演。显然,在这一过程中,"扮演"——扮演"某一类人物"才是其关键词。由此观念可以这样推演,《诗八首》的内容之所以晦涩难懂,主要原因在于穆旦面对诗歌文本时,其"扮演"或者说"角色"的意识萌醒了,即他不再像浪漫主义诗人那样亲自粉墨登场,而是躲在幕后,通过设置隐含作者这一环节来隐晦地替其发声。当然,生活在那个年代的穆旦肯定不会有隐含作者这样的概念,因为布思提出这个概念的时间是在20世纪五六十年代;穆旦的聪明和超前之处是,他通过对现代

---

① 孙玉石:《穆旦的〈诗八首〉解读》,见《中国现代主义诗潮史论》,北京大学出版社1999年版,第389页。
② 《词源》,商务印书馆1988年版,第1556页。

第七章　作者、隐含作者与角色设置：穆旦的《诗八首》

主义诗歌强调的客观性、智性化的理解，在创作方式上达到了这样一种间接性效果。从这个意义上说，在《诗八首》中直接说话的是隐含作者，而并非是穆旦这个真实作者。这样一来，研究《诗八首》也就变成了研究隐含作者。那么《诗八首》中的隐含作者到底是谁？

顾名思义，隐含作者的特点就是隐而不露，即"他"或"她"始终都是以"隐含"的方式存在于文本中的，但是又绝不会真正地显露出来。说得更确切一点，"隐含作者"虽然是一首诗歌文本的真正操盘者，但这个"操盘者"，即真实作者的代言人又绝不会在文本中直接显露真身；相反"他"或"她"会躲在幕后，通过设置一些有价值指向性的叙述媒介，来暗示和表达其要说的话。总之，隐含作者就是真实作者的替身，而这个替身也要通过另外的一些"替身"，即言说符号来予以表达。假如把这个更为具体化的隐含作者理念移入《诗八首》中，则可以说隐含作者在该文本中设置的"替身"不止一个，但是在这些替身中最为重要的"替身"，即言说符号则当数诗歌里出现的那对男女主人公——"你""我"这对人物角色的设置。

第三节　"我"与"你"：不符合传统爱情的爱情角色

本章之所以用"角色"这个抒情诗一般不会用的术语来对《诗八首》进行解读，意在彰显出现于该诗中的"诗中人"既不是隐含作者的真容，更不是真实作者穆旦的真容，而是穆旦为了实现自己的某种价值观念与审美目的，有意识地通过隐含作者这一途径塑造和导演出来的两个人物形象。

这样一种创作过程，就表明了《诗八首》至少会有如下两方面的特征：第一，该诗具有"演"的特质。与其说它们是一组以自我内心情感为中心的抒情诗，不如说它们更像是围绕一个中心思想展开的诗剧；第二，"我"和"你"这两位演员既然是被导演出来的人物，并非是本色出演，所以其身上一定肩负着某种任务或一定的价值使命。

那么，这对人物身上所承担的任务和使命到底是什么？对其的理解与阐释，自然还是需要回到具体的诗歌文本中。

《诗八首》虽然是由8首诗歌构成的组诗，但最为重要的还是第一首。从整首诗歌的精神构成逻辑上看，它具有纲领的性质。因此说只要阐释清楚了这一首，其余的7首则会迎刃而解。先看一下《诗八首》中的第一首：

> 你底眼睛看见这一场火灾，
> 你看不见我，虽然我为你点燃；
> 唉，那燃烧着的不过是成熟的年代，
> 你底，我底。我们相隔如重山！①

就内容而言，一开篇的这四句诗并不难理解。它讲述的是男角色"我"对女角色"你"的抱怨："我"胸中的爱情火焰，都已为"你"熊熊地燃烧了起来，可"你"对"我"的这片真情好像并无感应，所以"我"才禁不住要悲叹一声："我们相隔如重山"。从这句无可奈何的叹息中，人们不难感受到这样一个

---

① 穆旦：《诗八首》，见《穆旦诗文集》（增订版）1，人民文学出版社2018年版，第76页。

第七章 作者、隐含作者与角色设置：穆旦的《诗八首》

事实：这一对诗中人的爱情不可能进行下去——不管什么原因，反正中间横亘着重重的障碍。正是这存在的障碍令男诗中人和女诗中人只能隔山相望，而不可能真正地走到一起。

按照一首诗歌的正常发展逻辑，该诗接下来理应顺着"相隔如重山"的审美维度走，即要表达的主旨是诗中人"我"欲爱不得的痛苦。换句话说，这更应该是一首表达单相思的诗歌，因为男抒情人在诗中说"你看不见我，虽然我为你点燃"，无疑是指女抒情人对他"点燃"的爱不以为意。然而令人倍感奇怪的是，接下来的诗句却又来了一个大逆转：

> 从这自然底蜕变底程序里，
> 我却爱了一个暂时的你。
> 即使我哭泣，变灰，变灰又新生，
> 姑娘，那只是上帝玩弄他自己。①

这紧跟下来的四句诗，又把上面的价值情感指向给推翻了，即这种"相隔如重山"的现实境遇并不是"你"，也就是"姑娘"不爱"我"所致，其主导原因则是发生在男抒情人身上："我"对"你"心生好感，爱"你"不错，但这种爱又不是那种彻彻底底、一生一世的爱，而是有前提和条件的，即只是爱上了"一个暂时的你"。

这组诗之所以难以理解，最为关键的症结就在这里，即第一首诗歌的前四句和后四句之间，呈现出一种互为背反的关系。

---

① 穆旦：《诗八首》，见《穆旦诗文集》（增订版）1，人民文学出版社2018年版，第76页。

一方面诗中人"我"爱"你"、沉迷于"你",胸中的爱情之火不可遏制地燃烧起来;可另一方面对心爱人——"你"的表白,却又令人觉着有些莫名其妙:面对深爱着的姑娘,"我"为何只能给出个刹那的允诺,而不能给予一个永生永世的承诺?

这种此时此刻"我"爱"你"、彼时彼刻则不一定的爱,不能不令人倍感费解。毕竟面对人类的这个永恒主题,中西方诗歌都形成了一个较为一致而恒定的价值内核,那就是追求天长地久的爱,而非一时一刻的欢愉,即"永恒"是中外爱情诗的基本基调。可以以彭斯《我的爱人像一朵红红的玫瑰》的情感聚焦模式为例:

> 我的爱人像一朵红红的玫瑰,
> 在六月里开得新鲜;
> 我爱人像一首美妙的乐曲,
> 奏出了动人的和弦。
>
> 我的好姑娘,你那么美丽,
> 我是这样深深爱你,
> 我将永远爱你,亲爱的,
> 直到大海枯干见底。
>
> 直到大海枯干,亲爱的,
> 直到太阳融化岩石,
> 我要永远爱你,亲爱的,
> 只要生命之流不止。

第七章 作者、隐含作者与角色设置:穆旦的《诗八首》

> 再见了,我唯一的爱人,
> 我们只是暂时别离,
> 我一定会回来的,我的爱人,
> 哪怕相隔迢迢万里!

彭斯这首写于18世纪的著名浪漫主义爱情诗,无疑向人们传达出这样一些信息:一位男子一旦爱上了一位美丽的好姑娘,就要永久地相爱下去,一直要爱到"大海枯干""太阳融化岩石"。哪怕两个人不得不有别离的时刻,那也只是一种暂时、无可奈何的分离,最终不管有着怎样的困难,还是一定要奔回到爱人的身旁。这就是我们熟知的,同时也是最为典型的爱情诗的情爱模式:诗中人"我",一定要对自己所喜欢的"爱人"(姑娘)表达出一种忠贞不渝的情感;同时这种情感不能是瞬间的或某一时刻的,必须要以永恒性和唯一性为特征,否则就会被视为玩世不恭,甚至亵渎爱情的不齿行为。

《诗八首》这组诗一开篇就把这种充满浪漫色彩的海枯石烂的爱情观念给彻底颠覆了,向人们传递了另一种异质的爱情观:面对心爱的"姑娘","我"不能向她发出海枯石烂的誓言,"我"能给予的只是当下的情与暂时的爱,其他的则不在"我"的掌控中。

这样一来,便有两个问题亟须解决。首先,《诗八首》为何向人们传递这样一个只能暂时性地爱上对方,至于两人接下来如何,则不予以面对和承诺的爱情故事?其次,也是最重要的,那个被男子所表白的"姑娘",为何非但没有拒绝,反而坦然接受了这份"一时"之爱?之所以这样说,是因为从接下来的第三、第四、第五首诗歌中,可以看出"你"和"我"这对年轻人的确是相爱了。他们不但在微风吹拂的田野里约会，而且还像一对真正的恋人那样，紧紧地相拥在一起，正如诗中所写：

> 静静地，我们拥抱在
> 用言语所能照明的世界里，
> 而那未成形的黑暗是可怕的，
> 那可能和不可能的使我们沉迷。

——《诗八首·4》

为何《诗八首》中的这位"姑娘"，能够接受这样一种常人通常不可能接受的爱情表白？难道是诗中人的"你"，也就是小伙子有着什么迫不得已的现实压力，从而导致了他尽管深深地爱着姑娘，却给不了姑娘一个永恒之爱的承诺？所以才引发了如前文所说的那种"我们相隔如重山"，即相爱却不能爱的痛苦。只有顺着这一思路，才能解释清楚该诗情感上存在的那种双重悖论，"我"（小伙子）对"你"（姑娘）示临时之爱的悖论；"你"（姑娘）接受"我"（小伙子）这种非正常之爱的悖论。也就是说，只有在找出了"我"不能永久爱"你"的现实因素，这首诗歌的情感模式才可以被理解。

那么，导致"我"不能永久地爱"你"的现实因素是什么？对此的阐释与探寻，可以以中国传统诗歌为参照。在中国传统诗歌中，也有类似这种表达爱之痛苦的诗作。大致说来，这种痛苦一般分为两种情况：一对恋人由于种种原因，不得不分离于两地而产生的那种相思之苦；爱情被一方或两方的父母所干涉、阻拦，最终两人不能如愿以偿而不得不以分手或死亡来告终的的悲剧之苦。中国古代诗歌中的情爱痛苦，绝大部分可以划分

第七章 作者、隐含作者与角色设置：穆旦的《诗八首》

到第一种痛苦中来，譬如李商隐的不少诗、李清照的许多词即可以划分到此类中来。后一种悲剧之苦表现得最为突出的是《孔雀东南飞》，体现的是父母之命、媒妁之言给一对恋人带来的爱之悲剧。

总之，在中国古典诗歌中，一对相爱的恋人不能相守在一起，总是有着种种不能克服的外在现实因素。那么，《诗八首》中这种相爱又不能爱，确切地说导致两个人不能永久相爱下去的外在因素究竟是什么？

首先，体现于这首诗中的不能永久相爱的苦痛，并不像中国古代诗歌那样源于一种地域上的阻隔。得出如此判断的依据是，诗中人"我"的痛苦非但不是产生于与另一诗中人"你"分离之时，相反常常产生于与"你"在一起的时候，正如诗歌中所写：

> 我和你谈话，相信你，爱你，
> 这时候就听见我底主暗笑，
> 不断地他添来另外的你我
> 使我们丰富而且危险。
>
> ——《诗八首·2》

从上述诗句中可以看出，"我"与"你"是在一起的，即两个人可以正常地谈情说爱，不存在任何不能相见之困扰。

其次，这种相爱而又不能畅快淋漓地爱之苦痛，与以父母为代表的外在因素也没有任何关联。因为在整组诗歌中察觉不到这方面的蛛丝马迹，完全就是一场发生在"你"和"我"之间的故事，与他人无涉。以上两方面，意味着《诗八首》中体现出来的爱之"痛",与古典诗歌中的"痛"没有丝毫的血肉关联,预示着应该另有精神渊源。

最后,《诗八首》中的这种"痛",也不是来自古典诗歌中不能表达的那种现代之痛,即爱的不合法之痛。这组诗歌虽然内容有些含混和多义,但有一个基本事实是可辨的:两人的爱是合法之爱,并不牵涉到"我"或者"你",或者双方都有婚约,从而导致不能永久相爱下去的悲剧。从整组诗歌的构成来看,"你"和"我"的身份非常明确,就是一对纯洁无瑕的年轻人,正如男诗中人"我"对女诗中人"你"的形态描述:"你底年龄里的小小野兽,/它和春草一样地呼吸,/它带来你底颜色、芳香,丰满。"诗中的"你"是一头"小小野兽",柔软、芳香、稚嫩得宛若一簇春草。

毫无疑问,诗中的"你"就是位年轻而纯洁,浑身上下散发着股股青草般气息的处子;同样,"我"也是位对爱情没有任何经验的少男,面对眼前这位散发着芳香的少女,表现得慌乱而惊喜。譬如,当两个人的手不小心碰到了一起,涌动于"我"内心的情绪是:"你我底手底接触是一片草场,/那里有它底固执,我底惊喜。"(《诗八首·3》)

由上述分析可以看出,这对诗中人都是有着自由之身的少男少女,他们双方原本都拥有可以永久相爱下去的权利。如此一来,我们有理由追问:既然如此,一对彼此相爱,且又没有任何外在阻力的年轻人,为何最终却要选择一种扭曲而痛苦的爱?正如诗中所写:

那窒息着我们的
是甜蜜的未生即死的言语,

第七章　作者、隐含作者与角色设置：穆旦的《诗八首》

> 它底幽灵笼罩，使我们游离，
> 游进混乱的爱底自由和美丽。
>
> ——《诗八首·4》

从这几句诗来看，使他们两人不能永久相爱的原因，应该是那些"甜蜜的未生即死的言语"，即正是这些"言语"打破了美好而永恒的爱情之梦。那么，在《诗八首》中，这些构成悲伤和绝望的"言语"，到底指的是什么？

第四节　不可永恒性：一种现代爱情观念的演绎

这种只肯给出当下，并不保证未来是否还继续要爱"你"的爱情表白，在以往的情诗写作中一般是不可能出现的。诗中人"我"面对心爱的"姑娘"，为何要执意作出这样一种奇怪的表白？

难道"隐含作者"想把诗中人"我"，塑造成一位今朝有酒今朝醉的纨绔子弟？或者干脆说"我"在诗歌文本中就是一个代表着负面意义的价值符号？事实显然并非如此。从整组诗歌的排列组合来看，诗中人"我"面对"你"（姑娘）时，自始至终都是严肃、认真的，没有一丝一毫的敷衍之意，连当他向姑娘道出那句"却爱了一个暂时的你"时，言语中也充满着哀伤、苦痛与无奈：不是"我"不想把永恒的爱情奉献给"你"，而实在是有着无可奈何的原因——在这个"自然底蜕变底程序里"，"我"怎么挣扎都无用，"即使我哭泣，变灰，变灰又新生，／姑娘，那只是上帝玩弄他自己。"

从一首诗歌的情感构架逻辑上讲，向心爱的"姑娘"托出

325

这样的辩说理由——要做什么和不做什么，并不是"我"自己能说了算，还是有些令人费解的。在正常情况下，一位男子在生活中遇到一位美丽而纯洁的好姑娘，而姑娘也并不排斥他时，男子的心情应该是欢快、雀跃与幸福的。即使他这时并不憧憬着未来，也会沉浸在当下的幸福中。可组诗中的这位青年男子"我"，为何却一反常态，面对心爱的姑娘，非但没有表现出任何的欢愉之情，反而一连用了"哭泣""变灰"和"变灰又新生"这样三个代表着悲哀色调的意象？

要理解这种该喜不喜的悖论，需要分析一下"隐含作者"通过上述三个意象媒介的设置，试图向人们传递一些什么样的信息。结合上下文来看，诗歌中的所谓"变灰"，就是通常说的那种"变成了灰"的意思，即代表着一个人的死亡事实；"哭泣"在该处则指对死亡这件事的绝望；"变灰又新生"代表着人的死而复生，即指的是有关人的复活问题。显然，以上三个意象的意义指向都是一致的，即都是关乎人的死亡问题。这种把死亡推向前台的写法，意味着诗中人"我"最想对"姑娘"说而又没有说出来的话是："我"的命运被掌握在"上帝"手中，不管"我"怎样挣扎和努力，最终也不过是"上帝"手中的一张牌，所以，"我"不敢或者说没有权利对"你"承诺什么。

在一首爱情诗中出现对死亡的描写，而且这种死亡还并非是作为一种气氛的衬托，相反作为阻碍了"我"和"你"的爱情进展的关键要素来写，就说明《诗八首》绝非像其他的研究者说的那样，是一组"属于中国传统中的'无题'一类的爱情诗"。[①] 假

---

① 孙玉石：《穆旦的〈诗八首〉解读》，见《中国现代主义诗潮史论》，北京大学出版社1999年版，第389页。

第七章 作者、隐含作者与角色设置：穆旦的《诗八首》

如《诗八首》真的可以归结到中国传统的"无题"一类的爱情诗中，就绝不会在阅读和理解上存在这么大的障碍与分歧。事实上，《诗八首》除了有大量爱情元素之外，它还蕴藏着更多的人生内涵，乃至于宇宙内涵。有关这方面的内容，可以从接下来的第二首诗中发现端倪：

> 水流山石间沉淀下你我，
> 而我们成长，在死底子宫里。
> 在无数的可能里一个变形的生命
> 永远不能完成他自己。

——《诗八首·二》

假如从一首严格意义上的爱情诗结构来看，这四句诗无疑应该属于游离于爱情主题之外的闲笔，即追溯的并不是"我们"爱情的来源，而是"我们"生命的来历——作为生命，"我们"都来自"水流山石间"，即都是大自然雕塑出来的作品。然而具有悲剧意味的是，"我们"这些作品，也就是人类，却不能像大自然那般自由、洒脱和永恒，相反，"我们"从"水流山石间"一崩落出来，就被立即送入一个特殊的空间——"死的子宫里"。不难想象，一个"死的子宫"，怎么可能孕育出活着的生命？所以，诗中人"我"才会感慨万分地悲叹："在无数的可能里一个变形的生命/永远不能完成他自己。"至此，自然宇宙的苍茫与宏阔和人类的渺小与无奈，都被揭示了出来。

至此《诗八首》已经与爱情没有太大的关系了，诗中人"我"开始转向探讨人类与大自然的关系：自然是苍茫、宏阔与恒定的，而人类则是短暂、不完美的。

在一首爱情诗中,"隐含作者"之所以要执意彰显宇宙自然对人类的决定作用,意在向人们表达这样一个道理:在大自然的规律,也就是死亡这件事面前,所谓人生、所谓爱情根本就不值得一提。永恒也罢,海枯石烂也罢,都不过是人类自我的一种幻觉。总之,人活在"死的子宫"这样一个现实窘状,就决定了人类无论怎样挣扎,都挣脱不出死亡命运的安排。这是人类与生俱来的宿命——死亡是必然、永恒的,活着则是刹那而偶然的。

《诗八首》就是一组从爱情题材出发,但又远远地跨越了爱情,即借用了爱情这件外衣,表达了对人世间生命的无限悲伤与感慨,其欲表达的潜在主题是:在以"上帝"为代表的宇宙法则中,人类自己掌握不了自己的命运。人类的悲剧就在于,明明知道生命不能永恒、爱情不能永恒,却又偏偏要去追求什么海枯石烂的爱情。其实,诗中人"我"也不例外,他也曾尝试着对"姑娘"说:"我和你谈话,相信你,爱你",但是每逢这时,他总能"听见我底主暗笑,/不断地他添来另外的你我/使我们丰富而且危险。"此处"我底主",就是指称在暗中支配着世界的那个"上帝"。"上帝"原本就是无所不知的超人,加之"人"又是由他一手所造——它对"人"的一切心理活动都了如指掌,所以上帝听到诗中人"我"对"你"说"爱你"时,便忍不住哑然失笑:此时此刻你们爱得死去活来,一转眼就有可能又爱上了另外的一个人。

"上帝"的这番"嘀咕"也是有道理的,因为这个造物主在设定"人"的情爱模式时,并不是一锤定音的。相反,在"你"和"我"之外,还暗藏着许多"丰富而且危险"的诱惑。"人类一思考,上帝就发笑",说的就是这个道理。把"上帝"这一角

第七章　作者、隐含作者与角色设置：穆旦的《诗八首》

色引入这组爱情诗中，并且还让它充当了一个棒打鸳鸯的角色，这种安排、设置本身就表明隐含作者的态度：爱情本身并非一定就是永恒的，当一个人对另一个人说"我爱你"时，其实只能保证此时此刻的有效性，并不能保证这种爱永远不会消逝。正是基于以上两方面的认识，即生命的短暂和人的易变心理等考虑，诗中人"我"面对心爱的"姑娘"，才发出了最痛苦、无奈，同时也是最真挚、负责的心声："我却爱上了一个暂时的你。"

人是什么，生命又是什么？隐含作者在该诗中揭示出的真相是，生命再辉煌，也不过是围绕死亡而构建起来的一个周而复始的过程。"我们"看上去似乎豪迈无比、战无不胜，其实这一切不过是一场虚境。生命的一个最为根本的本质就是，"我们"的命运并不掌握在我们自己的手中，一切的一切都是由造物主"上帝"说了算——它让"我们"相爱，"我们"就相爱；它让"我们"分离，我们就必须分离。

《诗八首》确实是一组情诗，但是如果完全按照常规情诗的理路来解读的话，会出现一个又一个无法解释的悖论。但是假如从宇宙人生这个更为宽泛的角度来解读这组诗的话，这种不可解的悖论就不复存在了。至此，可能有人要问：《诗八首》中的隐含作者，为何要突破爱情诗的常规写法，把笔触扩展到生命，而且生命还等同于死亡这样一个特定价值维度上来书写这组诗歌？

应该说这种别出心裁地书写爱情的方法，与对爱情这件事的重新认知与界定有关。在西方的传统诗歌中，特别是在浪漫主义诗人那里，"人"往往是自由、伟大和战无不胜的，就连无所不能的"上帝"也经常得为人类的爱情让路，所以爱情诗的基调一般都是乐观、豪迈与永恒的，表达的往往是人们对爱情的崇拜与讴歌，前文中提到的彭斯那首《我的爱人像一朵红红的玫瑰》，就是这方面的典型代表：我只负责对我的爱人表达我的真挚和永恒之爱，至于其他，都并不在我的考虑范围内。

中国传统诗歌中尽管没有浪漫主义这样的命名，但是爱情诗中表达出的内容往往也是浪漫的，正如两汉的佚名诗《上邪》中表达出的情绪："上邪，我欲与君相知，长命无绝衰。山无陵，江水为竭。冬雷震震，夏雨雪。天地合，乃敢与君绝。"这种不顾一切的爱情，即可以凌驾于自然山水之上的爱情，表明了对于中国古代诗人而言，爱情自身具有一种神秘的力量，它既能穿越自然，又能穿越生死，所以说古代爱情诗里体现出来的情绪，一般都是从正面来讴歌爱情的；即使是诗中人表达出某种失恋之意、哀伤之情，针对的也仅仅是失恋这件事，并不牵涉对整个人类爱情的绝望。

总之，处于传统主义立场的诗人们可以痛苦、绝望于失恋这件事，为此甚至不惜牺牲生命，但终归他们还都是信仰爱情的，认为爱情是人生中最为重要的事件之一。中国过去常说的安家立业，就是这个意思。《诗八首》中的隐含作者，则挣脱了这样一个传统视角，而以一个现代人的眼光来重新估量和思考爱情这个古老的话题，终于有了一个全新的感悟：所谓爱情不受任何因素的限制，可以爱到地老天荒，这可能是人类历史上的一个天大谎言。事实是，爱情从来都是短暂的，不可能是永恒的，这是由爱情的属性决定的：爱情从属于生命，个体的生命都不能永恒，原本不过是生命的一个构成部分的爱情，怎么可能会拥有长久、永恒的本质？

《诗八首》中的隐含作者，就是通过生命这一环节来探讨爱情的永恒性问题的，他想告知人们的一个真相是：这个世界上除

第七章 作者、隐含作者与角色设置：穆旦的《诗八首》

了山川自然之外，没有什么东西是永恒的。死亡是人类，包括爱情的必然归宿。这一思想其实就是贯穿于《诗八首》的主导性思想。这也是《诗八首》中最后一首是以描写死亡之事的降临来收尾的原因。

> 再没有更近的接近，
> 所有的偶然在我们间定型；
> 只有阳光透过缤纷的枝叶
> 分在两片情愿的心上，相同。
>
> 等季候一到就要各自飘落，
> 而赐生我们的巨树永青，
> 它对我们的不仁的嘲弄
> （和哭泣）在合一的老根里化为平静。

　　以上两段诗，表面上看写的是"我们"之间的那种"再没有更近的接近"，"分在两片情愿的心上"的爱情故事，实则描写的是死亡这头怪兽对"我们"和我们爱情的终结，正如诗中所写"等季候一到就要各自飘落"，最终"我们"要"在合一的老根里化为平静"。隐含作者在组诗的结尾并没有向人们交代"我"和"你"的爱情结局，只是说他们两人将会在不定的时候各自凋零，最终只能在死亡的寂静里合为一体。当然，这种不交代的本身就是一种交代——爱情的永恒只能发生在死亡的永恒中。可见，《诗八首》中透露出来的爱之痛并非是真实生活中的爱之痛，它是一种形而上意义上的爱之痛苦，即与人类不过是这个世界的一个过客的思考有关。

第五节 "我们"：攀登在宗教哲学峭壁上的人物角色

从题材上看，《诗八首》的确可以归入情诗的范畴，但是这组情诗传递出来的思想底色与美学趣味，又与之前的中国诗人笔下的那些爱情诗有着完全不同的特质。它在对浪漫、浮夸的爱情观念予以摈弃的同时，还大大增加了理性思索的成分和哲理的光芒，从而使诗歌在保持抒情性的同时，还拥有了一份更为坚实的思想内容。

《诗八首》的意义可以从多个维度加以描述和总结，但是其最大的意义或许在于，该诗把长期以来虚无缥缈、高高在上的爱情神话拉回到了千疮百孔的人世间。如果说过去的爱情诗一般都是以颂歌的形式出现，即诗人们都是爱情的信徒，相信爱情的纯洁和永恒性，那么《诗八首》则是摧毁和埋葬了爱情神话的一组挽歌——诗人们由信仰、膜拜爱情，转向了质疑和解构爱情。从这个角度说，穆旦这组《诗八首》的出现，应该算是中国20世纪诗歌史上的一件大事，它意味着中国自古以来构筑起来的爱情模式，在20世纪40年代遇到了挑战，诗歌的写作与发展由此要转个弯。

如此一来，必然要问：中国传统的爱情诗构筑模式是一种什么样的模式？中国诗歌历史悠久，上下有3 000多年的历史，留下了浩如烟海的诗歌文本，其中既有来自民间的自发创作，譬如民谣、民歌，又有大量文人墨客的有意识的创作。这一现状就决定了很难用几句话把隐含其中的创作模式概括出来，必须要寻求一条捷径。《诗经》是中国最早的一部诗歌典籍，它上起

第七章　作者、隐含作者与角色设置：穆旦的《诗八首》

殷商,下迄春秋,中间还经过孔子的一番挑选与整理,从3 000余篇中选出具有代表性的305篇。而且,这305篇在汉代被奉为经典,在社会上广为人们使用和流传。正如宗白华所说:"《诗三百》是孔子、孟子、荀子美学思想的出发点和依据,它成了儒家的'诗教',也是中国过去两千年来文艺思想的主流。"① 以上几点就意味着《诗经》中的诗,并不是一般意义上的诗,而是一些有代表性的、具有某种原型意义符号的诗。因此说,以《诗经》中的爱情诗为例来探讨中国传统爱情诗的构筑模式,还是有一定说服力的。

颇为巧合的是,《诗经》中的第一首诗《关雎》就是一首情诗,而且这首诗的表层结构与《诗八首》还很一致,讲述的都是"我"与"你",即"君子"与"淑女"的爱情故事。所以,就以《诗经》中的《关雎》为例,看一下传统爱情诗的基本构筑模式。这里所说的模式主要是指它精神和情感上的审美模式,并不包括外在形式上的模式。

这首诗一共由三段构成,第一段是:

> 关关雎鸠,
> 在河之洲。
> 窈窕淑女,
> 君子好逑。②

---

① 宗白华:《中国美学史论集》,安徽教育出版社2006年版,第87页。
② 黄典诚:《诗经通译新铨》,华东师范大学出版社1992年版第1页。以下未特别标明出处的,均出自该版本。

诗歌在一开篇就表达了"君子"对"淑女"的爱慕之情与追求之意。接下来的第二段是围绕"窈窕淑女/寤寐求之""悠哉悠哉/辗转反侧",即"君子"对"淑女"的相思而写就的;诗歌的最后一段"窈窕淑女/琴瑟友之""窈窕淑女/钟鼓乐之",则抒发了"君子"对"淑女"的迎娶之意。

先有一位谦谦君子对某位妙龄产生女子好感,后又有这位君子萌发要与这位女子长相守的愿望,这是《关雎》的基本情感逻辑走向。应该说,这个走向是一种正常的情感逻辑走向:少男、少女们成长到了一定的年龄,自然而然地会对异性产生好感与爱意。这种好感也罢,爱意也罢,都是带有一种懵懂、无知的性质,但不管怎样,其总体的基调则是欢快与幸福的。尽管诗中的"君子"还尚未把"淑女"追到手,主要还是处于"辗转反侧""寤寐思服"的单相思阶段,但是这对男、女主人公的爱情结局却是可以预见的:总有一天,"君子"会靠其诚意打动美丽的"淑女",锣鼓喧天地把其娶回家,自此以后两人便过上生儿育女的幸福生活,一家人和和美美地度过一生。

由以上简要分析可以发现,首先,《关雎》中的情人角色设置——无论是男子还是女子,都是性格单纯和行动一致的本色人:君子就是发起爱慕和追求的那一方,女子在这个过程中则处于被动与羞涩的位置。显然,这种人物角色的派分,完全符合中国传统文化对男性和女性的社会分工与定位。其次,这首诗中的男女之情热烈而含蓄,即不疾不徐,恰到好处,体现的是孔子所说的"发乎情,止乎礼"的传统礼教。最后,这首诗的人物情感结构与价值指向也是单一和明确的,无论是"君子"的"辗转反侧"还是"寤寐思服",目的只有一个,就是渴望得到"淑女"的爱,并希冀能在一个好日子里把其娶入家中。

第七章　作者、隐含作者与角色设置：穆旦的《诗八首》

《关雎》一诗中体现出的这种情感取向，其实也正是中国传统爱情诗歌的基本价值走向。从这个意义上说，出现于《关雎》中的这两个人物形象——"君子"和"淑女"，正是中国爱情诗中的原型男子和原型女子形象：女子美丽、窈窕、纯洁而又矜持，是被男性所喜爱和追逐的对象；男子则是一位周身洋溢着荷尔蒙而又单纯、可爱的好青年形象，他的任务就是宠爱、追逐并能保护女性一辈子。中国的传统爱情诗基本上是沿着这样的青年男女形象演绎的，尽管写法上多样，但是讴歌爱情的纯洁和永恒性则是一个亘古不变的主题，正如《诗经》中的另一首诗《郑风·野有蔓草》所写：

> 野有蔓草，
> 零露瀼瀼，
> 有美一人，
> 婉如清扬。
> 邂逅相遇，
> 与子偕臧。①

偶尔的一天，一位男子在郊外碰到了一位眉清目秀的美丽女子，在对其产生了爱慕的同时，也涌起了想与她地久天长、永不分开的想法。《诗经》中的这种表达方式不是偶然的，在中国传统的爱情诗歌脚本中，一般都是有着较为固定的抒情结构模式：彼此相爱，一拍即合型；爱而不得，单相思型——《关

---

① 《野有蔓草》，见黄典诚：《诗经通译新铨》，华东师范大学出版社1992年版，第110页。

雎》便属于此类；一方爱慕另一方，另一方尚未直接表态，悬而未决型——《郑风·野有蔓草》就属于这种类型；热恋中深深地思念着对方，沉迷于爱情型。无论是以上哪一种类型，都是以爱之永恒为前提条件的。

在中国传统诗歌的写作规范中，爱情诗就是爱情诗。或许爱情诗有着更为广泛的用途，诸如"衣带渐宽终不悔，为伊消得人憔悴"这类诗可以被我们引为他用，但一般说来这类诗并不能和死亡情绪挂上钩，更不可能出现借爱情来书写死亡这样的事。当然，《诗经》中也并非全然没有描写死亡的诗，如《唐风·葛生》一诗就书写了妻子对亡夫的怀念，但是这类诗的主题非常明确，就是一方面悼念死去的丈夫，另一方面表达了自己对丈夫忠贞不渝的爱情，正如诗中最后一段所写：

> 冬之夜，
> 夏之日。
> 百岁之后，
> 归于其室。①

做妻子的来墓地凭吊丈夫，在回忆了两人往日的恩爱生活后，对着"予美亡此"的丈夫说，等自己百岁以后，一定会与他埋葬在一起。中国与死亡相关的爱情诗一般都是这种意义上的悼亡诗，甚少有僭越这一禁忌的。总之，在中国传统文化中，爱情是欢愉、幸福的，而死亡则是悲哀、不吉祥的，所以一般

---

① 《葛生》，见黄典诚：《诗经通译新铨》，华东师范大学出版社1992年版，第143—144页。

诗人们都不会借助死亡这件事来表达爱情的虚无本质。《诗八首》则从根本上颠覆了中国传统爱情诗的这一写作传统，另辟了一条新的写作路数：妙龄男子不是不爱妙龄女子，更不是不想永久地爱下去，然而由于客观原因的存在——"上帝"在中间作梗，从而使我们的爱情反复无常，乃至于"我"不能永久地爱"你"。正是这种欲爱而又不能永恒使"我"心生痛苦，正如诗中所写：

> 呵，在你底不能自主的心上，
> 你底随有随无的美丽的形象，
> 那里，我看见你孤独的爱情
> 笔立着，和我底平行着生长！

两个相爱的人，却不能永久地相交，只能"平行着生长"，原因是什么？是在他们两人的爱情生活中多了一个第三者的形象——上帝。如果说中国以往的爱情悲剧多半是与父母的干涉有关，那么《诗八首》中展示出来的悲剧，则与一种现代人对生命的理性认识相关：人的生死都是由上帝一手掌控着，所谓爱还是不爱、能够爱多久，也不是哪个个体能够掌控的。显然，在《诗八首》所展示出来的这个爱情框架中，上帝不但掌管着人的生与死，也掌管着人与人之间的爱情。

与《关雎》等诗相比，《诗八首》中的人物设置，除了"君子"（我）和"淑女"（你）之外，还有一个掌管着他们命运的"上帝""主"的存在。正是这一角色的出场，使《诗八首》的情感结构变得复杂、多样起来，构成了一种不同于中国传统文化的异质色彩的爱情观念。无疑，穆旦的这种写法并不是来自中国传统诗歌的写作传统，而是另有精神渊源。

确实，《诗八首》主要是受到西方文化，具体说是受到西方宗教哲学的影响。这样说并不仅仅是因为该诗中出现了"上帝""主"这一概念，除此之外，还因为《诗八首》中体现出的那种死亡意识，即人终究要归于虚无的观念，在西方宗教哲学中占据着非常重要的位置。如果说死亡在中国传统哲学中基本是个心照不宣、存而不论的事，那么在西方的宗教哲学中，死亡之事一直是个关键问题，正如叔本华对苏格拉底以来的西方哲学所作的总结："苏格拉底给哲学所下的定义就是：'为死亡所作的准备'。的确，如果没有死亡这回事，也的确很难再有哲学的探讨。"① 无疑，对西方人而言，死亡就是哲学研究的起点，更确切地说，西方的哲学就是围绕死亡这件事构建起来的一套学说体系。明白了这一前提条件，也就明白了西方文学，为何不像中国文学那样刻意回避对死亡描写的原因了。

诚如前文所说，穆旦在20世纪40年代于西南联大读书时，就曾较为深入地接触过西方的现代哲学与现代诗歌，加之他本人对这方面的问题又很敏感，正像有研究者指出的那样："穆旦的好处是'非中国'。他和许多诗人不同，他对'现代'的亲近感，以及他对'传统'的警惕。"② 理解了穆旦的这一文化背景与审美取向，也就不难理解《诗八首》中那种以死亡之姿态来面对爱情的逻辑理路了。这种逻辑理路可以作如下概观：隐含作者在该诗中并非是从爱情自身出发，相反他是从现代哲学的角

---

① 《叔本华美学随笔》，韦启昌译，上海人民出版社2014年版，第195页。
② 谢冕：《一颗星亮在天边》，见《穆旦诗文集》（增订版）第2卷，人民文学出版社2018年版，第368页。

第七章 作者、隐含作者与角色设置：穆旦的《诗八首》

度来叙述和演绎这组诗歌的。所以说阻碍两个人相爱的最终原因并非什么外在的力量，而是由于现代哲学脚本的入场，使得这场原本两情相悦的"戏"，不得不沿着绝望和埋葬爱情的维度来表演。

总之，如果说《关雎》一诗是从情感指涉到情感指涉的话，《诗八首》则是从情感指涉跨越到了哲学指涉。这意味着《诗八首》的结构，也就是爱情结构是隐含作者根据心中的既定目标予以安排的，是经过一番理性思索和编排的结果。由此也可以看出，《诗八首》中的爱情并不是世俗意义上的爱情，而是一种与"上帝"有关的宗教哲学式的爱情。说得更具体一些，是《诗八首》并非是围绕一对情窦初开的少男少女的真实情感经历运转的，而是按照西方的现代宗教哲学事件有意予以安排的，即借一个爱情故事的外壳来表达作者——当然是通过隐含作者的间接过渡，表达了穆旦对所谓人生的感悟，即从宗教哲学的层面探讨爱的惊喜、美好与悲哀、痛苦。与此同时，也借上帝以及死亡等意象表达了对所谓爱情的一种现代性认识与思考。正由于《诗八首》具有宗教哲学上的刻意性，所以按照常规的爱情话语思路是无法真正、彻底地解读这组诗歌的。相反，如果把宗教哲学话语引入进来，一切不符合情感逻辑的角色都变得符合逻辑了。

与传统的爱情诗相比，《诗八首》是一组非正常情感逻辑的诗歌。正常的爱情故事讲述应该是诗中人"我"呼吁所爱的人接受他的爱，与其来共同谱写爱情的篇章。然而《诗八首》则不是这样的，诗中人"我"向其所倾慕的姑娘，讲述了一个根本不可能相爱的故事——即使两个人相爱了，那也是暂时的、令造物主发出冷笑的一件荒唐事。所以说，《诗八首》描述的不是情爱的实现，而是情爱的不可实现性，或者说是永恒爱情的不可实现。从这个意义上说，与其说抒情人"我"和"你"是爱情主人公，不如说是宗教哲学的扮演者更为适合。对穆旦而言，《诗八首》的意义并不在于这个爱情故事自身是怎样的，而是试图从哲学的维度来探讨一种新型的爱情理念。

第八章

袁可嘉与现代新诗的叙事传统

中国现代新诗到底有没有形成自身的传统？诚如本书在开篇所说，诗歌界在进入 2000 年后，围绕这一问题有过一个论争。论争的结果当然是仁者见仁、智者见智。不过，总体说来，以"九叶诗派"老诗人郑敏为代表的尚未形成自身传统的观点，似乎占据了主流，即绝大多数人认为，在当下谈论现代新诗的传统还有些为时过早。

郑敏的观点更能引起人们的共鸣，也不难理解。毕竟与中国古典诗歌的辉煌历史与伟大成就相比，现代新诗的积淀还显得有些单薄，不少东西还处于展开与发展中。但是，古典诗歌的悠久与强大，并不能表明现代新诗就没有形成自己的一套创作规范与审美要求。相反，由于现代新诗的诞生与崛起是有目的的诞生与崛起，所以它从萌芽的那天起，就对自身的发展与走向有着明确的价值设定。更为重要的是，对现代新诗审美传统的研究，其实在 20 世纪 40 年代就已展开，已经为我们积累了一些相关的研究成果。

第一节 命名：现代新诗的"综合性"传统

通过对以往相关研究成果的梳理，可以发现对现代新诗传统问题的探究，其实也并非肇始于 2000 年。早在 20 世纪 40 年代后期，"九叶诗派"中的另一位著名诗人兼理论家袁可嘉，就已经开始着手探究现代新诗的传统问题。

1947 年，袁可嘉公开发表了《新诗现代化——新传统的寻求》一文。从该文章的题目中即可得到如下一些信息：首先，袁可嘉至少是在这一年里，开始着手探讨新诗的传统性问题。这表明在袁可嘉看来，与具有两千多年历史的古典诗歌传统相比，现代新诗展现出来的形态，无疑是个有待于发掘与总结的"新传统"。其次，袁可嘉对"新传统"的研究是有着特定线路的研究，即他择取从"现代化"这一特定概念的角度来规范现代新诗的传统。

或许由于"现代化"概念并非本土的概念，所以袁可嘉在论述这个话题时撇开了中国古典诗歌传统，而直接把其纳入西方现代诗歌的传统中。尽管他在文章中并没有直接言明中国的新诗传统，即"现代化"传统就是借鉴和继承了西方现代诗歌的传统，但是他在谈到当时国内诗坛创作情况时的那番比附性言说，"四十年代以来出现了一种'现代化'的新诗，引起了读者的关注。要了解这一现代化倾向的实质与意义，我们必先对现代西洋诗的实质与意义有个轮廓认识"。[①] 足以印证中国"现代化"新诗的模本，就是"现代西洋诗"。说得更具体一些就是，袁可嘉认为，中国自"五四"以来的现代新诗，就是在学习和模仿"现代西洋诗"的基础上发展起来的一种新型诗体。

有这样一个逻辑前提的存在，就意味着如果想推导出中国

---

① 袁可嘉：《新诗现代化——新传统的寻求》，见袁可嘉《半个世纪的脚印——袁可嘉诗文选》，人民文学出版社 1994 年版，第 49 页。

第八章 袁可嘉与现代新诗的叙事传统

现代新诗的构成模式与审美技巧，就必须先了解其模本，即"现代西洋诗"的构成模式与审美技巧。这原本是个难度比较大的总结，因为对其的概述与释说有着太多的视角，袁可嘉则选择了化复杂为简单的方式，他单刀直入地说："为行文方便，只能径直以结论方式对现代西洋诗歌作下述描写：无论在诗歌批评、诗作的主题意识与表现方法三方面，现代诗歌都显示出高度综合的性质。"① 显然，袁可嘉用"高度综合"，即综合性概念来囊括"现代西洋诗"的特点。

袁可嘉的观察、总结视野无疑是宽阔的，他既注意到了诗歌批评方面的"综合性"问题，也注意到了诗歌的创作文本，即思想内容与表现手法上的"综合性"特征。总之，他认为西方的现代诗歌创作和现代诗歌理论都是以"高度综合"的特性见长；"综合性"，且还是"高度综合"性，就是西方现代诗歌审美上的一个突出特点。

顾名思义，所谓"综合"，就是摈除唯一，严格说是摈除独尊"唯一"的观念，而强调多种不同因素、要素之间的相互融合。袁可嘉正是从这一意义上使用"综合"之术语的，并在此基础上提出一个"综合批评"的概念。对于这个概念，他是这样总结的："一切来自不同方向但同样属于限制艺术活动的企图都立地粉碎；艺术与宗教、道德、科学、政治都重新建立平行的密切联系，而否定任何主奴的隶属关系及相对而不相成的旧有观念，这是综合批评的要旨。"② 站在今天的立场看，袁可嘉强调的"综合批评"其实就是一种跨学科的批评，强调的是文学

---

①② 袁可嘉：《新诗现代化——新传统的寻求》，见袁可嘉《半个世纪的脚印——袁可嘉诗文选》，人民文学出版社1994年版，第49页。

艺术与其他学科、门类间的相互衔接与融合。而且，这种衔接与融合是一种平等互助的关系，绝非谁"隶属"于谁。袁可嘉试图通过此举，一方面保障文学与其他学科、领域的交叉融合，另一方面又避免了文学作为一门独立的艺术有可能会被其他学科、领域异化，从而沦落为"政治"或"道德"等学科附庸的问题。

这一建立在各学科、各部门间的协作之上，即以"综合"见长的"要旨"，理论上是完全可以如此表述的，但是一旦具体到现代诗人的创作中，该"要旨"又将会以何种模式予以展开？

对此，袁可嘉也是有所考虑的。在文章中，他是如此描述的：现代诗人在作品中，要"突出于强烈的自我意识中的同样强烈的社会意识，现实描写与宗教情绪的结合，传统与当前的渗透，'大记忆'的有效启用，抽象思维与敏锐感觉的浑然不分，轻松严肃诸因素的陪衬烘托，以及现代神话、现代诗剧所清晰呈现的对现代人生、文化的综合尝试都与批评理论所指出的方向同步齐趋"。[①] 与理论表述相一致，现代诗人的创作也是以"综合"见长的，即需要把以往被诗歌，尤其是被传统旧诗词排斥的那些内容成分，诸如"强烈的社会意识""现实描写""现代人生"的呈现，以及以往诗歌尽可能回避的"抽象思维"和基本不予涉猎的"轻松严肃"等风格，都统统地引入诗歌的创作文本中来——即使这些原本基本不入诗或不直接入诗的成分，都变成了诗歌创作的一种有效资源——进而以此为基础，创造出一种崭新的，即以"综合"见长的新型诗歌文本。

---

① 袁可嘉：《新诗现代化——新传统的寻求》，见袁可嘉《半个世纪的脚印——袁可嘉诗文选》，人民文学出版社1994年版，第49—50页。

第八章　袁可嘉与现代新诗的叙事传统

　　由以上分析可见，袁可嘉所说的"综合性"，并不是任意的"综合"，而是一种有着特定价值指向的"综合"。具体说，这种"综合"主要指诗人的创作过程不再是一种纯艺术化的行为——这种行为或许可用"提纯"来表达，而是一种以"拼盘"为特征的综合性行为，即诗人要把现实性因素、理性化精神、神秘性想象以及各式各样的风格等一并"综合"到新诗的创作中去。

　　明白了"综合"在袁可嘉语境中的价值寓意，就明白了所谓"现代化"诗歌，就是给诗歌赋予了一种特殊的功用性——诗歌一定要与现实社会、具体人生以及其他的政治、艺术文化遗产等发生深刻而有效的关联。假如缺少了这一环节，诗歌可能还是诗歌，却算不上是"现代化"的诗歌。所谓"现代化"或现代性，其实主要就是表现在诗歌与"现实"问题的深刻沟通上。有关这一点，正如袁可嘉在总结何谓现代新诗的传统时所说："如果我们需要一个短句作为结论的结论，则我们似可说，现代诗歌是现实、象征、玄学的新的综合传统。"① 这个新确立的"综合传统"无疑是由三大要素构成，其中，"表现于对当前世界人生的紧密把握"的"现实"，占据着这一传统的主导地位；居于相对次要位置的"象征"和"玄学"，则是为诠释"现实"服务的，诚如袁可嘉对"象征"和"玄学"功能的概括，他说："象征表现于暗示含蓄，玄学则表现于敏感多思、感情、意志的强烈结合及机智的不时流露。"② 不管是"暗示含蓄"

---

① 袁可嘉：《新诗现代化——新传统的寻求》，见袁可嘉《半个世纪的脚印——袁可嘉诗文选》，人民文学出版社1994年版，第50页。
② 袁可嘉：《新诗现代化——新传统的寻求》，见袁可嘉《半个世纪的脚印——袁可嘉诗文选》，人民文学出版社1994年版，第52—53页。

的手法，还是把"敏感多思""感情""意志"等几种因素用"机智"的方式紧密地结合起来，其目的都是为了更好地把"当前世界人生"的真实状况反映出来。归根结底它们还是为表现和揭示"现实"提供艺术性保障的。

从以上三者的互动关系中不难看出，袁可嘉最为重视和推举的还是"现实"，并且认为这样一个关系式，即以"现实"为中心，辅佐以"象征"和"玄学"之手法，正是西方现代化诗歌的一个标准式，中国的现代诗歌也要予以学习与模仿。正如他号召大家说："为配合这一现代化运动的展开，新的文学批评必须克尽职责；它必须从新的批评角度用新的批评语言对古代诗歌——我们的宝藏——予以新的估价，指出传统与现代化的关系，分析其绝不仅仅是否定的伟大价值；……它更必须对广泛的现代西洋文学善尽批评介绍译述的任务。"①

不管是对中国古代诗歌予以新的估价，还是对现代西洋文学予以大量介绍与翻译，其目的都是为了更好地把西方现代诗歌的这个关系式引入中国现代诗歌。这说明袁可嘉对"现代化"新诗的认定，主要是从思想内容方面加以确认的。也就是说，所谓现代新诗，就是一种用"象征"和"玄学"等综合性之手法所创作出来的一种与"现实"内容保持深刻关联的诗歌。毋庸置疑，现代新诗之"新"的首要要义，就是表现在对社会内容的彰显上；至于该如何彰显，则是第二位的技巧问题。从这个意义上说，所谓新诗现代化传统，就是指这种以"实"为特征，即与社会意识、现实描写、现代人生以及抽象思维等紧密

---

① 袁可嘉：《新诗现代化——新传统的寻求》，见袁可嘉《半个世纪的脚印——袁可嘉诗文选》，人民文学出版社1994年版，第53页。

第八章　袁可嘉与现代新诗的叙事传统

关联在一起的一种新型的诗歌诠释模式。

在这个新呈现出来的以"现实",严格说是以综合性现实为轴线的诗歌诠释模式中,无疑存在一个颇有意味的细节——诗歌中曾被人们极力倡导的抒情性要素消失了踪影。从这个层面来说,袁可嘉所说的"综合"也并非是全面、彻底的"综合",而是一种有特定目的和特定方向的"综合":它一方面把以往诗歌中忽略的要素"综合"了进来,另一方面又把以往诗歌中的主要构成要素给"综合"了出去。说得更具体一些就是,在袁可嘉的这个新诗现代化传统的表述中,各种门类和各种要素都被"综合"了进来,即原本诗歌不予以考虑,甚至被排斥的东西都被引入了进来,但与此同时那个被人们曾极力推崇与独尊的"抒情性",以及与其相关的"感性"等要素却从中隐退了身影,甚至在他的整篇文章中都没有直接出现"抒情"或"抒情性"这类字眼。当不得不表达相关的意旨时,袁可嘉采用了"诗的实质"以及"辞藻锤炼""节奏呼应"等词来加以暗示和隐喻。①

当然,在论述"玄学"这一概念时,袁可嘉也曾提到过与抒情相关的"感情"二字,但是他显然不愿在该范畴内逗留,而是随即把其投入与"敏感多思""意志"和"机智"等相关联的一个框架中,以此来淡化和消解可能由"感情"一词带来的抒情性问题。与此举遥相呼应的是,"感性"这一术语,即原本经常用来表明诗歌这种文体之性质的概念,在袁可嘉的论述中也是处于被剔除的状态。其标志是,在他的这篇文章中,他把

---

① 袁可嘉:《新诗现代化——新传统的寻求》,见袁可嘉《半个世纪的脚印——袁可嘉诗文选》,人民文学出版社1994年版,第51页。

中国旧有的诗歌传统总结为"旧有感性"的传统，并认为在戴望舒、冯至、卞之琳、艾青等20世纪30年代的一些诗人创作中，也都体现了这种与"旧有感性"传统作斗争的痕迹，并号召诗人们继续起来与这种"传统"展开一场"革命"。①

袁可嘉在其论述中有意识地绕过"抒情性""感情"和"感性"等，并非是偶然的，而是表明了他对现代新诗构成的一些看法：现代新诗的"新"，就是表现在非抒情和非感性上。也就是说，与传统旧诗词在"感性"中构建其艺术特质不同，现代新诗是在"理性"的基础上谋求发展与构建的。这也是为什么他在文中提到的那些致力于"新诗现代化"尝试的诗人，即尝试着对"旧有感性"进行改革的诗人，特别是被他称为"感性改革者"②的卞之琳和冯至，其创作文本都是以非抒情性和理性见长的原因。当然，袁可嘉在文章中回避"抒情性"与"感性"，并不意味着他真的要把"抒情性""感性"等因素从诗歌的框架中彻底驱逐出去。相反，他只是有意识地淡化和搁置这部分的内容，转而让原本默默无闻或遭到排斥的非抒情性和理性迸发出应有的光彩。

袁可嘉如此做的动机，显然是想把诗歌从以往那种单维度的抒情模式中解放出来，把其引入一个多维度的交叉学科中来，从而使诗歌这种原本以感性思维为主体的抒情文体，演变成一个由多种知识、多种思维以及多重历史空间相互融合和交叉的综

---

① 参见袁可嘉《新诗现代化——新传统的寻求》，见袁可嘉《半个世纪的脚印——袁可嘉诗文选》，人民文学出版社1994年版，第50页。
② 袁可嘉：《新诗现代化——新传统的寻求》，见袁可嘉《半个世纪的脚印——袁可嘉诗文选》，人民文学出版社1994年版，第50页。

合性文体。不同文体间的这种互换与融合,充分说明了中国的现代新诗传统,即袁可嘉所说的"新的综合传统",的确是一个与旧诗词传统有着明显区别的新传统。这个"新传统"的突出特征,就是用现实理性替代了抒情性,即通过这种方法使诗歌挣脱了单维度的价值诠释模式,变成了一种更为丰富、复杂而综合的文体,从而与现代社会、现代人生能更好地发生沟通的作用。

第二节 "戏剧化"对"现实性"的取代

用"现实性"取代"抒情性",抑或说借用"现实性"来诠释诗歌的艺术特性,不但与我们"凡诗文妙处,全在于空"[①] 的传统诗歌观念有着重大分歧,而且尤为重要的是,袁可嘉的这些有些矫枉过正的论述方式,也容易引发一些歧义。譬如,为了使诗歌从传统的抒情性框架中摆脱出来,袁可嘉便极力推举了与此相反的"现实性",即把"现实性"视为现代新诗的一种"新传统"。这样一来,所谓"新诗现代化"就可以推演、替换成"新诗现实化",即"现实性"问题,一下子就成为诠释现代新诗的一个权威性视角。

把"现实性"等同于"新诗现代化",这无疑有悖于袁可嘉的本意。首先,因为我们从他对"象征"和"玄学"的彰显中,也能感受到其语境中的"现实性"并非是那种完全靠写实取胜的现实,而是经过"象征"的隐喻手法与"玄学"的思维方式浸染了之后的现实。套用他的话说,这是一种"高度综合"后

---

① 袁枚:《随园诗话》,唐婷注译,长江文艺出版社2019年版,第232页。

的现实。其次,袁可嘉从来都不是一位政治、社会至上的理论家和诗人,其实他一直都是格外强调艺术性,即使在这篇文章中对"现实性"之要素予以彰显时,也是把肯定诗歌的艺术性作为前提的:"绝对肯定诗应包含、应解释、应反映的人生现实性,但同样地绝对肯定诗作为艺术时必须被尊重的诗的实质;……诗歌作为艺术也自有其特定的要求;诗作者必先满足这些内生的先天的必要条件,始足言自我表现,这也就是在制约中求自由、屈服中求克服的艺术创造的真实意义;……如果我们根本否认诗艺的特质或不当地贬低它的作用意义,则在出发基点,作者已坦白接受击败自己的命运;其作品之不成为作品既在意义,其对人生价值的推广加深更是空中楼阁,百分之百骗人欺己的自我期许。"① 以上两方面都决定了袁可嘉不会止步于用"现实性"这个容易引发歧义的词语,来指认新诗的现代化传统。他会在此基础上继续探寻一个更为适合的概念。

果然,这篇文章发表后的第二年,袁可嘉又发表了另外一篇相关论文——《新诗戏剧化》。这篇文章便明显地带有"纠偏"的意味。在《新诗现代化》一文中,袁可嘉由于过于强调和凸显新诗的现实性内容,未及对新诗的艺术性进行全面而深入的诠释。因此在这篇文章中,他的论述焦点明显发生了平移:"当前新诗的问题既不纯粹是内容的,更不纯粹是技巧的,而是超过二者包括二者的转化问题。"② 不再以"现实性"内容为立

---

① 袁可嘉:《新诗现代化——新传统的寻求》,见袁可嘉《半个世纪的脚印——袁可嘉诗文选》,人民文学出版社1994年版,第51页。
② 袁可嘉:《新诗戏剧化》,袁可嘉《半个世纪的脚印——袁可嘉诗文选》,人民文学出版社1994年版,第68页。

论的关键词,而是在内容与技巧之间寻找一个合适的平衡点。换句话说,此时的袁可嘉,选择把其置身于纯粹的内容与纯粹的形式之外,转而探究新诗作为一种艺术体裁,该如何更完美、更恰当地呈现出来的问题。因此,他对其观点的诠释是从检讨当下诗歌中存在的问题开始的:"目前我们所读到的多数诗作,大致不出两种类型:一类是说明自己强烈的意志或信仰,希望通过诗篇有效地影响别人的意志或信仰的;另一类是表现自己某一种狂热的感情,同样希望诗作来感染别人的。"① 袁可嘉所指出的这两种弊病,其实都属于情感表达上的弊病,即诗人们不是通过激烈的"说明",就是通过强烈的"表现"来抒发自己内心的感情,从而导致诗歌出现了"够强烈而有时不免太清楚"③的缺陷。

显然,袁可嘉不满诗人们这种"表现激情"式的直抒胸臆,认为他们在诗歌的艺术诠释方面过于本色,正如他总结说,这类诗人在表达中"多数有明确的爱憎对象作赤裸裸的陈述控诉"。④ 为了纠正诗人们这种重内容、重观念而轻技巧的问题,他便有意识地把强调重点转移到了诗歌的创作技巧方面,甚至把诗歌的创作过程,总结为"把意志或情感化作诗经验的过程"。而且这个"过程"还是诗歌创作诸种过程中最重要的一个过程,正如他所说:"诗的唯一的致命的重要处却正在过程。"或许他觉得这样界定还不足以把其想说的话完全表达出来,故而又把该"过程"进一步具体化,说这个过程就是"一个把材料化为成品的过程"。⑤ 与前文中有些虚化的解释相比,这个解释的目的

---

①③④⑤ 袁可嘉:《新诗戏剧化》,参见袁可嘉《半个世纪的脚印——袁可嘉诗文选》,人民文学出版社 1994 年版,第 67 页。

很明确，就是要用诗歌创作的物质化过程，取代原先那个以虚化为特征的精神化过程。因此，过去代表"社会内容"的"意志或情感"，在该处用"材料"代之；过去代表"艺术形式"的"诗经验的过程"，此处变成了"成品的过程"。袁可嘉使用的词语指向尽管有别，但其深层的意蕴却大致相似，都是指诗歌对其内容的创造与转化问题。既然如此，袁可嘉为何要煞费苦心地进行词语的这番转换，即他的内在动机是什么？

袁可嘉用两个带有原生态意味的词语，取代《新诗现代化》中强调的那个"现实性"内容，至少能反映出如下几方面的问题：从袁可嘉自身批评的视角转换来看，此时的他从英美新批评的一些理念，如社会内容与艺术形式难以截然分开等理论学说中受到了启发，调整和重构了其对诗歌某些问题的认识。换句话说，他对诗歌的分析也不再采用二分法的方式了：[①] 从理论的层面看，袁可嘉把诗歌创作的精神化过程，有意识地往物质化的方向转换，说明此时的袁可嘉是尚实反虚的，即他认为现代新诗的属性就是"实"，也就是以务实性为特征的；从批评实践的层面来看，袁可嘉已经意识到用"现实性"来指称现代新诗的现代属性，容易把新诗带入一个狭窄的胡同里。尽管他语境中的"现实性"是"综合"了各种要素后的现实性，并非是那个照搬原样的狭义的现实性，但是由于自 20 世纪 20 年代以后，所谓现实性，严格说是与此相关的现实主义创作准则占据了人

---

① 袁可嘉在《新诗现代化——新传统的寻求》中谈到了瑞恰兹，这证明他在当时就接触到了新批评的理论。其实，袁可嘉在前文中对抒情的搁置以及对社会理性的强调，也是受到新批评派的另一位理论家艾略特的影响。

第八章　袁可嘉与现代新诗的叙事传统

们的主导思想，而且这种绝对现实性的要求，给诗歌创作带来的不利影响也日益凸显了出来。正如"九叶诗派"中的另一位诗人唐湜在1948年的文章中曾写道："生活的直接揭露在艺术上实在并没有重大意义，没有相当的心理距离，迫人的现实往往不能给写成很好的作品。"① 唐湜的这番话并不是无的放矢的，它针对的是当时诗坛上的一种创作倾向。

在这样一种社会和文化语境中，如果再继续用"现实性"这一概念来彰显现代新诗之"新"的话，不但凸显不出"现实性"本该具有的那种丰富而独特的内涵——引向现代性的那种内涵，相反还有可能把新诗创作引入一个狭窄而封闭的误区。

或许正是基于以上几方面的考虑，袁可嘉把其原先对创作内容的推举，改成了对创作过程的强调，以此来消解和淡化"迫人的现实"给现代新诗创作带来的不好影响。然而，不管袁可嘉在思维方式和言说策略上作了如何调整，其终究还是把现代新诗的社会内容，严格说是综合后的社会性置于首位的。这一点从他在文章中对"诗剧"的格外强调中可以明显地看出。

一般说来，"诗剧"并非是诗歌的主要表达模式，它基本上是作为诗歌的一种补充、调剂而存在的。然而，袁可嘉对于1935年左右崛起的诗剧赞不绝口，认为这是一桩"极为重要的事情"②。他之所以会欢欣鼓舞，是因为在他看来，与诗歌的其他表达模式相比，"诗剧"能从技术上更好地配合他所说的新综合传统的实现，正如他说："诗剧的突趋活跃完全基于技术上的

---

① 唐湜：《辛笛的〈手掌集〉》，《诗创造》，第1卷第9辑，1948年3月。
② 袁可嘉：《新诗戏剧化》，参见袁可嘉《半个世纪的脚印——袁可嘉诗文选》，人民文学出版社1994年版，第71页。

理由。我们一再说过现代新诗的主潮是追求一个现实、象征和玄学的综合传统，而诗剧正配合这个要求，一方面因为现代诗人的综合意识内涵强烈的社会意义，而诗剧形式给予作者在处理题材时，空间、时间、广度、深度诸方面的自由与弹性都远比其他诗的体裁为多，以诗剧为媒介，现代诗人的社会意识才可得到充分表现，而争取现实倾向的效果；另一方面诗剧又利用历史做背景，使作者面对现实时有一不可或缺的透视或距离，使它有象征的功用，不至粘于现实世界，而产生过度的现实写法。"① 袁可嘉荐举"诗剧"的动机和目的一目了然，即与其他形式相比，诗剧这一形式能更好地反映和呈现现实。

这说明绕了一圈，袁可嘉最终还是把现代新诗的构筑点落在了"社会意识"和"现实倾向"这两个坐标点上。只不过，他此时为了避免引起歧义而回避了"现实性"这一说法，以两个更为中性，即包容性更强的"意志"和"情感"取代了"现实性"。

正由于袁可嘉是把"意志"和"情感"设定在了"内容"的范畴，所以他接下来要解决的问题，就是如何把"意志"和"情感"转化成具体的诗歌文本，正如他在文中的设问："如何使这些意志和情感转化为诗的经验？笔者的答复即是本文的题目：《新诗戏剧化》，即是设法使意志与情感都得到戏剧的表现，而闪避说教或感伤的恶劣倾向"。② 袁可嘉该处的意思很明确，

---

① 袁可嘉：《新诗戏剧化》，参见袁可嘉《半个世纪的脚印——袁可嘉诗文选》，人民文学出版社1994年版，第71页。

② 袁可嘉：《新诗戏剧化》，参见袁可嘉《半个世纪的脚印——袁可嘉诗文选》，人民文学出版社1994年版，第68页。

诗人的"意志"和"情感",其实也就是"社会性内涵",只有通过"戏剧化"的表达方式,才能有效地避免"说教"或"感伤"的弊端。无疑,袁可嘉语境中的"戏剧化",指的就是诗人对情感、对意志的一种特殊的诠释模式。因此说,"戏剧化"要解决的根本问题,终究还是诗歌的社会化问题,即如何运用一些特殊的艺术技巧来更好地揭示社会性内容。

至此,袁可嘉语境中的现代新诗的现代化内涵,可以作如下几点总结:第一,现代新诗现代化的首要要旨,必须是思想内容,也就是精神上的现代化。而所谓"现代化"的标志,就是诗歌必须要关注社会和人生。总之,在袁可嘉的研究范式中,现代新诗的现代化是与关注现实人生紧密联系在一起的。与中国传统旧诗词相比,这无疑是现代新诗之"新"的独特标志。

第二,除了内容上的现代化之外,现代新诗在表达技巧上也需要进行"现代化"的转换。正如袁可嘉所说:"以为诗只是激情流露的迷信必须击破。没有一种理论危害诗比放任感情更为厉害,不论你旨在意志的说明或热情的表现,不问你控诉的对象是个人或集体,你必须融合思想的成分,从事物的深处、本质中转化自己的经验,否则纵然板起面孔或散发搥胸,都难以引起诗的反应。"① 他在该段文字中,一方面批判了以往那种以情感为上的错误表达观念,另一方面认为诗歌抒发的"经验",也就是诗人对社会和人生的感悟,并非是那种表象的经验,而是从"事物的深处"迸发出来的经验。假如说得更为具体一点,就是现代新诗要表达的"经验",必须是个人经验与

---

① 袁可嘉:《新诗戏剧化》,见袁可嘉《半个世纪的脚印——袁可嘉诗文选》,人民文学出版社1994年版,第72页。

"事物的深处"的经验相统一；个人的情绪与事物的本质思想相统一。这番建立在"融合""本质"基础上的诠释论，就是要求诗人不要在诗歌文本中直接抒发对社会和人生的看法。这是新诗现代化的另一标志，即现代新诗形式现代化的象征。

总之，所谓新诗现代化，就是要求诗歌一定要与现实社会、真实的人生百态发生直接而深刻的关联，但是在这个互相关联的过程中，诗人又万万不可直接地抒发感情和述说观点。

第三节 戏剧化与客观性、间接性

在袁可嘉倡导的这个新诗现代化的表述框架中，新诗现代化的主导要素就是新诗必须要社会化和人生化。当然，为了保证现代新诗的艺术品质，袁可嘉又不得不给社会化、人生化作了一些界定与修饰。但是不管给予现代诗歌"内容"以何种样式的限定，也都说明了唯有那些与现实人生相关的人与事，才是现代新诗要集中表达的成分。至于其他，则体现不出现代新诗的概念范畴。

用"戏剧化"的手法来诠释现代新诗的社会性、人生化内容，这是袁可嘉在20世纪40年代对现代新诗创作的一种认识，与此同时也是他对现代新诗创作手法的一种有创意性的命名。这样一来，何谓"戏剧化"，确切说"戏剧化"在现代新诗的创作中是如何铺展开来的，就变成了一个关键性问题。

毫无疑问，"戏剧化"是与"戏剧"这一文体有关。"戏剧"由于受到特定舞台与特定时间的限制，所以对其故事模本的展开有着特殊的要求，即它必须要依据某种矛盾冲突与演绎来展示剧中人的性格以及推动剧情的发展。袁可嘉就是沿着这样一条思路来论述现代新诗的:"我们从来没有遇见过一出好戏是依赖某些角色的冗长而带暴露性的独白而获得成功的;戏中人物的性格必须从他对四周事物的处理,有决定作用的行为的表现,与其他角色性格的矛盾冲突中得到有力的刻画;戏中的道德意义更必需配合戏剧的曲折发展而自然而然对观众的想象起拘束的作用。"① 这段话的意思,概括起来有两点:反对"冗长而带暴露性"的"独白",即主张通过"矛盾冲突"来"表现"和"刻画"人物的"性格";隐含在戏中的"道德"主题也不能直接披露出来,而必须通过故事情节的"曲折发展",即"矛盾性"加以揭示。

以上两大特点原本是针对"戏剧"文本的,袁可嘉以此指代现代新诗,则说明了其一个主张:现代新诗的创作在远离直接抒情的同时,应该向"戏剧"倾斜,即通过学习其"矛盾性"技巧来丰富和改善现代新诗内容上的纯净化问题。既然如此,如何才能把"戏剧化"手法引入新诗的创作?

袁可嘉采取的策略是尽可能地把与诗歌有关的因素戏剧化,诚如他所说:"人生经验的本身是戏剧的(即是充满从矛盾求统一的辩证性的),诗动力的想象也有综合矛盾因素的能力,而诗的语言又有象征性、行动性,那么所谓的诗岂不是彻头彻尾的戏剧行为吗?"② 把"诗"归纳成一种"彻头彻尾的戏剧行为",

---

① 袁可嘉:《新诗戏剧化》,见袁可嘉《半个世纪的脚印——袁可嘉诗文选》,人民文学出版社1994年版,第68页。
② 袁可嘉:《谈戏剧主义——四论新诗现代化》,《大公报·星期文艺》,1948年6月8日。

是否有矫枉过正之嫌，可暂且不论，但是这番话却把袁可嘉对现代新诗创作的看法，彻底地坦露出来：强调诗歌的戏剧性，其实就是强调诗歌中的矛盾性。这说明袁可嘉把现代新诗的创作焦点集中在"矛盾"这一范畴上，即号召诗人们不要再把自我的情绪作为诗意的源泉，应该转而在社会、人生的复杂性中发现和构筑诗意。也就是说，袁可嘉在该文中启用"戏剧化"之术语，其目的主要是为了瓦解以往诗歌里那种平铺直叙的抒情手法。事实也确实如此。袁可嘉在文中接下来就倡议诗人们要把与直接抒情相关的第一人称创作，转向情感较为客观的第三人称创作。原因是："自我宣传或自我描写都无济于事，一如开口闭口不离'我'字的谈话最令人生厌一样。表现在现代诗里，第三人称的单数复数有普遍地代替第一人称单数复数的倾向，尤以最富戏剧化的奥登为最显著。"① 他认为诗人一张口就"我"如何如何，是一件惹人"生厌"的事。这也再次印证了袁可嘉认为现代新诗的主体，不应构筑在"我"和"我们"的基础上，而应转移到"他"或"他们"这类更具客观性的词语中。

坚持人称主体置换的背后，依旧意味着现代新诗的表达模式不应追求自我的抒情，而应沿着客观化的方向发掘诗意。事实上，袁可嘉就是从"客观化"，抑或说"间接性"的角度来界定诗歌"戏剧化"特征的，正如他在谈到诗人应该如何正确地处理其"意志"与"情感"时所说："尽量避免直截了当的正面陈述而以相当的外界事物寄托作者的意志与情感；戏剧效果的第

---

① 袁可嘉：《新诗戏剧化》，见袁可嘉《半个世纪的脚印——袁可嘉诗文选》，人民文学出版社1994年版，第68—69页。

一大原则即是表现上的客观性与间接性。"① 至此，又基本可以得出另一个结论：袁可嘉心目中的现代新诗传统，就是一种用"客观性"和"间接性"之手法，来揭示或者说综合揭示社会、人生真相的诗歌传统。

假如说这就是现代新诗的一种发展脉络，那么表现这种脉络的"客观性"和"间接性"，又是一种什么样的表达手法？有关这两个词语的西方含义暂且不论，袁可嘉对其的使用既有对西方的继承，更有对西方的改造，所以对这两个概念的来龙去脉这里就不作梳理与总结了，而是直接进入袁可嘉的论述语境中：袁可嘉并未直接赋予"客观性"和"间接性"以明确的定义，而是把其作为何谓"戏剧化"的一种补充进行谈论的。

诚如前文所说，"戏剧化"在袁可嘉的论述语境中，就是指诗人不要直接与情感、意志等情绪发生触碰，而是要尽可能地凭借着"矛盾"这一媒介来反映和刻画它们。在小说、戏剧这类文体中，作家可以直接对"矛盾"展开细致的刻画与描写，但是在诗歌这类文体中，借此说法来隐喻诗歌也应该追求一种复杂的思想属性是完全可以的，但归根结底诗歌毕竟不是以表现和塑造人物的复杂性为主旨，因此袁可嘉在沿用"戏剧化"来代表一种思想或精神"复杂性"的同时，也悄悄进行了一番适合诗歌这种文体的转化：在小说、戏剧中，矛盾的展开，一般都是通过人物的自我矛盾冲突或与他人的矛盾冲突展开的。而诗歌中由于没有"人物"之说，所以袁可嘉便把"矛盾"从"人物"那里，转化到了与诗人自身遥相呼应的外在客观事物

---

① 袁可嘉：《新诗戏剧化》，见袁可嘉《半个世纪的脚印——袁可嘉诗文选》，人民文学出版社1994年版，第68页。

上，从而使"戏剧"中的矛盾在诗歌中得以存在——以一种诗人自身与客观事物之间矛盾张力的方式存在着。有了这样一个关系式，现代新诗的创作就由原本主要是坦露自我内心世界的单一性行为，演变成了一种自我内心世界与外界的"客观事物"互为碰相、融合的复合化行为。换句话说，所谓"戏剧化"手法就是一种把自我的内心世界尽可能地客观化的过程。正如袁可嘉所说，诗人要"努力探索自己的内心，而把思想感觉的波动借对于客观事物的精神的认识而得到表现的。"① 显然，所谓"客观化""间接性"并非是说自此以后诗人就不面向自己的内心世界了，而是说诗人首先要捕捉到自己内心世界的"思想感觉的波动"，然后再把这种"波动"通过与此精神相通的"客观事物"传达出来。

无疑，现代新诗并非是不让诗人抒发情感，而是要求诗人必须给这种情感寻找到一个合适的对应物。这一点诚如袁可嘉在论及里尔克的创作特点时所说："里尔克把搜索自己内心的所得与外界的事物的本质（或动的，或静的）打成一片，而予以诗的表现，初看诗里绝无里尔克自己，实际却表现了最完整不过的诗人的灵魂。这里对于事物的本质（或精神）的了解十分重要，因为离开本质，诗人所得往往止于描写，顶多也只是照相式的写实，不会引起任何精神上的感染。"② 这段话的关键词是"打成一片"，一位优秀的诗人，必须要拥有一种把自我的"灵魂"，寄予到"外界的事物的本质"中去的能力。即唯有揣摩到了"事物的本质"，才会把人的精神不动声色地传达出来，正如

---

①② 袁可嘉：《新诗戏剧化》，见袁可嘉《半个世纪的脚印——袁可嘉诗文选》，人民文学出版社1994年版，第69页。

他对里尔克《画像集》中的作品的赞美:"展现我们面前的是一片深沉的、静止的、雕像的美。不问我们听到的是音乐、风声,看到的是秋景、黄昏,想到的是邻居、天使,在最深处激动我们的始终是一个纯净崇高的心灵抖动的痕迹。"①

以上论证充分说明了现代诗人的创作过程,就是一个为自己的灵魂寻找相对应的客观事物的过程。在这个过程中,最忌讳的就是诗人敞开心扉,直接抒情。从这个角度说,所谓"客观化""间接性"一点也不晦涩,它就是使诗歌完成"戏剧化"任务的一种创作手段。对此袁可嘉曾多次明确表示说,诗人要"尽量避免直截了当的正面陈述而以相当的外界事物寄托作者的意志与情感"②,诗人要"以与思想感觉相当的具体事物来代替貌似坦白而实图掩饰的直接说明"。③ 毫无疑问,"客观化""间接性"就是主张诗人不要直接面对和处理自己的心灵。

第四节 走向"叙事性"的现代新诗

替代诗人心灵的媒介物在诗歌中的出现,尤其是当其大面积地进入诗歌的文本中时,极易把诗歌牵引到一个叙述性的框

---

① 袁可嘉:《新诗戏剧化》,见袁可嘉《半个世纪的脚印——袁可嘉诗文选》,人民文学出版社1994年版,第69页。
② 袁可嘉:《新诗戏剧化》,见袁可嘉《半个世纪的脚印——袁可嘉诗文选》,人民文学出版社1994年版,第68页。
③ 袁可嘉:《新诗现代化的再分析——技术诸平面的透视》,见袁可嘉《半个世纪的脚印——袁可嘉诗文选》,人民文学出版社1994年版,第60页。

架中。这个"框架"意义的转换不可小觑,它意味着自此以后,至少在某一段历史时期内,诗歌主要不是以抒情的方式存在,而是以叙述的方式呈现其价值的。

诚如我们反复所说,中国古典诗歌历来都是强调抒情,而且这"情"抒得一定要真切。向来以"境界"论诗词高低的王国维,就认为唯有那些抒写"真感情者",才"谓之有境界。否则谓之无境界"。① 也就是说,古典诗词只有在直接面对和处理情感时,才可谓好诗。为此,王国维还发明了一对"隔"与"不隔"② 的概念。当然,古典诗词的抒情方式多半是借景抒情,与浪漫主义诗歌的直接抒情还不是一回事。王国维所说的"隔"与"不隔",也主要指诗人的"情"抒发得自然不自然。譬如,他就认为陶渊明、苏东坡的诗"不隔",而姜白石等人的诗就"隔"。从理论上讲,当时的王国维,其实也就是为中国整个古典诗词传统做总结的《人间词话》,尽管意识到了如何处理情感是诗歌创作中一个极为重要的问题,提出了"有我之境"和"无我之境"③ 的说法,但是他在文章中尚未直接总结出一个情感客观化的理论模式。这意味着王国维在面对中国古典诗词传统时,已经意识到"情感"的表述除了有直接表述之外,还有一种更为间接化的表述方式,而且,这种表述方式可能还会更好。但是总体说来,王国维的词话理论还是更为偏重情感的,

---

① 王国维:《人间词话》,见郭绍虞等主编《蕙风词话 人间词话》,人民文学出版社1982年版,第193页。
② 王国维:《人间词话》,见郭绍虞等主编《蕙风词话 人间词话》,人民文学出版社1982年版,第210页。
③ 王国维:《人间词话》,见郭绍虞等主编《蕙风词话 人间词话》,人民文学出版社1982年版,第191页。

第八章　袁可嘉与现代新诗的叙事传统

即情感依旧是他构筑理论框架的一个支点。

袁可嘉在20世纪40年代秉持的"戏剧化"理论，也就是"客观化"与"间接性"理论，彻底颠覆了中国传统诗歌的运行模式——此框架中的现代新诗不但不以传统的抒情为主导创作模式，相反还把与诗歌原本无关的一些创作手法，如刻画、描写、描述等引入诗歌的创作，从而使诗歌这种文体的性质发生了根本性改变，即从"抒情"为主导，变迁到以"叙述"为主体。

袁可嘉不但在理论上极力倡导诗歌的叙述性，而且在具体的批评实践中，也是紧密贯彻这一方针的。20世纪上半叶最有影响的英美现代主义诗人之一——奥登，是袁可嘉非常欣赏的一位诗人。他在《新诗戏剧化》一文中曾反复引用奥登的诗来印证、说明其观点的正确性。他对奥登的诗歌是如此解读的：奥登会把"诗作的对象搬上纸面，利用诗人的机智、聪明及运用文字的特殊才能把他们写得栩栩如生，而诗人对处理对象的同情、厌恶、仇恨、讽刺都只从语气及比喻得着部分表现，而从不坦然裸露"。[①] 袁可嘉非但没有从抒情的角度切入，反而认为奥登诗歌的两大优点是：不"坦然裸露"诗歌的"对象"，调用一种特殊的才能把诗歌的"对象"描述得"栩栩如生"。诚如我们所知，"栩栩如生"的艺术境界并不是随意就可抵达，只有作家在详细而认真地刻画与描述"对象"时，才能够把这种活灵活现的艺术效果诠释出来。因此在通常的情况下，人们只有在解读和评价小说时才会用到此类成语。袁可嘉在该处的跨界使

---

① 袁可嘉：《新诗戏剧化》，见袁可嘉《半个世纪的脚印——袁可嘉诗文选》，人民文学出版社1994年版，第69—70页。

用，说明他试图把小说中的一些诸如描写、叙述等表达技巧引入现代新诗的创作，从而使诗歌由原本的抒情化过程，变成对"对象"的刻画与描写的过程。也正是基于奥登的这种努力，袁可嘉赋予了他极高的评价，认为"从诗题材接触面的广度来说，奥登确定地超过往乐希、里尔克和艾略特，只要一打开他的诗总集，你便得钦佩他在这方面的特殊才能"。[1]

袁可嘉极力倡导的这种"特殊才能"，即客观叙述性手法，套用现如今流行的一个术语，其实就是叙事的手法。袁可嘉虽然在该文中并没有直接提到"叙事"这个词，但他确实是围绕"叙事"这一概念来阐释现代诗歌的现代性问题的。

对于"叙事"这一概念，西方的叙事学理论家是如此界定的："表述一个或更多事件的话语。……一系列情景与事件的详述。"[2] 与20世纪崛起的其他理论流派相比，西方的叙事学理论出现得较晚。标志着学科突起的"叙事学"称谓，直到1969年才由托多罗夫（T. Todorov）正式提出来。因此从时间上看，袁可嘉在20世纪40年代似乎还不太可能直接受到西方叙事学理论的影响。但是巧合也罢，敏感也罢，或者是从艾略特的客观对应物理论中受到了启发——正如他所认定的那样，中国的现代化新诗就是"接受以艾略特为核心的现代西洋诗的影响"，并说"我们对于此点的反复陈述只在说明新诗现代化所内涵的比徒眩新奇、徒趋时尚更广、更深、更重的意义；它不仅代表

---

[1] 袁可嘉：《新诗戏剧化》，见袁可嘉《半个世纪的脚印——袁可嘉诗文选》，人民文学出版社1994年版，第70页。
[2] 杰拉德·普林斯：《叙述学词典》，乔国强、李孝弟译，上海译文出版社2016年版，第135页。

新的感性的崛起，即说它将颇有分量地改变全面心神活动的方式，似亦不过"。① 反正不管怎样，袁可嘉依靠灵感捕捉到了西方现代诗歌中客观叙述性的表达潮流，并且还寻找到了让诗歌呈现客观叙述性的路径：通过对"事件"或"情景"的描写，最大限度地还原诗歌所蕴含的那种不偏不倚的中性化特征。说得更通俗一点就是，袁可嘉认为现代新诗的创作，归根结底就是一种对"事件"或"情景"的还原与处理的过程。这样说可能有些抽象，还是结合袁可嘉对奥登诗作的点评进行分析。

在《新诗戏剧化》一文中，袁可嘉是把奥登的诗歌《小说家》作为"戏剧化"的典范提出来的。让我们欣赏一下这首诗歌：

> 装在各自的才能里像穿了制服，
> 每一位诗人的级别总一目了然；
> 他们可以像风暴叫我们怵目。
> 或者是早夭，或者是独居多少年。
>
> 他们可以像轻骑兵冲向前去：可是他
> 必须挣脱出少年气盛的才分
> 而学会朴实和笨拙，学会做大家
> 都以为全然不值得一顾的一种人。

---

① 袁可嘉:《新诗现代化的再分析——技术诸平面的透视》，见袁可嘉《半个世纪的脚印——袁可嘉诗文选》，人民文学出版社1994年版，第55页。

> 因为,要达到他的最低的愿望,
> 他就得变成绝顶的厌烦,得遭受
> 俗气的病痛,像爱情;得在公道场
>
> 公道,在龌龊堆里也龌龊个够;
> 而在他自己脆弱的一身中,他必须
> 尽可能忍受人类所有的委屈。①

这首以"小说家"命名的诗歌呈现出一些不同寻常的意味:采用"第三人称"命名的题目,通常说来更适合小说的叙事,并不适合诗歌的抒情,所以传统诗歌一般不会把第三者作为抒写和抒情的对象。但是这种"不同寻常"在奥登的诗歌中就是一种"寻常",即他的诗歌很多是以"第三人称"面貌出现的,如"作曲家""模特儿""旅行者""巴斯格尔"等诸如此类有不少。这种有意识地隐藏自我,而把"第三者"推到前台的做法,充分证明了奥登注重的是诗歌的叙事性,而并非是抒情性。事实也确实如此,《小说家》这首诗就完全是围绕小说"主人公"的"事件"轴线而非"情绪"线索展开的。

这首由卞之琳翻译过来的《小说家》,初读起来似乎有些晦涩,不知道奥登到底想表达一种什么样的思想或情绪。转换一下思维习惯,其实也不难理解。诗歌的题目既然是"小说家",那么,奥登显然是想用诗歌这种形式来为"小说家"这个群体立言。需要特别强调一点,奥登在此并不是针对某个特定的小

---

① 袁可嘉:《新诗戏剧化》,见袁可嘉《半个世纪的脚印——袁可嘉诗文选》,人民文学出版社1994年版,第70—71页。

说家来抒情，而是代"小说家"这个笼统的群体发言。也就是说，奥登通过这首诗，试图揭示的是"小说家"们的"共性"，而不是某个特定小说家的独特"个性"。这个视角的选取，即对"共性"的探寻，就决定了这首诗不可能以抒情的方式来抒写，而只能从叙述，或者说叙事的角度加以展开。

　　该诗也确实是沿着这样一个理路来写就的。诗歌的第一段就是为"小说家"这个群体画像："他们"是这样一群人——天生眼光如炬，身上拥有一套超出常人的才能。所以他们往往命运多舛，不是"早夭"，就是"独居"。诗歌的第二段则说明，小说家们虽然个个拥有过人的天赋与耀眼的才华，但是如果想取得成功，变成一位了不起的作家，光凭靠"少年气盛的才分"还是远远不够的，还必须放下身段来，学会做那种"朴实"和"笨拙"的人。诗歌的第三段又转向了对小说家们共性的述说：以"小说家"命名的这群人非常特殊，他们的最低愿望，也是远远高于这个社会的最高愿望的，这就注定了他们非但不是这个社会的宠儿，相反还会不断受到来自方方面面的各种痛苦与打击。诗歌的最后一段，叙述了小说家们是一群天生要为自己和世人寻求"公道"的人，但是这个世界上除了龌龊还是龌龊，缺少的就是"公平"二字，这就注定了他们的一生，是要经受"委屈"的一生。

　　通过以上的简要分析可以发现，这首诗的创作理念是完全构建在客观叙事的基础上，与抒情性没有发生任何关联。从诗歌主题上说，奥登通过这些分行的文字，客观、冷静地叙述了"小说家"这个群体与普通人之群体的区别，以及由这种差异性的存在而带来的悲剧性命运；从诗歌的艺术手法上说，这首诗是以叙述"事件"的细节见长，但是奥登的叙述与小说那种有头有尾的叙述还是有着根本性差异。简单说，他的叙述去繁就简，直奔本质，即通过选取几个有代表性的客观对应物，如"制服""轻骑兵""俗气的病痛""龌龊堆"等进行个案描述与演绎，即把澎湃的激情寄寓在一个个细节的刻画与描写中，以此传递出丰富的思想内涵。从这个角度说，奥登对"小说家"的述说是一种点状的、跳跃的、抽象的和高度概括性的述说，以此与小说的叙事性或叙述性拉开了距离。

显然，在这种以第三者的"事件"或"情景"为轴心的叙述模式中，抒情主人公"我"是缺席的，取而代之的是"他"或"他们"。然而，这并不意味着整首诗中就没有"我"或"我们"的情感取向和价值立场的展现。相反，透过一个个丰富而独特的细节，我们能明显感受到诗人奥登对"小说家"们的那种惺惺相惜的情愫——"他们"，其实也包括诗人的"我们"，之所以与这个世界不合，不是因为"他们"和"我们"不够优秀，而是因为这个世界实在是太龌龊：是世界配不上这些生来就卓尔不群的艺术家们，而不是艺术家们配不上这个世界。

综上所述，相对于诗歌的抒情性，以叙事性为主导的诗歌，其优势也是显而易见的，它在对诗歌内容的彰显方面显示出更大的包容性和开放性，即这种让自我与世界拉开距离的客观化书写模式，更容易把现实世界的方方面面带入诗歌艺术中来。从这个意义上说，现代新诗中出现要求摈除抒情、强调叙事能力的呼声也有其历史的必然性：现代新诗产生的时代正是中国知识分子忧国忧民、欲大刀阔斧地改变旧中国的特殊时期，这就要求诗歌不能总是沉湎在自我情感的陶醉中，而更应该投入广阔的天地，让其在改变社会与人生方面发挥排头兵的作用。事实上，这种诗歌客观化的要求并不是始自袁可嘉，早在胡适时，这种诉求就已经明确存在了。胡适在其新诗理论中提出的"言之有物"和"言之无物"等,针对的就是诗歌内容从主观性往客观化方面转换的问题。而且,这也绝非是胡适的个人喜好,"五四"前后除了少量的诗论家,如周作人等倡导诗歌的抒情性外,绝大多数诗人与理论家更为重视诗歌的说理性特征与叙事性问题。这一点可以参考朱自清写于1935年的《中国新文学大系·诗集·导言》一文,他在该文中就把"说理"视为"五四"诗歌的一个基本特征。其后,这个话题就或隐或现地一直存在于现代新诗创作与发展的不同阶段。因此说,袁可嘉在20世纪40年代提出的新诗"戏剧化"问题并不突兀,正是新诗自身发展逻辑的一个集中体现。20世纪90年代以后,中国新诗内部爆发出一个"叙事性"高潮也不是偶然的,正是"五四"新诗行进到90年代后的一次自我调整与完善。

结　语

一

　　中国现代新诗是在中、西方两种不同文化力量的碰撞与冲突中，融汇而成的一种新型诗歌范式，这就注定了其发展、壮大的过程也是一个矛盾众生、悖论不断的过程。这一与生俱来的特性，决定了对这段诗歌历史（1917—1949）的研究，绝非只有一种研究模式或方式。本书在多种可能性中，选择了从"叙事"，即诗歌着重于叙述事实、叙述事件，包括叙述思想和叙述哲理这样一个特殊视角，对中国现代新诗理论构建的价值取向以及理论模型，尤其是肇始时期以胡适为代表的新诗理论予以新的解读与构建。

　　本书在构架方面的特点之一，是对胡适的现代新诗理论予以了特殊的关照与勘测。换句话说，本书把胡适的现代新诗实践——创作实践与理论实践，视为中国现代新诗理论构筑的起点与基础。这一诠释视角与目前绝大多数的研究视角，无疑是两样的。本书之所以一反常态地彰显胡适，即把胡适视为现代新诗崛起的一个关键点，并不是因为他的诗歌创作与理论实践有多么深刻与成熟，而主要是基于三点考虑：首先，在以往的相关研究中,往往存在这样一个奇怪现象:研究者们一提到现代新诗的肇始,必定会提到胡适这个人,否则在体例和架构上便会有不周全之感;然而,研究者们一旦真正地涉及他的诗歌作品与新诗理论,又会陷入无话可说的境地,甚至怀疑他的这些新诗中的第一批"产品",到底与诗歌有没有关系?长期以来,胡适的诗与胡适的诗论,就处于这样一种食之无味、弃之可惜的尴尬境地。

其次,从时间上来看,胡适是中国现代新诗当之无愧的开山人。最早极力倡导和发表白话诗的是他,出版第一本新诗集——《尝试集》的是他,最早提出如何构建新诗审美范式的还是他。显然,无论是在新诗创作还是理论探求方面,胡适都是当之无愧、而且还是投入精力最多的先行者。如果不把蕴含其中的深刻内涵发掘和阐释出来,就难以真正地解释现代新诗为何会呈现出这样而不是那样一种形态的深层问题。

最后,在某些长期以来先入为主的研究理念——譬如诗歌的本质就应该是抒情等观念的支配下,目前数量众多的与胡适现代新诗理论相关的研究成果,似乎尚未与胡适达成一个有效的对话渠道,即胡适的原始本意并没有得到很好的理解与诠释,这也是本书摈弃常规性的研究理路,选择从"叙事"角度切入这段诗歌历史的原因之一。

何谓常规性的研究理路?为了能更好地理解本书的叙事性架构理路,需要对此先作一个简要的廓清。在本书中,所谓常规性研究理路,主要是指大家都耳熟能详的"抒情"理路。或许是深受中国传统诗学"诗缘情"的影响,以往绝大多数研究者,在对现代新诗这段历史展开梳理与研究时,基本上是沿着"抒情"之轴线构建和评价现代新诗的发展与意义的。具体来说，对一段诗歌历史也好，一种诗歌理论或一种诗歌文本也罢，围绕其产生的那些说辞，从来都不是随意出现的，它总是某种价值尺度或某种价值标准的衍生物。到目前为止，围绕现代新诗而建立起来的各式批评标准，虽然在细节上有所差异，但总体上大致可以归入以"抒情"为主导的价值批评体系中。

有了这样一个价值批评体系的存在，也就意味着有了衡量一首诗歌、一种新诗理论优劣的标准。这种标准简单说来就是，一首诗凡是具有了强烈的抒情性因素，一种理论凡是强调要以情感为上，那就应该是一首好的诗歌和一种好的理论，至少它们具有了诗歌所必备的要素。这种判断是基于它与人们所认知的诗歌发展的规律是相一致的。当然反之也成立。就在这样一种集体无意识的逻辑统领下，胡适那些以记录事件、描摹写实和借物说理为主要内容的诗歌，包括那些与此理念相关的诗歌理论，自然会显示出一种"非诗化"特质，甚至有反诗歌的倾向。

从这个意义上来说，胡适在现代新诗研究领域长期以来得不到研究者们的重视，也是一件必然的事：与其后的众多研究者相比，胡适对现代新诗的理解与设定，从一开始就比我们更具有超前性。如果说身处另一时代的我们，还在有意无意间赓续传统诗学的一些清规戒律，那么处于 20 世纪初期的胡适早已经意识到抒情，严格说是那种传统式的抒情已经适应不了新时代的要求，因而他在对传统诗学理论予以批判的基础上，开始极力发掘和倡导诗歌中的理性观念。简单说，他尝试用一种理性观念，即思想上的理性与表达手段上的理性来替换和取代以往诗歌中的感性与抒情，这就是构成胡适现代新诗理论体系的一个基本核心点。而正是这最关键的一点，恰恰又没有被后来的研究者们很好地理解、继承与发展。

重视不重视胡适的学说，原本也是研究者们的一种个人化选择，无须小题大作。不以胡适的理论学说为原点，而以其他人的学说为原点，同样也可以对这段新诗历史展开评说。问题在于，对这段历史评说的理路与观点是可以多种多样的，但是在多种多样的阐释中，总该有那么一两种观点可能会与历史的真实面貌更为吻合。这就要求研究者在遵循百花齐放的原则下，尽可能地贴近历史，把其最为真实的状况，或最接近真实的状况呈现和还原出来。

现代新诗恰恰在对真实情况的"还原"方面做得尚嫌不足。譬如，我们长期以来对胡适与现代新诗关系的理解与评价，就与其同时代人的理解与评价相差甚远。诚如前文所说，在当下新诗研究者们的研究视域与研究框架中，胡适其实是个可有可无的元素。人们之所以会提到他，常常是出于框架体系周详方面的考量，而并非真的认为他的新诗理论和创作有那么重要。然而，与胡适同时期走过来的学者，则并非是这么认为的。如在年龄上比胡适小7岁，也是现代新诗的亲历者，同时还是对现代新诗最早展开较为系统研究与总结的朱自清，就对胡适的新诗理论有着极高的评价，认为胡适在现代新诗史上具有不可取代的价值与意义。朱自清之所以能作出如此评价的依据是，胡适不但在现代新诗的"观念上"给予了"五四"新诗运动"很大的影响"，尤为重要的是，他的那些新诗理论"差不多成为诗的创造和批评的金科玉律"。[①] 后一句中的"诗"，就是指现

---

① 以上参见朱自清《中国新文学大系·诗集·导言》，见杨匡汉、刘福春编《中国现代诗论》上册，花城出版社1985年版，第240—241页。

代新诗。

朱自清的意思异常明确，就是说当时人们创作新诗也罢，批评新诗也罢，所遵循的理论标准都是源于胡适的标准。没有胡适，其实也就没有后来的现代新诗。如果想说得更为严谨一些，或许应该是这样一种表述：如果没有胡适和胡适的那些有关新诗的理论，后来的现代新诗，应该是另一番走向。

当然，我们也可以对朱自清的这一认知与评价不以为然，并以后来者的眼光给予胡适一个新的评说。事实上，朱自清在20世纪30年代中期赋予胡适的这个说辞，确实没有对后来的研究者产生太大的影响。其标志是，对于朱自清这位现代新诗研究的奠基者，人们给予了充分的尊重，他有关现代新诗的不少观点，诸如把第一个十年的新诗（1917—1927）分成了三大派别、对"湖畔"诗人的评价等都成了经典之论，但唯独在胡适的问题上，甚少有研究者沿着他的观点思路继续往下探索。目前胡适在现代新诗中的尴尬地位——弃之可惜，食之无味，也证明朱自清并没有把其权威地位真正地奠定起来。

如此一来，便有一个疑问产生：造成目前的这种状况，到底是朱自清由于时代所限，对胡适在现代新诗的贡献方面，作出了一个夸大而不恰当的评价，还是后来的研究者由于对那个时代过于隔膜，而意识不到朱自清所谈这些问题的重要性？我们或许有理由问：假如对现代新诗的认识，从一开始就出现了认知上的偏差，那么其后的结论还有可能是全面而公正的吗？因此说，对胡适新诗理论的重新估价是需要有个前提条件的，即必须要越来越接近于胡适新诗理论实践的本真面貌，而不是离其真实形态愈来愈远——一旦理解错了或者评价反了，会直接影响我们对肇始期的那批诗歌型构的认识与判断。

正是基于以上诸种考虑，胡适理所当然地成了本书的一个理论剖析重点。这种价值预设意味着在本书作者看来，胡适以后的现代新诗创作为何是这样的而不是那样的，归根结底都要溯源到现代新诗第一人——胡适那里去，他就是现代新诗的那个原型符号：以后的诗歌好也罢，不好也罢，都能在他的创作与理论中寻找到根源。夸张一点说，他与其后很大一部分现代新诗的关系就宛若父与子的关系，尽管儿子长得比父亲高大、健壮而漂亮，但基因却是来自父亲，这一点应该是毫无疑义的。

应当承认，胡适在"五四"文学革命时期创作出的那批诗歌是粗糙而幼稚的，他所提出和倡导的现代新诗理论也只是一个粗略式的大纲，还称不上是严格意义上的理论学说。但不管怎样，有一点不该否认，尽管胡适在当时也不知道现代新诗的最佳形态该是何样的，但是他对现代新诗的构建方向，从一开始就是异常坚定与明确的：反对诗歌继续沿着古典诗词表现出的那种虚无缥缈的抒情方式发展，力争让现代新诗从旧诗词的窠臼中挣脱出来，转到以叙述具体的事、具体的人为主导的道路上来，即以此通过强调诗歌的叙事性来达到彰显现代诗歌思想性的目的。如果说古典旧诗词主要彰显的是诗歌的朦胧、含蓄之美，那么现代新诗则以其与现实人生接轨为最高目的。

面对传统旧诗词的全面崩塌与现代新诗的尝试构建，胡适尽管并不知道怎么去做才能做得更好、更妙，但是要努力地去做什么和坚决地要摈弃什么，他心里却是异常清楚的：现代新诗的构建除了在形式上要用白话文之外，其诗歌内容必须要以叙述具体的社会——人生问题和理性——哲理为根基。这一点非常重要，是胡适认为现代新诗之所以为"新"的一个根本性凭证。

综览胡适有关现代新诗的论述，发现大致可以用这样一条线索——从逐"情"开始，到尊"理"而尚"实"结束——来概括胡适对现代新诗整个构建过程的设想。本书就是严格遵循这样一个构建线索，切入现代新诗传统的研究。

需要再次强调的一点是，本书从这样一个逐"情"视角切入现代新诗传统，绝非是说诗歌不可以抒情，或者说诗歌抒情是错误的一种行为。相反，诗歌这种文体原本就是要抒情的，离开了"情"这一轴线，诗歌也就不能称为诗歌了。胡适之所以主张把"情"从现代新诗中最大限度地挤压出去，也并非认为诗歌是不可以抒情的，他只是有感于中国以往的诗歌太过于沉浮于情感之中，且为了使诗歌这种艺术体裁与现实生活拉开距离而呈现出自身高妙而神秘的艺术之美，又不断有意识地提炼或者说提纯这个"情"，以至于把真实生活中的那些鲜活具体的细节以及真实人生的喜怒哀乐都过滤掉了，使诗歌这种文体最终走向了异化，演变成为一种类似于舞台上的类型化的情感表演形式。

诗歌与人生的关系原本就应该是一种同呼吸、共命运的关系。有关这个问题，从人类最早的诗歌总集《诗经》中就能很好地反映出来。《诗经》中的诗尽管是人类早期的精神产物，但却有着特定的价值指向。具体说，它集中反映了周初至周晚期500年间各式各样的社会生活，有描写爱情婚姻的，有反映战争徭役的，还有记录农事和专门用于祭祀的诗。总之，这些诗都具有某种"有用性"，即能与现实生活形成一种呼应关系。正因为如此，孔子在授课中用《诗经》来训练弟子们的言与行；在当时社会诸种层面的交往中，甚至包括诸子们在论争的过程中，往往也会引用《诗经》中的诗句来增加说理性。这一切都充分证明了《诗经》具有认识现实和服务人生的作用。然而,随着社会历史的进步以及人们纯艺术观念的觉醒,渐渐开始产生了让诗歌艺术化的想法。这样一来,越来越艺术化的诗歌,其实也就是越来越纯情的诗歌,就与真实的社会生活、有血有肉的人生渐行渐远,最后演变成了一种非常奇怪的艺术形态:"诗"仿佛是在舞台上面咿咿呀呀地演,"人"似乎是端坐在下面浑然不觉地看,二者原本应该是一体的,最后竟然变成了一对互不关联的东西。胡适在"五四"时期就把这类体现玲珑剔透之美的诗,称为"无灵魂无脑筋之美人"①。无疑,胡适认为现代新诗除了要有外在的形式之美外,更应该拥有一付健壮、活泼而有趣的魂魄,而不单纯是一堆云遮雾罩、模棱两可的情感。

  胡适之所以要对中国传统诗歌的抒情性发起进攻的另外一个原因是,留学美国并已接触过以庞德为代表的西方意象派诗歌的胡适,这时已敏感地意识到西方的现代主义诗歌已经不再以抒情为主导了,相反还开始明确提出了反抒情的口号和主张。他为了让20世纪初的中国诗歌能步入这一世界性的潮流,从而朝着中国传统诗歌的审美观念和诠释模式开火。

  以今天的眼光来衡量,不得不说置身于那个时代氛围中的胡适是敏感的:那个时期的庞德与艾略特的诗学理论,的确出现了重大的艺术转向——不管是庞德提出的要直接处理事物和直接反映事物的主张,还是艾略特提出的那个著名的"非个性化"理论,都是在强调诗歌要节制情感,重视理性和叙述的力量。这也充分说明了胡适在20世纪初期所提出的那些现代新诗理论

---

① 胡适:《文学改良刍议》,见姜义华主编《胡适学术文集·新文学运动》,中华书局1993年版,第20页。

主张，绝非是头脑一时发热，而是受到西方现代主义诗歌思潮的影响。

基于以上认识，可以说本书强调和采用的叙事性研究视角，只是众多研究视角中的一种，并没有以此一统天下的意思。换句话说，本书只想通过这一与理性、客观相联系的特定视角，把现代新诗诞生、发展期的真实形态最大限度地发掘和还原出来，以此来丰富和发展现代新诗史的研究。

二

长期以来，研究者们总是有意无意地把诗歌的"抒情"性，置放于诗歌文本的首要位置，这就导致了我们对胡适的那些不抒情、甚至反抒情的诗歌理论与诗歌文本，产生一种不屑的心理。这种"不屑"看上去好像针对的是胡适本人——这个人的脑子过于理性化，压根不懂得何谓诗、何谓非诗。其实事情并非如此简单，这种对胡适不屑的背后，一直潜藏着这样一条标准：用诗歌的抒情与否，来衡量和评判一首现代新诗价值的大小。换句话说，假如胡适创作的那些新诗和倡导的新诗理论，不是现在这番形态，而是满足了人们对"抒情"的审美期待，可能就不会有人指责他不懂诗了。

总之，反对胡适的人，总认为胡适不懂或者说违反了诗歌要抒情这个根本性原理；而胡适，严格说是以胡适为代表的现代新诗的构建，原本就是从摒弃抒情开始的，而且这还是作为一个时隐时现的信条，一直暗藏在新诗的构建与发展的过程中，并构成了现代新诗的一个基本特色。① 这个特色可以概括成为用写实的叙事和描摹，取代以往诗歌惯用的那种主观抒情。分歧与误解就此便出现了：胡适的这一套手法明明是刻意所为，即他试图以此手段来改观中国诗歌的古老创作法则，而其后的研究者非但没有揣摩到以胡适为代表的新诗创建者的这番文化苦心，反而一直把不抒情当成是胡适和早期现代新诗的一大弊病予以嘲讽与反对。

这样一来，就导致了对现代新诗的一些看法，与现代新诗的真实发展形态是不合辙的，甚至在某些方面是矛盾与抵触的。只要认真地思考和梳理一下现代新诗的发展过程，不难发现这方面的问题比比皆是。我们以现代新诗史上的诗歌流派为例，考察一下这种不合辙或抵触性问题。

现代新诗在经过以胡适为代表的早期创作实践的短暂过渡后，很快便进入三峰并峙的状态，即以胡适为代表的现实主义（写实主义）、以郭沫若为代表的浪漫主义和以李金发等为开端的现代主义，可视为中国现代新诗早期的三种具有代表性的创作模式。新时期以后的研究者们在面对这三种新诗的表现形态时，其解读颇有耐人寻味的地方：以胡适等为代表的早期现实主义诗歌，由于标举的是写实（现实）主义大旗，即强调的是诗歌的写实性，先天缺乏了抒情性的因素，自然而然地受到了研究者们的抗拒与排斥。而且，这种抗拒和排斥并不单纯是针对胡适和早期的诗歌，包括后来的那些强调现实性的现实主义诗歌，也始终没有在美学上得到人们的真正认可。譬如，艾青那批写于20世纪30、40年

---

① 这个"摈弃"并不是说真的不要抒情，而是说要尽可能地淡化抒情气息，使诗歌最大限度地彰显现代理性特质。

代的现实主义诗歌，之所以被人们在一定程度上接受，主要还是因为他的诗歌中带有较为明显的抒情因素。事实上，艾青在新诗史上虽然通常被划分为现实主义诗人，但他的诗学主张却一直带有强烈的抒情气息，正如他所说："'自由诗没有一定的格式，只要有旋律，念起来流畅，像一条小河，有时声音高，有时声音低，因感情的起伏而变化。"① 他所说的"自由诗"，无疑就是一种沿着"情感"脉络而自由流淌的诗歌。同样，崛起于20世纪40年代，体现现实主义美学追求的"七月"诗派，其诗歌之所以常会被人们提及，主要还是因为该诗派在文学史上占据着重要地位，并不是因为这些诗人们运用了"现实"之手法。该诗派中的成员在进入20世纪80、90年代以后，在其他诗人渐渐消失了身影的同时，唯独转向了现代主义诗歌创作的牛汉，却强悍地崛起，得到了许多人，特别是年轻人的簇拥，这也从侧面说明了现实主义诗歌是不那么受人们欢迎的。

这并不奇怪，现实主义诗人在新时期以后的这段新诗历史中不受待见的现实，也再次验证了前文所说的那个观点——研究者们在观照这段诗歌的历史时，所秉持的标准始终是抒情与否。果然，胡适之后，似乎是在一夜之间冒出来的青年才俊——郭沫若，就以其高度抒情化，即蓬勃的诗情，一下子得到了新时期以后的批评家们的集体宠爱。② 这种"宠爱"不是偶

---

① 艾青：《诗的形式问题》，《人民文学》1954年第3期。
② 与郭沫若同时代的诗人或者稍后的新诗研究者们，并没有对郭沫若的诗赋予过高的评价。他们即使是欣赏郭沫若，也主要欣赏的是他诗歌中表现出的那种狂飙突进的时代精神，而对其表现手法多半不予评价。譬如，闻一多在1923年曾为郭沫若写过一个题目为"《女神》之时代精神"的评论文章，着重点就是集中在"时代精神"上。

然的,是研究者们终于从郭沫若的诗歌中发现和找到了自己想要的东西。于是,为了把郭沫若的这批浪漫主义诗歌,设定成现代新诗的范式胚型,不惜忽略掉了胡适那批最早的创作文本,把现代新诗的肇始与定型化时间,硬生生地往后拖宕了三四年。

在当时各方面的条件都远远优越于郭沫若的胡适——一位是声名遐迩的教授,一位是名不经传的留日学生——之所以会败给这位后起之秀,主要原因在于郭沫若高举的是浪漫主义大旗,他提出了一个浪漫主义诗歌的创作公式,即"诗=(直觉+情调+想象)+(适当的文字)"。[①] 正是公式中这些"直觉""情调"和"想象"等词语,令研究者们一下子看到了"诗"的影子。换句话说,胡适之所以在诗歌方面败给了郭沫若,主要原因是他更为强调诗歌的写实性、客观性和理性;比较之下,他对诗歌的抒情性较为排斥。

发生于现代新诗史上的这一褒郭而抑胡之现实,表明了后来的研究者们对现代新诗的逻辑起点,并非是按照时间的先后顺序与重要性来认定的,而是有意识地挑选的,即在抒情与浪漫的审美观照下,不符合这一要求的胡适便被直接淘汰出局。照此逻辑推演,应该不难推导出这样一个结论:在现代新诗的三大流派中,风头最盛、构成其创作主流的,并且艺术成就最高的,理应是郭沫若开创的浪漫主义诗歌传统。这不难理解,唯有浪漫主义诗歌,才能最大限度地体现出人们喜欢的那种抒情性要求。而且,也唯有如此,才能与后来研究者们秉持的观点——不是胡适,而是郭沫若,才是中国现代新诗理论逻辑的

---

① 郭沫若:《论诗三札》,见杨匡汉、刘福春编《中国现代诗论》上编,花城出版社1985年版,第55页。

起点相一致。

  起点的轨迹可以，而且也应该决定发展的轨迹。假如这句话可以成立的话，便意味着以郭沫若为起点的现代新诗，理应继续沿着抒情和浪漫的方向前行，即浪漫主义诗歌理所当然地成为现代新诗的主潮。然而，现代新诗历史的发展现状表明，真实情况又绝非如此。纵览中国现代新诗史会发现，浪漫主义诗歌除了在郭沫若那里达到了顶峰之外，在其后的诗歌发展过程中并没有再掀起大的浪花。郭沫若之后，中国的浪漫主义诗歌基本上是处于后继无人的状态。或许有人会质疑，1922年在杭州成立的湖畔诗社中的诗人，写下的那些爱情小诗应该是属于浪漫主义诗派的。其实不然，冯雪峰、汪静之和潘漠华等人写下的那些风靡一时的爱情小诗，体现出的美学风格主要还不是郭沫若的那种直抒胸臆，相反主要是受到胡适的一些影响，即其诗歌中带有明显的叙事和说理成分，如汪静之的那首著名的《过伊家门外》：

    我冒犯了人们的指谪，
    一步一回头地瞟我意中人；
    我怎样欣慰而胆寒呵。

            ——《过伊家门外》①

  这首用第一人称"我"起头的三行爱情小诗，几乎没有牵涉任何抒情问题，就是向人们真实而平静地叙述了一个现实生

---

① 见吴欢章主编《中国现代十大流派诗选》，上海文艺出版社1989年版，第102页。

活中的事实场景:"我"爱我的"意中人",但是不知为何,周边人却不能接受和容忍这种爱的发生;"我"不管周围人怎么看,坚持在大庭广众之下,把对"意中人"的爱表达了出来。这一举动惹了众怒,所以在对"意中人"表达完了以后,"我"又禁不住有了"胆寒"的感觉。但由于"我"并没有因周边人的看法而放弃爱情,所以在"胆寒"之余,又有一种"欣慰"感涌上心头。

这首诗可以有另外一些解读方法,但是不管怎么解读,有一点是回避不了的,即其中的描述性、叙事性和说理性,远远地大于其抒情性,甚至可以说这首情诗中的抒情成分,几乎可以完全忽略不计。

相比之下,冯雪峰是湖畔诗人中较为抒情的一个,然而他诗歌中的抒情也并非那种直抒胸臆,而是有节制的抒情,属于客观描写与叙事框架下的抒情,譬如:

> 人们泪越流得多,
> 天公雪便越落得大。
> 我和伊去玩雪,想做个雪人,
> 但雪经我们的一走,
> 便如火烧般地融消了。
> 我们真热呵!
>
> ——《伊在·三》[①]

[①] 见吴欢章主编《中国现代十大流派诗选》,上海文艺出版社1989年版,第92页。

与其说这首小诗是抒情的，不如说是记叙的，记叙了"我"和"伊"一起去"玩雪"的爱情故事。无疑，这类精致而婉转的爱情小诗，与郭沫若的那种气势磅礴、一泻千里的浪漫主义诗歌还不能算是同一审美脉络上的事。

崛起于20世纪20年代中后期的新月诗派，带有某种浪漫和抒情的唯美气息，然而这种浪漫与抒情依旧不能与郭沫若的浪漫、抒情相比拟。二者的分界线主要表现在：郭沫若认为诗歌没有别的，就是一种对"情绪的直写"①；而新月诗派的理论主张，恰恰是反对滥情的，它强调的是理性对情感的节制。新月诗派，又常常被称为"格律诗派"，由其名称也可看出该诗派注重的是规则而非情感。正如新月诗派的理论家闻一多在强调该派倡导的"格律"时所说："又有一种打着浪漫主义的旗帜来向格律下攻击令的人。对于这种人，我只要告诉他们一件事实。如果他们要象现在这样的讲什么浪漫主义，就等于承认他们没有创造文艺的诚意。"②从这段引文中至少可以读出两层含义：第一，当时社会上有人用浪漫主义的美学律法来攻击新月诗派的创作；第二，闻一多对所谓的浪漫主义不感兴趣，甚至把浪漫主义与"没有创造文艺的诚意"联系到一起。

徐志摩是新月诗派中名气最大的诗人，他创作出来的那些诗歌，看上去有着较明显的浪漫、抒情特质。事实上，他的抒情也不能与浪漫主义诗歌的抒情画等号。他的抒情带有自身的

---

① 郭沫若：《论节奏》，见杨匡汉、刘福春编《中国现代诗论》上编，花城出版社1985年版，第111页。
② 闻一多：《诗的格律》，见杨匡汉、刘福春编《中国现代诗论》上编，花城出版社1985年版，第123页。

一些特质——抒情、浪漫中带有明显的叙事性,即属于一种叙事性的抒情。这一点就让他与郭沫若那种直抒胸臆式的抒情拉开了距离。为了更好地说明问题,就以他的那首著名的《再别康桥》为例:

> 轻轻的我走了,正如我轻轻的来;
> 我轻轻的招手,作别西天的云彩。
>
> 那河畔的金柳,是夕阳中的新娘;
> 波光里的艳影,在我的心头荡漾。
> 软泥上的青荇,油油的在水底招摇;
> 在康河的柔波里,甘心做一条水草!
> 那榆荫下的一潭,不是清泉,是天上虹;
> 揉碎在浮藻间,沉淀着彩虹似的梦。
>
> 寻梦?撑一支长篙,向青草更青处漫溯;
> 满载一船星辉,在星辉斑斓里放歌。
> 但我不能放歌,悄悄是别离的笙箫;
> 夏虫也为我沉默,沉默是今晚的康桥!
>
> 悄悄的我走了,正如我悄悄的来;
> 我挥一挥衣袖,不带走一片云彩。

1921年,徐志摩离开祖国,到英国的剑桥大学去留学。两年以后决定回国,这首诗就是他在回国的前夕写下的。面对他已生活了两年的校园,徐志摩心潮起伏,禁不住想借助校内那座名叫"康桥"的桥,来表达自己对英国、对校园的一番惜别之意。在这样一种特定背景下写就的诗歌,不可能不触及自己的内心情感,但是这种情感的抒发又不是那种不可遏制的喷发,而是处处体现出一种"节制"之美。通过具体的诗歌文本,看一下有关这方面的构成特点。

这首诗一共由四个段落构成。在第一个段落中,诗人向读者叙述了"我"要离开"康桥"这件事,表达了诗人的惜别之意;第二段主要是对"康桥"河边的"金柳",以及河中的"艳影""青荇""柔波"等景物予以细腻的刻画与描写;第三段是借"康桥"的"景"来抒发"别离"的"情";最后一段其实是重复、回应了第一段,向人们再次叙述了"悄悄的我走了,正如我悄悄的来"这件事。

由以上简要分析可以发现,这首诗读起来确实是有一定的抒情性,但是这种抒情性并不是郭沫若式的情感扫射,即试图借助情感的密度和强度来达到感动人的目的,而是在抒情中有意识地增加了一些客观叙述和客观描写,可谓形成了一种抒情中有叙事、叙事中有抒情的新诗体。难怪余冠英在写于1932年的《新诗的前后两期》一文中,把自胡适以来到徐志摩所编的《诗镌》以及到20世纪30年代冯至、朱湘等一代诗人的创作,作出了如下一个梳理与总结:"前期的诗多说理写景,后期多抒情叙事。"[①] 该文中所谓"前期的诗",主要是指胡适的诗;后期的诗,则主要是指围绕徐志摩所形成的新月诗派以及20世纪30年代出现的一些有名诗人的创作。

---

① 余冠英:《新诗的前后两期》,见杨匡汉、刘福春编《中国现代诗论》上编,花城出版社1985年版,第156页。

需要注意的一个有趣现象是,余冠英在对20世纪30年代及之前的现代新诗坛的美学状况进行梳理和总结的时候,郭沫若及以其为代表的浪漫主义处于缺席的状态,他只是在总结这些年以来的长诗创作时,才提了一下郭沫若的《凤凰涅槃》的名字。而对于被后来的研究者们视为新诗奠基的《女神》,他也只是一笔带过地说,"《女神》之富于反抗精神固不待言"。①而且自始至终,郭沫若的大名并没有在该文中正面地出现过。余冠英对郭沫若的这种"忽略"——不提他的名字,实在回避不了的时候,就简单地提一下他的书名或诗名,其实是一种有意识的忽略。这说明在他看来,以郭沫若为代表的那些风靡一时的浪漫主义诗歌,其价值主要体现在精神的反抗上,而在美学上并无太值得赞赏的东西。相反,他对胡适的诗歌则予以特别的重视,正如他所说:"胡适之是新诗运动的先锋",中国"前期的新诗大都受胡适之的影响"。②这种评说方式与后来的研究者无疑是两样的。

余冠英在行文中明显地重胡轻郭,说明他在架构这段现代新诗的历史时,用的不是"抒情"的观念,而是以"说理写景""抒情叙事"为主线的,正如他在文中借用杨今甫的话,进一步概括与总结说:"新诗经过了三个步骤,第一步是胡适之的革命;第二步是徐志摩运用西洋诗的体裁和意境;第三步是闻一多的讲求,'诗的形式'。"③所谓"诗的形式",也就是诗的格律

---

① 余冠英:《新诗的前后两期》,见杨匡汉、刘福春编《中国现代诗论》上编,花城出版社1985年版,第159页。
② 参见余冠英《新诗的前后两期》,见杨匡汉、刘福春编《中国现代诗论》上编,花城出版社1985年版,第155页。
③ 余冠英:《新诗的前后两期》,见杨匡汉、刘福春编《中国现代诗论》上编,花城出版社1985年版,第155页。

化问题。对这个与"抒情"唱对台戏的"格律化"问题,余冠英的评价是:"表面类似反动,实则在新诗建设的路上更前进了一步。"① 在新诗发展的三个步骤中,其实也就是三个具有代表性的发展阶段中,并没有郭沫若的浪漫主义阶段。

由此可以看出,在 20 世纪 30 年代新诗研究者的视域中,现代新诗的发展并非是按照抒情的线路走的,相反它一步步地挣脱传统抒情观念对其的影响,努力朝着以客观描述或叙事为基础的新型抒情的模式上走。本书把这个现代新诗的新型创作模式,称为一种从"景"(代表着客观写实)到"情"(抒发情感)的现代性叙事手法。这个叙事手法的突出特征,就是强调诗人在诗中尽可能地要避免直接抒情,即需要采用一种客观叙事的方式来表达其内心的情感,体现的是一种情感客观化的审美要求。

这一由胡适开创的、在新月诗派那里又得以进一步完善和发展的现代性叙事创作手法,在徐志摩的学生卞之琳那里又被进一步发扬光大。卞氏的那首著名的《断章》,体现的正是这样一种审美化要求。

你站在桥上看风景
看风景的人在楼上看你

明月装饰了你的窗子
你装饰了别人的梦

---

① 余冠英:《新诗的前后两期》,见杨匡汉、刘福春编《中国现代诗论》上编,花城出版社 1985 年版,第 155 页。

这首诗的出现有着特殊的背景,即卞之琳当年写给张充和的一首情诗,通过该诗,他向张充和表达了自己对对方的爱慕之情。然而令人奇怪的是,整首诗晦涩、朦胧,既没有出现"情"字,也没有出现"爱"字,诗人完全把自己置身于外,摆出一副纯粹"看风景"的姿态:"你"正站在桥上悠闲地看"风景","我"也正站在楼上悠闲地看"风景",恰好就看到了也成为一道风景的"你"。显然,诗人在该处不是用"约会"的方式,而是通过"偶遇"的途径,描写了与心中女神的一种相见。相见以后,照惯例,自然就进入爱慕与相思的阶段。然而,诗人对此不置一词,反而笔墨一转,描写窗外的"明月"——"明月装饰了你的窗子"。至此,这首诗与爱情似乎还没有什么必然的关联,直到最后一句——"你装饰了别人的梦"的出现,才让人恍然大悟——这原来是一首货真价实的情诗。但是诗人即使是在"点题"时,也采用了一种纯客观的手法——你装饰的是"别人"的梦,与"我"并无直接关联。

这首诗短短四行,诗人却通过看得见的"景",与看不见的"情"的双重线索,给人们讲述了一个有着多重空间、多重意蕴——桥上——楼上——你的窗子——别人的梦——的爱情故事。从这个角度来说,与其说《断章》是抒情的,不如说它是叙事的更为合适,即诗人给人们叙述了一个扑朔迷离而又充满情趣和悬念的爱情故事,沿着这个故事又可以生发、演绎出另外不少故事。

总之,《断章》这首诗,在叙事功能方面发挥的作用,比徐志摩的那首《再别康桥》来得更为强大。其后从"九叶诗派"的穆旦、郑敏等人的创作中,也能看出这种现代性叙事手法对其的渗透与影响。

三

通过对现代新诗历史发展的简要回顾，发现现代新诗中除了郭沫若这一个案之外，其他诗人的所谓浪漫、抒情都并未沿着浪漫主义所张扬的那种情感至上的路线走，而是通过胡适倡导的那些描摹、刻画、叙事等理论的过渡，很快就与强调诗歌客观化的现代主义诗歌美学观念融合到一起，汇成了现代新诗史上的现代主义诗歌潮流。

这当然不是说现代新诗史上所有具有现代主义性质的诗歌流派，都与胡适倡导的现代新诗理论有关系。如李金发的象征主义，从艺术技巧上说，主要是缘于法国的象征主义，即他20世纪20年代初期在法国留学时直接从波德莱尔、马拉美等人那里学习和继承过来。再如穆旦的现代主义，与穆旦在西南联大读书时，直接从艾略特那里受到的启发有关联。但除此之外，现代新诗史上的绝大多数诗人、流派均与胡适的主张有着或直接或间接的关系。换句话说，胡适这批最早以描摹、刻画和叙事为特征的现代新诗理论，并没有在现实主义（写实主义）诗歌领域发挥明显的作用，现实主义诗歌流派并未得到发扬光大就是一个例证，相反它为现代主义诗歌的最终崛起铺下了最初的基石。

胡适倡导的以描摹、刻画与叙事为特征的写实主义理论，在其以后的发展中渐渐地与现代主义诗歌相合拢，并最终融汇成一体，构成了现代新诗中最具有生命力、同时也是艺术成就最高的诗歌艺术形式，并非是件不可思议的事情：首先，胡适所

结　语

说的写实主义，与后来人们所说的那个现实主义并不完全是一回事。他的所谓写实主义理论主张，主要是由两部分构成的。一部分是受到庞德的意象派诗歌和意象派宣言的启发，所以说它从一开始就带有现代性的意味；另一部分是从西方20世纪初期的写实主义理论那里借鉴而来的。应该说，写实主义理论并不是20世纪最时髦的理论，但是在胡适当时的阅读范围内，认为唯有写实主义才是当时世界上最新潮的文学流派，在当时以"新"为上的中国现代新诗，自然要拜它为师。显然，胡适语境中的写实主义就是一个时髦流派的代称，它指向的是文学的现代性。其次，现代主义诗歌与写实主义诗歌尽管有着明确的分界线，二者绝不可以互相取代，但也不能否认，二者在艺术上也存在某种可以互通的艺术趣味，譬如它们都对浪漫主义诗歌所推崇的那种炙热化的抒情方式不感兴趣；此外，它们都更愿意采用客观、理性化的态度来面对诗歌。而这两点恰恰又是现代主义诗歌所重视的，正如西方现代主义美学大师艾略特赋予诗歌的一个现代性定义："诗不是放纵感情，而是逃避感情。"[①]诗人在创作过程中不要"放纵感情"，这不但是现代主义诗歌的一个专业性创作准则，同时现实主义诗歌也有此类要求。

当然，还是那句话，诗歌逃避情感，并不意味着诗歌中就不能有情感，只是说不能有那么本色的情感，正如艾略特对此的解释，只有那些有"感情的人才会知道要逃避这种东西是什么意义"。[②]显然，"逃避情感"的正解或许应该是：诗歌由古代发展到现代阶段，在这漫长的过程中，诗人创作的手段也应发

[①][②] 艾略特：《传统与个人才能》，见《艾略特诗学文集》，王恩衷编译，国际文化出版公司1989年版，第8页。

391

生变化才是。如果诗人们在外在情况已发生变化的情况下，还遵循原有的浪漫主义那套法则来抒情，就显得有些滞后和落伍了；以不抒情的方式来抒情，这才是一种更为现代的表达策略。诚如艾略特说："用艺术形式表现情感的唯一方法是寻找一个'客观对应物'；换句话说，是用一系列实物、场景、一联串事件来表现某种特定的情感。"① 需要注意的是，艾略特在该处用的是"唯一方法"，即在他看来，诗歌，严格说是现代主义诗歌的唯一表达方法，就是避免让情感直接流露出来，即要想办法通过"客观对应物"这一媒介来间接释放情感，以此达到让主观情感客观化的目的。如果说在浪漫主义诗人那里，情感入诗这件事是自然而然的，无须讲究什么格外的技巧，那么到了现代主义诗人这里则不一样了，抒情以及如何抒情，都变成了技巧范畴中的一件需要认真斟酌的事。

显然，在以艾略特为代表的现代主义诗歌美学设定中，一首诗歌中涌现太直接、太强烈的情感并非优点，相反一首优秀的现代主义诗歌应具有某种程度上的反抒情之特质。这一点恰好与胡适倡导的中国现代新诗理论相契合。当然并不能据此就认定，胡适在当时的历史背景下，已经完全领悟现代主义诗歌的美学观念和表达精髓——如果这样以为，就有明显拔高胡适的嫌疑。正如前文所说，胡适在20世纪初期，以庞德的意象派为媒介，朦朦胧胧地感受到了一些现代主义诗歌的独特表达技巧，加之他所说的那个"写实主义"概念本身就有着重客观、轻主观的审美特质，这就使得他的理论主张与艾略特所说的

---

① 艾略特：《哈姆雷特》，见《艾略特诗学文集》，王恩衷编译，国际文化出版公司1989年版，第13页。

"客观对应物"理论,在不自觉之间发生了某种程度的应和。

有意思的是,这种巧合性使得胡适那些原本主要是以写实主义为参照的现代新诗理论,在无形中竟然拥有了现代主义诗歌的某些特质。这虽然是属于某种意义上的歪打正着,但是中国现代新诗理论就是在这种歪打正着的基础上发展、壮大起来的:后来的现代新诗之所以能在现代主义诗歌领域中突围,并涌现出一大批成就斐然的具有现代主义诗歌特质的诗人,也绝非偶然,它与胡适从一开始就把诗歌从"抒情"之轴线强行转换到"叙事",确切说是转换到用叙事的手法来抒情的轨迹上有着密不可分的关系。

总之,胡适那些以思想内容为主导的诗歌理论看上去朴实无华,似乎没有太多的含金量,有些观点好像还违背了诗歌的常识。譬如,自陆机在《文赋》中提出"诗缘情而绮靡,赋体物而浏亮"之后,诗与赋,也就是诗与广义的"文"就各司其职了。其中,诗这种文体就是用来抒情的。而胡适倡导的现代新诗理论恰恰来了个反转,不但不强调诗歌的抒情性,甚至在强调"赋",即描述、叙事的表现手法的同时,还放逐了对诗歌语言"绮靡"的要求。但正是胡适的这些简陋、粗糙且反传统的理论,为现代新诗的创作架通了走向世界的桥梁,让中国现代新诗从一开始就以变形之方式,融入西方现代主义诗歌的创作大潮。

遗憾的是,新时期以后的绝大多数现代新诗研究者,一方面没有意识到胡适新诗理论的这种始于写实主义,最终又融汇于现代主义的历史特性;另一方面,他们又把并不能代表那个时代审美精神的浪漫主义诗歌,推向了"五四"新诗的正宗宝座,所以在对现代新诗这段历史进行梳理与总结时,便不可避免地出现了两个难以自圆其说的尴尬。第一，习惯性地把郭沫若的浪漫主义诗歌作为现代新诗的奠基石和逻辑起点，这一举动其实意味着中国现代新诗，或者笼统地说新诗的最基本形态抑或是主潮，应该是以浪漫主义为主导的。然而事实是，现代诗歌，包括当代诗歌的发展态势与艺术成就，又实在难以用浪漫主义的美学原则来加以阐释与总结。第二，新时期以后几乎所有有代表性的中国新诗史，基本上是沿着现代主义诗歌流脉架构起来的，即从20世纪20年代的象征主义诗人李金发，到以徐志摩、闻一多为代表的新月诗派，再到30年代前、后的象征主义，最后到40年代的"九叶"诗派，这种架构形式绝对是新时期以来最为流行、也最为经典的逻辑架构形式。与此架构相一致，置身于这些流派中的诗人，绝对是研究者们阐释和研究的重点之重点。问题的诡谲性就在于，这些被研究者们反复分析和释说的诗歌流派与诗人的创作，并不能用一个简单的"抒情"线索，就能把其贯穿、统一起来。严格说来，这些流派与诗人在某种程度上都不是以抒情来构筑其身份的。问题的另一面是，真正能体现出现代新诗抒情特色的郭沫若，又没有多少研究者对其创作自身真正感兴趣。这也从另一方面印证了新时期以后的新诗研究者们，所秉持的那个"基石说"和"起点说"是存在问题的，即他们得出的这个结论——现代新诗原型，是一种浪漫主义诗歌的原型，在其后的具体实践中得不到应有的验证。

这一情况说明了什么？说明现代新诗的发展有其自身的规律性，不管后来的研究者们如何归纳和总结，它都会沿着自己的逻辑轨迹前行——这不是研究者们的意志所能决定的，而是由现代新诗的那个初始形态，即那个反抒情、重叙事的新型传统所决定的。这也是本书认为有必要对胡适的新诗理论展开细致解读的原因之一。这样做的主要目的是，除了把胡适的现代新诗美学思想切实地融汇到现代新诗史的过程中来，使之成为一个完整的逻辑体系外，更重要的一点是，希望他的理论能为中国现代新诗由最初的自由发展，到以不可阻挡之势最终走向了现代主义诗歌，其实也就是走向了审美上的叙事说理，提供一个逻辑依据和理论上的支撑。

最后还需要强调的一点是，本书所说的"反抒情"并不是说诗歌完全不需要抒情，相反抒情自始至终都是诗歌中不可缺少的一个必备要素。本书之所以把"反抒情"作为现代新诗的一个基本特征彰显出来，主要是基于古代诗歌理论对"情"的过于强调与依赖。换句话说，现代新诗的构建和发展，就是建立在对"情"的小心翼翼的处理上，即诗人们在创作中尽可能地让自我情感变得更为客观一些。这样一来，与传统诗歌相比，中国现代新诗便拥有了自身的两大特征：（一）现代新诗传统是一种以叙事说理为主、抒情为辅的传统，这是由现代新诗的现代性所决定的，也是与古代诗歌的最大区别之所在。（二）叙事或者说叙事性，一直存在于中国诗歌中，它就像诗歌的抒情性一样久远而合法，但是在中国诗歌的具体发展过程中，它经历了如下三个阶段——"抒情"压过"叙事"的阶段；叙事由"隐"到"显"，即抒情与叙事平分秋色的阶段；"叙事"渐渐地彰显，并一步步地压过"抒情"的阶段。从某种程度上说，现代新诗的发展过程，就是"叙事"逐渐压倒"抒情"的过程。

总之，任何阶段的诗歌，甚至任何一首诗歌，都是离不开抒情与叙事两大要素的，而且这两大要素在不同的历史时期此消彼长。从古代诗歌的褒抒情、抑叙事，到现代新诗的去抒情、扬叙事,都是诗歌发展的必然阶段与表现形态,其复杂性正如董乃斌所说,体现了"抒情与叙事两大传统互动互助又博弈共进的发展轨迹和某些规律。"① 确实,中国诗歌的发展轨迹及发展规律,的确可以从抒情与叙事这两大要素的消长与演变中看出一些端倪。

2023 年 9 月

---

① 董乃斌:《中国文学叙事传统论稿》,东方出版中心 2017 年版,第 30 页。